U0498976

EX–LIBRIS

神曲

（全三卷）

天国篇

〔意〕但丁　著

肖天佑　译

商务印书馆
The Commercial Press

Dante Alighieri: *LA DIVINA COMMEDIA, Paradiso,* La Nuova Italia Editrice, Scandicci, 1985.

Questo libro è stato tradotto grazie ad un contributo alla traduzione assegnato dal Ministero degli Affari Esteri e della Cooperazione Internazionale Italiano.

感谢意大利外交与国际合作部对翻译本书中文版提供的资助。

涵芬楼文化 出品

神曲·天国篇

目　录

译者序
天国篇

一、《神曲·天国篇》内容提要

《天国篇》像《炼狱篇》一样，也以一段序诗开始，不过但丁在这里不仅是吁请缪斯帮助，而且还吁请诗神阿波罗帮助，因为但丁明白，他现在面临的任务是描写天国，不仅需要以缪斯为代表的创作诗歌的手段，而且还需要以阿波罗为代表的描写天国的灵感。接着，但丁在第二曲就告诫读者，如果不是对神学有所研究，就不要追随他去研讨天国问题，否则会陷入迷茫。而他之所以敢于走这条"从前没有人走过"的路，是因为有"阿波罗为我掌舵，/密涅瓦为我送风，/那九位缪斯女神，/指点我熊的星座"，即为他指示北极星的方位，为他导航。就是说，但丁自己认为，他写《天国篇》不是为广大民众，而是为上帝优选的信徒。然而我相信，一个人只要信奉基督教，相信上帝和天国的存在，难道他会不想进入天国？所以我觉得，即使出于好奇，《天国篇》对大家仍然很有吸引力，尽管它涉及的问题离我们有些遥远，甚至违背当代天文学理论。

但丁构思的天国，一共有九重天，由下而上依次是：月亮天、水星天、金星天、太阳天、火星天、木星天、土星天、恒星天和水晶天，在它们之

1

上的是净火天，或曰天庭，是上帝、天使、圣母、圣徒等待的地方。月亮天里离净火天最远，即离上帝最远，月亮天的福灵们享受到的天福最少；水晶天离净火天即上帝最近，那里的福灵享受到的天福最多。不过这里所谓的天福，或者说幸福，与我们可能有的想法相去甚远，与吃喝穿戴毫无关系；他们认为，天国里所谓幸福，就是对上帝的观照，而观照（即幸福）的深浅，取决于天国的福灵本身的功德，而功德的深浅则取决于上帝的恩惠和福灵们自己的善意："幸福是建立在／观照行为上面，／而不是建立在／爱的行为上面，／观照行为第一，／爱的行为次之；／观照行为的深浅，／源于功德的深浅，／功德的深浅来自／上帝恩惠和善意。"（参见本书第二十八曲"天使的等级"一节）

各重天都是什么样子呢？但丁并未一一表述，仅说月亮天仿佛是一层"明亮、厚重、坚实、纯净"的云，纯净得"就像阳光下的水晶"；对其他几重天，仅说明它们的颜色或速度，例如说火星天呈火红色，木星呈银白色，说水晶天旋转速度最快，等等。但丁根据福灵们生前的功绩把他们安排在各重天里，然而平时他们却待在净火天里，仅在但丁访问各重天时，他们才分别降至属于他们的天体里与但丁会面。

在月亮天出现的是那些生前由于某种原因未能履行自己誓言者的灵魂，例如但丁的朋友弗雷塞的妹妹皮卡尔达，她自幼做了修女，发誓一辈子侍奉基督；但是他的长兄强迫她还俗嫁人，中断了她献身基督的誓言。但丁非常同情天国中出现的这个柔弱女子，分析她出现在离上帝最远的月亮天、享受的天福相对少，是因为她没有进行反抗、没有回到她被掠走的修道院去。

但丁在水星天遇到的灵魂，生前多行善事，但其行善的目的是为博取荣誉和名声，与崇尚至善还有一定差距，例如罗马帝国皇帝查士丁尼一世和善良的罗密欧·德·维拉诺瓦。查士丁尼一世在上帝的神恩启示下编纂了维护世俗社会的《罗马民法汇编》，被载入了史册。他们和月亮天的福灵们一样，虽然处在较低的天体里，享受到的天福较少，但他们却说："把我

们的 / 功绩与所得相比,/ 觉得二者很相称,/ 令我们感到欣喜,/ 因为我们不觉得 / 赏赐有大小之别。"(参见本书第六曲"罗密欧·德·维拉诺瓦"一节)

出现在金星天里的灵魂是在尘世时受爱神影响的那些灵魂,因为金星的外文名称与爱神维纳斯名称相同。当然金星对人的影响是双重的:一方面是影响他们去爱人类,这是积极的一面;另一方面是激发男女的情爱,这是消极的一面。不过,但丁在天国里所讨论的爱,不是情爱,而是仁爱,例如他举的例子安茹家族查理二世的长子查理·马泰尔。马泰尔是查理二世的儿子,因为他英年早逝,未能继承查理二世的王位,但他充满了对自己人民的爱。但丁认为他有可能成为一位明智的君主,因此把他置于天国的金星天里享受永福。

出现在第四重天——太阳天的灵魂,是那些学识渊博的灵魂。由于他们的学术成就,以及在哲学和神学方面的思辨,他们都曾闻名于世,如创作了《圣经》中《雅歌》《箴言》和《传道书》的以色列国王所罗门,著有《神学大全》的托马斯·阿奎那,还有方济各会的创始人圣方济各和多明我会的创始人圣多明我等人的灵魂。但丁在《天国篇》里对他们的事迹做了简明扼要的回顾。

第五重天是火星天,因火星的外文名称是Mars,与罗马神话中的战神马尔斯同名,所以但丁安排在火星天里的灵魂,都是为信仰战死的人士,如以色列人的领袖约书亚和马加比,还有查理大帝、罗兰等。值得注意的是,但丁在这里还介绍了他的高祖卡恰圭达,因为他曾参加十字军东征,为捍卫信仰捐躯;更重要的是,但丁借卡恰圭达之口,介绍他的出身并预言他未来的遭遇。听罢其高祖的预言,但丁内心有些犹豫。于是,他的高祖鼓励他说:"把你目睹的一切 / 全都和盘说出来,/ 让那些犯罪的人,/ 自己去承担责任。"(参见本书第十七曲"诗人但丁的使命"一节)

第六重天是木星天。因为木星的意大利语名称是Giove(亦称朱庇特Jupiter),与罗马神话故事中地位最高的主神同名,所以但丁在木星天里批判或颂扬的人物都是声名显赫的君王或教皇。被他颂扬的人物中有六位非常重要，他们是：创作了《旧约·诗篇》的大卫、罗马皇帝图拉真、犹大国王希西家、西西里国王威廉二世、另一位罗马皇帝君士坦丁大帝和特洛亚城的一名战士里佩乌斯。但丁把这样一个普通的异教徒放在天国里，出乎人们预料。于是但丁立即解释说：上帝降福给他，使他比世人更多地了解上帝的恩泽，"然而，神恩的秘密／非被造物智力能及"，即上帝的所作所为神秘莫测，被造之物（包括天使在内）都不能彻底了解。（参见本书第二十曲"鹰的眼睛"一节）

　　第七重天是土星天。土星的外文名称叫萨图恩（Saturn），而萨图恩在古罗马神话中是农神，相当于古希腊神话中的克洛诺斯，是朱庇特（古希腊神话里的宙斯）的父亲。土星天在但丁的天国体系里地位如此高，大概就是这个原因吧。另外，但丁把静观看成是实际生活的重要一环，可能比别的环节还要重要。他在土星天里安排的灵魂，都是生前进行静观的人，其代表人物就是圣彼得·达米安，以及比他更早的意大利修士圣本笃、埃及修士马卡里乌斯和创建了卡马尔多里隐修会的罗穆埃尔德。但丁借达米安之口鞭笞了当时神职人员的贪婪及其腐化奢侈的生活，借圣本笃之口谴责本笃会的修士把修道院那供人祈祷之所变成了"盗贼们的贼窝"，他们的"僧袍也都变成／掩盖罪行的外衣"。（参见本书第二十二曲"圣本笃"一节）

　　之后，但丁随贝阿特丽切一起进入第八层天恒星天，那里描述了基督和圣母正从他们所在的恒星天穿过第九重天即水晶天，进入上帝所在的净火天这一盛况。由于第九重天水晶天体积巨大而且深厚，但丁的眼睛无法追随圣母进入净火天这一过程。此时的但丁视力虽然已经得到锻炼、得到提高，但要完成这一任务，还需要接受圣徒们的考验，于是贝阿特丽切请求圣彼得、圣雅各和圣约翰分别对但丁的信、望、爱三圣德进行考察，但丁顺利地通过三位圣徒的考察，并跟随圣徒们从水晶天进入净火天。然后由圣伯尔纳代替贝阿特丽切作为但丁的向导，进入净火天完成其天国之旅。

但丁这样描述净火天的情况：他首先发现净火天的中央有一个光点，即上帝，看似很小，像空中的一颗星星，但是，"假如把一颗星星／并排放在它旁边，／它就大如月亮"；那光点外面共有九个火环，即九个天使环，它们是管理九重天的天使们。在九个天使环下方是象征天庭的白色玫瑰花：花蕊处一边坐的是圣母马利亚；"最美女性夏娃，／坐在圣母之下（即第二级）／人类原罪就始于她"；随后是"拉结坐在下面的／第三极，与圣女／贝阿特丽切一起"；然后是撒拉、利百加、犹滴和路得，她们依次坐在第四至第七级；"从第七级向下数，／直至最后那一级，／连续不断坐的是／希伯来那些妇女"，就是说这边坐的都是基督耶稣降临前的圣徒，或者说是《旧约》中的人物；花蕊处的另一边坐的是施洗者约翰，下面依次坐的是方济各、本笃、奥古斯丁等基督耶稣降临后的圣徒，或者说是《新约》中的人物。

最后但丁完成他"最后心愿"——观照上帝。但丁看到的上帝是什么样呢？他记得在那深邃的光焰中，看到了三个大小不同、颜色相同的光环：独自存在的光环，即圣父；反射圣父之光而产生的光环，即圣子；受圣父、圣子照射的光环，即圣灵。可怎么描述他们呢？但丁感慨："啊，我的表达能力／与思维能力相比，／可说是软弱无力，／而我的思维能力／与我的所见相比，／说其是微不足道／那远不符合实际。"正当但丁犯难时，他的脑海里突然闪现一道神光，帮但丁完成了完整地观照上帝的愿望。于是但丁的心境趋于平静，像大爱驱动着太阳与群星平静地运转那样。

但丁的《天国篇》到此结束，全部《神曲》也到此结束。

但丁结合在天国里的游历，还解答了一些伦理、哲学、神学、政治等重大问题。例如，处于较低层次天体里的灵魂，享受到的永福较低，他们是否满足（见本书第三曲）；以上帝赐予人类的"自由意志"解释誓约的替换问题（见本书第三曲）；《圣经》为适应人类的理解方式，把上帝、天使等都描述成"人"的形象（见本书第四曲）；从圣子下凡替人类赎罪，说明人的肉体是可以复活的（见本书第七曲）；信、望、爱三圣德的含义是什么，它们是如何产生的（见本书第二十四、二十五、二十六曲），等等。尽管这些问题内容庞杂，但丁给出的答案却生动简练，是《天国篇》吸引人的精髓，只能请读者自己去研读，就不赘述了。

二、《神曲》的艺术价值

如何评价《神曲》，是个非常重大的问题，因为许多伟人都有过评论，例如法国哲学家拉梅内（Lamenais）称它是"百科全书性质的诗"，德国哲学家黑格尔称它是"中世纪的史诗"，而恩格斯则称呼但丁"是中世纪的最后一位诗人，同时又是新时代的最初一位诗人"。这里我想比较具体地谈谈自己的粗浅看法，供读者参考：

1.《神曲》最大的特点，就是它在道德和政治上有鲜明的倾向性。但丁在《新生》中表示，要为贝阿特丽切撰写一部至高无上的伟大作品，"要讲出人们对任何一位女性都未曾说过的话"，也许创作《神曲》就是诗人对自己承诺的兑现。然而《神曲》却不是一部爱情诗篇：但丁确实在《神曲》中把贝阿特丽切捧得很高，其地位仅次于圣母和夏娃，但《神曲》的重点却是揭露当时意大利精神生活（即教会的腐败和世俗生活与政治上的混乱）。它绝不是一部歌颂爱情的诗歌，而是一部在道德和政治上有鲜明倾向性的史诗。这一点我想大家应当不会有异议，因为但丁在《神曲》中以大量的篇幅不厌其烦地向我们说明，当时的意大利，由于教皇同时掌握世俗和宗教双重权力、主教僧侣贪婪成风、买卖圣职，教会日益腐败；而世俗权力（以神圣罗马皇帝为代表）放弃自己职责，意大利境内封建割据势力纷争不已，陷入混乱状态。例如在《地狱篇》第十九曲，但丁把尼古拉三世、卜尼法斯八世和克雷芒五世等三个贪图世俗权力与财富的教皇都打入地狱，让他们在地狱里同一个洞穴里经受火刑；至于当时意大利在政治上的乱象，但丁在《地狱篇》第六曲借恰科之口抨击了佛罗伦萨，在《炼狱篇》第六曲借索尔德洛之口抨击了整个意大利，又在《天国篇》第六曲借查士丁尼一世的讲述，再次抨击意大利的政治腐败，并明确指出"现在你可以归结，/我在前面谴责的/两派人（皇帝党与教皇党）及其罪责，/恰恰是你们一切/灾难、痛苦的祸根"。他为什么要这样仗义执言呢，因为但丁是诗人，是诗人就有责任去揭露事实、教育人民；他多次呼吁缪斯，呼吁自己的星座——双子星，呼吁上帝等，呼吁他们赋予他智慧和力量，帮助他更好地完成自己的使命。但丁在《天国篇》第十七曲"诗人的使命"一节，在与其高祖卡恰圭达对话中表示："假如我对待真理，/胆怯地选择回避，/那么我担心未来/名声会随之丧失。"卡恰圭达则鼓励他说："把你目睹的一切/全都和盘说出来，/让那些犯罪的人，/自己去承担责任"，并且说"这将为你博取/更为可观荣誉"。

2. 但丁坚持用佛罗伦萨俗语写作，为意大利语的形成与发展做出了巨大贡献，堪称"意大利语之父"。但丁在创作《神曲》时，他的朋友曾建议他改用拉丁文写《神曲》，因为当时文人写作都是使用拉丁文，但是但丁却不改初衷，坚持使用佛罗伦萨俗语创作《神曲》。但丁在创作《神曲》之前，大约在他被流放初期的1304—1306年间，曾写过一部《论俗语》，分析了意大利半岛上的各种方言，结论是那时还没有任何一种方言——包括托斯卡纳地区的佛罗伦萨、锡耶纳、比萨和阿雷佐等地的口语——能够满足意大利诗人和思想家的需要，所以他决心通过创作《神曲》，把基于佛罗伦萨口语的托斯卡纳方言提升至能够"满足意大利诗人和思想家需要"的"光辉的俗语"。通过但丁的创作，以及他之后的佛罗伦萨作家——尤其是彼特拉克和薄伽丘等——为此做出的杰出贡献，佛罗伦萨方言很快就成了与普罗旺斯语和法语齐名的语言。当然，由于意大利一直处于分裂状态，真正的意大利语还要等待几个世纪，直到1860年意大利统一之后，才最终成为与英语、法语、德语、西班牙语地位同等的民族语言。

3.《神曲》的内容浩瀚，涉及古代直至中世纪文化的方方面面，从伦理到政治，从哲学到神学，从天文到地理，从人文科学到自然科学，没有但丁未涉及的领域。例如，他按照亚里士多德的伦理学设计了九层地狱，按照基督教神学的七宗罪设计了九层炼狱，按照托勒密的地心说设计了天国的九重天。但丁作为诗人，对诗歌自然情有独钟，不仅积极评价古代诗歌，称荷马为"诗歌之王"，称"他的诗歌就像雄鹰／翱翔在其他人之上"（参见《地狱篇》第四曲"古代伟大诗人"一节），对维吉尔更是佩服得五体投地，称"你是我权威，／你是我老师，／荣誉与技艺，／全都归于你"（参见《地狱篇》第一曲"维吉尔"一节）。而且对他那个时代意大利诗歌的发展做了总结与探索：在《炼狱篇》第二十四曲里，但丁与卢卡诗人博纳塔谈西西里诗派和托斯卡纳诗派与温柔新诗体在创作手法上的差异与进步；在《炼狱篇》第二十六曲与温柔新诗体的创始人圭多·圭尼泽利的对话，表明但丁对温柔新诗体的称赞与坚持用俗语创作的决心。当然，他的许多观点，由于受时代与科学发展的限制，现在看来有些幼稚，例如当时认为大地东起印度恒河、西至西班牙直布罗陀海峡，地球南半球是一片海洋、仅有高耸入天的炼狱山，等等。尽管如此，《神曲》不愧为中世纪具有百科全书性质的史诗。

4.但丁的政治观点比较保守，他心目中理想的政治制度是政教分开，教皇分管精神世界，皇帝分管世俗世界，各负其责，互不干涉，像他在《炼狱篇》第十六曲借马尔科·隆巴尔多之口说的"罗马曾经造就／一个美好人世，／那里通常存在／两个太阳引路：／一是世俗之路，／一是上帝之路。／如今一个太阳／灭掉另一太阳，／宝剑加上牧杖／构成统一权杖；／这种一统局面／必然导致混乱，／因为二者之间／彼此无所畏惧"，就是说当时在意大利教皇的势力独大（参见《炼狱篇》第十六曲"道德与政治败坏的原因"一节）。可皇帝的势力呢？在《炼狱篇》第六曲，但丁借索尔德洛之口说："啊，被奴役的意大利，／你是饱受痛苦之地，／是没有舵手的舟楫／在暴风雨之中游弋！……／如今你那悲惨疆土／到处都在进行战争：／同一城市的市民、同一战壕的士兵，／都在进行相互厮杀，／啊，可怜的意大利啊，／看看你沿海城镇，／看看你内陆省份，／是否还有什么地方，／那里尚有太平可享？／既然马鞍没人坐，治理国家的缰绳／——《查士丁尼法典》，／由什么人来掌握？"（参见《炼狱篇》第六曲"哀悼意大利的现状"一节）教皇当政、皇权缺失，这就是意大利当时的现实。但丁认为，这是神圣罗马帝国皇帝罗伯特一世及其父王鲁道夫一世放弃对意大利的领导、只关心德国那片疆土、不关心意大利所致。但丁还认为，只有王政才能保证人民享受和平与幸福。因此，他指责那些追求世俗权力的教士不遵守上帝的训令，指责那些进城的"农夫"居心叵测、不尊重皇权，造成了意大利悲惨的现状。但丁不了解社会发展的客观规律，幻想只要新当选的神圣罗马帝国皇帝亨利七世南下，意大利的面貌就会改变。后来，亨利七世南下意大利的使命并不顺利，在1313年8月试图围攻托斯卡纳教皇党联军时，死于布翁孔文托，但丁幻想彻底破灭。不过，但丁生活的时代也是欧洲社会由封建的中世纪向现代资本主义社会过渡的时期，他自然也看到而且部分记录下了商业资本的兴起与发展状况。例如，他在《天国篇》第十六曲借其高祖卡恰圭达之口叙述佛罗伦萨市区的人口与面积扩大情况时说："假如那些在世上／行为最堕落的人（即教会的上层人士），／不像后母那样／对待恺撒后裔（即皇帝），／而像亲生母亲／那样体贴入微，／依靠兑换货币／和经营买卖的／那些佛市市民，／也许还会返回／塞米丰特（指佛罗伦萨郊区），那里／他们祖先曾经／沿街招揽生意。"（参见本书第十六曲"古老家族的衰落"一节）

另外，新时代的思想基础——人文主义，在但丁的《神曲》中已经崭露头角，例如他在《地狱篇》第二十六曲怀着敬佩的口吻，描述年迈的尤利西斯追求知识与冒险的精神："对儿子的慈爱，／对父亲的孝敬，／还有那使妻子／欢欣喜悦的钟情，／所有这些情怀／都不敌我那热情：／阅历整个世界、／体验世态炎凉。"（参见《地狱篇》第二十六曲"尤利西斯的最后旅程"一节）尤利西斯鼓励他同伴的那些话，更可以看成是向知识进军的号角："啊，兄弟们，"我说，/"你们历经千难万险，/终于到达西方边缘。/当余生所剩无几时，/希望你们不要放弃/前往那太阳背后/无人世界去体验。/想想你们的起源，/生来不是做个禽兽，/而是一生探索/人类美德与知识。"（同上）我想大概是因为这个缘故，恩格斯才称但丁"是中世纪的最后一位诗人，同时又是新时代的最初一位诗人"吧。

5.从纯艺术的角度说，结构严整、幻想神奇、描述生动，是《神曲》吸引读者、取得巨大成功的三大法宝。

《神曲》分《地狱篇》《炼狱篇》《天国篇》3部，每部正篇33曲，加上《地狱篇》的序曲，全书共100曲，14 233行，全部采用三韵律。数字"3""33"和"100"，在但丁时代都是美好的数字，对我们当代人来说也还会在一定程度上引起美好的联想。这样的结构更增添了《神曲》的吸引力。

《神曲》中有三个境界：地狱、炼狱和天国。在但丁之前，荷马在《奥德修纪》对地狱有所涉猎但篇幅不多，维吉尔则在《埃涅阿斯纪》中对地狱做了比较详细的描述，因此但丁还可以借鉴；而炼狱和天国，在古典文学中却无任何资料可寻。《圣经》中虽然多处提到过地狱和天国，但都没有具体的描写。因此，但丁对这三个境界的具体构思与描述，完全凭借着他自己丰富的想象力及其在神学、哲学和文学等方面的修养。但丁的构思，不能不说是"神奇的幻想"。

再看但丁在地狱、炼狱和天国提到或描写的那么多人物（有人说约有一万三千多个[1]），其中有神仙也有凡人，有教皇也有低级教士，有皇帝也有普通官吏，有将军也有士兵，有诗人、画家、手工业者、渔夫，等等。

---

1 拉法埃莱·坎巴内拉在其著作《但丁与〈神曲〉》中引用苏联诗人曼杰利施塔姆（Osip Mandel'stam，1891—1938年）的话说："有一种不间断的创造激情贯穿全诗（指《神曲》——肖注）……无法想象可以用眼睛囊括，或者用形象展示出来这一万三千张面孔，这个多面体整齐，有规律，让人非常惊异。"参见拉·坎巴内拉：《但丁与〈神曲〉》，李丙奎等译，商务印书馆，2016年，第52页。

对这些人物的形象、事迹及性格的描写，更体现了但丁丰富的文学、历史知识和精湛的语言表达能力。但丁善于把虚幻的情景与生活现实结合起来，让读者有身临其境的感觉，增加了作品的感染力。例如他在《地狱篇》第三十四曲对魔王卢齐菲罗巨大身躯的描写："悲哀国度国王，/半个胸膛以上/露在冰层之上，/身躯高大无比。/如果我的身躯/相当巨人手臂，/那么巨人身躯/相当魔王手臂；/按照这个比例/现在你可估计，/冥王整个身体/该有多高多大。"（参见《地狱篇》第三十四曲"卢齐菲罗"一节）又如在《炼狱篇》第十曲，描述视觉、听觉乃至嗅觉之间的争论："一种感官觉得/他们正在唱歌；/另一种却感觉/他们并没唱歌。/浮雕上还刻着/一缕上升青烟，/我的鼻子和双眼/也在进行着争辩：/鼻子说未闻其香，/眼睛说已见其烟。"（参见《炼狱篇》第十曲"谦卑的典范"一节）这些描写栩栩如生，怎么能不吸引人、不使人信以为真呢？

但丁的冥界之旅，最大的问题就是如何面对人与魂的差异，但丁处理得也恰到好处，令人信服。《地狱篇》第八曲中有一段写人与魂在体重上的差异："老师先上船去，/然后让我上去；/小船承载的重量/显然不同寻常。/我们刚刚坐定，/船头破浪前行，/船体更往下沉，/比运别人更深。"《炼狱篇》第二曲描写他去卡塞拉的拥抱："其中一人走出来，/张开双臂拥抱我；/他那热情感染我，/也做出同样姿态。/啊，虚幻的魂灵，/徒有人体外形！/我伸手向他背后/试图把他抱紧，/经过两三次检验，/手都回到我胸前……"

另外，但丁还经常利用现实生活中的情景增加作品现实感，例如他在《地狱篇》第二十一曲开头插入的威尼斯渔民冬季修船的情景："有人船头忙碌，/有人船尾钉钉，/有人打造新舟，/有人修补旧船，/有人制作船桨，/有人制作船缆，/有人修补前帆，/有人修补主帆。"（参见《地狱篇》第二十一曲"贪官污吏的恶囊"一节）又如《地狱篇》第二十四曲，农民早晨起床，看见外面地上一层白霜，以为下了雪，不能下地干活时，心里焦急，然后霜化，转悲为喜，赶着羊群曲放牧："贫寒农夫起床，/出门四处张望，/只见白色茫茫，/着急直拍大腿；/回屋踱来踱去，/只好怨天尤人，/不知咋活下去；/不久门外情况/霎时变了模样，/心里充满希望，/驱赶羊群牧放。"（参见《地狱篇》第二十四曲"登上第七囊堤岸"一节）

总之，但丁就是利用人们熟悉的生活细节去解释地狱、炼狱或天国里的幻境，让读者不仅不觉得难解，还觉得它们趣味盎然。

但丁的《神曲》问世之初以手抄本的形式在意大利传播，在意大利引起了广泛的注意，各方面的反映不一：一般来说，宗教界人士和部分保守的学者持反对态度，因为《神曲》用俗语写成，在内容上又有大量篇幅揭露教会的腐败；但普通基督徒，包括许多作家，却持欢迎态度。例如薄伽丘，他曾率先在佛罗伦萨圣司提反教堂举办讲座，为信众讲解但丁的《神曲》。随着我国活字印刷技术传入意大利，第一部印刷版《神曲》于1472年问世，《神曲》变得唾手可得，但丁的影响越来越大，对但丁的正面评论也越来越多，尤其是18世纪末、19世纪初以后，《神曲》被翻译成多种欧洲语言，先后在法国、英国和德国出版，然后又传播到世界其他地方。此后，但丁就不再是意大利的但丁，而是欧洲的但丁、世界的但丁了，我国读者也从20世纪初开始接触到《神曲》。到目前为止，从意大利文直接翻译的中文版《神曲》就有三个版本，但愿我这个以诗体翻译的版本，能够得到我国读者的青睐，能让我国读者更好地了解《神曲》，在我国掀起一个阅读《神曲》的小小热潮。

肖天佑

2017 年 8 月于北京

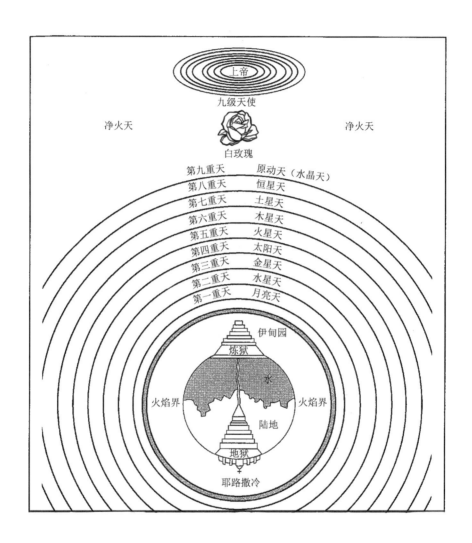

天国结构示意图

第一曲

贝阿特丽切伫立，
凝视着旋转天体，
我把目光收回，
投向她的身躯……

　　《天国篇》像《炼狱篇》一样，也以一段序诗开始，不过但丁在这里不仅吁请缪斯帮助，还吁请诗神阿波罗帮助，因为但丁明白，他现在面临的任务是描写天国，不仅需要以缪斯为代表的创作诗歌的手段，还需要以阿波罗为代表的描写天国的灵感，所以他写道："到现在为止，/仅有帕尔纳索斯 / 一座山峰的帮助，/ 对我已经足够，/ 如今面临新任务，/ 需要双峰协助。"

1

但丁经过炼狱的洗涤，灵魂已经纯净，跟随贝阿特丽切的灵魂向天国飞升。他很快发现，在伊甸园他可以做到许多在尘世不能做的事情，例如用眼睛长久地直视太阳，并且觉得自己像格劳科斯那样，"因为尝了仙草，/ 变成一位神祇"。但是，格劳科斯是怎么"脱俗成仙"的，"言语无法说明，/ 读者如果有幸 / 亲身体验此事，/ 暂且满足此例"。就是说，但愿哪位读者今后如有机会的话，亲身去体验怎么变成神仙，现在就以格劳科斯"脱俗成仙"的事为满足吧。

接着但丁产生了第一个疑问："掌管诸天的大爱呀，/ 你的光芒使我飞升，/ 飞升的是否仅仅是 / 你最后创造的部分"，仅仅是我的灵魂而不包括我的肉体呢？诗中并未直接回答这个问题，却参考《新约·哥林多后书》第12章第2句来回答："这一点只有神（你）知道。"不过，但丁在地狱发现自己的躯体有重量，罪犯们的灵魂却没有重量，例如《地狱篇》第八曲但丁和维吉尔上船渡过斯提克斯沼泽时，但丁上船后，"小船承载的重量 / 显然不同寻常"（参见《地狱篇》第八曲"渡过斯提克斯沼泽：弗勒吉阿斯"一节）；在炼狱里他发现自己登山越来越轻快，例如当但丁额头上的第一个"P"字被抹去后，他觉得走起路来，"感觉不到辛苦"（参见《炼狱篇》第十二曲"攀登炼狱第二层"一节），所以注释家们认为，此时但丁的肉体已经轻得像得救的灵魂复活后的肉体，没有重量，所以他可以追随贝阿特丽切的灵魂飞向天国，即飞升的不仅是他的灵魂，而且还有他的肉体。

但丁在飞速向天国飞升的同时，又产生了第二个问题："我怎么能飞升超越 / 那些比我轻的物体？"对这个问题贝阿特丽切也没有正面回答，而是对但丁说："现在你已不像想象 / 的那样待在地球上，/ 而是在迅速飞向你 / 本来应该待的地方"，即飞向天国。贝阿特丽切进一步解释说："上帝缔造万物 / 都有相应秩序……在我说的这秩序 / 之中，一切造物，/ 由于命运不同，/ 倾向也不相同，/ 因为它们离本源 / 有的近，有的远，/ 因此它们在宇宙 / 万物的大海之上，/ 被天赋本能带往 / 各不相同的港口"，去实现不同的目的。贝阿特丽切感慨地说："上帝啊，你的威力 / 正把我们带向那里"，即上帝所在的净火天，"那正是我们的目的"。所以圣女认为：既然上帝赋予你（但丁）的本能注定你要待在天国，"此刻，若我估计不错，/ 你对你的飞升，如同 / 高山瀑布向下坠落，/ 再也不会感到惊恐"。

贝阿特丽切在这里还简要地介绍了整个宇宙的秩序与结构，例如她说：净火天"永远静止不动；/ 在其怀抱之中 / 水晶天旋转最急。"《天国篇》的这个主题将在后面各曲中展开，她没多说，我们这里也从简。

贝阿特丽切的这番解释，与其说是回答但丁的疑问，不如说是要求读者要以不同于观察人间事物的观点去观察天国的事物。

序诗

原动者[1]的神光

照彻整个宇宙，

有的地方反射较强，

有的地方反射较弱；

我去过接受他的

神光最多的地方，[2]

见过那里的景象，

不论是谁从那里

返回人世以后，

既不能也不知

如何把那经历，

再向大家重叙：

因为我们的心智

接近它的欲望时，[3]

会变得如此深沉，

记忆力难以追随。

---

1 "原动者"指上帝。按照亚里士多德的说法，上帝是"第一原动力"。

2 即水晶天。按照但丁对天国的构想，天国也分为九重天，从离地球最近的第一重天月亮天算起，依次是第二重天水星天，第三重天金星天，第四重天太阳天，第五重天火星天，第六重天木星天，第七重天土星天，第八重天恒星天和第九重天水晶天。这九重天之上则是上帝待的地方——净火天。水晶天离净火天最近，所以说它是接受"神光最多的地方"。

3 即接近上帝时。

然而我将努力

把我的记忆里

尚存的天国印象，

作为此篇的主题。

啊，尊贵的阿波罗，

为了这最后的工作，

请你助我一臂之力，

帮我成为你要求的、

配接受你心爱的

月桂花环的诗人。[4]

然而到现在为止，

仅有帕尔纳索斯[5]

一座山峰的帮助，

对我已经足够，

如今面临新任务，[6]

需要双峰协助。

4　阿波罗（Apollo）是太阳神，也是诗神。所以但丁这里吁请阿波罗帮助他完成《神曲》最后
　　一部著作《天国篇》，"成为你要求的、/ 配接受你心爱的 / 月桂花环的诗人"。传说阿波罗曾
　　追求河神佩内奥斯（Peneus）之女达芙涅（Daphne），河神为避免阿波罗的纠缠将女儿达芙
　　涅变成月桂树，从此月桂树就变成了阿波罗的圣树。古希腊人时兴采摘月桂枝叶编成花冠
　　（桂冠），颁给诗人或胜利者，以表彰他们的成就。"你心爱的 / 月桂花环"，即由圣树上采摘
　　的枝叶编成的花冠。

5　帕尔纳索斯（Parnasus）是希腊福基斯州境内的一座山峰，参见《炼狱篇》第二十二曲注13。
　　此山有两个山峰：一是契拉峰，阿波罗居住在此；一是尼萨峰，是九位缪斯居住的地方。

6　但丁认为，此前写《地狱篇》和《炼狱篇》时，仅有尼萨峰（即九位缪斯）的帮助就足够
　　了，现在"面临新任务"，即要写《天国篇》，仅有尼萨峰的帮助就不够了，还需要诗神阿
　　波罗的帮助。

来，进入我的胸腔，

赐予我以灵气，

像战胜玛息阿[7]那样，

剥去他的皮囊！

啊，善良的阿波罗，

若你借给我的才气，

能让我把幸福王国[8]

留下的印象写出来，

那你一定会看见，

在你的月桂树下

我以树叶为冕，

因为我的题材

以及你的帮助，

让我配享此誉。

诗神啊，现已罕见

采摘此树叶子制冠，

---

7 玛息阿（Marsyas），半人半羊的森林之神，善吹笛；他曾向阿波罗挑战比赛音乐，获胜者可以随意处置失败者。比赛结果阿波罗获胜，于是阿波罗将玛息阿捆在树上剥了他的皮，以惩罚他的狂妄。

8 即天国。

为帝王或诗人加冕

（这里还有一些人的

虚荣，令人感到羞耻），[9]

所以，当世上有谁

以月桂树的枝叶

满足自己的饥渴，[10]

都会使你的心中

点燃起欢喜由衷。

星火可以燎原，

也许我的后面，

还有更佳声音

请求你的回应。[11]

飞向天国

为照耀芸芸众生，

太阳从多处上升；[12]

9　意思是：现在世上能戴上桂冠的帝王或诗人已经罕见。即使戴上桂冠的帝王与诗人中，还有
　　些不靠自己成就却贪图虚荣的人，他们的错误做法"令人感到羞耻"。
10　即拿月桂树的枝叶做花冠，满足自己想做月桂诗人的愿望（饥渴）。
11　也许我的后人中还有更优秀的诗人，向阿波罗提出同样的请求。
12　太阳升起的地点，随季节的不同而改变，所以诗中说"从多处上升"。

它若从四个圆圈交叉

成仨十字的地点 [13] 上升，

就走上最佳轨道，

同最佳星座一起，

能把尘世的蜡料

以自己方式塑造。

太阳从这里升起时，

伊甸园里洒满晨曦、

耶路撒冷却是夜晚；

当北半球一片黑暗、

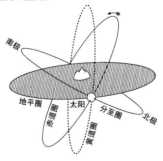

赤道圈、黄道圈、分至圈、地平圈示意图

（图摘自但丁《神曲·天国篇》，黄国彬译注，外语教学与研究出版社，2009年，第9页）

南半球一片光明之时，[14]

我见贝阿特丽切，此时

转身向着左边，

直面太阳观看：

哪怕是那苍鹰[15]也

不敢这样直视它。

我的情况就像那

光线发生反射，

反射的光来自

那道入射的光，

但反射光的走向

却与原来不一样；

也像远行游子，

盼望能够早日

返回自己故乡；

她仰望的目光，

通过我的双眸

传入想象之中，

14　即比凌晨稍晚一点，当太阳已经升起、南半球变得更加明亮时，与其对应的北半球进入深夜，一片黑暗。

15　中世纪有一种看法，认为苍鹰能够凝视太阳，因为它们幼小的时候就练习观看日轮。

诱发我的行动：
我现在已能够

像超人凝视太阳。
在那里 [16] 我们可以
做那些在尘世
不习惯做的事，

因为那里是上帝
专为人类创造的；
我没有感到刺眼，
看的时间也不短，

看见它光芒四射，
如炉中取出的铁；
天突然变得更亮，
仿佛那位万能者

又造了个太阳，
把这天空点缀。
贝阿特丽切伫立，
凝视着旋转天体，

我把目光收回，
投向她的身躯；

16　即在伊甸园。

我就觉得顿时

内心发生变故，

就像格劳科斯，[17]

因为尝了仙草，

变成一位神祇；

脱俗成仙之事

言语无法说明，

读者如果有幸

亲身体验此事，

暂且满足此例！

掌管诸天的大爱呀，

你的光芒使我飞升，

飞升的是否仅仅是

你最后创造的部分，[18]

---

17 格劳科斯（Glaucus），古希腊神话故事中的人物，原是渔夫。一天他看见自己捕来的鱼跌落到草地上，然后又纷纷复活游回大海，于是他也尝了尝那草，顿时觉得向往大海，便跳入水中变成了一位海仙，与海神们为伴。

18 "掌管诸天的大爱"即上帝；"最后创造的部分"即人的灵魂。根据《炼狱篇》第二十五曲中斯塔提乌斯讲述的人的生命与灵魂的形成过程，人的胚胎经过自身发展，首先获得的是"植物性灵魂"，当人的大脑发育到一定阶段时，上帝才把灵魂赋予人。参见《炼狱篇》第二十五曲有关诗句及注19。后文中"这一点只有你知道"，即只有上帝知道。但丁这里想知道，飞升的仅仅是他的灵魂，还是也有他的肉体，但在诗里但丁并未直接回答，却参考《新约·哥林多后书》第12章第2句来回答："我认得一个在基督里的人（即保罗），他前十四年被提到三层天上去。或在身内，我不知道，或在身外，我也不知道，只有神知道。"注释家们认为，此时但丁的肉体已经轻得像得救的灵魂复活后的肉体，没有重量，所以他可以追随贝阿特丽切的灵魂飞向天国。但丁采用这种模棱两可的回答，目的是突出他此刻不可思议的经历。

第一曲

这一点只有你知道。
你满足诸天的愿望
让它们旋转不止，
它们发出的声响

（都由你调节配制），
吸引我的注意力，
我发现那时天空
被阳光烧得通红，

其面积之广阔
超过任何降水、
抑或是任何河流
能够形成的湖泊。

贝阿特丽切释疑

这新奇的声响
和浩大的光芒，
燃起我想知道
其原因的欲望。

这欲望的强烈程度
以前我从未感受过。

贝阿特丽切了解我，

如同我了解我自己，

为安抚我的心绪，

不等我问题提出，

她率先开口说道：

"由于你想象有误，

才变得如此迟钝，

假如你抛开谬误，

你自然就能得出

那个正确的结论：

现在你已不像想象

的那样待在地球上，

而是在迅速飞向你

本来应该待的地方，[19]

雷电背弃火焰带，[20]

也没你飞离大地

的速度那样迅疾。"

如果说她的解释

---

19 即天国。但丁在《飨宴》第四篇中写道："高贵的灵魂在最后阶段……要回归到上帝那里。"
20 中世纪认为雷电是火，它应该待在火焰带，但它违反这一规律，逃离火焰带，落在地上。

第一曲

（简洁而且温暖），
已经解除了我
的第一个疑惑，
此时我的心田

另有一个困惑
让我慌乱不已。
于是我对她说：
"我已经满意地

平息了第一个疑问，
现在令我惊异的是：
我怎么能飞升超越
那些比我轻的物体？"

宇宙的秩序

她长叹一声之后，
便朝我调转眼睛，
脸上那种神情，
仿佛一位母亲

望着神智昏迷、
说胡话的儿子。

"上帝缔造万物

都有相应秩序，"

圣女对我解释，

"正是这种秩序

协调宇宙整体，

呈现上帝形式。[21]

在这里高等造物

能够看见造物主

造物的永恒智慧，

而这个永恒智慧

是上述宇宙秩序

力求达到的目的。

在我说的这秩序

之中，一切造物，[22]

由于命运不同，

倾向也不相同，

---

21 上帝缔造万物，形成有序而和谐的整体，这一概念来自经院哲学。托马斯·阿奎那（参见《炼狱篇》第二十曲注17）在《神学大全》中说："这个世界可以说是秩序统一的浑然一体……来自上帝的万物，相互之间以及在对待上帝方面，都是被井然有序地安排的。""呈现上帝形式"，即表现出上帝安排的那种和谐有序的形式。

22 既包括上面说的"高等造物"，即天使、人；也包括有生命的动物、植物和无生命的一切事物。

因为它们离本源²³

有的近，有的远，

所以它们在宇宙

万物的大海之上，

被天赋本能带往

各不相同的港口。²⁴

这种本能使火

向月亮天上升；²⁵

这种本能调控

动物各种官能；

这种本能使大地

黏合凝聚在一起：²⁶

它不仅作用于

无智力的物体，

而且也作用于

具有爱与智力

的高级创造物。

上帝以其光辉

23　即上帝。

24　"各不相同的港口"即不同的目的地。意思是：各自的不同天赋本能让他们去完成与实现不
　　同的目的。

25　即朝着位于月亮与地球之间的火焰带上升。

26　即地心的吸引力使地球上的一切事物都向着地心运动。

安排协调万物：
他所在的天穹[27]
永远静止不动；
在其怀抱之中

水晶天旋转最急。
上帝啊，你的威力
正把我们带向那里，
那正是我们的目的。

艺术品的形式，
由于材料不同，
往往不去配合
制作者的初衷；

出于同样道理，
人的本能也会
偏离预设轨迹，
因为他有能力

拐弯而走上歧路；
正如人们看到的，
火的本能应上升，
有时却以雷电的

---

27 即上帝所在的净火天。净火天永远静止不动，其下的九重天都在旋转，而第九重天——水晶天旋转最快。

形式降落大地；
人的本能若以
贪图享受为乐，
也会陷入堕落。

此刻，若我估计不错，
你对你的飞升，如同
高山瀑布向下坠落，
再也不会感到惊恐。

倘若你已解除障碍，
脑子依然留在凡间，
犹如那活跃的烈火，
仍平静地待在地面，

那你才会觉得
这是奇迹出现。"
说罢她将脸面
再次转向蓝天。

第二曲

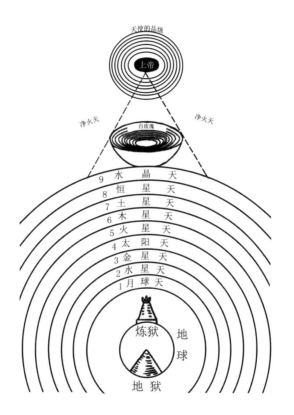

在那重神圣的、
静止的天怀里，
转动着一重天，
它全部内涵的
生命都是来自
水晶天的能力……

第二曲开始但丁就告诫读者，如果不是对神学有所研究，就不要追随他去研讨天国问题，否则会陷入迷茫；而他之所以敢于走这条"从前没有人走过"的路，是因为有"阿波罗为我掌舵，/密涅瓦为我送风，/那九位缪斯女神，/指点我熊的星座"，即有相关神仙为他打气、掌舵并指明航向。

　　但丁追随贝阿特丽切，以极其神秘的速度，在极短的时间里就到达月亮天，时间之短暂"犹如弦上搭箭、/射出、飞行、中的"那一刹那的时间。月亮天什么样？它仿佛是一层"明亮、厚重、坚实、纯净"的云，纯净得"就像阳光下的水晶"。于是但丁向贝阿特丽切提问："月亮上的阴影，即/下界说该隐负荆，/究竟是什么东西？"

　　为回答这个问题，贝阿特丽切首先说："世人的意见/根据感官的判断，/在感官无能为力/的地方，就会出错。"然而但丁现在已经身处月亮天，不会仅凭感官看待问题，因此她追问："现在请你告诉我/你对此有何见解。"但丁回答说："现在我待在上界，/觉得那些阴影/源于物体密度，/或浓密或稀疏。"接着，贝阿特丽切为批驳但丁的错误观点，进行了一大段晦涩难懂的纯理性的推理（对我们现代人来说理解的难度更大），主要内容包括三个方面：

　　1.贝阿特丽切首先以恒星天为例来驳斥但丁的观点：月亮的阴影是由于物质密度造成的。在贝阿特丽切看来，恒星天有众多恒星，它们虽然在我们的印象中亮度不同，但那是因为它们发的光"在质量和数量上/都不一样"，也就是说它们外表上的明暗，不仅有数量问题，还有质量问题。而但丁的观点却仅仅强调了一点，即数量上的差异、密度的大小。

　　2.月亮上的阴影如果真是由密度造成的，那么就会伴生两种假设：其一，由于月球缺乏物质，这种物质在整个月球上都分布得很稀薄。假如真是这样，日食时日光就会穿透过来。而事实并非如此，所以这种假设是错误的。其二，月球从整体上说缺乏物质，无法均匀分布，所以有的地方多（浓密），有的地方少（稀疏）。浓密的地方日光更难穿过，它会像镜子一样把日光反射回来，而且她还让但丁拿三面镜子做了个实验，证明反射的光即使来自较远的地方，强度都是一样的，以此证明这第二种假设也是错误的。

3.贝阿特丽切趁机解释天国的结构及其功能：上帝所待的净火天是静止不动的；紧挨着净火天的水晶天从净火天获取能力，传递给恒星天；恒星天以下各重天都这样，从上一层接受并向下传送它们各部分的能力。最后她的结论是："星辰明亮不一，／出现一些差异，／源于上述能力。／这与星球密度／没有任何关系。"

这一大段解释与推理，关系到但丁对整个天国的构思。本来这种构思就很难懂，这里又只是粗略展开，更给我们的理解增加了困难。不过，这是整个《天国篇》的主题，以后还会一曲一曲地详细展开，我们还有机会与时间接触它、捉摸它。我相信，随着《天国篇》的推进，我们一定会越来越接近但丁构思、习惯，直至理解他的推理。

告诫读者

你们渴望聆听
我歌唱的木船，
乘坐一小舢板，
跟随着它航行，

读者啊，听我奉劝：
快返回你们海岸，
别冒险进入远海，
一旦追不上木船，

就会在海中迷途；
而我要走的海路
从前没有人走过：
阿波罗为我掌舵，

密涅瓦为我送风，
那九位缪斯女神，
指点我熊的星座。[1]
你们中的少数人，[2]

1　密涅瓦（Minerva），古罗马神话中的女神，相当于古希腊神话中的智慧女神雅典娜（参见
　　《炼狱篇》第三十曲注15）。"熊的星座"即大熊星座和小熊星座，在这里表示方向、航向。
　　这几句诗的意思是：在我之前从未有人写过这种充满神学思想的诗篇，我现在来写它是因为
　　有智慧女神密涅瓦为我送风鼓帆、有诗神阿波罗为我掌舵，还有缪斯女神为我指明航向。
2　指读者中少数早已从事神学研究的人；"期盼天使食品"指学习掌握天使们的知识与智慧。

早就伸长脖颈，

期盼天使食品

（吃了这种食物

永远不知满足），

你们可以把船

驶向大海中间，

在我的航迹尚未

被波涛淹没之前，

沿着航迹紧紧跟随。

你们听到我的歌曲，

定会感到如此惊异，

（具体惊异到的程度），

超过乘船渡海来到

科尔喀斯国的勇士，

当他们看到伊阿宋

变成一位农夫耕地。[3]

3　关于伊阿宋（Jason）的故事，参见《地狱篇》第十八曲注11。他率领船队到达科尔喀斯国
　　（Colchis）后，为达到窃取金羊毛的目的，必须经受一系列考验。其中之一是：必须赶着两
　　头铁犄角、青铜蹄、鼻孔喷火的公牛耕地，并把龙牙播种在耕过的地里，地里长出带刀枪
　　的战士向伊阿宋进攻。热恋伊阿宋的该国公主梅迪娅（Medea）念了一道符咒，伊阿宋趁机
　　把一巨石扔进敌人中间，造成敌人互相残杀（参见奥维德的《变形记》第七章）。诗中说的
　　"变成一位农夫耕地"，就是指这个典故。

到达月亮天

人们生来就渴望
参观上帝的城邦，[4]
这情操带领我们
快速地飞升向上，

其速度就像那些
飞速运转的天体。
圣女望着天空，
我望着她躯体，

就在一霎之间，
犹如弦上搭箭、
射出、飞行、中的，
那一刹那时间，

我就发现自己
来到奇特境地，
那里神奇事物
吸引我的视力。

4　即净火天，因为净火天的形式直接来自上帝。但丁在其著作《飨宴》第二篇中说：这重天
　　"不在空间，而是只在本源的心（即上帝的心）中形成的"。

然而我的念头
瞒不过那圣女；
于是美艳圣女
欣然向我回眸，

高兴地对我说：
"赶快感恩上帝，
是上帝把我们
带到月亮天里。"

我仿佛置身云层之中，
它明亮、厚重、坚实、纯净，
就像阳光下的水晶，
把我们包裹在其中。

这层宝石般的云层
包裹着我们，它自身
并不裂开，就像光线
射入水中，水却不变。

倘若我是带着肉体
飞升来到月亮天里，
我们在尘世这里
就不可能会理解：

一个物体怎么会
容纳另一个物体；
可是在天国那里
一个物体能进入

另外一个物体，
这种现象必然
在我们心中燃起
更加强烈的意愿：

前往天国去看看；
问题的实质应是，
人性与神性应该
如何交融成一体。

人们在那里会看到
在尘世信仰的东西，
而在那里这些东西
是无须证明的公理。

月球上的斑点

我回答圣女说道：
"我怀着最大诚意

对上帝表示感谢:

他把我带到这里。

但是请您告诉我,

月亮上的阴影,即

下界说该隐负荆,[5]

究竟是什么东西?"

圣女莞尔一笑,

然后对我说道:

"如果世人的意见

根据感官的判断,

在感官无能为力

的地方,就会出错;

现在你肯定不会

再感到那种惊奇,

因为你已经看到,

单凭感觉的引导,

我们的理性知识

不可能理解真理。

---

5 中世纪传说,月亮上的阴影是该隐杀害其弟后被放逐到月亮上,背上背着一簇荆棘赎罪。关于该隐杀害其弟亚伯,参见《地狱篇》第三十二曲注7。

现在请你告诉我

你对此有何见解。”

于是我回答她说:

“现在我待在上界,

觉得那些阴影

源于物体密度,

或浓密或稀疏。”

贝阿特丽切继续:

“好好听我怎么

批驳你的错误,

你一定会发觉

你的错在何处。

第八重天⁶向你们

呈现了众多星辰,

由于它们发的光

在质量和数量上

都不一样,所以

以不同亮度出现;

假如说那阴影⁷是

物质密度的体现,

6　即但丁构思的天国的恒星天。天国里的其他各重天,都是一个星体,如月亮天、水星天、金
　　星天等,唯独恒星天有众多恒星。

7　即月亮表面的阴影。

那这些恒星里面

就只有一种能力，

分布得或多点，

或少点，或均一。[8]

不同的能力源于

不同的本质根源，[9]

但是按照你的观点，

本质根源只有密度。

再说，月球表面

形成的那些黑斑，

如果像你说的，

由于物质疏密，

那么这个星球，

要么缺乏物质，

无法平均分布，

要么如同人体，

肥瘦部分共存；

那样这个星球

8　贝阿特丽切以恒星天为例来驳斥但丁的观点：月亮的阴影是由于物质密度造成的。在贝阿特
　　丽切看来，恒星天有众多恒星，它们虽然在我们的印象中亮度不同，但那是因为它们发的光
　　"在质量和数量上／都不一样"，也就是说，它们外表上的明暗区别，不仅有数量问题，还有
　　质量问题。而但丁的观点却仅仅强调一点，即数量上的差异、密度的大小。
9　根据经院哲学，一切物质不仅有其物质根源（principio materiale，即其物质），还具有其
　　"本质根源"（principio formale），即决定物体独特性的根源。

就像一部图书，

书页厚薄不匀。

若是第一种情况，[10]

日食时就会清楚：

日光就像穿透

透明物质那样，

穿透月球里面

那些稀薄地点。

事实并非如此。

因此我们要看

另外一种情况；

假如我能推翻

另外那种情况，[11]

那么你的意见

就是完全虚妄。

如果强烈日光

未穿过稀薄地方，

那么月球的上面

10　即有的地方浓密，有的地方稀疏，即诗中说的"无法平均分布"。在这种情况下，日食时日
　　光就会穿透稀薄的地方，然而日光并未穿过月球（即"事实并非如此"）。

11　第二种情况是"要么如同人体，／肥瘦部分共存"，按照但丁的理解稀疏的部分在上，浓密的
　　部分在下，所以贝阿特丽切说，两部分之间应该有个界线。日食时日光被挡住，即被月球深
　　层的浓密部分挡住并反射回来；这从深层反射回来的光应该暗淡一些。

两部分应有界线，

在那界线的那边，

即密度浓密之处，

日光就会被挡住；

被挡住的光线

又被反射回来，[12]

就像玻璃镜面，

因为背面涂铅，

会把各种色彩

全都反射回来。

现在你会反驳：

‘日光反射回来

定会显得较暗淡，

因为它从更深远

的层次反射过来。’

假如你做次实验，

一定能消除异议，

因为实验就是

你们学术的源泉。

你拿三面镜子，

---

12 即从月球深处再反射回来。

第二曲

把其中的两面放在
距你同样远的地点，
把第三面镜子放在
它们中间距你更远

的地点，但要让你的
眼睛能清楚地看见；
你面朝着镜子三面，
让人再把明灯一盏

放在你的身后，
灯光照射镜子
反射到你眼里，
虽然那较远的

镜子中的映象，
没有另外两面
镜子中的映象，
显得那么伸展，[13]

但就光的亮度而言，
三面镜子全都一样。
如同雪的本体
在那温暖阳光

13　那么大。

照射之下，丧失

白色和寒冷外观，[14]

你的心智也如此，

摆脱了错误意见，

我要以真理之光

再点燃你的心智，

灿烂的真理之光

会让你心智生辉。[15]

在那重神圣的、

静止的天[16]怀里，

转动着一重天，[17]

它全部内涵的

生命都是来自

水晶天的能力；

14　雪的本体就是水，就是说雪在阳光作用下变成水，丧失了它那白色和寒冷的外观。

15　这节诗的意思是：贝阿特丽切认为，通过她对月球表面如何出现阴影的解释，但丁已摆脱了那些错误见解，心智已像雪还原为它的本体——水那样，变得纯净，可以接受她准备向他阐明的真理了。下面贝阿特丽切就开始给但丁讲解这个"真理"，亦即本曲乃至整个"天国篇"最晦涩、难懂的部分。

16　即上帝所处的净火天，但丁构思的净火天是静止、不动的，参见本书第一曲注27。

17　指水晶天。"它全部内涵"，即它以下各重天所包含的事物（即宇宙万物）的生命，都来自水晶天从净火天接受的能力。但丁在其著作《飨宴》第二篇中说：水晶天"通过它的运转带动一切其他诸天的日常运转，使它们每天都从上接受并向下传送它们各部分的能力；因此，假如这重天不这样带动它们的日常运转，它们的能力就来不到下界，世人就看不到它们……下界确实就不会有动物的生命或植物的生命产生；不会有夜也不会有昼；不会有周也不会有月和年。全宇宙就会陷入混乱状态；一切其他诸天的运转都会徒劳无益。"

下面的一重天，[18]

众多星辰闪现，

会把这种能力[19]

划为不同部分，

分配给各星辰；

其他各重天体[20]

会把上述能力，

以自己的方式

在其内部布置，

实施不同影响，

达到不同目的。

宇宙这些机关，[21]

如同你看到的，

层层传递能力：

能力取之于上层，

然后再传给下层。

现在请你注意，

看我如何由此

18　即恒星天，它包含众多恒星。

19　即从水晶天接受的能力。

20　即恒星天以下的七重天，它们自上而下依次是：土星天、水星天、火星天、太阳天、金星
　　天、水星天和月亮天。

21　指天国里的各重天。

一步步地论证

你追求的真理，

以便今后你能

自己解决问题。

诸天的运转和影响，

来自各层天的天使：[22]

诸天仅是工具，

天使才是动力，

就像打铁的锤子

是铁匠手中工具。

那重由繁星装饰

得非常美丽的天体，[23]

从它的天使[24]脑海里

接收形象制成印章，

再把印章盖到

各个恒星之上。

22　但丁构思的天国诸天，都安排了一些天使掌管：掌管月亮天的天使简单地称为天使
　　（Angeli），掌管水星天的天使叫大天使（Arcangeli），掌管金星天的叫王国天使或三品天
　　使（Principati），掌管太阳天的天使是威力天使（Podestà），掌管火星天的天使是德能天
　　使（Virtú），掌管木星天的天使是德权天使（Dominazioni），掌管土星天的天使叫德罗尼
　　（Troni），掌管恒星天的天使叫璨璐珀或二品天使（Cherubini），掌管水晶天的天使叫撒拉弗
　　或上品天使（Serafini）。本书第八曲、第九曲、第十九曲等，还会提到他们，而第二十八曲
　　还会详细介绍他们，参见本书第二十八曲"天使的等级"一节。
23　指恒星天。
24　即二级天使，见前注22。

正如灵魂在肉体里，
通过不同器官显示
不同功能，天使也把
智慧撒播在群星里，

显示出多种能力，
又在自身运转中
保持着它的整体。
不同的这种能力，

与其赋予生命力
的珍贵物体结合，
就像你们身上的生命
是肉体与灵魂的结合，

由此形成的天体，
秉承天使喜悦的
元气，就发出光辉，
就像你们的眼珠

显露灵魂喜悦。
星辰明亮不一，
出现一些差异，
源于上述能力。

这与星球密度

没有任何关系；

决定星球明暗的

是这种混合能力，

能力有大小之别，

光亮有明暗之分。"

第二曲

第三曲

你看到的那些
面孔都是实体，
由于未践誓约，
被贬待在这里。
你和她们谈谈，
听听她们说的，
就会信以为实……

　　贝阿特丽切在世时就以爱温暖了但丁的心，现在又帮他认识真理，纠正错误；当但丁正要向贝阿特丽切表示感激时，另外一种景象吸引了他的注意力：他看见了一些轮廓不太清晰的面孔。他以为那是镜子或水面反射出来的位于其身后的人的身影："于是我扭头回望，/看它们是谁的像，/我却谁也没看见。"贝阿特丽切对他说："你看到的那些 / 面孔都是实体，/ 由于未践誓约，/ 被贬待在这里。"就是说，那些并非映像，而是实体，是真实的灵魂。为了让但丁确信这一事实，她让但丁与那些灵魂交谈。

其中有个灵魂似乎很想和但丁讲话，但丁便询问她的名字和境遇。那灵魂回答说："我在人世曾是 / 一个童贞修女，/ 请你回忆须臾，/ 你一定能认出 / 我是皮卡尔达。"皮卡尔达是但丁的朋友弗雷塞的妹妹，但丁在游历炼狱时就问过她在哪里，那时弗雷塞就告诉但丁，他的这位妹妹已在天国享福（参见《炼狱篇》第二十四曲开头及注1）。然而但丁却没有立即认出她："你们神奇的容貌 / 闪烁着一种神光…… / 改变了你们原貌。/ 因此我没能立即 / 清楚地辨认出你。"

但丁得知她和她的姐妹们待在最低一层天体享受永福，就奇怪地问她："你们在此觉得幸福，/ 难道你从来就未曾想 / 上升到更高的地方，/ 更接近神光的地方，/ 使你们与他更亲密？"然而皮卡尔达却回答但丁说："兄弟呀，上帝仁慈，/ 让我们心满意足：/ 满足我们已有的，/ 不再奢望别的。"之后，她补充说："我们把自己意愿 / 局限于神的意志，/ 还把大家的意愿 / 统一于神的意志，/ 这才是根本法则。"最后，她得出结论："符合上帝的意愿 / 是我们幸福所归。"总之，皮卡尔达对自己的境遇很满意，也很知足。但丁也深有感触地说："于是我才弄清楚，/ 天国处处是天堂，/ 尽管享受的幸福 / 各层都不一样。"

但丁想知道皮卡尔达未完成的誓约究竟是什么。皮卡尔达说，圣克拉雷要求世上的女子"戴上修女面纱，/ 穿上修女衣裳，/ 至死都要和她那 / 向其发誓的新郎，/ 日夜同住同眠，/ 始终让他喜欢"；还说她正是按照圣克拉雷的要求，"为了逃避尘世，/ 我还是少女时 / 就学习她的榜样，/ 穿上她那种服装，/ 发誓遵守女修会 / 制定的那些会规"。就是说她很早就做了修女，但是他的兄长强迫她还俗嫁人，中断了她献身基督的誓言，不久悲愤而死。

然后她向但丁介绍了康斯坦丝皇后的情况:"她也曾做过修女, / 她那神圣的头巾 / 也被人强行揭去; / 但是她,违背心愿、违背良好的习俗, / 被迫还俗以后,心中从来没有 / 把修女面纱丢弃。"

　　讲罢康斯坦丝的情况,皮卡尔达唱起"万福,马利亚"即《圣母颂》,渐渐消逝。皮卡尔达消逝后,但丁立即想向贝阿特丽切提问,他究竟想问什么,请接着阅读下一曲。

月亮天

贝阿特丽切似太阳，
曾以爱温暖我心脏，[1]
此时向我揭示美妙
真理那俏丽的形象，

通过验证与批驳，[2]
帮我纠正了错误，
确认什么是真理；
我适度抬起头颅

准备向圣女忏悔，
但这时有一景物
吸引我的注意力，
阻止我向她表露。

洁净透明的玻璃、
清澈平静却不是
深不见底的水面，
映照我们容颜时，

---

1 指但丁九岁时认识贝阿特丽切，那时她就以爱温暖了但丁的心，现在又向但丁揭示真理的美
妙形象。

2 "验证与批驳"是经院哲学论证问题的方法，它们的顺序其实是"批驳"与"验证"。但丁在
其著作《飨宴》第四篇中说："这种方法是人类理性大师亚里士多德所坚持采用的，他总是
先与真理的敌人争论（批驳），然后，在对方信服后，说明真理（验证）"。

轮廓总不太清楚，

仿佛白皙额头上

装点了一粒珍珠，

我们难分辨清楚。

我看见一些面孔

也如此影影绰绰，

好似都准备述说；

因此我犯的过错，

与那喀索斯 [3] 相反，

把真实当成映像。

于是我扭头回望，

看它们是谁的像，

我却谁也没看见。

于是我又把眼睛

转回到我的身前，

盯住圣女那双眼。

她眼睛焕发神光，

微笑着对我说道：

3　那喀索斯（Narcissus）在池边饮水时，顾影自怜的故事，见《地狱篇》第三十曲注22。那喀
索斯是个美少年，许多仙女追求他，包括仙女厄科（Echo）。但那喀索斯不为所动。厄科见
拒，悲痛万分，日益消瘦，最后化为林间的回声。为惩罚那喀索斯无情，复仇女神让他在池
边饮水时，顾影自怜，最后也日见消瘦，憔悴而死。但丁是说，那喀索斯把映像当作真实的
人，而但丁在这里与其相反，把真实的灵魂当成了映像。

"对你的幼稚思想

我不禁觉得可笑；

你不要感到惊异：

因为你那些思想

仍未立足于真理，

而是像往常那样

把你引向虚妄；

你看到的那些

面孔都是实体，[4]

由于未践誓约，

被贬待在这里。

你和她们谈谈，

听听她们说的，

就会信以为实：

因为真理之光[5]，

满足她们渴望，

4　具体的灵魂，而非映像。

5　即上帝。

她们不会移步
离开真理之光。"[6]

皮卡尔达·多纳蒂

她们之中有个灵魂，
似乎更想和我讲话，
于是我转身朝向她；
我似乎受热望重压，

这样开口说道：
"有福的灵魂啊，
你受上帝光辉映照，
已尝到天国的味道，

如果你没有尝过，
甘甜味道便说不出。
假如你能告诉我
你的名字和境遇，

6　凡人的灵魂进入天国以后，都待在净火天里观照上帝，即诗中说的"满足她们渴望"；但是，
　　但丁游历天国时，他们则分别出现在九重天中与自己的功德相适应的天体里，以便让但丁了
　　解他们的不同幸福程度，以及他们在世上所受该天体的影响：例如待在月亮天里的灵魂，都
　　是未能坚守自己誓约的人。本书第四曲"享天福者的真正处所"一节，贝阿特丽切对此解释
　　说："你所见的这些灵魂 / 出现在月亮天里，/ 并非因为这个天体 / 是分配给他们的，/ 这是为
　　了向你 / 形象化地说明，/ 他们在净火天里 / 幸福的程度最低。"

我定会涕零感激。"

那灵魂听罢此话

立即微笑着回答:

"我们的仁爱不会

拒绝正当请求,

恰如我们上帝,

总以爱来满足

别人正当请求。

我在人世曾是

一个童贞修女,

请你回忆须臾,

你一定能认出

我是皮卡尔达,[7]

尽管我的美丽

现在胜过往昔,[8]

也不能骗过你。

7　即皮卡尔达·多纳蒂(Piccarda Donati),是佛罗伦萨贵族西蒙内·多纳蒂(Simone Donati)之女,生来相貌美丽、性格真挚,幼小的时候就进了佛罗伦萨圣克拉雷修女院做了修女。她有两个哥哥:其一是但丁的朋友弗雷塞·多纳蒂(Forese Donati,参见《炼狱篇》第二十三曲注9),另一个是科尔索·多纳蒂(Corso Donati,参见《炼狱篇》第二十四曲注15),佛罗伦萨黑党领袖,但丁认为他是佛罗伦萨灾难的罪魁祸首。科尔索在担任博洛尼亚行政长官时,出于政治原因带人把皮卡尔达从修女院掠走,强行将她嫁给黑党内性格粗暴的罗塞利诺·德拉·托萨,传说皮卡尔达随即暴病而死。皮卡尔达因未完全践行献身基督的誓约,被贬在月亮天享受永福。

8　即皮卡尔达现在待在天国,比她在世时显得更加美丽。

我和其他一些

享天福者一起

被安排在这个

旋转慢的天体。[9]

我们的情感

由圣灵点燃，

因此我们的喜悦

也遵循他的法则[10]：

我们处地较低，

是上帝安排的，

因为我们的誓言

没能够完全兑现。

不同程度的天国之福

于是我对她说道：

"你们神奇的容貌

闪烁着一种神光

（说不出是啥神光），

9　即月亮天。但丁构思的天国，以地球为中心，九重天都围绕地球旋转，月亮天离地球最近，旋转的半径最短，因此它旋转得最慢。

10　皮卡尔达等虽被贬在月亮天享受最低等级的永福，但都感到很满足。

改变了你们原貌。
因此我没能立即
清楚地辨认出你，
但是刚才你说的

给了我很大帮助，
让我非常轻易地
就回想起来了你。
不过我想请问你，

你们在此觉得幸福，
难道你从来未曾想
上升到更高的地方，
更接近神光的地方，

使你们与他更亲密?"
她和其他灵魂一起
先是微微地一笑，
然后欣喜地解释，

仿佛被圣灵驱使:
"兄弟呀，上帝仁慈，
让我们心满意足:
满足我们已有的，

不再奢望别的。
假如我们希望
升到更高的地方，
那么我们的愿望

就违背了神意；
假如我们必须
遵循上帝旨意，
一直待在这里，

那按此理推断，
你所说的事情
这里不会出现；
而且与此相反，

我们把自己意愿
局限于神的意志，
还把大家的意愿
统一于神的意志，

这才是根本法则。
这样，我们虽然
分布在天国诸天，
也能使天国喜悦，

使它的君王¹¹喜悦

（上帝把这种意愿

置于我们意愿中）。

符合上帝的意愿

是我们幸福所归。

他所创造的以及

大自然生长出的，

这一切都回归他，

犹如万流注入海。"

于是我才弄清楚，

天国处处是天堂，

尽管享受的幸福

各层都不一样；

就像吃饭那样，

吃饱一种食物，

还馋其他食物，

于是祈求这种，

感激谢绝那种；¹²

同样，我也如此

以言行向她明示，

11　即上帝。

12　即谢绝已吃饱的食物，祈求尚未吃的食物。

想知道她未织完

的织物是什么布。[13]

她这样回答我说：

"有位完美的圣女，[14]

具有崇高功德，

位于天国高层；

她要你们下界

妇女奉行准则：

戴上修女面纱，

穿上修女衣裳，

至死都要和她那

向其发誓的新郎，[15]

日夜同住同眠，

始终让他喜欢。

为了逃避尘世，

我还是少女时

---

13 但丁用"未完成的织物"比喻皮卡尔达未完成的誓约，即但丁想知道皮卡尔达未完成的是什么誓约。结合前面有关吃饭的比喻，但丁一方面感谢皮卡尔达至此给他做的解答，同时又向她提出新的要求。

14 指圣克拉雷（Saint Clare，1194—1253年），圣方济各的同乡和女信徒，受方济各委托组建方济各修女会和修女院，会规同方济各修士会。圣克拉雷修女会和修女院，不久便遍及意大利各地，如前注7说的，皮卡尔达是在佛罗伦萨加入圣克拉雷修女院的。

15 即耶稣基督，《福音书》里多处称呼耶稣为新郎。

就学习她的榜样，
穿上她那种服装，
发誓遵守女修会
制定的那些会规。

后来一些男士
（他们惯于作恶，
从不愿做善事），
把我从甜蜜的

修道院里劫出，
后来我的生活
有了什么结果，
上帝心中有数。

康斯坦丝皇后

在我右手旁边，
另一灿烂形象
展现在你面前，
月亮天的光芒

都反映在她脸上。
你可把我的情况
也看作她的情况：
她也曾做过修女，

她那神圣的头巾

也被人强行揭去；

但是她，违背心愿、

违背良好的习俗，

被迫还俗以后，

心中从来没有

把修女面纱丢弃。

她就是康斯坦丝。[16]

她与士瓦本王朝

的皇帝亨利六世，

生下腓特烈二世，

最后的罗马皇帝。"[17]

她的话刚一结束，

就开始诵唱"万福，

16 康斯坦丝（Constanz，1152—1198年，参见《炼狱篇》第三曲注13），是西西里和那不勒斯
    王国罗杰二世（Roger II）的女儿，也是西西里王位唯一的继承人。1185年康斯坦丝嫁给神
    圣罗马帝国皇帝腓特烈一世的儿子亨利六世，1194年生腓特烈二世。1197年亨利六世去世，
    年仅三岁的腓特烈二世继位，康斯坦丝摄政，直至1198年逝世。当时有流言说，康斯坦丝曾
    出家做过修女，52岁时被巴勒莫（Palermo）大主教从修道院抢夺出来，并让她还俗嫁给亨
    利六世。其实康斯坦丝并未做过修女，嫁给亨利六世时是31岁，也不是52岁。看来但丁相信
    了这一流言，但对她还是很尊敬的，把她作为未能完全履行自己誓约的崇高女性的代表，安
    排在月亮天享受天国的永福。
17 士瓦本（即霍亨斯陶芬）家族一共出了三位神圣罗马帝国皇帝，他们是：腓特烈一世（红
    胡子），1155—1190年在位；亨利六世（康斯坦丝的丈夫），1191—1197年在位；腓特烈二
    世（康斯坦丝之子），1250年逝世。1250年之后，神圣罗马帝国皇帝这一称号一直空缺，直
    到1308年亨利七世当选为神圣罗马帝国皇帝（参见《炼狱篇》第六曲注25），1212年到罗马加
    冕。所以但丁在创作《神曲》时认为，腓特烈二世是最后的罗马（即神圣罗马帝国）的皇帝。

马利亚"[18]，一边唱，
一边隐遁，像重物

渐渐沉入深水里。
我的眼睛尽可能
紧盯着这一过程，
直至她完全消失。

然后我转过身来，
望着我最大心愿，
即贝阿特丽切；
但是她的双眼

闪着明亮目光，
让我无法承受，
正是这个缘故
让我暂缓开口。

18　"万福，马利亚"是《圣母颂》的第一句。

第四曲

圣教还把加百利、
米迦勒和另外一
大天使,(他曾经
治好托比的疾病),
给你们描绘成人。

    但丁在上一曲与皮卡尔达交谈后,产生了两个疑问,迫切想向贝阿特
丽切提出:一是皮卡尔达她们由于遭受暴力未能完全履行自己的誓约,结
果在天国享受最低程度的天福,但丁觉得这不公平;二是他在月亮天见到
皮卡尔达等人的灵魂,想起了柏拉图在《蒂迈乌斯》中说的话:灵魂在与
自己的肉体结合前曾待在星辰中,肉体死后灵魂又返回天体,而且它们在
天体中待的时间有长有短,取决于它们的功绩大小。这种观点显然与教会

的正统观点不符。

当但丁"面对两个相同急迫/的疑问,却不知/先选择哪个质疑,/只好暂且保持沉默"时,贝阿特丽切看出了他的困境,便立即给他解释。不过,贝阿特丽切认为:但丁的第一个疑问是为皮卡尔达等打抱不平,怀疑上帝的惩罚是否公正;而第二个疑问则涉及基督教教义。所以她说:"不过我在这里/先谈第二个问题,/因为它的毒害/超过第一个问题。"

对第二个问题,贝阿特丽切解释说:上品天使、摩西、撒母耳、圣母和皮卡尔达等,都待在净火天里享受天福,除前面四位外,他们可能出现在不同的天体(即月亮天、水星天、金星天等)里面,那是因为:"你们的思维方式/习惯以感性开始,/然后把感性认识/提高到理性认识。/《圣经》便迁就你们,/把上帝也描述成/有手有脚的人……/圣教还把加百利、/米迦勒和另外一/大天使……/给你们描绘成人。"就是说,为了让习惯了依靠感性认识了解世界的凡人理解上帝、天使、天国、享受永福的灵魂等这类精神现象,《圣经》才把他们描绘成有手有脚的人。或者说,但丁在向我们展示天国、描述他在那里遇到的那些灵魂的时候,只能遵循人类习惯的思维方式,不能完全按照神学精神进行复述。

至于柏拉图在《蒂迈乌斯》书中说的"灵魂能回归星辰"问题,"正如他自己所说,/是他自己的感知",或者说,那是他以一个凡人的感受谈神学问题,他的观点与神学"相似却不尽相同",是错误的;"这个论断曾导致/几乎所有人失误,/把一些神祇名称/赋予了某些星辰,/出现了马尔斯、/墨丘利和宙斯",即导致了以色列之外的所有人,去信奉多神教的这些神祇。所以贝阿特丽切认为这第二个问题毒害更深。

关于第一个问题,贝阿特丽切以绝对意志与相对意志来解释。她说:绝对意志是不会与邪恶妥协的,而相对意志则可能屈从邪恶。皮卡尔达说康斯坦丝被迫还俗以后,从来没有放弃做修女的信念,即不与邪恶妥协,指的是康斯坦丝的绝对意志;而贝阿特丽切说,皮卡尔达和康斯坦丝她们有行动自由时，"她们的意志就该／把她们再次推回／那被劫走的圣地"，指的却是相对意志，即她们担心发生更大的不幸，未能反抗。因此，贝阿特丽切认为，她和皮卡尔达讲的都是真理。至于她们待在月亮天里，享受天福的程度最低，也是一种便于凡人理解的形象性说法。

但丁对贝阿特丽切的解释感到满意，但由于人类具有与生俱来的、探索真理的欲望，此时他又产生了新的疑问："一个凡人若想以／别的善举去补偿／那未履行的誓约，／你们是否会欣赏"？圣女将在下一曲作答。

但丁的疑问

一个意志自由的人
面前放着两种食物，
那食物离他同样远，
同样刺激着他食欲，

他却至死未做决断；
犹如一只小羊，站在
两只凶残的饿狼间，
吓得哆嗦不知躲开；

另有一只猎狗，
站在两只鹿间，
不知向谁下手。
我的情况同前：

面对两个相同急迫
的疑问，却不知
先选择哪个质疑，
只好暂且保持沉默；

既不对自己谴责，
也不对自己赞赏。
但我的疑问和愿望
都表现在我的脸上，

比讲出来更清楚。

就像限制但以理

给他的国王释梦，[1]

以消除国王怒气，

贝阿特丽切对我说：

“我看得很清楚，

两个疑问纠缠着你，

致使你作茧自缚，

难以把心意说出。

你曾经这样表述：

‘她们既然心志不移，

那么其他人的暴力，

又有什么道理

成为降低她们

享福的依据呢？’[2]

你的另一怀疑

---

1 巴比伦国王尼布甲尼撒做了个梦，醒来后忘记是什么梦，让术士们告诉他。众术士无人能告，国王大怒，要处死他们。先知但以理受上帝启示，告诉并解说出了他的梦，消除了他的怒气（参见《旧约·但以理书》第2章第1—46句）。这句话的意思是：贝阿特丽切像但以理给国王释梦那样，对但丁说。

2 即皮卡尔达和康斯坦丝都是在他人胁迫下还俗嫁人，未能完全履行自己的誓言，但她们在心中并未放弃自己的誓言。既然如此，为什么还降低了她们享受永福的程度呢？这是但丁的第一个疑问。

源自柏拉图学说：

灵魂会返回星辰。[3]

这些问题纠缠着你，

给你的压力也相等。

不过我在这里

先谈第二个问题，

因为它的毒害

超过第一个问题。[4]

享天福者的真正处所

靠近神的撒拉弗、[5]

摩西、撒母耳以及

约翰[6]（你所挑选的），

包括马利亚圣母，

---

3 柏拉图在其著作《蒂迈乌斯》中说：人们死后，灵魂都回到与肉体结合之前所在的星辰中去。但丁看到皮卡尔达等的灵魂待在月亮天里，想起了柏拉图的说法，这对贝阿特丽切解释的有福之人的灵魂被上帝按不同功绩安置在不同天体享受不同程度的永福的说法，在一定程度上也是一种质疑：前者认为灵魂返回星辰是必然的；后者认为那取决于上帝的选择。

4 但丁的第一个疑问是为皮卡尔达等打抱不平，怀疑上帝惩罚是否公正；而第二个疑问则涉及基督教教义。其实，柏拉图有关灵魂回归星辰的观点，早在540年举行的君士坦丁堡主教会议（Concilio di Costantinopoli）上已被宣布为"异端邪说"，因为基督教认为灵魂是由上帝缔造并注入肉体的。所以诗中说，第二个问题的毒害超过了第一个问题。

5 即掌管水晶天的天使，他们最靠近上帝所在的净火天，参见本书第二曲注22。

6 摩西（Moses），以色列人的领袖，曾率领以色列人出埃及。撒母耳（Samuel），以色列人先知，在以色列建立君主制的奠基人。关于约翰，这里有两位，即施洗者约翰和福音书作者约翰；"你所挑选的"，即这两位约翰中间的任何一位。

他们不会出现在
天国净火天之外，
即不会出现在你
看到的月亮天里，

他们享受的永福
并没有时间限制；[7]
他们都在净火天里，
让净火天更加美丽，

但他们的甜蜜生活
在那里也有些差异，
那是因为他们感受
大爱，深浅程度不一。

你所见的这些灵魂
出现在月亮天里，
并非因为这个天体
是分配给他们的，

这是为了向你
形象化地说明，
他们在净火天里
幸福的程度最低。

7　不论在净火天里还是在月亮天里，大家享受到的永福都是永恒的，不受时间限制。这一点也
是对柏拉图的批判，因为柏拉图认为灵魂回到星辰中，留在那里的时间，依据他们功德的多
少，有的较长，有的较短。

对你们凡人智力，

需这样进行解释：

你们的思维方式

习惯以感性开始，

然后把感性认识

提高到理性认识；

《圣经》便迁就你们，

把上帝也描述成

有手有脚的人，

但那另有所指。[8]

圣教[9]还把加百利、

米迦勒和另外一

大天使[10]，（他曾经

治好托比的疾病），

8　《圣经》为了适应人的思维习惯，采取隐喻手法，使上帝形象化（"把上帝也描述成／有手有脚的人"），但那是另有所指，就是说《圣经》里说的，除了字面意义，还有精神意义和象征意义。正如托马斯·阿奎那在《神学大全》中所说："人要通过可感觉的事物达到可理解的事物，这是很自然的。因为我们的每一种认识都来自感官。因此在《圣经》中，精神事物就以物质的隐喻手法加以陈述。在《圣经》中，就赋予上帝以形体特征……例如，眼睛的行为是看；这样，在谈及上帝时，眼睛就意味着视觉官能，这并不是就感觉而言，而是就心智而言；对其他部位，情况也类似。"

9　即基督教会。

10　加百利（Gabriel），向童贞女马利亚宣布她怀孕的大天使，参见《炼狱篇》第十曲注6。米迦勒（Michael），讨伐平定撒旦叛乱的大天使。"另一位大天使"指拉斐尔（Raphael）大天使，他曾治好了托比的眼疾（参见《圣经次经·托比传》第3章第25句，中文版《圣经》未收录此经）。

给你们描绘成人。

你这里看到的情形

与《蒂迈乌斯》书中，

有关灵魂的论述

相似却不尽相同，

因为那里的表述，

正如他[11]自己所说，

是他自己的感知。

柏拉图在那里说，

灵魂向星辰回归，

那是因为它相信，

大自然把那颗星

派给它作为形式时[12]，

它就离开了那颗星；

或许他的看法，

除了字面意义，

还有别的含义，

不可妄加讽刺。

---

11 指柏拉图。

12 "形式"在这里是经院哲学的术语，指人的肉体。这节诗的意思是：当大自然把那颗星赋予它（灵魂）作为它的形式时，它就离开那颗星去与自己肉体结合，死后则要离开它的肉体返回自己的星辰。

第四曲

如果他是说星体

对灵魂的影响力

（不论是好还是坏），

死后仍回归星体，

那么他的箭矢

就射中了真理。¹³

这个论断曾导致

几乎所有人失误，

把一些神祇名称

赋予了某些星辰，

出现了马尔斯、

墨丘利和宙斯。¹⁴

未偿还的誓愿

另外那个问题¹⁵

令你心存怀疑，

13　意思是：如果柏拉图说的是星体对人的影响力（不论是好是坏），人死之后又返回该星体，
　　那么柏拉图的说法，在某种意义上也有一定道理。

14　马尔斯（Mars），古罗马神话中的战神，也是火星的名字；墨丘利（Mercury），古罗马神
　　话中司掌商品、保护商人的神祇，也是水星的名字；宙斯（Zeus），古希腊神话中地位最高
　　的主神，相当于古罗马神祇中的朱庇特，也是木星的名字。这节诗的意思是：柏拉图的错误
　　论断误导了几乎全世界所有的人（犹太人除外），致使给这些星辰中的一些星取了神祇的名
　　称，把它们当神祇崇拜。

15　即但丁的第一个疑问，为皮卡尔达等打抱不平，怀疑上帝对她们的惩罚是否公正，参见前注
　　4。

它的毒害较少，
不会把你引导

到别的地方去。[16]
在世人的眼里，
上帝的公正处理，
似乎是不公正的；

这只是信仰问题，
而不是异端邪说。
为了让你们心智
能洞悉这一真理，

我就如你所求，
让你感到满足。
如果那受迫害者
对暴力已经妥协，

那么此人的灵魂
也不能得到原谅：
倘若她们不妥协，
就应该像火那样，

16　即不会让但丁陷入异端邪说。

无论受什么阻挠，

总要向上方燃烧；

她们若坚定不移，

就会逃回那圣地，[17]

既然她们没回逃，

就是说或多或少

屈服顺从暴力。

她们若要保持

自己意志完整，

就要像劳伦斯[18]

在烤架上挺立，

或像穆西乌斯[19]

对右手那样严厉；

一旦摆脱了暴力，

能够自由行动时，

她们的意志就该

---

17 即皮卡尔达等没有逃回她们的处所——神圣的修道院。

18 劳伦斯（Lawrence）即圣劳伦斯，早期罗马教会副主祭，因拒绝交出教会的财宝，于258年被火活活烧死。

19 即穆西乌斯·斯凯沃拉（Mucius Scaevola），古罗马传说中的英雄。当埃特鲁斯人的国王波尔塞纳（Porsenna）围困罗马时，他试图刺死波尔塞纳却误刺了国王的侍卫；波尔塞纳下令烧死他，他却毫不畏惧，把自己右手伸到火中去烧；波尔塞纳赏识他的勇气，释放了他，并与罗马议和，撤兵而去。

把她们再次推回
那被劫走的圣地，
然而这样的意志
世上实在是太少。

假如我的论述
你能完全领悟，
你原有的错误
应该已被消除，

否则它在以后
还会找你麻烦。
但是在你面前
还有一道难关，

靠你自己力量
很难冲出关去，
因为没等出去，
你就力气全无。

我曾在你心灵
播下这一信念：
在此享福魂灵
不会说谎行骗，

因为它们经常
待在上帝身旁；

第四曲

然而皮卡尔达

曾这样对你讲：

康斯坦丝心中

从未放弃誓言。

她的这话似乎

与我的话相反。

兄弟呀，过去多次

发生过这样的事：

为了避免危险，

人们违背心愿，

做出不该做的事，

例如阿尔克迈翁[20]

为实现父亲心意，

把自己母亲杀死，

看似遵守孝道，

实则残酷无情。

讲到这件事情，

愿你能够想到：

20　阿尔克迈翁（Alcmaeon）的父亲安菲阿拉俄斯（Amphiaraus）不愿参加攻打忒拜的战斗，躲藏了起来；他的妻子因收了别人一副项链，说出了他藏身之地；他不得不去参战，结果在战斗中被击毙。他出征之前嘱咐儿子阿尔克迈翁杀死母亲，为他复仇。有关阿尔克迈翁的典故，参见《炼狱篇》第十二曲注12。

暴力若结合意志

犯下的这种罪恶，

绝不会得到谅解。

绝对意志是不会

同意人去犯罪，

但是相对意志，[21]

出于担心害怕，

就会屈从暴力：

如若进行反抗，

怕会遭受祸殃。

皮卡尔达讲的，

是指绝对意志，

而我这里说的，

则是相对意志。

所以，我俩说的

同样都是真理。"[22]

21　亚里士多德和阿奎那都把意志分为绝对意志（意大利文volontà assolunta，英文absolute will）
　　和相对意志（意大利文volontà condizionata，英文conditioned will）。绝对意志是不会与邪恶
　　妥协的，而相对意志则可能屈从邪恶。

22　皮卡尔达说康斯坦丝被迫还俗以后，从来没有放弃做修女的信念，即不与邪恶妥协，指的是
　　康斯坦丝的绝对意志；而贝阿特丽切说，皮卡尔达和康斯坦丝她们有行动自由时，"她们的
　　意志就该 / 把她们再次推回 / 那被劫走的圣地"，指的是相对意志，即她们害怕更大的不幸，
　　未能反抗。因此，贝阿特丽切认为，她和皮卡尔达讲的都是真理。

贝阿特丽切的推理，
似真理之河的流水
波浪滚滚涌向前，
涤荡了我的怀疑。

但丁的新疑问

"圣女啊，上帝的至爱，"
然后，我接着对她说，
"您的话温暖且浇灌我，
让我越听生机越多，

我对您的敬意
尚未如此深挚，
足以报答您的
恩情以及善意，

但愿全知全能者 [23]
能替我向您酬谢。
我现在已经理解：
我们的心智永远

不会完全满意，
只要唯一真理

23　即上帝。

不来将它启迪；
获得真理之后

心智才会歇息，
就像山间野兽
安歇自己窝里。
心智肯定能够

获得最高真理，
否则求知努力
都是枉费心机。
由于这种欲望，

疑问才像那嫩芽
萌生于真理树下；
正是这天生动力，
推动我们去攻下

一个又一个山头，
抵达那终极真理。
对此我深信不疑，
因此我满怀敬意

向您提另外一个
令我费解的问题：

圣女啊，我欲知，
一个凡人若想以

别的善举去补偿
那未履行的誓约，
你们是否会欣赏，
在你们的天平上，

这值不值得考量。"
圣女用她那充满
爱抚的目光，
打量我一番；

她那神圣目光
如此明亮耀眼，
令我感到惊慌，
迫使我把双眼

立即低垂下来，
犹如败下阵来。
与此同时我也
几乎失去知觉。

第五曲

就像那池里鱼类，
我看见一千多位
闪烁发光的魂灵，
正朝着我们前行。

　　这一曲开头，贝阿特丽切回答但丁上一曲末尾提的问题："一个凡人若想以 / 别的善举去补偿 / 那未履行的誓约，/ 你们是否会欣赏。"她首先从上帝造物时给予天使和人类的最大恩赐——自由意志谈起：天使和人都是"有理智的被造物"，上帝在创造他们时，就赋予了他们"自由意志"，即对善恶进行选择的能力，而且"不论现在或过去"，即不论是在亚当被驱逐出伊甸园、魔王卢齐菲罗背叛上帝这些事件之前，还是在这些事件之后，上帝都赋予人类这种权力。因此，人在向上帝立誓时，就意味着自动放弃（牺牲）了这一自由选择的权力，就是说人已经没有自由选择的权力，怎么还能选择别的善举来进行补偿呢？

贝阿特丽切进一步解释说："虽然在誓愿方面 / 圣教有特殊规定，/ 它们和我的观点 / 好像是不相一致"，但"建立誓约的本质 / 包含着两种东西：/ 一是承诺什么东西，/ 二是如何践行承诺"，而且"后者绝不能废除，/ 只能严格地履约"，即在践行誓约方面，不允许有丝毫马虎。但是《圣经》中也提到变更或替换贡品的问题，这是指立誓的第一个要素，即承诺的东西。即使允许替换贡品也是有条件的，圣女还进一步将替换贡品分为两种情况：一，如果换上之物包含了换下之物，例如数目六就包含数目四，那这种替换是可以的；其他任何形式的替换都是不许可的。二，如果承诺的东西价值巨大（这里主要是指修士、修女的童贞生活），那是绝对不能替换的。就是说，像皮卡尔达、康斯坦丝等人的情况，绝对不能容忍以其他善举补偿原来的誓愿。

既然发誓许愿是件非常严肃的事，贝阿特丽切奉劝所有基督徒"不要轻易许愿，/ 必须遵守誓言，/ 别像耶弗他那样，/ 将独生女儿奉献"；也不要像希腊联军统帅阿伽门农那样——当联军船队起航去攻打特洛亚时，他向神祇许愿：如海上的逆风停止，他将把自己国内那一年出生的最美丽之物作为贡品奉献，而这最美丽之物竟是他的女儿伊菲革涅亚；逆风停止后，他便要把女儿作为贡品杀死。

最后，贝阿特丽切告诫基督徒们：你们行事要更加审慎，"不要效仿糊涂的 / 羊羔，天真幼稚、/ 活蹦乱跳，抛弃 / 母羊的奶，最后 / 让自己落入狼口"。

贝阿特丽切讲完这一大段话后，转身凝目望着宇宙那最亮的部分，即当时距离他们最近的水星天，神情是那样肃穆，吓得但丁满腹疑问也不敢向她提出。就在这一瞬间，但丁和贝阿特丽切迅速上升到了水星天。贝阿特丽切来到水星天，"显得那样喜悦，/ 致使这重天也 / 更加明亮晶莹"。与此同时但丁看见，一千多位闪烁发光的魂灵正朝着他们走来，而且听见他们都在说："瞧那位，/ 他就是令我们 / 的爱增强的人。"有注释家指出，天国里的爱德会随着被爱者的数量增加而增加。但丁进入水星天，成为水星天里这些灵魂施爱的对象，被爱者增加了，因此也增加了他们的爱德。

　　但丁想知道他们的情况，知道他们都是谁，于是向他们中的一位提问："我不知道你是谁，/ 也不知道你何以 / 安置在水星里面。"但丁的问题使这位灵魂发出的光辉更加明亮。这位灵魂是谁，他如何回答但丁的问题，请接着阅读下一曲。

誓愿的实质与价值

"我这里若以神的
温暖的爱照射你,
所采用的方式
与在凡间不同,

它有可能超出你
视力的承受能力,
你不必感到惊奇,
因为这样的效应

来源于完美观照,
观照中所见越深,
向至爱越是接近,
对至爱就越热忱。

我看得非常清楚,
永恒之光已反射
在你的心智里面;
它一旦把你照射,

就燃起你的爱慕;
倘若有其他事物
还能够再引诱你,
只能是那种事物,

它显露出的迹象，

看似那永恒之光。

你现在想要知道，

能否以其他效劳

补偿那未践誓约，[1]

以便使自己灵魂

免于受公正惩戒。"

这是贝阿特丽切

开始这首歌曲时，

进行的一番陈述；

她似乎不愿被人

打断，接着说下去：

"上帝在造物时，

出于慷慨大度，

赐予造物礼物，

其中就有一物，

最能体现其至善、

最能得到其珍视，

1 　见上曲末但丁的提问："一个凡人若想以 / 别的善举去补偿 / 那未履行的誓约，/ 你们是否会满意。"

那就是意志自由；²

唯有那些有理智

的被造物才享有

这种意志的自由，

不论现在或过去，

都赐给这种礼物。³

如果你由此推理，

就明白这个道理：

如果你立誓言时，

上帝也愿意接受，

那你就应该知道

誓愿的崇高价值：

人和上帝之间

订立契约之时，

人就决定放弃

我这里所说的

他获得的恩赐，⁴

而且出于自愿。

2　基督教有关意志自由或自由意志的说法，即人有对善恶进行选择的权力，我们在《炼狱篇》
　第十六、十八和二十八曲都接触过，参见《炼狱篇》第十六曲注15。

3　"有理智／的被造物"指天使和人；"不论现在和过去"，指不论是在亚当被驱逐出伊甸园、魔
　王卢齐菲罗背叛上帝这些事件之前，还是在这些事件之后。

4　即上帝赐予人和天使的自由意志。

因此人还能怎么
拿他物来补偿呢？
假如你仍然觉得，
可使用已放弃的

自由意志来行善，
那就像你用赃物
来完成一件善事。
这一点你已领悟，

这是问题的要点；
虽然在誓愿方面
圣教有特殊规定，[5]
它们和我的观点

好像是不相一致，
要弄清这些问题，
你需要在餐桌边，
再多坐一些时间：

你吃的坚硬食物，
消化掉需要帮助。
现在你敞开心扉，
倾听我对你讲述，

5　即有关更改或取消誓言的一些规定。

并且把我的解释
牢牢地记在心里：
仅仅理解而不记住，
不能算你获得知识。

建立誓约的本质
包含着两种东西：
一是承诺什么东西，
二是如何践行承诺。

后者绝不能废除，
只能严格地履约；
对此我已经讲过，
用语也十分明确。

所以希伯来人
要向上帝献祭，
甚至可以更替
（这是你欲知的）

某些贡品实物。[6]
誓约另一要素，
亦即承诺之物，
即使进行替换，

6　关于贡品的替换具体方法，参见《旧约·利未记》第27章第1—33句。

也不算是罪恶。

但是未经许可，[7]

自己不能随意

进行任何更替，

推卸所负责任；

你应这样坚持：

任何形式更替

都是不负责任，

除非换下来的东西

含在换上的东西里，

例如数目字四已

包含在数目六里。

如果那承诺的东西，

价值大得没有砝码

可以用来称量它，

那就不能替换它。[8]

———————

7　指未经教皇的许可。

8　《旧约·利未记》第27章列出了许多贡物替换的例子。但丁把它们归纳成两类：一，如果换上之物包含了换下之物，例如数目六就包含数目四，那种替换是可以的，其他任何形式的替换都是不被许可的。二，如果事物的价值巨大（这里主要是指修士、修女的童贞生活），那是绝对不能替换的。就是说，像皮卡尔达、康斯坦丝等人的情况，绝对不能容忍以其他善举补偿原来的誓愿。

对基督徒的告诫

不要轻易许愿，
必须遵守誓言，
别像耶弗他那样，
将独生女儿奉献。[9]

其实对他来说，
与其遵守诺言、
犯下更大的罪过，
不如说'是我失言'；

你也可得出结论，
希腊人的大首领
与此人同样愚蠢，
让伊菲革涅亚千金

为自己的美貌哭泣，[10]
也使所有听说此事的人

9　耶弗他（Jephthah），以色列士师，在率领以色列人与亚扪人（Ammonites）作战时，向耶和华许愿：如果上帝帮助以色列人战胜亚扪人，让他平安凯旋时，他就把第一个走出家门迎接他的人献给上帝，谁知第一个走出家门来欢迎他的竟是他的独生女儿。他为了忠实履行诺言，让自己的女儿终身不嫁。参见《旧约·士师记》第11章第30—39句。

10　"大首领"这里指攻打特洛亚时希腊联军统帅阿伽门农（Agamemnon），联军船队从奥利斯港（Aulis）起航时，阿伽门农向神祇许愿：如海上阻碍航行的逆风停止，他将把自己国内那一年出生的最美丽之物作为贡品奉献，而这最美丽之物竟是他的女儿伊菲革涅亚（Iphigenia），逆风停止后他便把女儿作为献祭杀死。"为自己的美貌哭泣"，意思是因为长得美而成为祭品。

（聪明的人或愚蠢的人），

都为她的遭遇哭泣。

基督徒们哪，你们

行事要更加审慎，

不要像随风飘荡

的羽毛，不要幻想

凡是水都可净身。[11]

你们有《新约》《旧约》

和教会那位牧人，[12]

他能领你们净身。

但愿这两个要点

能够帮你们得救。

假如邪恶的贪婪

向你们发出召唤，

你们应该做个

有理性的教徒，

千万别做一个

羊羔，糊里糊涂，

11　基督徒洗礼时用的水可以净身，即洗去原罪，但是不是什么水都可以净身。意思是，许下的
　　愿如不履行，不是任何行为都可以免除你们的责任、得到上帝宽恕的；能够免除你们责任的
　　行为，只有前注6中说的《旧约·利未记》第27章列举的情况。

12　指教皇。

　　　　　　　　第五曲

别让你们中间的

那些虔诚犹太人，

对你们进行讥讽；

不要效仿糊涂的

羊羔，天真幼稚、

活蹦乱跳，抛弃

母羊的奶，最后

让自己落入狼口。"[13]

进入水星天

贝阿特丽切说的话，

我这里都一一记下；

然后她满怀渴望

朝着宇宙那最亮

的区域转身观望。

我心里充满疑问，

迫切想向她提出，

正准备向她发问，

---

13 以天真幼稚的羔羊比喻那些放松警惕、不按教会规定行事的基督徒：羔羊天真幼稚，在仍然
    需要母羊喂奶的时候就离开母羊，最后落入狼口。贝阿特丽切以此警告那些基督徒，如不遵
    守教规，最后必然招来厄运。

看见她沉默肃穆，

只好把问题压住。

宛如箭矢刚射出，

弓弦颤动尚未止，

就在这一刹那间

我们进入水星天。

我看见贝阿特丽切，

一进入那光辉里面，

显得那样喜悦，

致使这重天也

更加明亮晶莹。

恰如那颗星星[14]

因圣女而改变，

并且露出笑颜，

我由于本性多变，

岂不也变化多端![15]

恰如一个鱼池，

清澈平静水体，

---

14 指水星。

15 这节诗的意思是：那颗星星即水星，本性不会发生变化，由于贝阿特丽切的进入，变得喜悦、晶莹；而但丁，由于人类本性"多变"，即容易接受外来的影响，在这种影响下，岂不是"变化多端"？

外面抛撒食物，
鱼儿追赶啄食；

就像那池里鱼类，
我看见一千多位
闪烁发光的魂灵，
正朝着我们前行，

听见他们每一位
都在说："瞧那位，
他就是令我们
的爱增强的人。"[16]

所以他们每一位
走到我们跟前时，
他们发出的光辉
令他们满脸欢喜。

读者啊，你试想，
假如我的诵唱
刚刚开始就停止，
那么你们的渴望，

16　有注释家指出，天国里的爱德会随着被爱者的数量增加而增加。但丁进入水星天，成为水星
　　天里这些灵魂施爱的对象，因此也增加了他们的爱德。所以后文诗中说："他们发出的光辉 /
　　令他们满脸欢喜。"

欲知下文的渴望，

会变得多么高昂；

读者你也可想见，

这些灵魂一出现，

我是多么希望

了解他们情况。

"啊，你生来有福，

获得神恩特许

在你凡尘的战斗

尚未结束的时候，[17]

就能够来到天国

瞻仰众圣徒宝座。

普照天国的光焰[18]

把我们全身点燃，

你欲知我们情况，

想提问悉听尊便。"

那些虔诚的灵魂中

有一位这样对我说，

---

17 基督教传统认为，人在尘世的一生就是一场战斗，参见《旧约·约伯记》第7章第1句："人
    在世上岂无争战吗?"所以，这句诗的意思就是，但丁还活着的时候。
18 指上帝。

第五曲

然后，贝阿特丽切
也接着这样鼓励我：

"问吧，放心提问，
你应该相信他们，
就像你相信众神。"
"我看得十分清楚，

你待在你自己的
光芒形成的巢里，
那光芒来自你的
眼睛，因为当你

微笑的时候，你的
眼睛变得更亮丽；
但是，高贵的灵魂，
我不知道你是谁，

也不知道你何以
安置在水星里面，
（它因为离太阳太近，
被强烈的阳光遮掩）。" [19]

19　即水星的光线弱，太阳的光线强，人们不大看得清楚水星。但丁在《飨宴》第二篇中说：由
　　于水星旋转的轨道距太阳极近，它就"比任何其他星辰更易被太阳的光线所掩盖"。

这是我向同我讲话
的发光体提的问题,
我的话使他变得
比此前更加亮丽。

浓重的雾气能够让
强烈的阳光变温柔,
雾气被阳光驱散后,
人又无法直视阳光;

那位神圣的发光体,[20]
出于欢喜,像太阳
躲在强烈的光辉里,[21]
他这样自我封闭

回答我的问题,
所采取的方式
见下一曲写的。

---

20 指与但丁谈话的那个灵魂,即下一曲将要和但丁谈话的查士丁尼一世。
21 意思是,太阳因自己的光线强烈,令人无法看见。

第六曲

（神鹰）让我做了皇帝。
我是查士丁尼，
照上帝的旨意
对法律进行修订。

　　水星天是但丁设计的天国中层次较低的一环，仅高于月亮天，低于其他七重天。被上帝置于这层天里的灵魂，生前多行善事，但其行善的目的是为博取荣誉和名声，与崇尚至善还有一定差距。尽管如此，他们对上帝的这一正确处置非常满意，决不羡慕那些处于更高层天体里的灵魂。
　　查士丁尼一世就是这里众多灵魂中的一位。他曾是东罗马帝国的皇帝，生前主持修订了《罗马民法汇编》，也是古罗马历史上第一位信奉基督教的皇帝。因此但丁视其为理想的皇帝、能够与精神领域里的领袖——教皇协调一致地管理世俗任务的优秀皇帝，死后在天国享受永福。

本曲开始，查士丁尼一世用较少篇幅回答了但丁在上一曲末提出的第一个问题"你是谁"。然后以很大篇幅（约占全曲的三分之二），讲述罗马帝国的历史：从特洛亚被毁后，埃涅阿斯遵从神意远渡重洋来到意大利，成为拉蒂努斯王国的继承人，到其子孙统一并建立罗马帝国的前身——意大利王国；接着又简要介绍了意大利王国经历的三个历史时期：王政时期、共和时期和帝国时期；甚至讲到东罗马帝国、中世纪，直至但丁生活的12、13世纪，涉及的时间之长和人物、事件之多，给查士丁尼的这一席讲话带来巨大麻烦，所以他采取了蜻蜓点水式的叙事方式，令普通读者很难跟上他讲话的线索。另外，他还以"神鹰"作为旗帜，时而代表罗马帝国，时而代表各时期的英雄人物，有时真让普通读者有丈二和尚摸不着头脑的感觉。译者为帮助读者克服这一困难，与其他各曲相比，增加了许多注释，全篇多达50个。译者也很遗憾，不过这就是但丁，这就是《神曲》，是绕不过去的"坎儿"。

最后，但丁介绍了与查士丁尼一世同处于水星天里的善良的罗密欧。罗密欧·德·维拉诺瓦是个居无定所的朝圣者，曾是普罗旺斯末代伯爵雷蒙·贝朗热四世的管家；1245年伯爵死后，他成为伯爵的三个女儿及伯爵的继承人第四个女儿贝雅特丽齐的监护人，后来由他做主将贝雅特丽齐嫁给法国国王的弟弟安茹伯爵查理一世，伯爵的普罗旺斯领地归法国王室所有。罗密欧一直管理着普罗旺斯伯爵领地，由于他勤勤恳恳、兢兢业业，在很短时间内使伯爵领地的收益大增，但他的得宠却遭人嫉恨。有人向伯爵频进谗言，伯爵信以为真，要他交代账目。他向伯爵说明情况，证实自身清白后，愤然离去，如他来时一样，清贫如洗，不知去向，不知所归。

但丁在《地狱篇》第六曲，曾借恰科之口抨击当时佛罗伦萨政治上的乱象；在《炼狱篇》第六曲借索尔德洛之口抨击了整个意大利的政治乱象；现在在《天国篇》又借查士丁尼一世的讲述，抨击意大利的政治腐败，明确指出"现在你可以归结，/ 我在前面谴责的 / 两派人（皇帝党与教皇党）及其罪责，/ 恰恰是你们一切 / 灾难、痛苦的祸根"。查士丁尼一世的话充分反映了但丁的政治观点。

但丁在介绍普罗旺斯伯爵的管家罗密欧的遭遇时说，"他那伟大奉献 / 未得到相应回报"，看似是在为罗密欧打抱不平，其实是在为自己鸣冤叫屈，因为但丁认为自己为佛罗伦萨做了很多好事，却受到佛罗伦萨政府不公正的惩罚——被流放出佛罗伦萨，而且永远不许返回。

查士丁尼一世

"古时有一位英雄

娶拉维尼娅为妻，[1]

神鹰沿天体运行

的方向由东向西，[2]

自君士坦丁大帝

把神鹰逆向迁徙，[3]

百年过后又百年，[4]

它栖息欧洲边沿，

临近它的出发地；[5]

神鹰在那里荫庇

世界，把世界统治

几经倒手传给我，

---

1 但丁在上一曲末尾曾向查士丁尼一世（见后注6）提问："但是，高贵的灵魂，/ 我不知道你是谁，/ 也不知道你何以 / 安置在水星里面。"查士丁尼一世在这一曲开头便回答但丁的第一个问题"你是谁"。"古时有一位英雄"指埃涅阿斯，他到达意大利本土后娶了拉蒂努斯国王的女儿拉维尼娅为妻，所以后来拉丁人，包括恺撒、奥古斯都和这里的君士坦丁大帝及查士丁尼等，都认为他们是特洛亚人的后裔，参见《地狱篇》第一曲注15。

2 "神鹰"象征罗马帝国（参见《炼狱篇》第三十二曲注26），在这里指埃涅阿斯。天体的运行方向是由东向西，而埃涅阿斯从特洛亚来到意大利也是由东向西，所以诗中说，"神鹰沿天体运行 / 的方向由东向西"。

3 指古罗马帝国皇帝君士坦丁大帝把首都由罗马迁往希腊拜占庭，即由西向东，与前面由东向西的方向相反（逆向）。参见《炼狱篇》第三十二曲注28。

4 即在二百年的时间里。330年罗马帝国迁都至拜占庭，至529年东罗马帝国灭亡，实际时间不足二百年。

5 指罗马帝国的首都一直在欧洲的边界，靠近特洛亚，"神鹰"出发之地。

让我做了皇帝。

我是查士丁尼，[6]

遵照上帝的旨意

对法律进行修订。

在做此事以前，

我仅相信基督

只有单一神性，

并以此为满足；[7]

但是，最高牧师

阿加佩图斯一世，[8]

以其真挚的解释

让我又复归真理。

我信了他的解释，

而且还清楚看到

（恰如你所看到的），

他的信仰包含的

6　即查士丁尼一世（Justinian I，482—565年）。他在位期间曾主持修订古罗马法律，史称《罗马民法汇编》或曰《查士丁尼法典》，参见《炼狱篇》第六曲注20。

7　关于基督只有神性而无人性之说，或曰"基督一性论"（monphysitism），最早由君士坦丁堡郊区隐修院院长优迪克（Eutyches，378—454年）提出，影响比较广泛，但早在451年召开的查尔西顿会议已宣布其为异端。有注释家称，相信基督一性论的是查士丁尼一世的夫人，而不是查士丁尼一世本人。

8　即罗马教皇阿加佩图斯一世（Agapetus I），535—536年任教皇。他出使君士坦丁堡与东哥德王议和时，与查士丁尼一世谈到信仰问题，劝他抛弃基督一性论，接受基督既有神性也有人性的正统观点，即后文中所说"让我又复归真理"。

真理：凡是矛盾

都包括两个命题，

一个错误命题、

一个正确命题。[9]

一旦我和教会

步伐协调一致，

上帝便对我施恩，

启迪我做这件事，

从此我全力以赴；[10]

把国家军事事务

托付给贝利萨留[11]

（上天曾助他成功）。

这个迹象昭示，

我应该放心地

从事太平事务。

这是我对你的

<hr />

9　这里说的是亚里士多德的矛盾律：凡是矛盾都含有两个相互排斥的命题。如果一个是真实的，另外一个必然是虚妄的。

10　即全身心地投入修订法律的工作。

11　贝利萨留（Belisarius，约505—565年），查士丁尼一世手下的著名将领，为收复北非和意大利本土立下过巨大战功，但因他有自立为王的嫌疑，查士丁尼一世几度剥夺他指挥军队的权力，危急时刻又不得不恢复他的军权。

第一问的答复。

但对神鹰旗帜，[12]

我要做些补充，

以便让你看出，

那两大派别人士，

不论反对或占有，[13]

都以什么方式

违背神鹰旗帜。

罗马帝国的历史与作用

你知道，帕兰特牺牲，

神鹰才得以继承，[14]

经历了许多英雄事迹

值得人们尊敬回忆；

你知道，神鹰后来

在阿尔巴隆加停留

---

12 指象征罗马帝国的神鹰旗帜。

13 "不论反对或占有"，指不论是公开反对这面旗帜的教皇党，还是把神鹰旗帜据为己有的皇帝党。

14 从这里开始查士丁尼一世开始简略介绍古罗马的历史。帕兰特（Pallante）是拉蒂努斯国王埃万德尔（Evander）的儿子，当埃涅阿斯与另一邻邦鲁图利斯的王子图尔诺作战被困时，前去支援埃涅阿斯，在战斗中牺牲（参见《地狱篇》第一曲注15）。埃涅阿斯战胜图尔诺后，便取代帕兰特继承了拉蒂努斯王国的王位。

三百余载，直至最后

两门兄弟争执不休；[15]

你知道，在七代

国王的统治期间，

神鹰向四周扩展，

造成了什么危害：

掠夺萨宾尼妇女，

酿成卢克雷齐娅悲剧。[16]

你知道，罗马人卓著，

高举着这面旗帜

15　埃涅阿斯死后，其子阿斯卡尼俄斯（Ascanius）迁都阿尔巴隆加（Alba Longa，拉齐奥地区古地名）。古罗马政府在那里执政的时间有三百余年。"两门兄弟"指住在罗马的贺拉提乌斯三兄弟（Horatii）和居住在阿尔巴隆加的库里阿提乌斯三兄弟（Curiatii）。传说，古罗马王政时期的第三个国王贺斯提利乌斯（Hostilius）主政时，代表罗马的贺拉提乌斯三兄弟和代表阿尔巴隆加的库里阿提乌斯三兄弟，为争夺王朝的控制权进行决斗，结果贺拉提乌斯家族获胜，从此罗马掌握了王国的主导权，即罗马成了政府的所在地。

16　查士丁尼一世这里开始讲述古罗马的王政时期（公元前735—前510年）。王政时期共经历了七代国王，第一代国王叫罗穆洛斯（Romulus），第七代国王叫塔奎纽斯（Tarquinius）。传说，阿尔巴隆加国王努米托被其弟阿穆利乌斯废黜，担心其侄女雷娅·希尔维亚以后生孩子复夺王位，就强迫她去当女祭司，不再嫁人。然而西尔维娅却和战神马尔斯生下一对孪生兄弟罗穆洛斯和雷穆斯（Remus）。阿穆利乌斯得知后，下令把两个婴儿扔到台伯河里，然而装着婴儿的木盆顺水漂流，一直漂到罗马附近的一棵无花果树下停住，被一只母狼救起并抚养了他们，所以现在罗马城的城徽是一只母狼哺育着两个婴儿。这两个婴儿长大后，力大无比，成了当地居民的首领，然后他们杀死阿穆利乌斯夺回王位。公元前735年他们决定在他们获救的地方建立一座城市，罗穆洛斯修建城墙时，雷穆斯跨越城墙而过，被罗穆洛斯杀死；于是罗穆洛斯便开始统治这座城市，并以他自己的名字给它命名叫罗马。这就是罗马城的传说。罗穆洛斯成为第一代国王后，千方百计增加罗马人口。有一天他邀请附近的萨宾尼人赴宴，希望萨宾尼女子与罗马人结婚生子，繁衍后代，即诗中说的"掠夺萨宾尼妇女"。诗中提到的"卢克雷齐娅（Lucrezia）悲剧"，指第七代国王著名的暴君塔奎纽斯之子强暴了她，致使她自杀身亡，参见《地狱篇》第四曲注21。

抗击布伦努斯、皮鲁斯，

抗击一切其他君主国

和共和国政府的军队，[17]

建立了什么样的战绩。

因此，托尔夸图斯、

卷头发的昆提乌斯、

德西乌斯家族以及

法比乌斯两个家族，[18]

他们取得的战功

令我乐意去传颂。

鹰旗让阿拉伯人[19]

垂头丧气，他们

17　查士丁尼一世这里开始讲述古罗马的共和时期（公元前510—前27年）。布伦努斯（Brennus，
　　活动时期为公元前3世纪），古代高卢人的酋长，相传公元前390年率兵进攻罗马，大肆进行
　　掠夺，围困罗马的山丘之一卡皮托利诺达七个月之久。皮鲁斯（Pyrrhus，公元前319—前
　　272年），希腊北部伊庇鲁斯王国（Epirus）国王，曾数次跨海到意大利与罗马军队作战。

18　托尔夸图斯（Titus Manlius Torquatus），古罗马共和时期的英雄，公元前390年曾率领罗马军
　　队与布伦努斯率领的高卢人作战（参见前注17）。昆提乌斯（Lucius Quintius Cincinnatus），
　　公元前458年当选为执政官，在统一共和国周边民族的战争中立有战功。德西乌斯（Decius）
　　家族中的祖孙三代都叫德西乌斯·穆雷，都为意大利半岛的统一捐躯：祖父德西乌斯·穆
　　雷，公元前340年在维苏威战役中牺牲；子辈德西乌斯·穆雷，公元前295年在与萨姆尼人
　　交战中牺牲；孙辈德西乌斯·穆雷，公元前279年在与皮鲁斯（参见前注17）交战中牺牲。
　　法比乌斯（Fabius）家族在这里主要指其家族中的两位将领，法比乌斯·鲁拉努斯（Fabius
　　Rullanus）和法比乌斯·马克西姆（Fabius Maximus），前者在与萨姆尼人交战中立下战功，
　　后者在第二次布匿战争中战胜汉尼拔，立下赫赫战功。

19　这里的"阿拉伯人"泛指北非的一些民族，事实上是迦太基人。公元前218年迦太基和罗马
　　之间爆发了第二次布匿战争，迦太基统帅汉尼拔率领迦太基军队经西班牙越过阿尔卑斯山，
　　然后直下罗马。关于第二次布匿战争，很多世界历史书都有介绍，这里从略。

跟在汉尼拔身后，

越过波河的源头

和阿尔卑斯山崖。

在这面旗帜之下

西庇阿[20]和庞培，[21]

年纪尚在青年

就获全胜凯旋；

对你家乡小山，

鹰旗似乎很残酷；[22]

新的时代来临前，[23]

上帝希望全世界

风和日丽如上天，

遵照罗马人的意志，

恺撒取得这面旗帜，

---

20 西庇阿（Publius Cornelius Scipio，公元前236—前183年），17岁时就立过军功，公元前206年进军迦太基本土，公元前201年在扎马（Zama）战役中打败汉尼拔，结束了第二次布匿战争，获封"阿非利加努斯"称号（参见《炼狱篇》第二十九曲注25）。

21 庞培（Pompey，公元前106—前48年），25岁时就立有战功，在征讨西西里、西班牙、北非等战争中，克敌制胜，战功显赫，最后败在恺撒手下。

22 "你家乡小山"指佛罗伦萨城北的菲埃索勒（Fiesole）。罗马独裁者苏拉的同党卡提利纳，曾策动反对恺撒的政变，失败后逃到菲埃索勒；恺撒派兵围剿，卡提利纳战败，菲埃索勒城也被夷为平地（参见《地狱篇》第十五曲注10）。所以诗中说"鹰旗似乎很残酷"。参加这次战争的罗马将领中也有庞培。

23 这里"新的时代"指公元元年以基督耶稣降临拯救人类为代表的新时代。下面查士丁尼一世介绍恺撒当权后的丰功伟绩。关于恺撒的生平，读者大概都不陌生，这里就不专门介绍了。

从瓦尔河到莱茵河，[24]

这面鹰旗攻城略地，

伊泽尔河、塞纳河、

卢瓦尔河，以及

罗讷河及其支流，

都见证了它的战绩；

神鹰离开拉文纳，

越过卢比康内河，

进军的速度口舌

与羽毛无法描写；[25]

然后挥师西班牙，

继而围困杜拉斯，

24　查士丁尼一世这里讲的是，恺撒掌握古罗马政权后，于公元前58至前50年发动的征讨阿尔卑斯山北边的高卢人居住地的战争，瓦尔河（Var）与莱茵河（Rhine）为这一地区的南部与北部边界。伊泽尔河（Isere）、塞纳河（Seine）、卢瓦尔河（Loire）和罗讷河（Rhône）都是这一地区的河流，尤其是罗讷河。它发源于瑞士，向南流入法国，注入地中海，全长800公里，流经阿尔卑斯山区时有许多支流。它们都是恺撒征服高卢人地区的见证。

25　这一节讲的是罗马内战。恺撒占领高卢地区后任高卢总督。当时罗马元老院内，元老院里的贵族对权势日盛的恺撒怀有戒心，因此联合庞培阻止恺撒延长高卢总督任期，限令他公元前49年3月任满时必须离职。于是恺撒与元老院决裂。元老院驱逐了支持恺撒的保民管，并授命庞培在意大利招募军队，准备与恺撒开战。恺撒借口保民官的合法权利遭到侵犯，以“保卫人们夙有权利”为名，于公元前49年1月10日向意大利进军，拉开了罗马内战的帷幕。恺撒到达拉文纳后有些迟疑，卡约·库里昂用“有备之人不应被迟疑羁绊”这句话，敦促恺撒渡过里米尼附近的卢比康内河（Rubicone），继续向罗马进军（参见《地狱篇》第二十八曲注17）。恺撒在那以后的进军速度非常快，难以用“口舌（言语）”和“羽毛（笔、文字）”描写。

在法尔萨利亚

痛击自己仇敌；

庞培逃到古埃及，

求助国王托勒密，

然而炎热的尼罗河

见证了庞培被处死。[26]

神鹰又重新看见

当初出发的地点

——安坦德罗斯

和斯摩伊斯小溪，

赫克托尔的遗体

就埋葬在那里；

然后又展羽翼，

去结果托勒密。[27]

---

26 这一段讲述恺撒在意大利战胜庞培后，发兵西班牙讨伐庞培的党羽阿弗拉尼乌斯（Lucius Afranius）等；继而追击庞培残部，围困并在现今阿尔巴尼亚的杜拉斯（Durrês）登陆，直追至希腊色萨利地区（Thessaly）的法萨卢斯（Pharsalus）与其决战。庞培战败逃至埃及，求救于埃及国王托勒密十二世（Ptolemaeus XII），但后者畏惧罗马的威力，未敢援救庞培，反而下令将其杀死。

27 这里写恺撒沿海路继续追击庞培残部，到达安坦德罗斯（Antandros，特洛亚附近的港口）和斯摩伊斯（安坦德罗斯附近的一条小溪）。特洛亚战败后，埃涅阿斯就是从这里出发前往意大利的，所以诗中说"神鹰又重新看见／当初出发的地点"。"赫克托尔"，特洛亚城保卫战的英雄，率领特洛亚士兵火烧希腊战船，战功显赫（参见《地狱篇》第四曲注13），牺牲后就葬在那里。然后恺撒继续追击庞培余部至埃及，结束了托勒密十二世的统治，将其政权送给克莱奥帕特拉（Cleopatra），著名的埃及妖后，这里不再赘述。

然后像闪电一样，

迅速向西方出击，

除掉了尤巴国王；[28]

再从那里向西方，

因为它又听到了

庞培残余的军号。[29]

下一位旗手干了

些什么，布鲁图

和喀西约在地狱

一起为此呻吟，

摩德纳和佩鲁贾

也为此而痛心；[30]

克莱奥帕特拉

为此悲惨哭泣，

---

28 指毛里塔尼亚国王尤巴（Iuba），庞培的支持者。

29 即从那里再向西进入西班牙，因为当时西班牙还有庞培的残余势力。公元前45年，恺撒在西
    班牙蒙达（Munda）与庞培儿子率领的部队作战，最后彻底摧毁庞培的势力。

30 恺撒消灭庞培的势力后回到罗马，公元前44年3月15日被布鲁图和喀西约阴谋杀害。继而掌
    权的是安东尼、屋大维和雷必达，即史称的"后三头"，以安东尼和屋大维的势力最大。"下
    一位旗手"这里指屋大维（Gaius Julius Caesar Octavianus），他是恺撒的外甥，又是恺撒的
    养子，后来成了罗马帝国的第一任皇帝，称"奥古斯都"（Augustus）。安东尼和屋大维为
    了给恺撒报仇进军希腊，与布鲁图和喀西约在马其顿的腓力比（Philippi）决战，布鲁图和
    喀西约战败相继自杀。这两个背叛主子的罪犯，死后都被打入地狱，他们的灵魂都被魔王
    卢齐菲罗的一张嘴咬着（参见《地狱篇》第三十四曲注12）。所以诗中说，他们在地狱"一
    起为此呻吟"。至于诗中说"摩德纳和佩鲁贾 / 也为此而痛心"，指安东尼与屋大维反目后，
    后者将安东尼围困于他的驻地摩德纳，并将其击败；其妻弗尔维亚（Fulvia）与其弟卢奇乌
    斯·安东尼（Lucius Antonius）逃往佩鲁贾，也被屋大维的军队洗劫。

为逃避鹰旗追击，

用毒蛇咬死自己。[31]

神鹰随这位旗手

驰骋一直到红海；

神鹰随这位旗手

使世界太平下来。

因此雅努斯神庙

庙门一直未开启。[32]

但是至此我都在

讲述的这面旗帜，

为其统治下的

尘世王国利益，

过去以及将来

所取得的业绩，

如果我们能以

明锐的目光并

---

31 关于克莱奥帕特拉，请参见前注27和《地狱篇》第五曲注8。她本来是恺撒的情人，后来又
委身安东尼。安东尼被屋大维击败后，她和安东尼一起逃到埃及亚历山大港，当罗马军队围
困该城时自杀。诗中说她正"为此悲惨哭泣"，指她死后灵魂被置于地狱第二层与邪淫罪犯
人一起赎罪。

32 雅努斯（Janus）是罗马神祇中的门神，在罗马有座庙宇，每逢罗马军队出征时，庙门才开
启；和平停战时期，庙门则一直关着。这里是说，屋大维经过这一系列征战，疆土已抵达红
海边，给世界带来了太平，所以雅努斯神庙的庙门不再开启，一直关闭着。

怀着真挚的感情，

去观察这面鹰旗

传至第三位君王[33]

手中取得的业绩，

将二者[34]进行对比，

前者会在表面上

显得黯然失色，

且不足以提及，

因为那激励我的

与世长存的正义，[35]

在这位皇帝手中，

让他获得此殊荣：

平息上帝的愤怒。

现在请听我叙述

另一件惊奇的事：

神鹰追随提图斯

---

33 指罗马帝国第二任皇帝提比略（Tiberius，公元前42—公元37年），公元14年第一任皇帝奥古斯都逝世后继任，至公元37年在位。这里之所以称其为"第三位君王"，是因为但丁在《神曲》中一直是把恺撒看作是罗马帝国的第一任国王。

34 指前面讲的恺撒和现在说的提比略。

35 指上帝对人类始祖亚当所犯罪行的正义惩罚，现在已委托给提比略皇帝。事实上，正是提比略任命的犹太巡抚彼拉多（Pilate）审讯并判处耶稣基督钉死在十字架上。圣子耶稣是奉上帝之命下凡替人类赎罪的，提比略借彼拉多之手处死耶稣，行使了公正的惩罚，平息了上帝的愤怒。但丁认为提比略的这一功绩，使他获得"殊荣"，亦即诗中说的，神鹰这面旗帜过去与将来所取得的业绩与这一功绩相比，"显得黯然失色，/ 且不足以提及"。

去报复古老之罪。[36]

当伦巴第的牙齿

咬住神圣教会时，

查理大帝在它的

羽翼下战胜他们，

挽救了神圣教会。[37]

现在你可以归结，

我在前面谴责的

两派人[38]及其罪责，

恰恰是你们一切

灾难、痛苦的祸根。

他们中的一帮人

拿黄色百合花旗[39]

对抗帝国神鹰旗，

36　指罗马帝国皇帝提图斯（Titus，39—81年），70年参与并指挥了对犹太人的战争。据说他在那次战争中杀死一百多万犹太人，并将耶路撒冷夷为平地。但丁认为他这是替天行道，对害死耶稣的犹太人（即诗中说的"古老之罪"）进行报复（参见《炼狱篇》第二十一曲注16）。

37　"伦巴第的牙齿"指伦巴第人的首领德希德里奥（Desiderius）；伦巴第人于755年入侵意大利，威胁到基督教的统治；教皇阿德里安一世（Adrian I）向法兰克王查理（即后来的查理大帝）求救。查理出兵打败了德希德里奥，挽救了基督教教会。"在它的 / 羽翼下"，即在神鹰的庇护下。

38　指皇帝党与教皇党两派人。

39　指教皇党。教皇党当时在意大利的依托是那不勒斯安茹王朝，他们的旗帜即法国王室的旗帜——黄色百合花旗。

另外那一帮人嘛，

把鹰旗作为党旗，

这样一来真不知

哪一派过错更大。

皇帝党的支持者，

如果要施展才艺，

应抛开神鹰旗帜，

因为以恶劣方式

追随这面旗帜的人，[40]

必然会把他们自己

与神鹰的正义分离。

新的查理也休想以

教皇党的势力，

击倒这面鹰旗，[41]

倒是要为他自己

当心神鹰的利爪：

40　"以恶劣方式／追随这面旗帜的人"，指皇帝党人，他们虽然打着鹰旗这面旗号，却不执行帝国的正义，即后文诗中所说"把他们自己／与神鹰的正义分离"。

41　"新的查理"指查理二世（Charles II，1243—1309年，参见《炼狱篇》第五、第七、第二十等曲相关注释），与前注37提到的法兰克王查理相区别。查理二世于1289年加冕为那不勒斯国王，曾是意大利教皇党的领袖。所以诗中劝他"休想／以教皇党的势力，／击倒这面鹰旗"。

因为这双锐利鹰爪

曾经撕下雄狮皮毛。[42]

子为父的罪过哭泣，

过去已发生过多次，[43]

但是新的查理

不要以为上帝

会同意把鹰旗

换成百合花旗。[44]

罗密欧·德·维拉诺瓦

这颗小小的星辰[45]

由善良人物点缀，

他们生前行好事

为博取荣誉、名声：

若行善的立足点

是尘世沽名钓誉，

42　指罗马帝国曾击败了许多比他查理二世更加强大的敌人（诗中所说的"雄狮"）。

43　这句话来自《旧约·出埃及记》第20章第5句："恨我的，我必追讨他的罪，自父及子，直到三四代。"有的注释家认为这是指上帝必然要对查理二世及其子孙进行报复。有的注释家认为，但丁这里暗示查理二世的长子查理·马泰尔（Charles Martel）的悲惨遭遇（参见本书第八曲"查理·马泰尔"一节），以及其次子罗伯特（Robert）曾作为阿拉贡国王的人质，于1288—1295年在加泰罗尼亚待了七年。

44　即上帝不会同意把罗马帝国的神圣权力（鹰旗），转交给法国的安茹家族（百合花旗）。

45　指水星，因为在太阳系中水星是最小的。查士丁尼一世从这一节开始回答但丁的第二个问题："不知道你何以／安置在水星里面。"

他们真爱的光线

亮度必然会衰减；

但是，把我们的

功绩与所得相比，

觉得二者很相称，

令我们感到欣喜，

因为我们不觉得

赏赐有大小之别。

上帝的正当处置

净化了我们心理，

使我们绝对不会

去羡慕别的赏赐。[46]

美妙动听的和声

由几个声部构成，

同样，我们在天国

不同天体里出现，

构成旋转的天国

甜蜜和谐的生活。

46　即待在水星天的灵魂觉得上帝对他们的安排符合他们的"功绩"，不会羡慕待在其他天体
　　（尤其是高于水星天的天体）里的灵魂。

在这水星天里

（水星小如宝石），

罗密欧[47]的灵魂

散发耀眼光辉，

但他那伟大奉献

未得到相应回报；

他虽遭歹徒诬陷，

歹徒也未能开颜，[48]

因为诬陷他人善举

本身就是走错了路。

贝朗热曾有四女，

后来都成了王后，[49]

---

47 即罗密欧·德·维拉诺瓦（Romieu de Villeneuve，1170—1250年），据说是个居无定所的朝
圣者，曾是普罗旺斯末代伯爵雷蒙·贝朗热四世（Raymond Bérenger IV）的管家。1245年
伯爵死后，他成为伯爵的三个女儿及伯爵的继承人、第四个女儿贝雅特丽齐的监护人，后来
由他做主将贝雅特丽齐嫁给法国国王的弟弟安茹伯爵查理一世，伯爵的普罗旺斯领地归法国
王室所有。罗密欧一直管理着普罗旺斯伯爵领地，由于他勤勤恳恳、兢兢业业，在很短时间
内使伯爵领地的收益大增，但他的得宠遭人嫉恨。有人向伯爵频进谗言，伯爵信以为真，要
他交代账目。他向伯爵说明情况，证实自身清白后，愤然离去，如他来时一样，清贫如洗，
不知去向，不知所归。关于罗密欧的事迹，参见维拉尼的《编年史》第六卷第九十一章。

48 指普罗旺斯伯爵领地归法国王室之后，法国国王派到那里去的代理人对领地的那些人（即曾
诬陷罗密欧的那些人）更加苛刻，他们也没得到什么好处。

49 即大女儿玛格丽塔（Margherita）于1234年嫁给法国国王路易九世；次女埃莱奥诺拉
（Eleonora）于1236年嫁给英国国王亨利三世；三女桑齐亚（Sancia）于1243年嫁给康沃尔伯
爵、后来成为日耳曼王的理查德；四女贝雅特丽齐嫁给法国国王的弟弟安茹伯爵查理一世，
后来的那不勒斯国王。

她们这样风光

都是因为这个

卑微的朝圣者。

因贝朗热伯爵

听信谗言，要让

这位正直人报账，

罗密欧便把账上

的十以十二还上。[50]

最后他清贫如洗、

年迈体衰，愤然

离开那伯爵领地，

靠乞讨维持生计；

如果世人能知道

他心地如何高尚，

不仅现在会赞扬，

将来会更加赞扬。"

50　即以高出账面20%的金额还账，以示他的清白。

第七曲

你的话我已听清，
不过我还没弄清，
上帝拯救我们时，
何以用这种方式。

查士丁尼一世在上一曲的讲述，引起但丁的怀疑：如果说罗马帝国皇帝提比略的伟绩之一就是处死耶稣，平息上帝的愤怒，那么，另一位皇帝提图斯又杀害一百多万犹太人，并将耶路撒冷夷为平地，为什么说那是对陷害耶稣的犹太人进行公正的报复？为此但丁陷入沉思。

贝阿特丽切解释说，圣子耶稣降临人世为人类赎罪，把人性与神性统一于一身。但是，亚当被驱逐出伊甸园以后，"人背离了自己本性，/ 背离了真理之路，/ 背离了自己生命。/ 所以从人这种天性 / 来判断，基督耶稣 /

113

被钉死在十字架上，/ 量刑没有啥不恰当；/ 如果要从基督耶稣 / 神性的一面来说，/ 任何惩罚也不像 / 这惩罚那样不当"。贝阿特丽切认为，她这一辩证的答复应该能够完全驱除但丁的疑云。然而但丁却回答她说："你的话我已听清，/ 不过我还没弄清，/ 上帝拯救我们时，/ 何以用这种方式。"

　　贝阿特丽切接着给但丁解释："上帝直接缔造的人 / 具有全部这些恩赐"，即能够永生、完全自由并与上帝相似，"如果某种恩赐缺失，/ 人就没有原来高贵"；"你们的天性本质，/ 因始祖亚当犯罪，/ 已不再那样尊贵，/ 也不能进入天国；/ 你若仔细考察，/ 才有可能认识，/ 只有下列方法 / 让人复归尊贵：/ 仁慈宽厚上帝 / 宽恕人的罪行；/ 或者靠人自己 / 补赎狂妄罪行"。可是人不可能自己纠正自己，使自己犯罪时的那种自以为是、狂妄自大的态度变得谦卑起来，自愿听命于上帝，"这就是凡人不能 / 自行救赎的原因"。所以上帝采取惩罚与怜悯相结合的方法来拯救人类：派自己的儿子下凡接受公正惩罚，替人类赎罪。"假如上帝的儿子 / 没有屈尊降世，/ 其他一切办法，/ 都无法去满足 / 上帝正义惩罚。"

　　最后，贝阿特丽切再次重申这一论断：上帝的"直接缔造之物 / 永远不会灭亡"，但是但丁看到的事实却是水、火、空气和土，以及它们的混合物都会变朽；然而它们都是上帝的造物。为彻底解除但丁的疑问，满足但丁的求知欲望，贝阿特丽切进一步解释说："你刚才说的要素 / 及其一切混合物，/ 并非是直接造物，/ 制造它们的原料 / 虽然由上帝缔造，/ 但是他们的本质 / 却来源被造星体。"就是说水、火、空气和土这些元素，虽然是上帝直接缔造的，但是它们的混合物（即它们相互组合而形成的事物）都不是上帝直接缔造的，所以它们会腐朽变质。这些事物都存在于人世，处于各重天的下面。这些天体在它们上面旋转，赋予它们灵魂，并对它们施加影响。所以它们的灵魂有别于人的灵魂，因为人的灵魂是上帝直接赋予的。如果但丁再考虑一下人类的始祖亚当和夏娃的灵魂是怎么来的，就会理解教义说的"人的灵魂可以复活"这个道理。

但丁的疑问

"啊，神圣的上帝，

你以你最灿烂的

光辉，照亮天国里

这些幸福的灵魂。"[1]

我见这个灵魂[2]

（他身上交织着

神与人的光辉），[3]

吟唱这首赞歌，

并随歌曲节奏

手舞足蹈跳舞。

其他那些灵魂

也都翩翩起舞，

他们步履快捷，

像是火花喷射，

很快就消失得

没有丝毫踪迹。

1　这是查士丁尼一世讲完话后诵唱的一段赞美与感谢上帝的拉丁文（其中还掺杂着希伯来语词汇）赞歌，原文是："Osanna, sanctus Deus Sabaoth, / superillustrans claritate tua / felices ignes horum malahoth."

2　指查士丁尼一世。

3　即上帝照射到他身上的光辉和他作为一名优秀的皇帝呈现的光辉。

我心中充满疑问，
禁不住自言自语：
"去问她，去问她！"
我是说去问圣女

（她能以真理之甘霖
把我困惑消除干净）；
一想到她的芳名，
我就会肃然起敬，

像困倦想睡那样，
把头颅低垂下来。
贝阿特丽切不忍心
见我处于这种状态，

便向我展现笑颜；
那笑颜如此温暖，
即使被火燎烤着，
见了也感到欣然。

她这样开口说：
"如果我判断准确，
你正苦苦思索：
公正的惩罚为什么

会受到公正的报复？[4]

我会解开你的怀疑，

你应该仔细地听取，

我话中包含的真理。

基督化为肉身与蒙难

那位非胎生的人，

不听从上帝限制，

犯下了有害自己、

有害他后裔的罪，[5]

因此残缺的人类，

多少世纪的时间，

都呻吟于痛苦深渊，

直至圣子降临人间。[6]

4　"公正的惩罚"指亚当和夏娃偷食禁果，被上帝驱逐出伊甸园，人类也因此获得"原罪"，上帝派圣子耶稣下凡为人类赎罪（原罪）；罗马皇帝提比略借彼拉多之手处死耶稣，对亚当的后裔进行了"公正的惩罚"（参见本书第六曲注35）。那么，为什么后来提图斯又杀死一百多万犹太人，并将耶路撒冷夷为平地（参见本书第六曲注36）？但丁认为这是对害死耶稣的犹太人进行报复，即诗中说的"公正的报复"。

5　"非胎生的人"指亚当，因为亚当是上帝缔造的；"上帝限制"即上帝禁止他偷食禁果。亚当因此获罪并被驱逐出伊甸园，也导致了"他后裔"即人类犯下"原罪"。

6　"残缺的人类"，即失去了上帝曾赋予亚当的那些特权的人类，例如人类在亚当被驱逐出伊甸园之后，再也不能进入人间天堂——伊甸园，要靠自己辛勤的劳作为生，即诗中所说"呻吟于痛苦深渊"。"直至圣子降临人间"，直至耶稣降临人世，替世人赎罪。

那时候人的天性

已远离上帝本意，[7]

耶稣出于永恒的爱，

把人与神两性统一

融入自己的身躯里。

现在请你把注意力

集中于我下面话语。

这天性一旦结合于

基督耶稣的肉体，

就和人被缔造时

那样，纯洁而善良；

然而因亚当的过失，

人背离了自己本性，

背离了真理之路，

背离了自己生命。[8]

所以从人这种天性

来判断，基督耶稣

被钉死在十字架上，

7　即人类的天性已经不是上帝创造人（亚当）时赋予人的那种善良而纯洁的天性。

8　这句话来自《新约·约翰福音》第14章第6句："耶稣说：'我就是道路、真理、生命；若不借着我，没有人能到父那里去。'"这句诗的意思是：自亚当被逐出伊甸园后，人的本性就变了，如果没有耶稣的帮助，不可能再回到伊甸园里去。

量刑没有啥不恰当；

如果要从基督耶稣

神性的一面来讲，

任何惩罚也不像

这惩罚那样不当。

可见同一个行动

会产生不同效应：

基督被处以死刑，

上帝为此而高兴，

对人类再次开恩；[9]

犹太人虽也欢喜，

却引起大地震动；[10]

现在若有人提及

公正的惩罚引起

公正的报复，你

应该不觉得难懂。

9 上帝感到高兴，因为处死耶稣平息了上帝因亚当违规而产生的愤怒。他把亚当驱逐出伊甸园，也不允许亚当的后裔进入伊甸园；基督耶稣被处死后，上帝感到高兴，再次开恩允许人类赎罪后进入天国，满足了他拯救人类的愿望。

10 因为处死耶稣消除了犹太人对那些崇拜耶稣的人的仇恨，他们也会暂且高兴，但是他们杀害基督耶稣，是更大的犯罪，引起大地震动，发生地震，山崩地裂。（参见《地狱篇》第十二曲注7和《新约·马太福音》第27章第51句："忽然，殿里的幔子从上到下裂为两半，地也震动，磐石也崩裂。"）

但是，我看得出，
你仍然思虑重重，

束缚着你的思绪，
急迫地希望有人
能为你打开思路。
你这样自言自语：

'你的话我已听清，
不过我还没弄清，
上帝拯救我们时，
何以用这种方式。'

上帝的这一决定，
兄弟呀，非常奥秘，
未经大爱培育的
智力，不可能弄清。

大家都在思考它，
却不理解其精髓，
我现在就告诉你，
为什么这种方式

是最妥当的方式：
上帝他无限仁慈，

把一切私心摒弃，

如同炙热的火焰，

散发出无数火花，

即他的一切造物，

都显现他的仁慈。

他直接缔造之物[11]

永远不会灭亡，

因为他在其上

盖了他的印章，

印记不会变样。

上帝的直接造物

都享有充分自由，

因为它们不会由

次要的因素[12]摆布。

这样的直接造物

越是与上帝相似，

就越能够得到

造物主的欢喜，

11　指天使、天国、人的灵魂等由上帝直接创造的造物，它们永存且不会变样。

12　"次要的因素"，指天使、人类灵魂之外的任何事物，如水、火、空气和土等。

因为上帝那普照
万物的神圣火光，
照在这些造物上，
会显得更加明亮。

上帝直接缔造的人
具有全部这些恩赐，[13]
如果某种恩赐缺失，
人就没有原来高贵。

唯有罪过能让人
变成欲望的奴隶，
这使他丧失自由，
不再与上帝相似，

因此他很少受到
上帝之光的照耀，
也不能重新回到
原有的尊贵状态，

除非他决心已下，
愿接受公正惩罚，
以补救他的罪孽
造成的义务空缺。

13　即永生、自由、与上帝相似。

你们的天性本质，
因始祖亚当犯罪，
已不再那样尊贵，
也不能进入天国；

你若仔细考察，
才有可能认识，
只有下列方法
让人复归尊贵：

仁慈宽厚上帝
宽恕人的罪行；
或者靠人自己
补赎狂妄罪行。

现在请你注意，
上帝劝诫深邃，
并且注意倾听，
我对你的分析。

凡人受限于自身
不能胜任此重任：
靠自己纠正自己。
因为他自己不能

使自己犯罪时的
傲气，降低到如此
谦卑的程度，以至
听从上帝的旨意。

这就是凡人不能
自行救赎的原因；
因此，上帝只能
通过自己的途径

使人完全复归
纯洁完整本性。[14]
我是说，上帝
通过他自己的

途径：惩罚与怜悯，[15]
或者使用其中之一，
或者两种途径兼施，
让人重获完整本性。

如果有某种方法，
既能彰显行善者[16]

14　参见前注7。
15　所谓惩罚，即处死耶稣基督；所谓怜悯，即派遣圣子下凡替人类赎罪。
16　即上帝。

慈善，又能使他
在心里感到喜悦，

那么，那给世界
盖上了印记之人，[17]
愿意通过此二者[18]
再重新扶持你们。

从最初创造世界，
到进行最终审判，
在这段时间里面
不论就惩罚而言，

仍旧依怜悯而言，
无论过去或将来，
上帝都没有如此
崇高、如此慷慨：

令其圣子耶稣
下凡替人赎罪，
让人获得能力
从深渊中走出；

17　即上帝。
18　通过惩罚和怜悯。

这比他慈悲为怀，

宽恕人类的原罪，

要显得更加慷慨。

假如上帝的儿子

没有屈尊降世，

其他一切办法，

都无法去满足

上帝正义惩罚。

推论

为了充分满足

你一切求知欲，

现在我要回头，

再次对你重复

我前面的论点，[19]

以便你对它的

看法与我一般。

你说：'我看见水、

---

19 指贝阿特丽切前面说的：上帝的"直接缔造之物，／永远不会灭亡"，参见前注11。

火、空气，还有土，
及其一切混合物，
它们都会变朽，
不会存在很久，

然而它们都是
上帝的创造物；
假如像你说的，
它们不该腐朽。'

兄弟呀，天使和你、
你们所在的天体，
是上帝直接造物，
它们现在的面目

就和初造时一样；
你刚才说的要素
及其一切混合物，
并非是直接造物，

制造它们的原料[20]
虽然由上帝缔造，

20　指水、火、空气、土等四要素。

但是他们的本质

却来源被造星体：[21]

星体在它们上面

围绕着它们旋转，

星体的光线和旋转，

给其中某些混合物，

即给动植物的灵魂，

施加影响、赋予灵气，

这些都不是由上帝直接

缔造，并非一成不变的。

你们的灵魂却是

由上帝直接植入，

而且使它对上帝

如此热爱，以至

它永远期盼上帝。

因此，你可由此

推出，人的灵魂

可以复活的道理，

21　指月亮天、水星天等九重天。

倘若你再考虑史实：

人的两位始祖[22]当初

肉体是怎么形成的。"

22　指亚当和夏娃，他们都是由上帝直接创造的，参见《旧约·创世记》第2章第7句上帝造亚
　　当，以及第21—23句上帝造夏娃。

第八曲

索尔格那条小溪
汇入罗讷河之处，
那里有一片土地
等着我去那里
做他们的君主；
还有一片土地，
意大利的一隅，
也等我君临其地。

但丁从贝阿特丽切的面容变得更加美丽判断，他们已经来到金星天。金星的外文名称与爱神维纳斯名称相同，所以待在这重天的都是在尘世时受爱神影响的那些灵魂，他们像一团团火球闪闪发光，与火星天的光辉交相辉映。众多火团中有一个火团显得对但丁特别友善，他就是查理·马泰尔，安茹家族查理二世的长子，他由于英年早逝，未能继承查理二世的王位。1294年马泰尔短暂访问佛罗伦萨时，但丁认识了他，与他结下深厚友谊，并认为他有可能成为一位明智的君主，因此把他置于天国的金星天里享受永福。

　　为了说明他与但丁之间的友谊和他自己的抱负，但丁在这首曲子里安排了一大段他的自白。首先，关于他与但丁的友谊，他在诗中这样说："你曾经非常爱我，/这样做十分有理；/假如我仍在人世，/就会用事实向你/证明我多么爱你。"然后，他简明扼要地叙述了他曾经有可能成为法国南部的普罗旺斯地区、意大利南部的西西里岛和那不勒斯王国等地的君主，然而这些梦想都未能实现。一是因为他英年早逝，一是因为他的父亲查理二世实行暴政，激起了民众的反抗。他的弟弟罗伯特后来虽然做了那不勒斯王国的国王，但由于未吸取父亲因暴政而失去西西里的教训，用人不当，他那些下属官员强征暴敛，也遭到民众反抗。对此，马泰尔说："假如我的弟弟/能够预见此事，/就会避开那些/贪婪且穷困的/加泰罗尼亚人士，/免受他们伤害。/他和其他人同时/也必须采取措施，/别让他们自己/那满载的舟楫，/再装其他东西。"就是说，别让那些贪官污吏加重民众的负担。由此可见，马泰尔的理想是仁政。

　　马泰尔的叙述引起了但丁的不解："甘甜的种子为何/会产生苦涩果实？"意思是说，罗伯特的祖先慷慨大方，怎么到了罗伯特变得吝啬，不顾自己百姓的疾苦呢？于是马泰尔根据诸天按照上帝的旨意影响下界的理论，解释说：上帝不仅安排凡人的本性，而且安排他们天命，即每个人必须履行的社会责任。如果人们能够各司其职，人类社会就是一个完美的组织（艺术品），否则就是废墟。因此他得出结论说："如果凡人在尘世，/ 考虑天性奠定的 / 基础并顺应行事，/ 才会得到好结果"，否则就会遭殃。所以，最后马泰尔谴责世人说："但是你们迫使 / 一个生来适于 / 佩剑的人，从事 / 宗教性的事物，/ 把适于布道的人 / 拥立为一国君主。"这种做法，偏离了上帝规定的正确道路。

金星天

古人曾经都相信，
在第三本轮[1]旋转
的塞浦路斯女神，[2]
把情欲投向人间。

因此，迷信她的古人
不仅向她奉献祭品、
大声祈祷并且许愿，
还崇奉她儿子与母亲

丘比特与狄俄涅。[3]
那些古人还传曰，
丘比特曾经坐在
狄多女王的香怀。[4]

---

1 "本轮"是托勒密天文学的用语，相当于现代天文学中的"自转"。"第三本轮"指金星的自转、金星天，因为前面已有月亮天和水星天，所以这里称第三本轮。

2 "塞浦路斯女神"，爱神维纳斯的别名，因为塞浦路斯人对维纳斯的崇拜最甚，因此也称她塞浦路斯女神。由于金星的外文名称是"Venus"，与爱神维纳斯同名，所以诗中说她"把情欲投向人间"。

3 在荷马史诗《伊里亚特》里，是狄俄涅（Dione）与宙斯生下阿佛洛狄忒（即古罗马神话中的爱神维纳斯），所以但丁在这里称狄俄涅是维纳斯的母亲；丘比特（Cupid）是维纳斯之子，相当于古希腊神话中的厄洛斯（Eros）。

4 关于狄多（Dido），她曾是迦太基女王，爱上了埃涅阿斯并与其生有一子（参见《地狱篇》第五曲注7），叫阿斯卡尼俄斯。但这两句诗的出处却是维吉尔的史诗《埃涅阿斯纪》：维纳斯派遣她的儿子丘比特装扮成阿斯卡尼俄斯，被狄多抱在怀里。

古人以她的名字

给这个天体命名，

我则以她的名字

开始我这首歌曲；

但它出现的时间，

要么在日出之前，

要么在日落之后；[5]

然而我却没发现，

我已来到金星天；

贝阿特丽切变得

比此前更加美丽，[6]

证明我在金星天。

正如在火焰中

火星时而闪现，

也如在和声中，

若一声部不变，

5　金星由于其自身的运动，我们一天能够看见它两次：早晨它出现在日出之前的东方，亦称启明星（lucifero），傍晚出现在日落之后，亦称太白星（espero）。

6　随着一重天、一重天地向上帝待的净火天靠近，贝阿特丽切的容颜会焕发出更加艳丽的光彩。这也就成为但丁发现自己进入另一重天的证据，因为他们飞行上升的速度越来越快，快得令但丁难以察觉。其实但丁在本书第五曲中由月亮天升入水星天时，就已经说过："就在这一刹那间 / 我们进入水星天，/ 我看见贝阿特丽切，/ 一进入那光辉里面，/ 显得那样喜悦。"（参见本书第五曲"进入水星天"一节）

另外一个声部

抑扬起伏之时,

就容易辨别出;

正是这个道理,

我在金星天的

光辉里面,看见

许多光焰闪闪。[7]

它们舞动旋转,

有的速度较快,

有的速度较慢,

我想那是因为

它们获睹圣颜

的程度有深有浅。

这些发光体,中断

它们在净火天

开始跳的回旋舞,[8]

向我们飞驰下来,

下降的速度之快,

7　指在金星天里享受永福的灵魂。有注释家指出,从这一曲起在诸天里享福的灵魂不再具有"人形",仅呈现出"光团"或"光焰"的形状。

8　在金星天里出现的福灵和其他天体里出现的福灵一样,平时都待在净火天里,只有当但丁参观哪重天时,才下降到那重天里,这里是说他们下降的速度非常快(参见本书第四曲"享天福者的真正处所"一节)。

见过的人都觉得，

从寒冷云层下来

的可见或不可见

的风[9]的速度，与其

相比，都仿佛是

受阻碍而变得缓慢；

早到的光团中间

"和散那"[10]歌声不断，

那歌声如此悦耳，

真令我百听不厌。

查理·马泰尔

于是其中一位[11]

走近我们一些，

独自开口曰：

"我们大家准备

9　"寒冷云层"即亚里士多德天文学所谓的"大气层的第三界"，干热的蒸汽上升到寒冷的云层，就会产生雷电，即诗中说的"可见的风"；或者狂风，即不可见风，因为狂风在掀起尘土、刮倒树木前，只能感觉到或听到，人的视觉却看不到。雷电与狂风的速度是非常快的，但与那些从净火天下来的灵魂下降的速度相比，却仿佛受到阻碍，显得缓慢。

10　"和撒那"，希伯来语，赞美上帝时的呼语。这里是指赞美上帝的歌曲。

11　指查理·马泰尔，见后注14。

满足你的心意，

让你感到高兴。

我们同三品天使[12]

共同在金星天里，

以相同的节奏，

以及相同渴求，

跳着旋转舞曲。

在人世的时候

你这样称呼他们：

'你们是运用智力

推动金星天的人。'[13]

因此我们的心里

如此充满了仁爱，

以至于我们觉得，

为了让你感到愉快，

即使舞蹈暂停下来，

我们也会同样高兴。"

这时，我毕恭毕敬

12　即掌管金星天的天使，参见本书第二曲注22。

13　参见但丁的著作《飨宴》第二篇，但丁在那篇文章中评论了一首诗歌，其中有这样一句：
　　"你们是以智力推动第三层天者。"

抬起我的眼睛，
望着那位圣女；

当她以目传神，
表示对我支持，
我就有了信心，
而且感到满意；

于是，我转向那个
慷慨许诺的发光体，
并且望着它说：
"请问，您是谁?"

我说话的声音
饱含深厚情谊。
我说的这句话，
使那个发光体

喜上又添欢喜，
发出来的光亮，
若与此前相比，
显得更加明亮！

它变成这样之后，
就对我这样开口：

"我在尘世逗留

时间非常短促，

假如活得久些，

尘世许多灾祸

就不可能发生。[14]

你无法看见我，

因为喜悦在我四周

发射光芒，把我掩盖，

仿佛蚕蛹被自己的

蚕茧严严实实覆盖。

你曾经非常爱我，

这样做十分有理；

假如我仍在人世，

就会用事实向你

证明我多么爱你。

索尔格那条小溪

---

14 这里说话的人是查理·马泰尔，其父是查理二世（Charles II d'Anjou），其母是匈牙利国王斯蒂芬五世（Stephen V）的女儿玛利亚。他1271年出生，1295年去世，享年24岁，曾娶德国皇帝鲁道夫·哈布斯堡一世之女克莱门扎（Clemence）为妻。因他去世很早（所以诗中他说"我在尘世逗留／时间非常短促"），未能继承其父的王位，仅在1292年被任命为匈牙利国王，却未继位。1289年其父母去法国办理重要事务期间，他代理过那不勒斯王国的事务，显示出他是贤明正直的君主，所以但丁将其安排在天国享福。1292年他曾率领一大队骑士从那不勒斯到佛罗伦萨迎接从法国归来的父母，受到佛罗伦萨人民的隆重欢迎（参见维拉尼的《编年史》第八卷第十三章），但丁就是在那种情况下认识查理·马泰尔的。

汇入罗讷河之处，

那里有一片土地 [15]

等着我去那里

做他们的君主；

还有一片土地，

意大利的一隅，[16]

也等我君临其地。

它的边界以巴里、

加埃塔和卡托纳 [17]

等这些城堡为始，

至维尔德与特隆托 [18]

流入大海处为止。

多瑙河离开德意志

灌溉的那个王国，[19]

15　即法国南部的普罗旺斯，那里曾是马泰尔父亲查理二世的领地。

16　原文为"奥索尼亚之角"（Corno d'Ausonia，Ausonia是意大利的古称），这里指那不勒斯王
　　国，也曾是查理二世的领地。这两处都是马泰尔父亲的领地，但由于他早于其父逝世，未能
　　继承。

17　巴里（Bari）、加埃塔（Gaeta）和卡托纳（Catona），都是当时著名的城堡。

18　维尔德河（il Verde）是指位于西西里王国与教皇国交界处的利里河（Liri）或加里利安诺河
　　（Garigliano），流入第勒尼安海，参见《炼狱篇》第三曲注17；特隆托河则位于马尔凯与拉
　　齐奥交界处，流入亚得里亚海。

19　指匈牙利。1272年斯蒂芬五世逝世后，其子拉迪斯拉斯四世（Ladislas IV）继位；后者（亦
　　是马泰尔的舅父）1290年被刺身亡，1292年马泰尔加冕为匈牙利国王（参见前注14）。

其王冠在我头上

发出闪闪的光亮。

美丽的西西里岛，

南边有帕塞罗角，

北边有法罗角；[20]

卡塔尼亚海湾

在两岬角之间，

饱受热风[21]摧残，

海面上烟雾弥漫，

不是提弗乌斯[22]吐气，

而是埃特纳火山

排出硫黄气体所致。

这个地方本来也会

期待由我传下去的

查理和鲁道夫后裔，[23]

做他们国家的君主，

20　帕塞罗角（Passero），今帕基诺角（Pachino），位于西西里岛的南端；今法罗角（Faro），
　　诗中称佩洛罗角（Peloro），位于西西里岛的北端；中间是卡塔尼亚海湾和墨西拿海峡。

21　热风指从撒哈拉沙漠吹向地中海的热风，亦称西洛可风。

22　提弗乌斯（Typhoeus），古希腊神话故事中的巨人，口中能够吐火，在攻打奥林匹斯山的战
　　斗中被宙斯用雷电击毙，葬在埃特纳火山下。

23　"查理和鲁道夫"这里指西西里和那不勒斯王国国王查理一世和鲁道夫一世；查理一世是马
　　泰尔的祖父，鲁道夫一世是马泰尔的岳父。"由我传下去的……后裔"，即他的子孙。

假如巴勒莫民众

（被查理一世他

摧残激怒的民众），

没有喊出'打死他'。[24]

假如我的弟弟

能够预见此事，

就会避开那些

贪婪且穷困的

加泰罗尼亚人士，[25]

免受他们伤害。

他和其他人同时

也必须采取措施，

别让他们自己

那满载的舟楫，

再装其他东西。[26]

他的祖上慷慨，[27]

---

24 指1282年发生在巴勒莫的"晚祷起义"，巴勒莫民众走上街头，赶走了岛上的驻军，推翻了安
茹家族对西西里的统治。安茹家族的统治至此只限于意大利半岛南方，称为那不勒斯王国。

25 这里指其弟罗伯特。他曾作为阿拉贡国王的人质，1288—1295年在加泰罗尼亚待了七年，结
交了当地一些穷苦贵族。1295年罗伯特回国做那不勒斯国王，带回一些加泰罗尼亚友人，并
任命他们担任一些职务，但这些人贪得无厌，敲诈勒索，引起民众不满与反抗。

26 指罗伯特主政那不勒斯王国时，王国已经陷入困境（"满载的舟楫"），别让那些加泰罗尼亚
再加重那不勒斯王国的负担（"再装其他东西"）。

27 注释家们认为，这里不是指罗伯特的父亲查理二世，因为许多文献证明查理二世并不慷慨，
而是指罗伯特的祖父及更早的祖辈。

但他自己节俭，
因此他的官员，
不能只顾把金钱
往自己口袋里敛。"

人的天性差异

我这样对他曰：
　"啊，我的君主，
你的言谈话语
让我备感喜悦，

因为我和你一样，
明白上帝是一切
善的开始与终结，
因此我备感喜悦；

我更珍视的是，
你的这种喜悦，
是在观照上帝
的时候所获得。

既然你已使我高兴，
就请你再向我说明，
因为你讲话之时，
也让我产生怀疑：

甘甜的种子为何

会产生苦涩果实?"[28]

于是他回答我说:

"如果我能够给你

证明这样的道理,

你对你提的问题

就会看得很清楚,

就像背后的东西

放在了你的面前。

你正攀登的诸天,

上帝使它们旋转,

并且使自己意志,

变成这些天体

影响下界能力;

尽善尽美上帝,

不仅安排人们

具有不同本性,

而且随同本性

安排他们天命;

仿佛引弓射箭,

---

28 这句话源自《新约·马太福音》第7章第17—18句:"这样,凡好树都结好果子,唯独坏树结
坏果子。好树不能结坏果子,坏树不能结好果子。"但丁感到不解:为什么品德优秀的人家
会出现不肖的子孙呢?

要把箭对准靶心，
诸天体的影响力，
要把箭射向上帝
预先设置的鹄的。

如果不是如此，
你游历的天体
所施加的影响，
效果不会这样：

天国不是完美有序的
艺术品，而是一片废墟。[29]
这是不可能的，
除非推动各级

天体运转的天使，
自身有智力缺陷，
或者作为原动者
的上帝也有缺点，

没有把那些天使
缔造得完美无缺。

29　这段话的意思是：1.上帝使诸天旋转，并把自己的意志变成诸天对下界的影响力，诸天正是
　　按照上帝的意志影响人类；2.上帝不仅安排人的本性，还安排人的命运，诸天像射箭那样，
　　要把箭射中上帝预先设置的鹄的，即照上帝对人命运的安排对人施加影响。假如不是这样的
　　话，天国就不可能是一个完美无缺的艺术品，而是一片废墟。

你还要我把此理

讲得更清楚一些?"

我说:"当然不必,

因为我知道,上帝

对不完美的造物,

如未达到预定目的,

不可能置之不理。"

于是他又接着说:

　"现在请你告诉我,

如果人活在尘世

不是个文明的人,

这景况对他来说

是不是非常不幸?"

　"肯定是,"我回答说,

　"对于这个问题,

无须再去求证。"[30]

　"假如人生在世,

不愿各尽其职,

30　但丁认为,亚里士多德早就说过"人就其天性来说是文明的动物"(homo natura civil animal est,见亚里士多德《政治学》第一卷第一章),而且他自己在多部著作中也阐述过这一论点,所以诗中才说"无须再去求证"。

那么你们人世

还是文明社会？

当然不是，这是

你们大师说的。"[31]

他就这样推理，

演绎到这里时，

最后告诉我们：

"由此可见，你们

社会职责不同，

源于天性不同。

正是因为如此，

有人是薛西斯、[32]

梭伦[33]、麦基洗德，[34]

有人是在飞行时

失去自己儿子的

能工巧匠代达罗斯。[35]

---

31 "你们大师"指亚里士多德。他在《政治学》第一卷第一章里接着诗中那句话还写道："生活
    在一个文明社会里，要求各人具有不同的秉性和职能。"就是说：人类天性是合群的动物，
    要组成社会，才能生存和发展，而社会的存在和发展须要其成员都有某种能力，发挥各自的
    互不相同的能力，分工合作。

32 指波斯国王薛西斯一世（Xerxes I，公元前486—前465年在位），公元前480年曾率海陆大军
    进攻希腊，结果战败，参见《炼狱篇》第二十八曲注8。

33 梭伦（Solon，约公元前630—前560年），古希腊政治家、诗人，是古希腊七贤之一。

34 麦基洗德（Melchizedek），《旧约·创世记》第14章第18句称他是"撒冷王""上帝的祭司"：
    "又有撒冷王麦基洗德带着饼和酒出来迎接，他是至高神的祭司。"

35 关于代达罗斯参见《地狱篇》第十七曲注16。

不停运转的诸天

影响世人的秉性，

就像各种印章在

封蜡上打上烙印；[36]

诸天严守本分，

完成自己任务，

不管那人究竟

出自哪个家族。

因此才有这种事：

以扫自投胎时起

就与雅各有差异；[37]

罗穆洛斯的父亲

出生非常卑微，

人们却说他是

马尔斯的儿子。[38]

假如上帝不以

诸天的影响力，

干预遗传特性，

36　诸天就像各种印章在封蜡上（这里表示在人的身上）打上烙印。

37　以扫（Esau）和雅各（Jacob）为孪生兄弟，但性格差异很大。参见《旧约·创世记》第25章第27句："两个孩子渐渐长大，以扫善于打猎，常在田里；雅各为人安静，常住在帐篷里。"

38　罗穆洛斯（罗马城的奠基人）的生父是谁，无人知道，但他后来成了罗马城的奠基人，所以人们牵强附会，说他的父亲是战神马尔斯。参见本书第六曲注16有关罗马城的传说。

那么儿子的秉性
就会与父亲无异。

必须承认差异

你背后的东西
现在在你眼前；[39]
但是为了证实
我多么喜欢你，

我要赠送给你
下面的结束语：
如果秉性最终
与命运不相符，

那它就会遭殃；
如同一粒种子
播种在不适合
自己的土壤里；

如果凡人在尘世，
考虑天性奠定的

39　回应前面说的话："如果我能够给你／证明这样的道理，／你对你提的问题／就会看得很清楚，／
就像背后的东西，／放在了你的面前。"（参见本曲"人的天性差异"一节）

基础并顺应行事，

才会得到好结果。

但是你们迫使

一个生来适于

佩剑的人，从事

宗教性的事物，

把适于布道的人

拥立为一国君主。[40]

所以你们的足迹

偏离了正确道路。"

40　原著注：这里可能是暗示马泰尔的两个弟弟：卢多维科（Lodovico）和罗伯特。前者曾出
　　家做了图卢兹主教，后者1295年做了那不勒斯国王（参见前注25）。但丁则认为前者比后者
　　强，应该成为国王；后者对神学研究颇有兴趣，曾写过许多布道文，作为"文化人"曾得到
　　彼特拉克和薄伽丘的赏识。但是造化弄人，两人都做了与自己天性相反的事情。

第九曲

你想知道，我身旁
这个火团闪闪发光，
亮得就像太阳
照在清澈水面上，
它是谁的灵魂呢？
我现在就告诉你，
那里面待的就是
静享天福的喇合……

马泰尔结束自己的谈话时，预言他的家族，即安茹家族，必将受到上帝的惩罚。

马泰尔的光团随之消失，另一个光团即库尼扎的灵魂，出现在但丁和贝阿特丽切面前。但丁像前面那样，征得圣女同意后，开始与库尼扎交谈。

库尼扎是阿佐林诺二世的小女儿，生前早期生活放荡，晚年却多行善事，死后灵魂升天，成为圣徒。她家族的世袭地在马尔卡特雷维贾诺，但丁便借她之口，进一步诅咒安茹家族，预言：1.反对王政的安茹家族及帕多瓦教皇党势力，必将遭受失败；2.特雷维索僭主里扎尔多·达·卡米诺，暴戾成性，在政治上摇摆于皇帝党与教皇党之间，最后必遭杀害；3.该地区另一小城市费尔特雷的主教亚历山德罗·诺韦洛，把从费拉拉逃到那里避难的一些皇帝党人交给安茹王朝和教皇党势力，被关进地牢，后来都被斩首。他这一背信弃义的行为，应该受到比关进地牢还要沉重的惩罚。

库尼扎讲完之后，回到在金星天享福的那些灵魂之中。另一个灵魂，即出生在法国南部马赛的普罗旺斯诗人福尔盖，出现在但丁面前。福尔盖与库尼扎一样，在世时沉溺于爱情，像他们自己说的"受到金星天的影响"；福尔盖甚至称自己"年轻时我激情甚旺，/即使是狄多女王/也没我激情高涨"，还说历史上为爱殉情的人士，如色雷斯国王之女菲丽丝，大力神赫拉克勒斯，都不如他对待爱情那样情深意切。他们死后被安置在享福程度较低的金星天里，却"丝毫不觉后悔，/反而笑容可掬，/因为对罪孽的记忆，/已从我们脑中抹去，/也因为上天的力量/以及金星天的影响，/为我们安排好一切"。

最后，福尔盖向但丁介绍了喇合。喇合是《旧约》中的人物，曾是迦南地耶利哥城的妓女。由于她出于爱心，帮助约书亚派往耶利哥城侦察的两个侦察兵躲过敌人的搜查，为约书亚在圣地迦南取得的第一个胜利做出了贡献，第一个被收进了金星天。所以她在金星天里光辉最亮。

对此，福尔盖感慨地说："那是基督的胜利，/ 她是胜利的见证，/ 可惜如今的教皇 / 却几乎忘了圣地。"接着，福尔盖指责说，佛罗伦萨铸造的金币弗罗林把牧师与信徒们引入歧途，"由于追求这金币，/ 教士们把《福音书》/ 和先哲著作抛弃，/ 一心一意去钻研 / 教会的《法令汇编》"，因为熟悉《法令汇编》就可以在诉讼中获得高额报酬。最后，福尔盖严厉指责当时的教皇和枢机主教说"教皇和枢机主教 / 懂得这里的奥秘，/ 他们心中已没有 / 拿撒勒这片圣地"，并诅咒他们说"但愿梵蒂冈及 / 其他一些坟场 / （那里埋葬着圣彼得 / 及圣彼得的追随者），/ 将这些污秽亵渎者 / 彻底排除在墓地外"，即让他们下地狱，进不了基督徒的墓地。

查理·马泰尔的预言

啊，美丽的克莱门扎，

你丈夫先解答我问题，

然后述说他后裔

必将遭受的欺诈；[1]

他曾嘱咐我说：

"请你保持沉默，

寄期待于岁月。"[2]

现在我只能说，

你们犯下的罪孽[3]

必招来正义惩戒。

那神圣的发光体[4]

已转身朝向上帝，

唯上帝能用至善

满足他一切心愿。

---

1 "美丽的克莱门扎"指查理·马泰尔的妻子；"先解答我问题"指上一曲但丁的提问："甘甜的
   种子为何／会产生苦涩的果实"（参见本书第八曲"人的天性差异"一节）；"然后述说他后裔／
   必将遭受的欺诈"，指查理·马泰尔预言，他死后他儿子继承的那不勒斯王位将会被他叔叔
   （即马泰尔的弟弟罗伯特）篡夺。历史事实是：1296年查理二世决定并经过时任教皇卜尼法
   斯八世同意，将那不勒斯王位传给次子（即马泰尔的弟弟）罗伯特；1309年马泰尔的儿子查
   理·罗伯特曾提出抗议，但遭到时任教皇克雷芒五世的反对。尽管如此，但丁却认为马泰尔
   的弟弟罗伯特继承王位是他弟弟的欺诈行为。
2 意思是：请你暂时不要对别人讲述我的预测，等待岁月来证明我的预见。
3 指整个安茹家族所犯的罪孽，不单是指马泰尔及其妻子。
4 指马泰尔的灵魂。

受骗的灵魂哪，

罪恶的人们哪，[5]

你们心灵已背离

如此宽厚的上帝，

你们眼睛仅盯着

虚妄的尘世享乐！

库尼扎·达·罗马诺

在那些火团之中，

另一个向我靠拢，

它外表亮光闪闪，

表示它已有意愿

满足我的要求。

此时圣女凝目

望着我如同前面，

同意我与他交谈。

我对那光团说道：

"喂，有福的魂灵，

5　指世人，被尘世虚妄的享乐引入犯罪道路的世人。

快让我如愿以偿，

并且要向我证明，

你就像镜子一面，

能反映我的心愿！"

一听到我的请求，

新来的那个光团

从合唱团体[6]的深处，

以乐于行善的口气

接着我的话茬说道：

"腐败堕落的意大利，

有那么一个地区，[7]

位于威尼斯海湾

和阿尔卑斯山之间；

那里隆起一座小山，

名字叫罗马诺，[8]

小山虽然不高，

---

6 即金星天中的灵魂，他们从净火天下来，齐声唱着颂扬上帝的歌曲 "和散那"，参见本书第
   八曲 "金星天" 一节末尾。
7 指意大利中世纪时期的一个地区，即马尔卡特雷维贾诺（Marca Trevigiana）。当时它的边界
   南至威尼斯，北至阿尔卑斯山山麓，管辖着特伦托（Trento）、特雷维索（Treviso）、曼托瓦
   （Mantova）等城市，13世纪之后作为行政区域已不复存在。
8 即罗马诺山（Colle di Romano），离维琴察北边的巴萨诺 - 德尔格拉帕市（Bassano del
   Grappa）约5公里。

却有一座城堡；

第三代罗马诺[9]

从那城堡冲下，

对周边大肆掠杀，

他就像一束火把

点燃周边火灾。

我和他一母所生，

库尼扎[10]是我名字；

我这里闪闪发光，

因为我在尘世时

深受金星影响。

对于这个因素

我却欣然原谅：

能在这里享福

9　即阿佐林诺·罗马诺三世（Ezzolino da Romano III，1194—1259年），是个著名的暴君，参见《地狱篇》第十二曲注24。传说他母亲临产前曾做一梦，梦见自己生下了一束熊熊燃烧的火炬，所以后文诗中说"他就像一束火把 / 点燃周边火灾"，即把暴政推向周边地区。

10　库尼扎（Cunizza，1198—1279年），阿佐林诺二世的小女儿，1222年嫁给维罗纳僭主里卡尔多·迪·圣卜尼法斯伯爵，但后来她与索尔德洛（13世纪意大利著名诗人，参见《炼狱篇》第六曲注16）私通，厮混数年后，又爱上了特雷维索的一位骑士，与其过了几年放荡生活，后来还有两次短暂的婚姻。1260年她的家族失去权势后，退隐于佛罗伦萨，但丁也许那个时候认识了她。晚年库尼扎多行善事，死后灵魂升天，成为圣徒。注释家们对她的评价不一，有强调她放荡的，有强调她善良的。看来，但丁似乎属于后者。

我感到非常高兴，
觉不出丝毫痛苦；
在世俗之人看来
这也许难以接受。

库尼扎的预言

在我们这重天里，
离我最近的明珠，[11]
在你们那个尘世
留下了巨大声誉，

也许再过五世纪，
那声誉才会消失；
你看人们是否
应该在人世时，

做出光辉业绩，
以便等他逝世，
荣誉流传后世。
但是现在居住

11　指福尔盖·德·马赛，见后注26。

在那里的人们，[12]

却不这样行事，

也不为遭受的

惩罚[13]有所改悔。

由于那里的人们

顽梗不化，随意

不履行他们责任，

对他们的再一次

惩罚即将发生：[14]

帕多瓦的血水，

将染红维琴察

附近的沼泽地；

那时在特雷维索

有个人[15]称王称霸，

12　即居住在马尔卡特雷维贾诺地区的人（参见前注7）。

13　即上帝对他们的惩罚，让他们那里遭受暴君统治与连绵战争。

14　注释家们认为，但丁这里暗指1314年12月17日发生的战事：帕多瓦教皇党势力与安茹家族组成的联军，进攻维琴察皇帝党与维罗纳僭主坎格兰德·德拉·斯卡拉（Cangrande della Scala）的联军，结果遭到惨败，帕多瓦人血流成河，染红了维琴察附近的沼泽地。这是库尼扎的第一个预言。

15　这个人就是里扎尔多·达·卡米诺（Rizzardo da Camino），他虽是盖拉尔多·达·卡米诺（Gherardo da Camino，参见《炼狱篇》第十六曲注33）的儿子，但骄横跋扈。1306年继承其父担任特雷维索僭主，推行暴政，是有名的暴君，民怨鼎沸；后又因他突然从亲教皇党立场转为皇帝党立场，引起教皇党贵族不满。1312年教皇党贵族设计，在他弈棋的时候，出其不意将其杀死，即后文诗中所说："人们已把捕杀／他的罗网布置下。"这是库尼扎的第二个预言。

人们已经把捕杀

他的罗网布置下；

费尔特雷也将为

邪恶的牧师 [16] 流泪，

他背信弃义的行为，

关进地牢也显得轻；

若收集遭屠杀的

费拉拉人的血液，

该用多大的容器！

若要称量那血液，

会累死称重人士！

这位慷慨的牧师，

为显示他的派性，

送上这样的大礼，[17]

这完全符合那里

居民的生活方式。

16　这里指费尔特雷（Feltre，意大利威尼托大区小城市，位于特雷维索西北部）主教亚历山德
　　罗·诺维洛（Alessandro Novello）。1314年他背信弃义，把从费拉拉逃到那里避难的一些皇
　　帝党人交给安茹王朝和教皇的代表皮诺·德拉·托萨（Pino della Tosa），被关进地牢，后来
　　都被斩首。但丁认为他这种背信弃义的行为非常严重，超过那些被教皇关进地牢的犯人，所
　　以诗中说："他背信弃义的行为，/ 关进地牢也显得轻。"这是库尼扎的第三个预言。
17　指亚历山德罗·诺韦洛把皇帝党人交给教皇党处置。

天上有许多天使，

你们称作德罗尼，[18]

他们像一面面明镜，

把最高审判者上帝

的光辉反射给我们，

因此我讲的是真理。"

福尔盖·德·马赛

库尼扎说到这里，

停下来不再言语，

在我看来她这是

把心思移到别处，

因为她已重新回到

那群舞蹈者们中间。

另外有一个光团

欢快来到我面前，

它像一粒红宝石，

日光下光亮闪闪。

18　即管理土星天的天使——德罗尼，参见本书第二曲注22。按照基督教神学家的说法，德罗尼
　　天使司上帝的圣裁，所以库尼扎在这里说"他们像一面面明镜，/ 把最高审判者上帝 / 的光辉
　　（裁决、决定）反射给我们"，因此她相信她讲的是真理。

欢乐在凡间人世，

表现为笑容满面，

欢乐在天上，则

表现为光辉灿烂，

但是在下界人世，

如果人心情悲惨，

就会变得愁容满面。

"有福的灵魂哪，"我道，

"上帝洞察一切事件，

你对上帝深入观照，

不论是谁的心愿

都躲不过你法眼。

上天让上品天使[19]

（他们用自己六翼

当僧衣包裹自己），

跟随你一起唱歌，

这样你的声音

显得更加喜悦。

19　上品天使或曰撒拉弗是管理净火天的天使，参见本书第二曲注22。《旧约·以赛亚书》第6章
　　第2句说："其上有撒拉弗侍立，各有六个翅膀：用两个翅膀遮脸，两个翅膀遮脚，两个翅膀
　　飞翔。"

为什么你不愿意

用你喜悦的声音，

满足我的愿望呢？

假如我能够知悉

你的内心，就像

你知悉我那样，

我早就不会像你

等我先提出问题。"

于是他开口说道：

"海洋环绕着大地，

灌水入最大洼地，[20]

在两岸之间海水

由西向东漫延，

漫延得那么远，

以致同一圆圈，

起点是地平线，

终点是子午线。[21]

我曾经在这片

20　"海洋"在这里指大西洋，中世纪欧洲人认为，大西洋是世界上最大的海洋，环绕大地；"最大洼地"指地中海。

21　但丁时代的天文学错误地认为，地中海由东（耶路撒冷）向西（直布罗陀海峡）延伸的经度为90度。所以，其一端（起点，耶路撒冷）的子午线，即为另一端（终点，直布罗陀海峡）的地平线；或者说当耶路撒冷处于日中时，直布罗陀海峡仅为日出。

洼地北岸居住，²²

在埃布罗河与

马格拉河²³之间

（后者有一小段，

是利古里亚大区与

托斯卡纳的分界线）。

在马赛与布吉，²⁴

几乎可以同时

看到日落日出，

不过马赛海水

曾被血液染红。²⁵

我活在人世时，

名字叫福尔盖，²⁶

那里尽人皆知；

22　指法国马赛（Marseille）。

23　埃布罗河（Ebro），位于西班牙北部，流入地中海；马格拉河（Magra）意大利中部河流，
　　位于利古里亚与托斯卡纳交界处。从地中海北岸海岸线来说，马赛位于埃布罗河入海口与马
　　格拉河入海口之间。

24　布吉（Bougie）是非洲北岸阿尔及利亚城市，与法国马赛几乎处于同一经度上，所以诗中说
　　"在马赛与布吉，/ 几乎可以同时 / 看到日落日出"。

25　指恺撒与庞培内战期间，恺撒发兵攻打位于西班牙的势力，途经马赛时大肆屠杀马赛居民，
　　卢卡努斯在其著作《法尔萨利亚》一书卷三中写道："鲜血在海涛上翻着泡沫，海水也由于
　　血流过多而暴涨。"参见《炼狱篇》第十八曲注23。

26　即福尔盖·德·马赛（Folquet de Marseille，1160—1231年），普罗旺斯著名行吟诗人，
　　1160年生于马赛。他作为诗人活跃在1180—1195年之间，先后在马赛子爵巴拉尔·德·博
　　（Barral de Baux）、阿基坦的阿方索二世（Alfonso de Aquitan）等封建主宫廷侍奉，深得
　　这些封建主宠爱。他擅长写爱情诗歌，曾热烈颂歌巴拉尔子爵夫人阿扎莱伊丝（Azalais）。
　　阿扎莱伊丝死后，他十分痛心，于1195年出家为僧，加入本笃会，1205年成为图卢兹
　　（Toulouse）主教，死于1231年。

这里有我的光辉，

因为我在人世时

受到金星天的影响。

年轻时我激情甚旺，

即使是狄多女王

也没我激情高涨，

尽管她曾使叙凯欧斯

和克雷乌萨感到失望；[27]

罗多佩山中少女，

因心爱的人不归，

感到绝望而殉情；[28]

还有赫拉克勒斯，

因念旧情伊奥勒，

被自己妻子毒死；[29]

他们都没我情切。

但我们待在这里，

---

27 狄多女王是叙凯欧斯（Sichaeus）的妻子，叙凯欧斯死后她发誓不再嫁人，但是她后来爱上
了埃涅阿斯，见《地狱篇》第五曲注7。她的这一行为既得罪了死去的丈夫叙凯欧斯，也得
罪了埃涅阿斯的亡妻克雷乌萨（Creusa）。

28 "罗多佩山中少女"指色雷斯国王之女菲丽丝（Phillis），常居王宫附近的罗多佩山中。忒修
斯之子德摩封特（Demophonte）途经色雷斯时，二人相爱。德摩封特远行去了雅典后，没
按期回来，菲丽丝怀疑被他抛弃，自杀身亡。参见奥维德的《烈女志》。

29 大力神赫拉克勒斯的妻子德伊阿妮拉，把肯陶罗斯涅索斯送给她的有毒的血衣，转赠给赫拉
克勒斯，导致后者中毒身亡，见《地狱篇》第十二曲注14。伊奥勒是色萨利公主。

丝毫不觉后悔，
反而笑容可掬，
因为对罪孽的记忆，
已从我们脑中抹去，

也因为上天的力量
以及金星天的影响，
为我们安排好一切。
我们这里观照世界，

它就像一件卓越的
艺术品，完美无缺，
并认识至善的目的：
对下界施加影响力。

喇合

但是，为了让你
离开这里之前，
你的一切心愿
都能圆满实现，

我还要讲下去。
你想知道，我身旁

这个火团闪闪发光，

亮得就像太阳

照在清澈水面上，

它是谁的灵魂呢？

我现在就告诉你，

那里面待的就是

静享天福的喇合，[30]

她在这队伍里面

发出的光芒最亮。

基督耶稣蒙难前，

她是金星天里面，

最早接收的灵魂[31]

（地球投影的终点

就是这层金星天）。[32]

30　喇合（Rahab），《旧约》中的人物，曾是迦南地耶利哥城的妓女。以色列人渡过约旦河之前，约书亚派了两个探子前往耶利哥城侦察，被耶利哥人发现，喇合便把他们藏在家中，等搜查过后，又帮助他们逃离，参见《旧约·约书亚书》第2章和第6章。就是说她为约书亚在圣地即迦南取得的第一个胜利做出了贡献。

31　金星天里的灵魂生前都是受金星影响的人，基督耶稣蒙难完成了拯救人类的使命，使他们得以进入金星天，但是喇合却是耶稣蒙难前就进入金星天的，因此诗中说她是金星"最早接收的灵魂"。

32　根据中世纪阿拉伯天文学家的理论，地球在太空中的投影，笼罩着月亮天、水星天和金星天，金星天之后就没有了。但丁这里的寓意是，金星天后面的灵魂，比起前三重天的灵魂，更加纯净。

喇合帮助约书亚

在圣地取得胜利，

她应该被接收在

金星天这层天里。

那是基督的胜利，

她是胜利的见证，

可惜如今的教皇

却几乎忘了圣地。

谴责僧侣贪婪

你的那个城市，

就像魔王狄斯 [33]

（他由上帝造出，

却背叛造物主；

它的嫉妒曾使

人类痛哭流涕），[34]

导致一切恶习

与腐败的发生。

---

33 "狄斯"是古代神话中的冥王，但丁曾用他替代魔王卢齐菲罗（或撒旦），参见《地狱篇》第
    八曲注8。这里因押韵需要也用狄斯替代原文中的卢齐菲罗。
34 指魔王卢齐菲罗嫉妒亚当和夏娃在伊甸园中享福，引诱他们犯下原罪，使人类遭受痛苦。

那个城市铸造

和发行的金币，[35]

诱人误入歧途，

让尊贵的牧师

变成贪婪的豺狼。

由于追求这金币，

教士们把《福音书》

和先哲著作抛弃，

一心一意去钻研

教会的《法令汇编》，

在书页的空白处

写满了各种批注。[36]

教皇和枢机主教

懂得这里的奥秘，

他们心中已没有

拿撒勒这片圣地[37]

35　指佛罗伦萨发行的金币弗罗林（fiorino）。

36　指当时的教士贪图享受，追求财富，不去研究圣经和先哲们的著述，一心钻研教会的《法令汇编》，即当时的教皇如格列高利九世、卜尼法斯八世、克雷芒五世等制定的教规，而这些教规是诉讼的依据，熟悉者如代理诉讼，能获得高额报酬，因此研习者不计其数。"在书页的空白处，/ 写满了各种批注"，说明那些研习者非常认真学习《法令汇编》。

37　拿撒勒（Nazareth），巴勒斯坦北部加利利的历史名城。"大天使加百利 / 曾向那里展翅"，指加百利曾飞到那里告知童贞女马利亚将怀孕生耶稣。

（大天使加百利

曾向那里展翅）。

但愿梵蒂冈及

其他一些坟场

（那里埋葬着圣彼得

及圣彼得的追随者），

将这些污秽亵渎者[38]

彻底排除在墓地外。

38　指那些买卖圣职的教士，如教皇、枢机主教，排除在这些埋葬圣徒的场所之外，把他们打入地狱，参见《地狱篇》第十九曲"买卖圣职者"一节。

第十曲

他离我离得最近，
名叫阿尔伯特·达·
科隆，我的名字叫
托马斯·阿奎那。

但丁在第九曲末尾借福尔盖之口对贪婪的教士，尤其是对当时的教皇和枢机主教谴责一番后，跟随贝阿特丽切来到太阳天。和前面一样，因为飞升的速度极快，但丁没有注意到上升的过程。

在太阳天出现的是那些学识渊博的灵魂。由于他们的学术成就，以及在哲学和神学方面的思辨，他们都曾闻名于世。尽管太阳天的光辉比前面三重天的光辉更加明亮，但这些代表人物的光团的明亮程度超过了太阳的光芒。但丁甚至感慨地说："太阳天中的灵魂啊，/ 你们的光辉多辉煌！/ 你们显现不靠色彩，/ 而是靠你们的亮光。"

代表这些学识渊博灵魂的光团，把贝阿特丽切和但丁围在中央，组成了一个光芒四射的光圈："我看见许多光芒，/ 明亮得胜过太阳，/ 把我们围在中央，/ 组成一发光光环"，而且"他们齐声歌唱，/ 歌声如此优美，/ 胜过他们的光芒 / 在我眼中的映像"。

这时一个光团里面发出声音说道："我右边的这位，/ 是我兄弟和师长，/ 他离我离得最近，/ 名叫阿尔伯特·达·/ 科隆，我的名字叫 / 托马斯·阿奎那。"他们就是中世纪著名的哲学家和神学家阿尔伯特·达·科隆（即通常称的大阿尔伯图斯）和托马斯·阿奎那，他们的著作《神学大全》可谓世人皆知。

接下来托马斯·阿奎那对但丁说："如果你同样想知悉 / 所有其他人的姓名，/ 那就请你随我说明，/ 盯着其他的发光体。"他让但丁随着他的说明，用目光一一查看光环中的其他人。于是他从自己一侧开始一一介绍他们的姓名和主要事迹：12世纪意大利修士和法学家格拉齐阿诺，他编纂《教会法规汇编》，试图协调教会法规与民法之间的分歧；12世纪意大利修士和神学家彼埃特罗·隆巴尔多，他把自己阐述有关上帝、创世、赎罪、世界末日等神学问题的著作《箴言录》四卷，献给了教会；《圣经》传奇人物、以色列王所罗门，相传是他创作了《圣经》中的《雅歌》《箴言》和《传道书》；还有古希腊雅典大法官奥尼修斯、古罗马哲学家、神学家、政治家波伊提乌、西班牙基督教神学家，塞维利亚主教伊西多尔、盎格鲁－撒克逊神学家比德和不列颠神学家圣维克托的理查德，等等。他们的功绩大小有别，代表他们的火团也大小不同。

托马斯·阿奎那介绍完自己一侧的九位名人后，开始介绍自己另一侧的、也是构成这个光环的十二个灵魂中的最后那个灵魂，同在巴黎大学任教的哲学教授西格尔。西格尔曾是激进的亚里士多德主义学派的重要代表，常常是阿奎那的辩论对手。生前他们虽是对手，但在这里他们却平静地待在一起，因为他们寻找真理的方法和途径虽然不同，但他们寻求真理的心愿却相同，因此他们在这里可以和平相处。

托马斯·阿奎那介绍完毕后，这些灵魂相互协调自己的声音，唱出只有在天国才能听到的优美歌曲。

世界的秩序

三位一体的上帝，
圣父圣子和圣灵，
圣父造物的权力，
加上圣子的智慧，

心怀着至高无上
的大爱，创造出
人间精神世界及
旋转宇宙的事物

或者运动，并且
为它们安排一个
井井有条的秩序。
那就是世界秩序；

细心观察的人士
对此都欣赏不已。
因此，我的读者，
请你也和我一起，

抬起你的双眼，
眺望高速旋转

的一个个轮盘。[1]
请把目光对准

两种相反的运动
相互交汇的地点，[2]
从那里开始观看
那位大师的神工，[3]

他在创造万物时，
把至爱投入其中，
对它们关怀备至
不会把目光移动。[4]

从那里你可看见
那个倾斜的圆环[5]
（它承载着众星辰），
为满足世界召唤，

1　指旋转的月球天、水星天、金星天等九重天。
2　"两种相反的运动"，指各种天体围绕赤道由东向西的周日运动（moto diurno）和各天体围绕黄道由西向东的周年运动（moto annuo）；"相互交汇的地点"，指赤道与黄道交汇的地点，即太阳位于春分或秋分时的位置。
3　"那位大师"指上帝，"神工"指上帝的创造物。
4　上帝对自己的造物关怀备至，始终盯着它们，不会把目光移向别的地方。
5　指黄道，因为黄道与赤道交叉成23度的斜角，所以但丁这里用"倾斜的圆环"指黄道。而"直的圆环"指赤道，因为赤道相对黄道来说是平直的。

像树的枝杈一般

从树干斜插而出。

假如它们的轨道

不如此这般弯曲，

诸天的许多功能

就变得徒劳无益，

地上的一切潜能

也会呈一片死气；

假如它或多或少

偏离那直的圆环，

宇宙上下的秩序[6]

就可能出现缺陷。

啊，亲爱的读者，

你若愿意疲倦前，

继续你初尝到的乐趣，

那就请你留在书桌边：

我已在你面前

呈上丰盛美餐，[7]

那就是我在这里

尽力讲述的东西，

6　"宇宙上下的秩序"指上面诸天的和下面地球（人世）的秩序。

7　指但丁的《天国篇》，包括但丁即将讲述的太阳天。

请你尽情享受，

因为天国旅游

让我心无旁骛，

仅仅负责抄录。

太阳天

自然界最大使臣，[8]

它把上天的光辉

传递到我们尘世，

并以它自己光辉

为我们计量时间。

它现正处于上面

我提到的那个点，[9]

螺旋式向上盘升，

一天比一天早地

出现在我们面前。

我虽然和它在一起，[10]

却不记得怎么来的，

---

8 指太阳。

9 指赤道与黄道交汇的地点，就是说太阳此时处于春分或秋分时的位置，具体地说是处于春分的位置，参见前注2。按照托勒密天文学，在春分与夏至期间太阳以螺旋状从赤道向北回归线运动，因此北半球日出的时间一天比一天早。

10 指但丁已经来到太阳天。

就像念头出现之前，

浑然不知它会出现。

但对贝阿特丽切，

情形就不会这般：

她领我由一重天

飞升到另一重天，

她的行动简直是

不占用什么时间。[11]

太阳天中的灵魂啊，

你们的光辉多辉煌！

你们显现不靠色彩，[12]

而是靠你们的亮光。

不论我如何借助

天才、经验和艺术，

我都不敢说可以

把那些光亮描绘

得令人想象得出。

假如我们想象力

11　即贝阿特丽切带领但丁飞升的速度非常快，对她来说就不存在觉察出来或觉察不出来的问题。

12　即不靠脸色变化。因为从这曲开始天国里的福灵都以光团的形式出现，他们感到喜悦时，不再像前面那样变得更美丽（即面色上的变化），而是变得更亮，即在光的强度上发生变化。

达不到那种高度，

这丝毫不应惊奇，

因为我们眼睛的目力

不能抵御太阳的光辉。

这里集聚的是圣父的

第四个光辉灿烂家族；[13]

圣父随时都愿意

满足这个大家族，

把他如何生子，

又如何与圣子

一起共生圣灵，

把三位一体的

上帝自身的奥秘，

都启示给他们听。

这时贝阿特丽切

开口说："快感谢，

感谢上帝，他的恩泽

把你提升到太阳天里。"

13　指太阳天中的福灵，因为前面但丁已经游历了月亮天、水星天、金星天，这是第四重天——
　　太阳天。

她这话使我激动万分，
也使我变得那样虔诚，
准备立即向他献身；
任何一个凡人的心

也没有如此感动过。
我把爱全献给上帝
竟然让我把圣女 [14]
完全置于遗忘里。

但是她毫不介意，
甚至还满心欢喜。
她那含笑的目光却
把我引向其他东西。

学识渊博的精灵

我看见许多光芒，
明亮得胜过太阳，
把我们围在中央，
组成一发光光环。

14　指贝阿特丽切。

他们齐声歌唱，

歌声如此优美，

胜过他们的光芒

在我眼中的映像；

我们眼前的景况，

就像水汽饱和时

月晕笼罩着月亮。

待我返回尘世时，

天国里面的明珠

众多、珍贵、美丽，

我甚至连其中之一

也无法随身带出。

那些发光体的歌声，

就是这些明珠之一；

凡是不具备翅膀

向上飞行的人士，

就让他期待哑巴

给他传递消息吧。[15]

·

---

15 意思是，那些既没有德行也没有热忱进入太阳天的凡人（即诗中说的"不具备翅膀 / 向上飞
 行的人士"），别指望我能给他们带回天国的信息，"让他们期待哑巴 / 给他们传递信息吧"。
 因为前面但丁说过，天国里的明珠众多，"我甚至连其中之一 / 也无法随身带出"。

那些光芒胜似

太阳的发光体，

像星辰围着不动的

两极缓慢旋转 ¹⁶ 那样，

围绕着我们缓慢地

旋转了三个来回，

突然停止下来，

就像那些舞女，

舞曲尚未结束，

骤然停住脚步；

她们这是在等待

新的一节奏起来；¹⁷

光团里的一福灵 ¹⁸

从里面发出声音：

16　但丁在《飨宴》第二篇中写道："应当知道，水晶天以下的各重天都有涉及自身的固定不动的两极；水晶天的两极也是静止不动的……各重天，水晶天与其他几重天均是一样，都有一个圆圈，可称作本重天的赤道……这个圆圈在运动上比该重天的一些部分更迅速……每个部分越是靠近它，运动就越快；越是远离它，越是靠近两极的一极，运动则越迟缓。"但丁在《炼狱篇》第八曲"三颗星辰"一节也写道："我的一双眼睛／热切仰望天空（即南极的天空），／凝视那些星辰／正在缓慢转动，／犹如距离轴承／最接近的部分。"即南极的星辰像靠近车轴那样，转动得比其他部分的星辰缓慢（参见《炼狱篇》第八曲注11）。

17　但丁这里讲述的是当时的一种舞蹈：一群女子手拉手围成圈，其中一人带头唱完舞曲的第一节，大家便重唱第一节并绕着圈跳舞；唱完第一节后众女子便停下来，倾听带头的女子唱第二节，然后大家开始唱第二节并重新舞蹈。

18　指中世纪著名哲学家和神学家托马斯·阿奎那，见后注25。

托马斯·阿奎那

"圣宠点燃真爱，

真爱在你身上，

随着施爱行动

发出更大光芒。

它领你攀登天梯[19]

（谁是从天梯下来的

必然会再度升天）;[20]

谁若不能用自己

葡萄酒为你解渴，

肯定是自由暂缺，[21]

就像河水因受阻

无法流进大海去。

现在你想知道，

这个光环是由

哪些植物编造

（它们围着圣女

---

19 关于"天梯"参见《旧约·创世记》第28章第12句："梦见一个梯子立在地上，梯子的头顶着天。"

20 暗指但丁，因为但丁返回人世死亡后，灵魂还会回到天堂，参见《炼狱篇》第二曲注13。

21 意思是：如果我们这里的灵魂中有谁拒绝满足你探求真理的渴望，那一定是因为他受到某种阻碍，暂时失去了自由（"自由暂缺"），因为这里的灵魂都非常仁慈，乐于助人。

深情进行观望；

不断给你力量的，

正是这位圣女，

她领你来到这里）。

多明我[22]曾经率领

一群圣洁的羊羔，

我仅是其中之一。

如遵循他的教导，

就会吃饱长胖，[23]

也不会陷入虚妄。

我右边的这位，

是我兄弟和师长，

他离我离得最近，

名叫阿尔伯特·达·

科隆[24]，我的名字叫

---

22 指多明我会的创始人多明我（Dominic，1170—1221年），西班牙神父，1215年创立多明我
　　会（Dominicans），俗称黑衣兄弟会，是基督教四大托钵修会之一。1217年多明我把位于巴
　　黎大学和博洛尼亚大学附近的房产献出，创建神学院，对基督教神学的研究与传播起了重大
　　作用。关于多明我，本书第十二曲将会专门讲述。
23 有关这句话，下一曲还会专门解释。参见下一曲"但丁的疑问"一节。
24 阿尔伯特·达·科隆（Alberto da Colonia），即来自德国科隆的阿尔伯特（Albert，约1200—
　　1280年），或称大阿尔伯图斯（Albertus Magnus），多明我会修士，托马斯·阿奎那的老师，
　　曾在科隆、巴黎等地讲授神学，著有许多神学、哲学和自然科学方面的作品。

托马斯·阿奎那。[25]

如果你同样想知悉
所有其他人的姓名，
那就请你随我说明，
盯着其他的发光体。

那另外一个火团里面，
格拉齐安诺[26]笑容满面，
他编纂的法规汇编，
对世俗和教会法院

都有很大裨益，
因此他使天国
感到无限欢喜。
我们合唱团里

另外一位成员，
他身边那个火团，

---

25 托马斯·阿奎那（Thomas Aquinas，1224—1274年），意大利神学家和诗人、多明我会修士，受教于大阿尔贝图斯。后来与阿尔贝图斯合作在巴黎、科隆、那不勒斯等地讲授神学，主要作品为《神学大全》（Summa Theologie）。1274年奉教皇之命去参加里昂会议，途中病逝。传说是查理命医生在药物中下毒害死了阿奎那，因为阿奎那家族反对查理，参见《炼狱篇》第二十曲注17。

26 格拉齐安诺（Francesco Graziano），12世纪意大利修士和法学家，1140年间编纂《教会法规汇编》，试图协调教会法规与民法之间的分歧，因此诗中说，该书"对世俗和教会法院／都有很大裨益"。

名字叫彼埃特罗，[27]

他和寡妇一般，

把自己的宝贝

奉献给圣教会。

那第五个光团，[28]

是其中最美的，

他的爱热情洋溢，

令尘世所有的人

都想知道他信息：

他那崇高头脑里，

被置入深邃智慧，

若圣经说的属实，

以后不会产生第二位

能够具有这样的智慧。

27　彼埃特罗·隆巴尔多（Pietro Lombardo），12世纪意大利修士，神学家，曾在巴黎教会学
　　校任教，1159年起担任巴黎主教。他的著作主要是《箴言录》四卷，阐述有关上帝、创世、
　　赎罪、世界末日等神学问题。他在该书序言中说，要把自己的著作献给圣教会，就像《新
　　约·路加福音》第21章第2句讲的那个穷寡妇，把自己仅有的两个小钱献给教会："又见一个
　　穷寡妇投了两个小钱。"

28　指所罗门（Solomon），他是大卫之子，以色列国王，具有卓越的智慧。传说《旧约》中的
　　《雅歌》《箴言》和《传道书》都是他创作的。"他的爱热情洋溢"，指他创作的《雅歌》预言
　　般地颂扬基督与其新娘即教会的婚姻。上帝说："我就应允你所求的，赐你聪明智慧，甚至
　　在你以前没有像你的，在你以后没有像你的。"（见《旧约·列王纪上》第3章第12句）但是
　　他晚年生活放荡，传说他有七百个妻子，三百名嫔妃。中世纪关于他死后是被罚入了地狱，
　　还是升入天堂，曾经有过争议，因此诗中说："尘世所有的人，/ 都想知道他信息。"但丁看来
　　强调他的著作洋溢着爱，还是把他置于天国。

你看，他的旁边

另有一个小光团，[29]

他在人世之时，

论述了天使的

性质及其职责。

他旁边另一个

小的光团里面，

圣教会辩护者[30]

正在那里微笑，

奥古斯丁曾经

利用他的述评。

如果你的眼睛，

随着我的赞美之词，

扫视一个个发光体，

现在你一定想知道，

这第八个光团是谁：

29　指古希腊雅典大法官丢尼修（Dionysius，活动时期公元1世纪）。他曾由圣保罗施洗加入基督教，后担任雅典主教，传说他著作了《论天国等级》（De coelesti hierarchia）一书，分析了天使的性质、等级和职责。

30　这里可能是指马里乌斯·维托里努斯（Marius Victorinus），他曾翻译过柏拉图的著作，译本曾被圣奥古斯丁引用。这里的奥古斯丁指的是坎特伯雷的奥古斯丁（Augustine of Canterbury，？—605年），英格兰首任基督教大主教。

里面那位圣杰，[31]

因为得见众圣徒，[32]

感到十分喜悦，

他曾经向追随者

说明尘世虚妄；

他被驱逐出的

肉体，被安葬

在金顶教堂里。[33]

他是经过流放

和殉道，才回到

这宁静的故乡。[34]

你看，在他身旁，

伊西多尔[35]、比德，[36]

---

31 指波伊提乌（Boethius，480？—524年），古罗马哲学家、神学家、政治家。约520年，为解决由于阿里乌主义异端所引起的争议，他应用亚里士多德哲学阐述基督教的三位一体教义和基督的本性。520年后，以通敌罪名判处死刑，524年被处死。中世纪时他被尊为圣徒和殉道者。在监狱里他写的著名作品《哲学的慰藉》（*De consolatione philosophiae*），对后世，包括对但丁，影响很大。

32 因为能和前面介绍的圣徒们待在一起。

33 指帕维亚的圣彼得大教堂。

34 "流放"指人在尘世的生活，参考亚当被驱逐出伊甸园；"宁静的故乡"指天国。

35 指塞维利亚的伊西多尔（Isidore of Seville，约560—636年），西班牙基督教神学家，塞维利亚主教，百科全书编纂者。他对劝化西哥特人放弃阿里乌主义接受正统教义，贡献卓著。他的著作以百科全书性质的《语源学》（*Etymologiarum sive Originum libri XX*）最为突出。

36 指尊敬的比德（The Venerable Bede，672—735年），盎格鲁-撒克逊神学家，也是英国历史学之父，他最著名的著作是《英国教会史》。

还有那位理查德[37]，

正在闪闪发光；

后者在静观上

超出一般凡人。

看完那边的人，

你目光又重返

我身边，这火团

里的那个魂灵，

曾为死亡迟至，

常常心神不宁；

他是我的论敌，[38]

在麦秸路[39]讲课时，

应用辩证的方法

推论出来的真理

曾引起人们猜忌。"

---

37 指圣维克托的理查德（Richard of Saint Victor，？—1173年）不列颠神学家，1162—1173年
    任巴黎圣维克托修道院院长，是神秘主义维克托派的代表，被誉为"静观大师"（Magnus
    Contemplator）。他的著作对中世纪和近代宗教神秘主义思潮有很大影响。但丁非常尊敬他，
    把他誉为天主教最伟大的神学家之一。

38 指布拉班特的西格尔（Siger of Brabante，约1240—1284年），巴黎大学哲学教授，激进的亚
    里士多德主义学派的重要代表。在哲学辩论中托马斯·阿奎那经常是他的对手。1277年，他
    的观点被法国天主教会宗教法庭宣布为异端，他逃到意大利想为自己辩护，受到严密监视。
    1284年，他被自己的秘书（据说患有精神病）杀害。

39 麦秸路（rue du Fouarre），位于巴黎，曾是巴黎大学哲学学院的所在地。

晨祷的钟声奏响，
上帝的新娘起床，
向上帝求欢歌唱，
时钟里面的部件

一个牵动另一个，
让晨钟一次一次
发出悦耳的声响。
这些乐善好施的

福灵，心情霎时
充满仁爱情谊，
我看见他们的
光环也转起来，

他们的声音相互
协调起来，唱出
悦耳动听的歌声。
这种优美的歌声

只能在欢乐常驻
的地方[40]才能听到。

---

40 即天国里。

第十一曲

基督在他肉体上
留下了五处印记，
他保留那些印记，
时间达两年之久。

　　这一曲一开头，但丁就列举了世人为追求尘世生活的财富、虚荣及欢乐所做的各种事情，并批判他们借以自慰的论调，而他自己却乐于摆脱这些羁绊，跟随贝阿特丽切升天，在天国受到热情接待。

　　当太阳天的灵魂们终止舞蹈，回到他们原来的位置之后，托马斯·阿奎那通过观照上帝，发现但丁对他上一曲的讲话还有两个疑问：1.为什么他评论多明我会的成员时说"如遵循他的教导，/ 就会吃饱长胖"；2.为什么他谈到所罗门的才智时说，以后"不会产生第二位"。托马斯·阿奎那立即补充说："这是两个问题，/ 需要分别解释。"

为给但丁解释第一个疑问，托马斯·阿奎那首先提醒但丁说，基督殉难后，"为了让他的妻子（即教会）/ 更加自信且坚定，/ 上帝又为她指定 / 两位向导兼首领，/ 在她身边辅佐"，即圣方济各和圣多明我。

接着他开始介绍圣方济各：首先他介绍了圣方济各的出生之地——阿西西的地理位置，巍峨的苏巴西奥山；"苏巴西奥山脊 / 渐渐变缓之地，/ 有个红日出世"，即方济各。把圣徒比作太阳，是中世纪乃至《圣经》的习惯。接着托马斯·阿奎那说："这个太阳刚升起，/ 它就开始让大地 / 感受它巨大力量 / 带来的某些影响：/ 他年龄还年轻时，/ 就为娶他的贫妻，/ 与自己父亲闹翻"，然后"在宗教法庭前，/ 当着父亲的面，/ 他和这个女人 / 终于喜结良缘。"从此方济各以清贫为伴，一心从事传教事业。

他的努力得到众教徒的响应，在此基础上他创立了方济各会，并获得英诺森三世教皇的口头承认，后来又得到洪诺留三世教皇的正式承认。方济各不仅在意大利本土传教，而且到东方即埃及等地去传教。虽然他在那里的传教活动收效甚微，但他的努力值得赞扬。1224年，方济各在韦尔纳山上苦修时，他请求耶稣让他亲身体验耶稣蒙难时的那些痛苦。于是，耶稣派天使在他身上留下了蒙难受刑时的五处伤痕。

最后上帝决定"把他召进天堂，/ 以便对他进行奖赏"，"于是他把至爱贫妻 / 托付给他那些兄弟们 /（他视其为继承人），/ 并再三嘱咐他们，/ 要对夫人至爱至诚"。于是他的灵魂升天，"肉体则赤裸入土"。

最后托马斯·阿奎那批评多明我会及其成员："但是，他的羊群 / 却贪食新的食物，/ 结果误入遥远的 / 牧场，远离正路；/ 羊群离他越遥远 / 回到羊圈越空虚"；"也有些羔羊，诚然，/ 害怕受到这种牵连，/ 紧紧向多明我靠近，/ 他们人数少得可怜"。总之，多明我会由于会员不遵守多明我的规定，已变得分崩离析。

这就是托马斯·阿奎那对但丁第一个问题的解释。

尘世的虚妄与天国的欢乐

啊，俗人的操劳，

那些会让你展翅

飞向下界的论调，

是多么站不住脚！

有人苦学法律，

有人死记《格言集》,[1]

有人想做教士，

有人以暴力或诈术

维持他们统治，

有人从事掠夺，

有人对公、私

事物进行管理，

有人沉溺色情，

累得疲惫不堪，

有人贪图安逸，

终日游手好闲。

我却摆脱这些羁绊，

随贝阿特丽切升天，

1　指医学之父希波克拉底的著作《格言集》。意思是行医，当然这里"行医"是贬义，是以医术圈钱。

在这天国里面
受到如此厚待。

但丁的疑问

当灵魂们回到
他们在光环里
那原来的位置，
静止得像蜡烛

插在烛台上面，
我听见那原先
跟我讲话的光团，
从里面发出声音，

与此同时那个光团
好像变得更加明亮。
那声音笑着开言：
"正因为我的光亮

源自上帝之光
（一切映衬此光），
我在观照上帝时，
也得知你的思想

及其产生的原因。
你对我前面的话
有些疑问，而且
希望我对那些话，

用明确而详尽的
语言再做些解释，
以便你能够领会。
刚才我说的话是：

'吃饱长胖'以及
'不会产生第二位。'[2]
这是两个问题，
需要分别解释。

赞扬圣方济各

上帝以他的智慧
管理着我们尘世，
天使或人的智慧，
都不能完全领会；

2　参见本书第十曲"托马斯·阿奎那"一节。

为了让他的新娘

走向他这位新郎，³

新郎曾经把鲜血

洒落在十字架上，

大声向新娘表明

愿与她结为夫妻；

为了让他的妻子

更加自信且坚定，

上帝又为她指定

两位向导兼首领，⁴

在她身边辅佐：

一位热情似火，

酷似那上品天使；

一位以智慧济世，

仿佛那二级天使。⁵

我现在仅表其一，

因为你赞扬一位，

就等于赞扬两位，

3　这里"新娘"指教会；"新郎"指耶稣基督。

4　指圣方济各和圣多明我。

5　关于掌管水晶天的上品天使撒拉弗和掌管恒星天的二级天使琊珞珀，参见本书第二曲注22。托马斯·阿奎那在其著作《神学大全》第一章中说，撒拉弗象征仁爱，热情似火，这里指圣方济各；琊珞珀象征知识与智慧，以智慧济世，这里指圣多明我。

不管你选择的是
他们中的哪一位：

他们的一切工作
都是为同一目的。
有福的乌巴尔多[6]
选择了一座山坡，

山坡下流出的小河[7]
与图比诺河水汇合，
在这两条河谷之间，
巍峨的苏巴西奥山，

肥沃的山坡朝着
佩鲁贾[8]的东城门，
夏季遭受其酷热，
冬季遭受其寒冷。

苏巴西奥山背面
亦受佩鲁贾统治，

6　指乌巴尔多·巴尔达西尼（Ubaldo Baldassini），1129—1160年间任古比奥（Gubbio，位于佩鲁贾北边）主教。

7　指基亚休河（Chiascio），与其支流图比诺河（Tupino）汇合后，一起流入台伯河（Tevere）。

8　佩鲁贾（Perugia），意大利翁布里亚大区首府。因其东边的城门面对着巍峨的苏巴西奥山（Subasio）的西侧，冬季该山积雪，寒气凛人，夏季受强烈的阳光照射，热浪滚滚。所以诗中说，"夏季遭受其酷热，/冬季遭受其寒冷"。

诺切拉和瓜尔多⁹

正为其酷政哭泣。

苏巴西奥山脊

渐渐变缓之地，

有个红日出世，¹⁰

就像恒河旁边

太阳天天升起。

因此，如果有谁

谈到那个地方，

别叫他阿谢西，

应该叫它东方，¹¹

这样叫才恰当。

9　即诺切拉（Nocera）和瓜尔多塔迪诺（Gualdo Tadino），都是位于苏巴西奥山东麓的贫瘠山
　　区，隶属佩鲁贾，所以诗中说"正为其酷政哭泣"。

10　苏巴西奥山脊变缓的地方指佩鲁贾东边不远处的阿西西（Assisi）；"有个红日出世"指圣方
　　济各。中世纪时期，以及在《圣经》中，常把圣徒比作"红日"、"太阳"。这里还提到太阳
　　从恒河旁升起，是因为但丁那个时代认为印度的恒河就是世界东边的边界。阿西西的方济各
　　（Francis of Assisi，1182—1226年），其父贝尔纳尔多内（Pietro Bernardone）是个呢绒商。
　　方济各年轻时由于家庭生活富裕，挥霍无度。1202年，他参加阿西西对佩鲁贾的战争，被俘
　　当了俘虏，一年后因病获释。1205年病愈后，他决定出家为僧，放弃父亲财产，并进入苏巴
　　西奥山里隐修，过清贫生活。当时罗马教会与各国君主争夺权力，各级教士腐化堕落，招致
　　广大信徒不满。1208年，方济各决定建立修会，以清贫为教规，响应追随者甚众。1209年，
　　教皇英诺森三世（Innocent III）口头批准方济各的托钵修会正式成立。1219年，方济各率门
　　徒赴东方（埃及等地）传教。1223年，获教皇洪诺留三世（Honorius III）正式批准，方济各
　　会成立。

11　阿谢西（Ascesi）是阿西西的古名，因这个名字近似由意大利语动词"ascendere"（升起）
　　变来的"ascesi"（我升起），所以但丁在这里玩了个文字游戏，由"升起"联想到"东方"，
　　因为他这里把方济各比作太阳，太阳升起的地方自然就是东方。

这个太阳刚升起，

它就开始让大地

感受它巨大力量

带来的某些影响：

他年龄还年轻时，

就为娶他的贫妻，

与自己父亲闹翻；[12]

对于贫穷的女人，

就像对待死神，

谁也不会开门；

在宗教法庭前，

当着父亲的面，

他和这个女人

终于喜结良缘；[13]

他对贫妻的情感，

也一天胜过一天。

12　方济各决定出家为僧时，年仅二十三四岁。"娶他的贫妻"，指他终生以清贫为伴；"与自己
　　父亲闹翻"，指他决定放弃继承父亲的财产，参见后注13。

13　但丁这里引用了13世纪有关圣方济各生平的一段传闻：1207年，方济各为了修缮阿西西的一
　　座小教堂，卖掉了父亲的一匹马和一些衣服；父亲发现后，怒气冲冲地把他告到主教那里，
　　要他放弃将来会传给他的财产。方济各欣然同意放弃那份财产，还把身上的衣服全部脱下还
　　给父亲，当即决定与"清贫夫人"结婚。

这位清贫的女人
失去第一个男人，

受歧视、无人睬，
足有一千一百年，[14]
直到这个新郎
出现在她面前。

我不必在此提醒，
她与阿米克拉斯[15]一起，
听见那令世界害怕的
恺撒的声音之时，

依旧是那么镇定；
也不必在此提醒，
基督钉在十字架上，
马利亚在架下悲伤，

她却陪伴着基督，
在上面痛哭流涕。

14　"第一个男人"指基督耶稣；"足有一千一百年"，从基督蒙难到1205年方济各出家为僧，中间的时间超过1100多年。

15　阿米克拉斯是古罗马诗人卢卡努斯（参见《地狱篇》第四曲注9）的长篇诗歌《法尔萨利亚》中的一个人物——贫穷的渔夫，当庞培与恺撒内战期间，各方的士兵经过他的门前，他因为清贫，毫不害怕，仍然大门敞开。诗中说的"她"就是指"清贫"，或者说是上面说的"清贫夫人"。后文提到"基督钉在十字架上"时，她痛哭流涕陪伴着基督，也是指这位"清贫夫人"。

由于这样的描述

过于冗长且隐晦，

我现在就告诉你

这一对恋人就是

方济各和'清贫'。

他们那神奇爱情，

他们能和睦相随，

他们能甜蜜相视，

他们的愉悦人生，

这都是人们产生

圣洁思想的原因。

因此那位可敬的

贝尔纳多[16]，率先

脱下自己的鞋子，

奔向那苦修生涯，

尽管他起跑在先，

仍担心动作迟缓。

啊，精神财富啊，

16　贝尔纳多（Bernardo，约1170—1211年），来自阿西西附近的琴塔瓦勒（Quintavalle），方济
　　各会最早的追随者之一。据说他是个富人，为追随方济各过清贫生活，变卖自己的家产分
　　给穷人。下面还提到两位早期的追随者，一是埃吉迪奥（Egidio），一个普通的体力劳动者；
　　一是席尔维斯特罗（Silvestro），阿西西的一个普通教士。

你多么富庶诱人！

席尔维斯特罗脱鞋，

埃吉迪奥也脱鞋，

他们相继追随新人，[17]

因为那位贫妻

也讨他们欢喜。[18]

然后这位师长，

仿佛一家之长，

率领全部家人，

包括他的贫妻，

开始长途旅行，

腰间系条绳子。[19]

虽是富商之子，

衣着如此卑微，

方济各从未因此

把自己头颅压低；

17 "新人"即新郎，指方济各。

18 席尔维斯特罗和埃吉迪奥相继追随方济各出家为僧，他们也喜欢清贫生活，决定终生与清贫
   为伴。

19 然后，即1209年，"这位师长"指方济各，像一家之长那样，率领当时的11位成员，前往罗
   马请求教皇英诺森三世准他们的修会。"腰间系条绳子"，当时的腰带都是皮带，他们放弃
   皮带，系上绳索，表示他们决心过清贫生活。

反而像个国王，

向英诺森教皇

陈述自己心意，

并从教皇那里

获得口头同意。

后来追随他的

贫苦大众剧增

（他的这一奇迹，

应由天上天使

为他唱歌颂扬），

上帝通过教皇

洪诺留斯三世，

给他修会加冕。

再后来，他盼望

做一个殉教者，

在傲慢的苏丹王

面前，宣讲基督

和使徒们的事迹；

因为看到那里人

顽劣，不肯皈依，

为了不枉费心机，

他回到能够获得

成果的意大利，

来到阿尔诺河

与台伯河之间的

韦尔纳[20]巉崖之上，

基督在他肉体上

留下了五处印记，

他保留那些印记，

时间达两年之久。

上帝先选择他去

尘世上遍行善事，

现在把他召进天堂，

以便对他进行奖赏；

那是他行事谦卑，

应该得到的奖赏。

于是他把至爱贫妻

托付给他那些兄弟

20　韦尔纳山（Verna）位于阿尔诺河河谷与台伯河河谷之间的比比恩诺（Bibbieno）附近。传说，1224年方济各在维尔纳山上苦修时，他请求耶稣让他亲身体验蒙难时的痛苦。于是，耶稣派天使在他身上留下了蒙难受刑时的五处伤痕，即两手、两脚和肋骨上的伤痕。这些痕迹一直留在方济各身上，直至他两年后死亡。

（他视其为继承人），

并再三嘱咐他们，

要对夫人至爱至诚。

他的灵魂离开夫人，

返回自己的国度，

肉体则赤裸入土。

多明我会的堕落

现在请你想一想，

那一位[21]应该怎样：

他与方济各是同伴，

本该与他共同领航

圣彼得这艘航船。[22]

我是指我的师父。

因此你可以看出，

谁如果严格守护

这位师父的规矩，

就会装载好货物。[23]

21　指圣多明我。

22　指基督教会。

23　即具备（携带）好的品德，以便进入天国。

但是，他的羊群
却贪食新的食物，[24]

结果误入遥远的
牧场，远离正路；
羊群离他越遥远，
回到羊圈越空虚。[25]

也有些羔羊，诚然，
害怕受到这种牵连，
紧紧向多明我靠近，
他们人数少得可怜：

仅需要少量布料
就能供他们衣帽。
假如我的语言
对你清晰浅显，

假如你一直在
倾听我的发言，
假如我的陈述
使你回想联翩，

---

24 "新的食物"指尘世的财物与欢乐，与教士和信众应该食用的食物不同的即是新的食物。
25 那些远离圣多明我会规与多明我榜样越遥远的教士，回到多明我会后就越显得空虚，即缺少
当教士应有的精神财富。

那现在你的怀疑

应得到部分解释，

因为你会明白，

为啥那个修会

会变得分崩离析；

它若未支离破碎，

我怎么那样说道：

　‘如遵循他的教导，

就会吃饱长胖。’”[26]

26　参见本书第十曲"托马斯·阿奎那"一节。

　　　　　　　　第十一曲

人们为了名利，
苦读恩里科及
塔德奥的著作；
他则热爱真理，
在很短时间里
成了博学大师。

托马斯·阿奎那结束对多明我会的批判回到自己的光环后，他那个光环就开始旋转，尚未转完一圈，第二个光环便围着第一个光环旋转起来。两道光环以同心圆的方式运动，它们的歌声也很协调一致，令人们想起人世间偶尔同时出现的双彩虹。当两个光环里的灵魂协调一致地歌唱与舞蹈达到高潮时，"大家一致同意／暂时将歌舞停止"。"这时一光团中／传来一个声音，／它就像块磁石"，吸引但丁的注意。这就是方济各会的波拿文都拉。

波拿文都拉是14世纪意大利基督教神学家，方济各会成员，1257年后曾担任方济各会会长。他听了托马斯在上一曲对圣方济各的赞颂，觉得自己有责任做出回应。他对多明我赞颂一番，"因为他们目的一致，／荣誉也应一起生辉"，或者像上一曲托马斯·阿奎那所说的，他们都是上帝派来辅佐教会的，"他们的一切工作／都是为同一目的"。

波拿文都拉首先从多明我的童年谈起，说"他坐胎没有多时，／就具备强大力量，／令其母成为先知"，即他母亲在梦中已预见他将成为多明我会的创始人，甚至他父母给他起的名字，也是受了上帝的启示。

但丁还借波拿文都拉之口，非常诙谐地说道："他母亲叫乔万娜，／他父亲叫菲力切，／如果用词源解释，／他母亲获得上帝恩赐，／他父亲真是幸福之至！"

接着波拿文都拉介绍了多明我青少年时期如何学习与成长：人们为了名利苦读法律或医学著作时，"他则热爱真理，／在很短时间里／成了博学大师，／他的目的不是／追逐尘世名利"，而是为了更好地完成上帝赋予他的任务，当好教会葡萄园里的伙计。

于是他向教皇提出申请："他不是提出要求，／把用于赈济的经费／分给穷人三分之一，／或者使用其中一半"，即像当时贪得无厌的教士那样，把剩余的部分塞进自己腰包；"也不要求空出来的／肥缺由他来填补，／同样他也不要求／分享教会救助／穷人的什一税。／他的要求仅仅是／与那分裂教会

的 / 异端邪说战斗, / 捍卫正宗教义"。这些话鲜明地刻画出了多明我的个性。

然后波拿文都拉开始介绍多明我的功绩:"凭借自己的学问 / 加上自己的热忱, / 以传教士的身份 / 多明我迅速行动, / 向异端的荆棘 / 发起强烈冲击。"多明我的一生可以说是与异端邪说战斗的一生,而且"哪里抵抗力最大, / 他攻击得最有力"。由于他和多明我会成员的努力,基督教菜园里的"小苗郁郁葱葱, / 长得更有生机"。

正如上一曲托马斯歌颂了圣方济各和方济各会后,谴责了多明我会,波拿文都拉这时也开始谴责方济各会说:"然而方济各的会规, / 被后来的修士废弃, / 原来的'博爱与团结', / 变成了'不和与分裂'。"

最后波拿文都拉一一介绍了构成第二道花环的十二名圣徒,他们来自世界各地,有意大利的、法国的、德国的、英国的、西班牙的,也有来自古希腊和古罗马的。他们都为基督教会的发展做出过贡献,其中大部分人还被封为圣徒。但波拿文都拉的介绍过于简单,有时仅仅提一下名字,读起来很枯燥,请读者谅解。

第二个光环与圣波拿文都拉

那幸福的光团

刚刚结束讲话,[1]

它所在的光环

立即开始旋转,

尚未转完一圈,

那第二个光环

就围着它旋转,

并使自己动作

及自己的歌声,

与第一环的

动作与歌声,

相互协调一致。

这些福灵的歌唱

胜过缪斯与海妖,[2]

犹如射来的光芒

强过反射的光芒;

1　指托马斯·阿奎那。

2　海妖（Sirens，或译为"塞壬"），歌声优美，让海员着迷、航船触礁，参见《炼狱篇》第十
　九曲注4。

也好似云雾间

出现两道彩虹，

它们相互平行，

色彩完全相同

（这是朱诺差遣

侍女奔赴凡尘），[3]

外边的那道彩虹，

由里边那道生成，

又像那游荡仙女，[4]

她的话就是回声，

为爱情日渐消瘦，

终变成林间回声。

如同日光照射，

雾气消失干净，

彩虹告诉人们

现在已有约定：

---

3 朱诺（Juno）是宙斯的妻子（参见《地狱篇》第三十曲注1），她的侍女是伊里斯（Iris）。传说朱诺派遣她的侍女伊里斯作为她的使者化为彩虹，身着七彩花衣下凡。奥维德在《变形记》中，维吉尔在《埃涅阿斯纪》中，对此情节都有描述。

4 这里"仙女"指古希腊神话故事中的厄科，参见《地狱篇》第三十曲注22。厄科爱上了那喀索斯，但那喀索斯不为其所动。厄科见拒，悲痛万分，日益消瘦，最后化为林间的回声。

上帝已与挪亚

签订一项契约：

上帝不会再让

洪水淹没世界。[5]

围着我们旋转

的那两个花环

（由永不凋谢的

玫瑰花朵编织），

也同样旋转不变：

外边的那个花环

与里边的花环，

动作以及歌声

相互协调一致，

也如前面一般。

当这两个花环

那婆娑的舞姿

及其欢乐歌声，

还有里面那些

闪光的发光体
充满爱和喜悦，

当这些汇聚一起，
达到高潮之时，
大家一致同意
暂时将歌舞停止，

正如两只眼睛，
根据意志推动
一起睁开闭合。
这时一光团中

传来一个声音，
它就像块磁石，
吸引我的注意，
令我向它转身。

赞扬圣多明我

那声音[6]开始说道：
　"爱让我变得美丽，

6　指圣波拿文都拉（Saint Bonaventure，约1217 / 1221—1274年），出生于拉齐奥大区的巴尼奥雷焦（位于博尔塞纳湖东边），故曰波拿文都拉·达·巴尼奥雷焦（Bonaventura da Bagnoregio），基督教神学家，方济各会成员，1257年起担任方济各会会长，1278年任枢机主教。

也使我谈一谈

另一位[7]的事迹；

因为爱的缘由，

刚才那位[8]尽情

称颂我的首领。

讲这位的时候

也提及那一位，

是非常应该的，

因为他们目的一致，

荣誉也应一起生辉。

基督为重整队伍

曾付出沉重代价，

但是他这支队伍

（虽然跟着十字架），

疑虑重重，人员

锐减，行动迟缓。

这时上帝决定救助

处于危急中的队伍，

7　指圣多明我。

8　指托马斯·阿奎那。"我的首领"即圣方济各。

不是由于这支队伍

有功值得上帝救助，

而是上帝一向仁慈，

就像前面已经说的，

上帝曾给那位新娘

派遣两位首领辅助，

以他们的言行挽回

误入歧途的众教徒。

温和的西风⁹吹起，

使草木长出新叶，

此时的欧洲大地

重新又披上绿衣。

幸运的卡拉洛伽

坐落在距离海浪

击打不远的地方¹⁰

（有时那里的太阳，

9　指来自西班牙的暖风。像上一曲一样，但丁介绍多明我也从他的出生地开始，参见后注10。

10　卡拉洛伽（Calaruega）是个小镇，圣多明我的出生地，所以诗中说它"幸运的"。该镇位于
　　加斯科涅（Gascogne）海湾附近，曾受卡斯蒂尼亚王国（Castile）统治。卡斯蒂尼亚国王的
　　盾牌上有四个格子，绘着两只狮子和两个城堡：一边城堡在上，狮子在下，即后文诗中说的
　　"一边的狮子臣服"；另一边狮子在上，城堡在下，即诗中说的"一边的狮子称王"。

经过长途奔波，[11]

感到有些疲倦，

躲在云层后面，

不愿与人相见），

受巨大盾牌保护：

盾牌里两只狮子

和两个高大城楼，

一边的狮子臣服，

一边的狮子称王。

那位热情的斗士[12]

出生在这个地方，

他对敌人很严厉，

对自己人很善良。

他坐胎没有多时，

就具备强大力量，

令其母成为先知。[13]

11 但丁时代认为，太阳从印度恒河边升起，到西班牙降落。所以诗中说太阳"经过长途奔波"，
    即到了西班牙已是黄昏时刻了，太阳感到疲倦，躲在云层后面休息。
12 指圣多明我。
13 但丁这里引用了一段有关多明我的传说：多明我的母亲怀他时做过一梦，梦见自己生了一只
    狗，毛色黑白（象征圣多明我会教士服装的颜色），口中叼着一支火把（象征多明我会将以
    智慧教诲人类）。意思是他的母亲已经像先知那样，知道他将建立多明我会，以智慧教诲人
    类。

既然在洗礼池旁

他已与信仰结婚，

而且对彼此健康

又做出相互应允，[14]

所以他的教母

（洗礼时曾替他

回答说'我愿意'），[15]

梦中也曾见他

和他的继承人，

取得一些令人

赞叹不已的成绩。

为了使他的名字

能够体现他的本质，

上天给他父母启示，

采用'主'的属格

作为他的名字，[16]

14 "相互应允"指婴儿经过洗礼后，基督教信仰会免除他的原罪，而受洗者则承诺与尘世的引
    诱和异端邪说斗争，捍卫信仰。
15 婴儿受洗时，神甫问婴儿："你愿意受洗吗？"婴儿的教母替婴儿回答说："我愿意。"
16 "主"的拉丁文是Dominus，它的属格或叫所有格是dominicus，意思是"属于上帝的"。现
    代意大利文将其演变成Domenico，英文则演变成了Dominic，中文译为"多明我"。

因此他叫多明我。
我这里提到此事
因为上帝选他做
教会菜园的伙计。[17]

他的行为显示出，
他是基督的门徒，
也是忠实的仆从，
因为在他的心中

最早表现出的爱，
来自基督的建议；[18]
他的乳母常常
见他卧地不起，

苏醒着、不讲话，
仿佛他是在回答：
'我是为此而生的。'
他母亲叫乔万娜，

17 但丁把多明我比作伙计，一是因为"伙计"是主人雇用的人，二是这个典故来自《新约·马太福音》第20章第1—20句。不过《马太福音》中把教会比作"葡萄园"，但丁这里把教会比作"菜园"，把多明我比作"伙计"，即种菜的人。
18 多明我最早表现出来的爱，就是爱基督对门徒的建议——清贫。耶稣对门徒说："你若愿意做完全人，可去变卖你所有的，分给穷人，就必有财宝在天上，你还要来跟从我。"参见《新约·马太福音》第19章第21句。

他父亲叫菲力切，

如果用词源解释，[19]

他母亲获得上帝恩赐，

他父亲真是幸福之至！

人们为了名利，

苦读恩里科及

塔德奥[20]的著作；

他则热爱真理，

在很短时间里

成了博学大师，

他的目的不是

追逐尘世名利，

而是为了在那

葡萄园里巡逻，

如果园丁失职，

葡萄就会零落。

19　乔万娜（Giovanna）一词来自希伯来语"Joanna"，意思是"上帝的恩惠"；菲力切（Felice），
　　意思是"快乐、幸福"。

20　恩里科指恩里科·迪·苏萨（Enrico di Susa），中世纪意大利著名教规学家，曾在博洛尼
　　亚和巴黎大学教授教会法规。13世纪初出生，1262年任奥斯蒂亚（Ostia）主教和枢机主
　　教，1271年逝世。他的著作《教会法典》曾列为神学院的教科书。塔德奥指佛罗伦萨人塔德
　　奥·德·阿尔德罗托（Taddeo d'Alderotto，1215—1295年），著名医生，他的医学著作曾作
　　为中世纪医学院的教材。诗中这句"有人为了名利，/ 苦读恩里科及 / 塔德奥的著作"与第十
　　一曲开头的两句话相呼应："有人苦学法律，/ 有人死记《格言集》"（参见本书第十一曲"尘
　　世的虚妄与天国的欢乐"一节）。

他向宗座²¹申请

（宗座曾对穷人

比现在更仁慈，

不是宗座本身

有什么不当之处，

而是在其位的人士

现在已锐化变质），

他不是提出要求，

把用于赈济的经费

分给穷人三分之一，

或者使用其中一半；²²

也不要求空出来的

肥缺由他来填补，

同样他也不要求

分享教会救助

穷人的什一税，²³

他的要求仅仅是

与那分裂教会的

21 宗座这里指罗马教皇，既可能指罗马教皇其人，也可泛指教皇的职位。

22 隐含的意思是：把剩余的部分装进自己腰包。

23 "教会救助／穷人的什一税"，原文是拉丁文"decimas quae sunt pauperum Dei"（属于上帝穷
    人的什一税）。中世纪基督教会曾向欧洲各地的居民普遍收取一种宗教捐税，即这里说的什
    一税。

异端邪说战斗，

捍卫正宗教义。

现在围着你的

二十四朵花卉，[24]

正是由正宗的

教义培育而成。

凭借自己的学问

加上自己的热忱，

以传教士的身份[25]

多明我迅速行动，

向异端的荆棘

发起强烈冲击，

仿佛高山瀑布

汹涌向下奔流，

哪里抵抗力最大，

他攻击得最有力。

24　指围绕着但丁与贝阿特丽切的两个光环，各由12个光团组成，这里说它们胜似24朵"花卉"。

25　1206年教皇英诺森三世的使者狄埃，在法国南部抵制异端阿尔比的努力失败，便召见多明我进行商议，多明我从此获得传教的权力。1213年创立多明我会，1216年获教皇洪诺留三世正式批准。

随后，从他那里

生出几条小溪，²⁶

灌溉基督教的

菜园，让园里的

小苗郁郁葱葱，

长得更有生机。

方济各会的堕落

如果说圣教会的

战车，在内部的

战场上取得胜利，

是这个车轮功绩，²⁷

那么你应该很清楚，

那个车轮²⁸多么优秀，

在我到达这里之前，

托马斯曾多加赞许。

---

26 原文注：这里把多明我比作一条大河，把他下属的三个组织比作小溪，即布道兄弟会（多明我会）、多明我修女会和第三会，第三会即信奉多明我会会规但未加入那两个修会、过着世俗生活的男女信徒。第三会（Terz'Ordine）最早见于方济各会（1220年），后来多明我会也建立了这一组织。

27 指多明我的业绩主要表现在对基督教内部异端邪说的斗争上。

28 指方济各和方济各会。

然而方济各的会规，

被后来的修士废弃，

原来的'博爱与团结'，

变成了'不和与分裂'。[29]

方济各的众兄弟，

原来跟随他足迹，

现在脚尖反过来，

逆着先师的足迹。

人们很快就会发现：

耕种若不精心管护，

稗子就会混入小麦，

让好粮食不能入库。[30]

不过，我也说过

谁若把我们的书

一页一页地读过

一定在某页见过

---

29 波拿文都拉指责方济各会成员不遵守方济各制定的会规，致使方济各会由原来的"博爱与团结"，变成现在的"不和与分裂"。方济各死后，会内出现了主张严格执行会规的"灵派"（spirituali）和反对严格执行会规的"温和派"（conventuali），后者甚至允许会员拥有一些财物。两派斗争激烈，1312年教皇克雷芒五世（Clement V）企图从中调和未果；1217至1218年间，教皇约翰二十二世（John XXII）曾多次谴责灵派为异端，最后将其逐出方济各会。方济各会当时的情况，由此可见一斑。

30 关于麦子与稗子的典故请参见《新约·马太福音》第13章第24—26句："耶稣又设个比喻对他们说：'天国好像人撒好种子在田里，及至人睡觉的时候，有仇敌来，将稗子撒在麦子里走了。到长苗吐穗的时候，稗子也显出来。'"

'我仍是原来那样',[31]

但是，这样的会员

不在阿夸斯帕尔塔

或卡萨莱[32]之辈中间；

前者对于会规

主张解释从宽，

后者对于会规

主张解释从严。

第二个光环中的灵魂

我是巴尼奥雷焦的

波拿文都拉的灵魂，

在世任重大职务时，

从不看重世俗的事。

31　"我们的书"指方济各会；"一页一页地读过"，即把它的成员一个一个地研究过，就会发现方济各会成员中仍有一些忠于会规的成员，如《地狱篇》第二十七曲中讲述的圭多·达·蒙特菲尔特罗。参见《地狱篇》第二十七曲注3和有关内容。

32　阿夸斯帕尔塔和卡萨莱分别是前面说的温和派与灵派的代表人物。阿夸斯帕尔塔，即马泰奥·迪·阿夸斯帕尔塔（Matteo d'Acquasparta），年轻时加入方济各会，1287年任方济各会会长，翌年成为枢机主教；1300—1301年间曾被教皇卜尼法斯八世派往佛罗伦萨调停教皇党中黑、白两党的分歧。卡萨莱，即乌贝尔蒂诺·达·卡萨莱（Ubertino da Casale），1259年出生，1273年加入方济各会，曾在巴黎大学讲授神学长达九年。

伊鲁米纳托以及

奥古斯丁[33]在这里，

他们都是第一批

赤脚的贫穷修士，

他们系上绳子，

遵守方济各之规；

圣维克托的于格[34]

也与他们一起；

这个光环还包括：

多食者彼得吕斯、[35]

西班牙的彼埃特罗[36]

（后者的十二册书

还在人世间闪烁）、

以色列的拿单先知、[37]

33　伊鲁米纳托（Illuminato），拉齐奥大区列蒂（Rieti）人，方济各最早的门徒之一，曾陪同方
　　济各前往东方传道；奥古斯丁，即奥古斯丁诺（Augustino），生于阿西西，也是方济各最早
　　的门徒之一。

34　圣维克托隐修院的于格（Hugh of Saint-Victor，1096—1141年），法兰西经院神学家，首倡
　　奥秘神学。

35　多食者彼得吕斯，即彼得吕斯·康默斯托（Petrus Comestor），生于法国特鲁瓦（Troyes），
　　法国著名的神秘派神学家，曾在巴黎大学任教，后隐居于圣维克托隐修院，于1178年去世。

36　西班牙的彼埃特罗，即彼埃特罗·伊斯巴诺（Pietro Ispano），1226年生于里斯本（Lisbon），
　　曾任大主教、枢机主教，1276年被选为教皇，称约翰二十一世。他写作的十二册有关逻辑的
　　书，当时闻名遐迩。

37　拿单（Nathan），希伯来人先知，曾斥责大卫王借亚扪人之手杀害部将乌利亚并霸占其妻拔
　　示巴，参见《旧约·撒母耳记下》第11—12章。

大主教克里索斯托、[38]

安瑟姆[39]和多纳图斯，

后者曾亲自动笔

编写第一艺著作。[40]

赫拉班[41]也在这里，

我左手的旁边则是

发光的焦瓦基诺，

卡拉布里亚的住持，

他赋有先知的灵气。[42]

慷慨的托马斯兄弟

38　克里索斯托，即约翰·克里索斯托（Johan Chrysostom，约347—407年）古代基督教希腊教父，曾任君士坦丁堡大主教。

39　安瑟姆，即坎特伯雷的安瑟姆（Anselm of Canterbury，1033—1109年），英国卓越的神学家，曾任坎特伯雷大主教。

40　多纳图斯，即埃利乌斯·多纳图斯（Aelius Donatus），4世纪著名语法学家，他的著作《语法进阶》和《语法初阶》曾是当时学校的教科书。中世纪学校要学习七艺：拉丁语法、逻辑、修辞、音乐、算术、几何和天文，拉丁语法是这七艺之首，所以诗中说他"亲自动笔／编写第一艺著作"。

41　赫拉班的全名是Rabanus Maurus（或Hra-banus Magnentius，约780—856年），德国美因茨人，基督教神学家、教育学家。

42　焦瓦基诺，即焦瓦基诺·达·菲奥雷（Giovacchino da Fiore，约1130—1202年），曾任卡拉布里亚科拉佐修道院住持，1189年在西西里西拉（Sila）山区创立圣约翰菲奥雷修道院（San Giovanni in Fiore），并创立了一个新的修会，因此他被称作焦瓦基诺·达·菲奥雷。他认为世界历史分为三个时代：圣父时代、圣子时代和圣灵时代，并预言以默想、仁爱、和平为特征的圣灵时代即将来临，所以诗中说"他赋有先知的灵气"。尽管他这种观点多次遭到教会的谴责，在方济各会灵派中却有很大影响，遭到波拿文都拉的批判。尽管如此，但丁仍将他安排在波拿文都拉的左手边，正如在本书第十曲但丁把西格尔（参见该曲注38）安排在托马斯的左手边。

那番热情的赞颂，

不仅促使我赞颂

另外那一位勇士，[43]

这些与我一起的

同伴也深受感动。"

---

43 指圣多明我。托马斯在上一曲对方济各的赞颂，感动了波拿文都拉，促使他做出回应，在这
  一曲对多明我进行了一番赞颂。

第十三曲

两个发光光环，
亦称两个星座，
一个位于里面，
一个处在外边，
但是旋转方向
里外完全一样，
至于旋转速度，
里外保持同步。

　　本曲一开始，但丁为描述那两个围绕着他们旋转的光环，要求读者想象天空中的15个一等星，加上小熊星座的两个比较亮的星星和北斗七星，共24颗明星，想象这24颗明星在天空中构成了两个新的星座，如同上一曲说的由24个光团构成的两个围着但丁和贝阿特丽切旋转的两个光环，它们"一个位于里面，/ 一个处在外边，/ 但是旋转方向 / 里外完全一样，/ 至于旋转速度，/ 里外保持同步"。

这样的比喻与描述，在《神曲》中并不罕见。前面我曾经说过，但丁这是在炫耀他的学识，同时也构成了《神曲》在艺术上的一个特点：它加大了读者阅读文本的难度，同时也增加了文本的魅力。

当这两个光环里的灵魂停止舞蹈与唱歌时，托马斯·阿奎那开始解答但丁的第二个疑问，即当他说到所罗门的智慧时，为什么说以后"不会产生第二位"。首先，托马斯同意但丁的认识：上帝曾把完美的智慧赋予人类始祖亚当，后来又赋予下凡变成人的耶稣，但这并不意味每一个人在一切领域里都具备完美的智慧。另外，托马斯也不是说所罗门是所有人中最有智慧的。

为了说明自己的观点，托马斯重复贝阿特丽切在第七曲中已经阐明的道理，即世上的一切造物分为两类："永存的造物"和"必死的造物"。前者指天使、天国和人的灵魂等由上帝直接创造的造物，他们是永恒的、不死的，只有这些造物才有可能具备完美的智慧，如人类始祖亚当和转换成人身的基督耶稣；后者是由"次要因素"创造的造物，它们都必然会灭绝、死亡，如水、火、土、气等，以及由它们组合成的万物，而在塑造这些造物时，由于"塑造它们的物质 / 和天体的影响力，/ 绝不会始终如一，/ 因此它们的质地 / 有可能产生差异，/ 有的人智力好些，/ 有的人智力差些，/ 就像同一种果树上，/ 有的树结果丰硕，/ 有的树结果不多"。

具体到所罗门，他向上帝请求并由上帝赐予他的智慧，仅限于治国安邦的政治智慧，并不涉及神学、哲学以及其他科学门类，如几何学。就是说，在一切君王中所罗门的智慧无与伦比，"不会产生第二位"。

最后托马斯告诫但丁，"对应该肯定或者 / 否定的任何命题，/ 勿匆忙不加区别 / 地肯定或者否定；/ 匆忙下结论的是 / 愚者中的至愚者，/ 因为常有这种事：/匆忙形成的意见/常常是错误判断，/自以为是的情结/让真相受到阻拦"。另外他还奉劝世人不能"过分地信任自己，/就像庄稼未成熟时/就估计它的收成：/因为我在冬季时/看见那玫瑰花枝，/僵硬而且干枯，/后来顶端开出/鲜艳的玫瑰花朵；/我也曾见过航船，/在大海航行顺利，/进港时遇险船翻。/你千万不要私议，/贝尔塔夫人盗窃，/马蒂诺先生献祭，/上帝会根据这些/简单地进行判处：/罚前者进入地狱，/奖后者升入天国"。

总之，世人不能因一时所得、一空之见，匆忙地对事物下结论，更不能妄图揣度上帝的态度，认为某某应下地狱、某某应进天堂。

享天福者的歌舞

谁若想彻底领悟

我此刻目之所睹，

就把我描述的景象

像磐石般牢牢记住：

天上有明星十五，

分散在天际各处，[1]

它们的光芒穿透

天空中层层云雾，

把天空照得通亮；

还有那小熊星座

之中的两颗明星，[2]

以及那大熊星座[3]

日夜在天际运转，

我们随时能看见；[4]

这二十四颗星辰[5]

构成上曲两光环，

1　根据托勒密天文学，天上的一等星共有15颗：3颗分布在北方天际，4颗分布在黄道带，另外8颗分布在南方天际。

2　小熊星座也有7颗星，但亮度较小，只有北极星和另一个星星较亮，前者属二等，后者为三等。

3　大熊星座即北斗七星。

4　即北斗星围绕北极星旋转，晚上我们随时都能看见它们，即它们从来都不会离开我们的视线。

5　前面说的15颗一等星，加上小熊星座的2颗星和大熊星座的7颗星，一共是24颗星。但丁把由24个光团构成的、围绕但丁旋转的两个光环比作这24颗明亮的星辰。

仿佛冥王弥诺斯

之女阿里阿德涅，

在她死亡来临时

让后冠变成北冕。[6]

两个发光光环，

亦称两个星座，

一个位于里面，

一个处在外边，

但是旋转方向

里外完全一样，

至于旋转速度，

里外保持同步。

如果你这样想象

那两个发光光环

（它们正围绕着我

舞蹈、歌唱、旋转），

那你对这种星象

可以说略知一二，

6　弥诺斯（Minos）本是克里特岛国的国王，但丁将其安排在地狱入口成为冥王，参见《地狱篇》第五曲注2。其女阿里阿德涅（Ariadne）爱上了雅典公爵忒修斯，并与其结为夫妻，参见《地狱篇》第十二曲注4；后来忒修斯抛弃了她，酒神狄俄尼索斯（Dionysus）便娶她为妻，在她临死的时候，酒神把她的冠冕送到天上变成了北冕座。诗中的"北冕"即指北冕星座（Corona Borealis），参见奥维德的《变形记》第八章。

因为实际情况

远超世人估量：

水晶天的运转速度，

远超过基亚纳流速；[7]

那里不歌颂巴库斯，

也不歌颂太阳神祇，[8]

而歌颂三位一体的神，

亦即人神合一的基督。

当他们同时结束

他们的歌声、舞步，

便把他们的注意力

都转移到我们身上，

他们的心思也欣然

由歌舞转到解答上。

7　前面多处提到，水晶天的运转速度是九重天中最快的；至于基亚纳河，参见《地狱篇》第二
　　十九曲注6：基亚纳河原在阿雷佐（Arezzo）、科尔托纳（Cortona）和丘西（Chiusi）之间，
　　因河水缓慢，淤积成沼泽地带。15世纪后该河已被疏浚，土地被改良，河水部分被导入阿尔
　　诺河，部分导入台伯河。
8　巴库斯（Baccus），古罗马神话中的酒神，相当于古希腊神话中的狄俄尼索斯，见前注6；
　　"太阳神祇"这里指阿波罗。巴库斯也好，阿波罗也好，都是多神教的神，不是基督教的神，
　　所以诗中说那里不歌颂他们。

亚当与耶稣的智慧

于是那位福灵[9]

（他曾向我述评

那阿西西穷人[10]的

令人称赞的生平），

打破集体沉默，

开口向我陈述：

"既然打完这捆麦，

它的麦粒也入库，

神爱又来邀请我

接着去打另一束。[11]

你深信不疑，上帝

把智慧首先赋予

亚当，然后又赋予

下凡变人的耶稣；[12]

亚当的胸腔里面

曾抽出一根肋骨，

9　指托马斯·阿奎那。

10　指圣方济各。

11　指托马斯在本书第十一曲"多明我会的堕落"一节已经回答了但丁的第一个关于多明我会的疑问，现在要回答他的第二个有关所罗门的疑问，即托马斯说到所罗门的智慧时，为什么说以后"不会产生第二位"。

12　意思是：既然上帝把智慧已赋予了亚当与耶稣，怎么能说"不会产生第二位"呢？

塑造美丽的夏娃，

她因为自己口馋，

让世界付出代价；[13]

耶稣为人类受难，

胸膛还被人刺穿，[14]

偿还了人类此前

及此后所欠债务，

让人类得到救赎。

创造耶稣和亚当

所体现出的力量，

同样都被上帝

注入人类智慧。

然而，我前面说的

令你感到有些惊奇：

我在谈第二个光环

中的第五个光团时，[15]

13　关于上帝取亚当的一根肋骨造就了夏娃，参见《旧约·创世记》第2章第21—22句："耶和华神使他沉睡，他就睡了；于是取下他的一条肋骨，又把肉合起来。耶和华神就是用那人身上所取的肋骨造成一个女人……"由于夏娃首先吃了禁果，他们夫妇被逐出伊甸园，他们的后裔也因此获得原罪。

14　"胸膛还被人刺穿"，参见《新约·约翰福音》第19章第34句："唯有一个兵拿着枪扎他的肋旁，随即有血和水流出来。"耶稣被钉死在十字架上，为人类偿还了原罪（债务），也为人类赢得了赎罪的机会。

15　指所罗门。

说‘不会产生第二位’。

现在请你睁开双眼，

注意我对你解释，

我相信你会发现，

你这里深信的

和我前面说的，[16]

二者都是真理，

就像在圆周上

任意选取的两处，

它们的半径相同。

一切永存的造物

和那必死的造物，[17]

都是圣父的思想

出于仁爱发射的

光辉形成的反光。

由于圣父的光芒

16 “你这里深信的”即诗中说的“你深信不疑，上帝 / 把智慧首先赋予 / 亚当，然后又赋予 / 下凡变人的耶稣”，参见前注12，即但丁怀疑“不会产生第二位”的说法是否正确；“我前面说的”即托马斯·阿奎那在第十曲谈到所罗门时说的“以后不会产生第二位 / 能够具有这样的智慧”（参见本书第十曲“托马斯·阿奎那”一节）。

17 所谓“永存的造物”指天使、天国和人的灵魂，是上帝直接创造的，是永恒的、不死的，参见本书第七曲注11；而其他造物则是由“次要因素”创造的，都必然会灭绝、死亡，如水、火、土、气等，以及它们组合成的万物，参见本书第七曲注12。

源自圣父、源自
三位一体神的爱，
不会让反射的光
离开上帝的仁爱。

正是他出于仁爱，
把光线射向天使，
那些九级天使，
就像九面镜子，

把上帝的光辉
一级一级反射，
直至反射到下界，
而他自己的光辉

始终保持一致。
下界接受的光，
能量已经很低，
只有短暂效力。

我所谓短暂效力，
是指那些在诸天
运转中靠种子，
或者不靠种子

产生的各种产物。[18]

塑造它们的物质
和天体的影响力，
绝不会始终如一，

因此它们的质地
有可能产生差异，
有的人智力好些，
有的人智力差些，

就像同一种果树上，
有的树结果丰硕，
有的树结果不多。
当把印记盖在蜡上，[19]

蜡料状态很适宜，
诸天那时影响力
也处于最佳的时期，
盖出的印记必清晰；

然而，自然现象
总不能这样完善，
就是高超艺术家
手有时也会发颤。

---

18 即动物、植物和矿物。
19 若把上面说的那些产物的物质看作是蜡，在上面打印记。

但是，如果上帝

决定亲自动手

加盖这个印记，

那时盖上的印记

一定是十全十美，

就像当初用泥土

缔造了完美人类，[20]

也好像基督耶稣

坐胎于童贞女[21]香怀。

所以我同意你见识，

不论过去或者将来，

他们[22]智慧无与伦比。

所罗门的政治智慧

我若说到这里，

不继续讲下去，

你会继续怀疑：

'所罗门的智慧，

20　指亚当。上帝用泥土造亚当，参见《旧约·创世记》第2章第7句：上帝"用地上的尘土造
　　人，将生气吹在他鼻孔里，他就成了有灵的活人，名叫亚当。"

21　指圣母马利亚。

22　指亚当和耶稣。

怎么没第二位？'

但是，为了使你

尚未明白的东西，

变得明白且清晰，

你应该想一想，

他当时的情况，

什么理由促使

他提出请求的。[23]

我的话并不隐晦，

会让你看不清楚，

他已是一国之主，

他要求获得智慧，

是为当称职国王，

并不是他想知道，

上界推动诸天的

天使数目有多少；[24]

23　当时所罗门已接替父亲大卫为王，他认为自己还很幼稚，请求上帝赐给他治理臣民的政治智慧。参见《旧约·列王纪上》第3章第7—12句："'如今你使仆人接替我父亲大卫为王，但我是幼童，不知道当怎样出入。仆人在你拣选的民中，这民多得不可胜数。所以求你赐我智慧，可以判断你的民，能辨别是非……'神对他说：'你既然求这事，不为自己求寿、求福，也不求灭绝你仇敌的性命，单求智慧可以听讼，我就应允你所求的，赐你聪明智慧，甚至在你以前没有像你的，在你以后也没有像你的。'"

24　这是一个神学问题，所罗门不想涉猎，他只想获得治理国家的智慧。

也不是他想探索，

一个必然的前提

和一个偶然的前提，

可否推出必然结果；[25]

也不是他想知道，

是否存在原动力，

在半个圆的面积里，

可否画出这种三角，

它不应有任何直角。[26]

因此，你如果注意

我前面说的话

和这里的解释，

你就会明白我的意思：

作为国王，他的智慧

无他人能与之相比；

如果你把目光对准

我使用的'产生'一词，

你就应该明白，'产生'

---

25 这是个逻辑学问题，亚里士多德认为这是非常荒谬的，所罗门也不想探索。

26 这是两个问题，前者即"是否存在原动力"，是个哲学问题，后者即"在半个圆的面积里，/ 可否画出这种三角，/ 它不应有任何直角"，是个几何学问题。总之，所罗门的智慧仅仅是治理国家的政治智慧，不涉及其他学科。

只能用于王者之身，
仅限于王者的智慧；

为王者人数众多，
贤明者十分罕见。
你若以这种区分
去看待我的观点，

那么我前面所说的，
与你这里坚信亚当
与基督的智慧无比，
两种看法完全一致。

世人的判断

这件事情告诉你，
对于未看清的事，
不要急于下结论，
要像铅块系于腿，

行动不得不缓慢：
对应该肯定或者
否定的任何命题，
匆匆忙不加区别

地肯定或者否定；
匆忙下结论的是
愚者中的至愚者，
因为常有这种事：

匆忙形成的意见
常常是错误判断，
自以为是的情结
让真相受到阻拦。

谁若想探求真理，
又不知探索之术，
进入真理大海里
会陷入更大谬误，

因为归来时的情况
与离开时大不一样。[27]
世上曾有许多人
可作我们的证人，

他们虽不倦探索，
却不知结果如何，

27　即离开时也许只是无知，而返回时却可能有许多谬误。

巴门尼德、墨利索斯、

布里松[28]，都属于这伙。

还有萨贝里乌、

阿里乌[29]等愚人，

他们歪曲《圣经》，

仿佛手持利刃，

把利刃当镜子

去照自己面相，

面容上的线条

自然就会变样。

另外，世人也不能

过分地信任自己，

就像庄稼未成熟时

就估计它的收成：

28　巴门尼德（Parmenides）和墨利索斯（Melissus）都是公元前5世纪古希腊哲学家，爱利亚学派（Eleaticism）的代表人物，据原著注称：但丁可能是通过亚里士多德的《形而上学》一书了解到爱利亚学派的，亚里士多德对该学派持批判态度。布里松（Bryson），古希腊哲学家和数学家，欧几里得的学生，他曾试图计算与圆的面积相等的四方形面积，或曰"以圆求方"；但丁在本书第三十三曲"但丁努力使愿望得到满足"一节中说："几何学家曾努力 / 测定圆形的面积，/ 以求找到与圆形 / 面积相等的方形，/ 但他们没有找到 / 他们需要的原理"，就是说但丁对他的探索持否定态度。

29　萨贝里乌（Sabellius），基督教眼中散布异端者，由于他反对上帝是三位一体的说法，被开除教籍，约死于265年。阿里乌（Arius，约260—336年），基督教眼中散布异端者，对上帝是三位一体的神有不同看法，325年被宣布为异端，本人也遭流放。

因为我在冬季时

看见那玫瑰花枝，

僵硬而且干枯，

后来顶端开出

鲜艳的玫瑰花朵；

我也曾见过航船，

在大海航行顺利，

进港时遇险船翻。

你千万不要私议，

贝尔塔夫人盗窃，

马蒂诺先生[30]献祭，

上帝会根据这些

简单地进行判处：[31]

罚前者进入地狱，

奖后者升入天国。"

---

30 这里的"贝尔塔夫人"和"马蒂诺先生"，都是非专有名词，相当于中文中的"张三李四"，都是泛指，而非确指。

31 但丁借托马斯·阿奎那之口奉劝世人，不要以为一个人生前行窃（犯罪），上帝就会罚他下地狱，假如他临死悔过，也可能升天；另一个人生前奉祭（行善），但如果他一边奉祭一边作恶，他也可能被罚下地狱。总之，世人不应凭空揣摩上帝的态度。

第十四曲

这时我才发现，
我和我那圣女
正在渐渐进入
更高天体里面。

　　当托马斯·阿奎那结束自己谈话，贝阿特丽切便向那些光团揭示了但丁尚未想清也未说出的疑问，即"包裹你们的光芒／是否像现在这样，／永远和你们一起；／假如它永远存在，／那你们复活之后，／美化你们的光芒，／眼睛是否能承受"。贝阿特丽切请求那些光团给但丁一个解释。

　　光团们听到这个请求，显得更加兴奋，不仅加快了舞步，还提高了歌唱的声音。他们唱着歌颂基督战胜死亡而复活的颂歌，唱完三遍之后，所罗门代表大家回答说："天国里的节庆／能够持续多久，／我们发射爱的／光芒就有多久，／它像衣衫似的／包裹我们身躯；／它光芒的亮度／来自爱的热度，／爱的热度来自／观照上帝的深度，／观照深度取决于／你有多大功绩"；"当我们重新穿上／圣洁的肉体之衣，／那时我们的身体／会变得更加完美"。所罗门还打比方说："恰如燃烧的煤炭／把火光传向四方，／然而炙热的煤炭／它那白炙的火焰，／火光中依然可见。／因此现在包裹着／我们灵魂的火团，／等我们复活以后，／不会将肉体掩盖，／尽管我们的肉体／现在还被土掩埋。"就是说，当他们复活以后，他们的躯体仍然会发出强烈的光线，但是，由于那时他们的机体将变得强壮起来，他们的视线完全能够抵御那种强烈的光线。

所罗门的回答表达了那些光团们的愿望："他们都热切盼望／和自己肉体合一，／也许不是为自己，／而是为他们母亲、父亲和一切亲人，／即那些他们生前／曾经爱戴过的人。"

这时但丁突然发现，在那两道光环的外边又出现一片光辉，"好似暮色来临，／天空中忽隐忽现／出现的那些星星。／我似乎开始看见，／这些新星辰围在／两个光环的外面，／构成另一个光环"。从这个新光环发红的颜色判断，但丁发现他和贝阿特丽切已经进入火星天，因为在人们眼里，火星呈火红色。

那些星星迅速汇集，而且越来越亮，亮得但丁的眼睛难以承受。这时他抬头望望美丽的贝阿特丽切："圣女美丽面目，／让我致盲双目／视力逐步恢复。"于是他仔细观看那些星辰的运动："好像我们在尘世，／为躲避夏季炎热／布置一阴暗处，／若有一缕光线／穿过缝隙射入，／人们就会看见，／那些细小微粒／都在或快或慢、／或直或斜，飞舞／在那束光里面，／形态变化不止。"然后但丁渐渐看清，那些繁星呈现出十字架的形状，十字架中还出现了耶稣基督的形象，而且他还听见它们在唱歌。它们唱些什么，但丁没有听清，仅听出两个词："复活"与"战胜"。于是他推想，它们是在歌颂基督战胜死亡而复活。仅凭这两个词，那美妙的歌声已使但丁"心醉神迷"，而且觉得"此前无任何东西／将我如此捆系，／令我感到甜蜜"。说完这话后但丁立即觉得："也许我这样说／有点胆大妄为，／把那明眸之美（即贝阿特丽切）／放到次要地位。"但丁立即又自我辩解说：随着在天国一层层向上飞升，贝阿特丽切的喜悦会越来越增强，她的眼睛也会越来越明亮；而他说的那句话并未否定这个道理，而且他进入火星天以后，尚未看过贝阿特丽切的眼睛。

《天国篇》第十四曲至此结束。

光团们的欢庆

圆盆里的涟漪，

从里向外移动，

或者由外向里，

完全取决于你

击打盆心或盆边；

下面我说的事情

恰如上面的情形：

圣托马斯的光团

一结束自己解释，

贝阿特丽切随即

高兴地敞露心扉；

他讲话由外向里，

她讲话由里向外。[1]

　"这个人想弄明白，"

贝阿特丽切解释，

　"另外一个怀疑。

1　托马斯等24个光团组成的两个光环，围绕着但丁和贝阿特丽切旋转。托马斯给但丁解释时，
　说话的声音由外向里；现在贝阿特丽切对托马斯讲话，讲话的声音则由里向外。

不过这个疑问
他未思考成熟，
也未明确说出。
因此我请你们

向他做一些解释：
包裹你们的光芒
是否像现在这样，
永远和你们一起；

假如它永远存在，
那你们复活之后，[2]
美化你们的光芒，
眼睛是否能承受。"

如同跳圆舞曲的
人们，受更大的
欢乐刺激，常会
提高嗓音，舞步

也变得更加急速，
两光环中的圣徒
听到这诚恳请求，
因此也加快舞步，

2　即最后审判后你们与你们的肉体结合以后。

提高他们的歌声，

表现得更加兴奋。

若有人哀叹连声，

抱怨自己在红尘

必须先死而后

才能升天，享受

这永生的欢乐，

他肯定不像吾

见过这欢乐场面。

那位永远存在的

上帝，永远都以

一二三[3]形式出现，

统治我们的形式

却永远是三二一，

它不受任何约束

却永远制约万物。

光环中的每一位

都歌颂上帝三次，

---

3 这里的"一二三"和下面反过来说的"三二一"，都是指三位一体的上帝，即圣父、圣子、圣灵，他们排列的顺序：圣父为"一"，圣子为"二"，圣灵为"三"；也有解释说，圣子具有人和神双重特性，所以是"二"。我个人认为这是一种文字游戏，除了强调基督教的神是三位一体的上帝外，实际含义不值得深究。后面的一句"它不受任何约束，/ 却永远制约万物"也是如此，不过是但丁押韵的一种手法。

那歌声流畅优美，

赞赏上帝的功绩。

享天福者的光芒

同时我听见

小光环里面

最亮的光团[4]

谦和的声音，

仿佛加百利天使

在向马利亚报喜。[5]

那个声音回应：

"天国里的节庆

能够持续多久，

我们发射爱的

光芒就有多久，

它像衣衫似的

包裹我们身躯；

它光芒的亮度

4　指所罗门，即本书第十曲托马斯所说的"那第五个光团 / 是其中最美的"。参见本书第十曲
　　"托马斯·阿奎那"一节及其注28。
5　即大天使加百利以谦和的声音向童贞女马利亚通报，她将怀孕生耶稣。

来自爱的热度，
爱的热度来自

观照上帝的深度，
观照深度取决于
你有多大功绩。
不过上帝仁慈，

赏赐总会多于
你所有的功绩。
当我们重新穿上
圣洁的肉体之衣，[6]

那时我们的身体
会变得更加完美，
上帝毫无条件地
赏赐我们的光辉，

也会同时增强；
就是那一光芒
决定我们的瞻仰，
因此我们的瞻仰

6　即复活以后。

也同时得到增强；
随着瞻仰的增强，
我们的热忱更强，
热忱散发的光芒

也因此得到增强，
恰如燃烧的煤炭
把火光传向四方，
然而炙热的煤炭

它那白炙的火焰，
火光中依然可见。
因此现在包裹着
我们灵魂的火团，

等我们复活以后，
不会将肉体掩盖，
尽管我们的肉体
现在还被土掩埋。

躯体发射的光线
也不会伤害视线：
那时我们的肌体会
强壮得能与其匹敌。"

新的光团汇集

此时我仿佛看见，
两个光环的火团
都在匆忙地告别，
口中不住地说着

"阿门[7]"，这表示
他们都热切盼望
和自己肉体合一，
也许不是为自己，

而是为他们母亲、
父亲和一切亲人，
即那些他们生前
曾经爱戴过的人。

瞧，在它们外边[8]
出现光辉一片，
明亮均匀相等，
仿佛日出以前

地平线上的情景；
也好似暮色来临，

7　"阿门"是希伯来语，这里的意思是"但愿如此"。
8　即在那两道光环的外边又出现一个光环。

天空中忽隐忽现
出现的那些星星。

我似乎开始看见，
这些新星辰围在
两个光环的外面，
构成另一个光环。

啊，圣灵的光芒[9]
真是无限辉煌！
来得那么迅速，
亮得让我双目

一时间难以承受。
但此时我的圣女[10]
却显得那么倩丽，
而且还笑容可掬。

她那美丽的形象
让我忘却天上的
那些美景，因此
我此时无法回忆。

9　这里指火星天里的福灵们发出的光芒。

10　指贝阿特丽切。

火星天与十字架

圣女美丽面目，

让我致盲双目

视力逐步恢复；

于是抬头观看，

这时我才发现，

我和我那圣女

正在渐渐进入

更高天体里面。

由于那颗星辰

微笑着的面孔，

显得比平时更红，

因此，我才确认，

我已经上升至

更高一层天中。[11]

于是我全心全意

向上帝奉献自己，

11　指火星天。火星在人们眼里呈火红色，但丁在《飨宴》第二篇中写道："火星能使东西干燥、
燃烧，因为火星的热像火的热一样；这就是它颜色为什么是火红的原因"，参见《炼狱篇》
第二曲注3。由于但丁和贝阿特丽切进入火星天，所以火星的颜色变得更红、更艳。火星的
外文名称是Mars，与古罗马神话中的战神马尔斯同名；但丁安排在火星天里的灵魂，都是为
信仰战死的人士，所以但丁一旦发现自己进入火星天，便"全心全意／向上帝奉献自己"。

口中念着众信徒
都会念的祈祷词，
当受到新的恩泽时
大家都会那样行事。

奉献自己的激情
在心中尚未燃尽，
我就觉察到它已经
被采纳并获得宠幸，

因为在我的面前，
有两道光芒出现，
那么明亮灿烂
令我不禁欢呼：

"啊，我的上帝，
是你的打扮
让它们显得
如此美丽灿烂！"

恰如天上银河，
大小星辰装点，
南北两极之间
呈现白色伸展，

　　　　　　　　第十四曲

许多博学之士

对其寻根问底；

同样，那两条汇集

繁星点点的光带，

出现在火星天里，

呈可尊敬的形状，

即希腊式十字。¹²

这时我的记忆

超过了我的才华：

因为那十字架上

显现出基督形象，

我的文笔却无法

找到比喻描写它。

但是，扛起十字架

并跟随基督的人，¹³

请你们原谅我吧：

当我看见基督

在十字上现出，

---

12 希腊式十字即四臂等长的十字，拜占庭式教堂建筑均采取这种布局，中间呈四方形，四臂等长。但丁这里借用它来表示钉死耶稣的十字架。

13 指忠诚的基督徒。

却未对其描述。
十字架的两臂，

还有上下两端，
有无数发光体
上下左右飘移，
当它们相遇时

或者彼此超越，
光亮就更强烈。
好像我们在尘世，
为躲避夏季炎热

布置一阴暗处，
若有一缕光线
穿过缝隙射入，
人们就会看见，

那些细小微粒
都在或快或慢、
或直或斜，飞舞
在那束光里面，

形态变化不止；
也好像弦乐器

琴弦一起发力，
奏出和谐声音，

不懂曲词的人士
都觉得悦耳动听。
我面前的发光体，
其情形也是如此，

它们在十字架聚集，
合唱出美妙的歌曲。[14]
那歌曲令我陶醉，
我却未听懂歌词，

但是我清楚听见
"复活"与"战胜"两词，
仅凭这两个单词
已使我感到陶醉，

就好像那种人士，
没听懂全部歌曲，
仅凭那只言片语，
就已经心醉神迷。

---

14 那是一首什么歌曲，但丁没有说出，注释家们也未指出，但从下面的两个词"复活"与"战胜"来判断，那应该是一首赞颂耶稣基督战胜死亡而复活的颂歌。

我为之如此陶醉，
此前无任何东西
将我如此捆系，
令我感到甜蜜。

也许我这样说
有点胆大妄为，
把那明眸之美[15]
放到次要地位：

须知凝视那双美目，
我的愿望都会满足。
但是，你应该考虑，
贝阿特丽切的眼睛，

向天国不断飞升时，
会变得越来越美丽，
而且你还应该注意，
我进入火星天以后，

还未注视过它们。
这样你就会谅解，
我刚才为推卸责任
对自己进行的谴责，

---

15 指贝阿特丽切的美丽。

而且你还会看出

我的话多么诚实；

我的话也未排除

神圣的喜悦必会

随着在天国飞升，

越来越变得纯净。

第十五曲

那十字架的右臂上
有颗星星开始下降，
沿着十字架的中线，
降落到十字架下面。

火星的外文名称是Mars，与古罗马神话中的战神马尔斯同名，所以但丁安排在火星天里的灵魂，都是为信仰战死的人士，如以色列人的领袖约书亚、马加比、查理大帝、罗兰等，但丁将在后面第十八曲中一一介绍。这里则首先介绍他的高祖卡恰圭达，因为他曾参加十字军东征，为捍卫信仰捐躯。其实但丁在这里是借卡恰圭达之口，介绍他的出身和他自己的经历。

这一曲开始但丁继续描述他所见到的火星天里的情形：火星天中呈现的十字架上的火团，仿佛听了上帝指令，突然停止歌唱，准备听取并回答但丁的提问。这时十字架右臂上有个火团，沿着十字架的中线滑落到十字架下面，显得十分激动，就像安喀塞斯在阴间见到自己儿子埃涅阿斯那样。他就是卡恰圭达，但丁的高祖。他对但丁说："啊，我的骨肉啊，/ 上帝给你的恩惠 / 如此深厚重大，/ 除了你还有谁，/ 可两次进入天国？"

但丁听不懂他这话是什么意思，转身询问贝阿特丽切。贝阿特丽切含笑不答，示意他自己向那讲话人提问。这时卡恰圭达显然是想给前一曲讲的东西补充点什么，但是他的话十分深奥，超过了凡人的理解能力，让但丁听不懂。为了让但丁听懂，卡恰圭达降低了用词难度，对但丁说："孩子，我因阅读 / 那部伟大天书…… / 在这个光团里面 / 早对你有所期盼。"即卡恰圭达因阅读那本预知未来的天书，早就知道但丁活着的时候就会来天国游览，因此早就盼着能在天国与但丁相见；他还解释说：因为他们这些享天福的人，通过观照上帝那面镜子，能够知道任何人的想法，甚至"你想法形成之前 / 就会在镜子里面显现"；接着他又补充说："我对着镜子长久观看，/ 并且享受到快乐感，/ 但是，为了让我的 / 神圣期盼更好实现，/ 现在请你坚定、大胆 / 并高兴地提出请求，/ 我为此已备好答案。"

但丁正要提问，却发现凡人与上帝和享天福者们不一样，不能做到意愿和（表达）能力完全一致，就是说，凡人有时不能把想说的话完全表达出来。最后但丁只能以自己的方式，对卡恰圭达的热情接待表示感激，并请他说出"名字，/ 以满足我的心意"。

卡恰圭达告诉但丁，他是但丁的高祖，因娶了来自波河流域的阿利吉耶里家族的女子，育有二子，其一即但丁的曾祖，随母姓阿利吉耶里，阿利吉耶里就这样成了但丁家族的姓氏。卡恰圭达还顺便告诉但丁说，他曾祖在炼狱第一层行走（赎罪）已百年有余，希望但丁能为他祈祷，缩短他在炼狱滞留的时间。

接下来，卡恰圭达赞颂了古代佛罗伦萨简朴而宁静的生活，这也是但丁心目中的理想生活。他介绍说："那里饮食有度，/ 穿戴也很简朴：/ 不戴手镯项链，/ 不戴珠宝冠冕，/ 不系时尚腰带，/ 因为自然之美 / 会被它们掩盖；/ 那时出生女孩，/ 不让父亲担心，/ 因为出嫁年龄 / 以及她的嫁妆，/ 未超习俗约定。"更重要的是，那时的佛罗伦萨还不存在内乱，还没有相互倾轧的现象，因此"那时家里房子 / 没有空置现象"。

卡恰圭达就出生在这个宁静而美好的城市，出生在一个正直诚信的家庭。后来他追随康拉德三世皇帝，参加了第二次十字军东征，并战死沙场。

享天福者的沉默

受上帝启迪的爱
表现为善心一片，
由伪善产生的爱
表现为邪恶意愿；

正是这片善心，
让那竖琴琴弦
渐渐停止震颤，
犹如上帝突然

停止拨动琴弦。
既然这些火团
全都沉默不语，
为了让我说出

我对他们的请求，
他们对正当请求
怎么能置之不理？
世人若只沉溺于

尘世短暂东西，[1]
并且甘愿放弃

1　即尘世的欢乐，因为那些欢乐都是短暂的，随生命的结束而消失。

上帝启迪的爱，
就该永远受罪。

卡恰圭达

晴朗宁静夜空
常被流星划破，
此时有人如果
凝视这片天空，

那么他的双眼
便随流星移动；
流星迅疾移动，
而且时间短暂，

它所在的天空
似无星辰消失：
它只是换个位置。
这里情形也如此，

那十字架的右臂上
有颗星星开始下降，

沿着十字架的中线，

降落到十字架下面；[2]

酷似发光的宝石，

并未与饰带分离，

而是沿丝带中线

跌落到丝带下面；

它那移动好似

火焰在雪花石[3]

后面移动那般。

如果维吉尔说的

我们都深信不疑

安喀塞斯在乐土

看见他的儿子时，

也这样迎上前去：[4]

"啊，我的骨肉啊，

上帝给你的恩惠

---

2 指但丁高祖卡恰圭达的灵魂，他也是这个十字架上的一颗星，快速从十字架右臂上降落到十字架脚下，与但丁见面。

3 雪花石是一种石灰岩，质地透明，古代常用它来代替玻璃做教堂里的窗户。

4 安喀塞斯是埃涅阿斯的父亲，维吉尔在《埃涅阿斯纪》卷六描述他在乐土看见自己儿子的场面，说他激动得泪流满面，向儿子跑去。原著第27句"in Eliso"，即"nei Campi Elisi"，是古希腊人幻想的乐土，神话中的英雄和诗人生活的地方，那里四季如春，生活无忧无虑。

如此深厚重大，

除了你还有谁，

可两次进入天国？"[5]

那个幽灵如是说，

以引起我的关注，

随后我转向圣女。

那边幽灵的语言，

这边圣女的颜面，

都令我惊奇不已。

因为她的眼睛里

显示出那种笑意，

它不禁让我想起，

我是否已经触及

我所享的天福及

我所游览的天体，

已经达到极限值。

随后，那位幽灵

（听其言或观其行，

都令我感到高兴），
给刚才讲的东西
又补充一些信息，
而这些新的信息

我甚至无法释义；
他讲得异常深奥，
不是他有意为之，
而是必然会如此：

因为那些新东西
超出凡人的智慧。
一旦炽热的情谊
获得适度的宣泄，

他讲话时的用词
难度也有所降低，
适合我们理解力。
因此我能听懂的

第一句话便是：
"三位一体的主，
你应受到祝福，
你对我的后裔

真是宽厚无比!"

然后他又继续,

"孩子,我因阅读

那部伟大天书[6]

(那本书的预言

从来都很灵验),

在这个光团里面

早对你有所期盼,

现在我告诉你,

我心愿已满足:

多亏那位圣女

给你安上羽翼,

带着你飞升至此,

让我对你那长期

而幸福的期盼,

终于得以实现。

你深信你的思想

源自那位创世者,

---

6 指预测未来的天书,阴魂们常常会看。但丁在《地狱篇》第十九曲已提到过这本天书,参见
《地狱篇》第十九曲注7。

然后才为我了解，[7]

就像五和六一样

都始于数目字一。

因此你不必问我，

我是谁，也不必

提问刨根到底：

为啥在这群星中，

我显得最为欣喜。

你的信念没有错：

因为天国生活里，

大大小小的光团，

都观照那面镜子

（那镜子就是上帝），

你想法形成之前

就会在镜子里面显现；

我对着镜子长久观看，

并且享受到快乐感，

但是，为了让我的

---

7 "创世者"指创造世界的上帝。所有享天福者都是通过观照上帝知悉一切的，但丁的高祖卡
  恰圭达也是通过观照上帝了解但丁的思想，如同他在诗中说的，所有数目字都始于一，知道
  了一也就知道了所有数字，例如五和六。

神圣期盼更好实现，

现在请你坚定、大胆

并高兴地提出请求，

我为此已备好答案。"

但丁表示感谢并且提出请求

我转身朝向圣女，

但尚未开口言语，

她就明白我的心意，

并以微笑表示同意；

她这一无言之举，

已使我意愿生翼，[8]

于是我这样开始：

"你们的情感、能力，

能做到均衡一致，

因为那照射你们、

温暖你们的上帝，

他的光均衡无比，

8　这段诗的意思是：但丁准备向其高祖提问，征求贝阿特丽切意见，贝阿特丽切以微笑表示同意。这一默许使但丁"意愿生翼"，使他的意愿长上了翅膀，或者说让他跃跃欲试，立即提问。

任何其他的东西
都无法与之相比。[9]
这对于凡人而言，
其原因你们知悉，

他的意愿与能力
长着不同的羽翼，
性能上存在差异。
因此我，作为凡人，

感到这种差异，
只好从心坎里
对此慈父般的
相迎表示感激。

但是，我恳请你，
十字架上的黄晶，[10]
请说出你的名字，
以满足我的心意。"

9　上帝和你们这些享天福者的意愿和能力是一致的，你们想做什么，就有能力做什么，凡人却
　　不行。

10　指但丁的高祖，用"黄晶"称呼他是因为前面曾把他比作一颗宝石，见前面诗句"酷似发光
　　的宝石／并未与饰带分离"。

赞颂古代的佛罗伦萨

"啊，我的枝叶，

我等待你时，

已感到喜悦，

我曾经是你

家族的树根，"

他这样开始

回答我的问题，

接着他又解释，

"我的儿子曾是

你祖父的父亲，

你们家族姓氏

就是起源于斯；[11]

他在炼狱的

第一层滞留，

---

11 "斯"古汉语，此、他；卡恰圭达的儿子是但丁的曾祖父，但这位曾祖父随其母亲姓阿
尔迪基埃里（Aldighieri），后演变成阿利吉耶里（Alighieri），这样阿利吉耶里就成了
但丁家族的姓氏。但丁的曾祖父阿尔迪基埃里有两个儿子：贝洛（Bello）和贝林乔内
（Bellinccione），后者是但丁的祖父。关于贝洛，我们在《地狱篇》第二十九曲曾接触过他
的儿子杰里·德尔·贝洛（Geri del Bello），即但丁父亲的堂兄（参见《地狱篇》第二十九
曲注3）。

已有百年之久，[12]
你应为他祈求，

以缩短他在炼狱
负重行走的痛苦。
佛罗伦萨古城[13]
依赖报时钟声，

那里饮食有度，
穿戴也很简朴：
不戴手镯项链，
不戴珠宝冠冕，

不系时尚腰带，
因为自然之美
会被它们掩盖；
那时出生女孩，

不让父亲担心，
因为出嫁年龄

12　根据现有资料，但丁曾祖父的姓名曾出现于1189—1200年间的文献中，看来但丁相信他死于
　　1200年之前，因为诗中说他在炼狱山第一层待了"已有百年之久"。但丁游历冥界始于1300
　　年，即他曾祖死后一百多年。炼狱第一层收纳的是傲慢者的灵魂，他们应负重绕山行走；他
　　们行走的时间，一是看他们忏悔的情况，二是看是否有亲人为他们祈祷。所以诗中说："你
　　应为他祈求，/ 以缩短他在炼狱 / 负重行走的痛苦。"但是，但丁在《炼狱篇》并未提及他。
13　这里指的是9—10世纪建于查理大帝时期的佛罗伦萨古城，据说当时城内有个巴迪亚教堂（la
　　Badia），为大家鸣钟报时。佛罗伦萨城墙于1173年进行了扩建，1284年再一次扩建，14世纪
　　才完工。但丁从这一节开始歌颂古老的佛罗伦萨民风淳朴，也是从反面批评但丁生活年代的
　　佛罗伦萨已经腐败堕落。

以及她的嫁妆，

未超习俗约定；

那时家里房子

没有空置现象，

萨丹纳帕路斯[14]

尚未成为榜样；

那时乌切拉托约

未超过蒙泰马洛，[15]

前者兴起的速度

超过后者的速度，

它的衰败与跌落，

也会超越后者的。

我也曾经见过

贝林丘·贝尔蒂，[16]

---

14 萨丹纳帕路斯（Sardanapallus，约公元前667—前626年），传说中的亚述国王，以其奢侈的
生活方式闻名于世。

15 乌切拉托约山（Uccellatoio），位于佛罗伦萨附近，站在该山顶上能够看到佛罗伦萨全景；
蒙特马洛（Montemalo），现名蒙泰马里奥（Monte Mario），罗马城北边的山丘，站在该山
顶上能看到罗马全景。但丁拿这两座山比喻佛罗伦萨和罗马，意思是说：站在乌切拉托约山
顶看到佛罗伦萨的奢侈程度，那时尚未超过站在蒙泰马里奥山顶看到的罗马的奢侈程度，但
是佛罗伦萨发达兴旺的速度很快，很快就会超过罗马。尽管如此，它衰败的速度也很快，也
会超过后者，即佛罗伦萨兴起得快，衰落也很快。

16 即贝林乔内·贝尔蒂（Bellincione Berti），佛罗伦萨著名贵族，他的女儿瓜尔德拉达
（Gualdrada）是但丁时代贞洁贤惠的女性典范，参见《地狱篇》第十六曲注4。贝林乔内虽
然身为贵族，生活却十分简朴，腰间的皮带上仅以兽骨带扣装饰，他的妻子也不涂脂抹粉。

他外出的时候，

腰带虽为皮制，

仅有兽骨带扣，

并无其他装饰，

我见他的妻子

离开镜子前时，

未见涂脂抹粉；

我曾见奈尔里

和韦基奥[17]家族，

身上穿的皮衣

没布面、没衬里，

他们家族妇女

纺锤从不离手，[18]

坚守妇女本分。

啊，幸福的女人，

你们已经确认

17　奈尔利（Nerli）和韦基奥（Vecchio），也是佛罗伦萨的著名贵族，他们穿的皮衣还是裸皮的，"没布面、没衬里"。

18　手中总是拿着纺锤纺麻或纺毛。纺织业曾是佛罗伦萨的主要行业，纺麻纺毛也曾是妇女们的重要家务。

死后葬于何地，

而且也没有谁，

因夫去了法兰西，

在家独守空房子；[19]

有的[20]精心照看

幼小婴儿摇篮，

为讨婴儿喜欢，

使用她们父母

曾为逗乐她们

使用过的语言；

有的抽纱卷线，

坐在家人中间，

讲述古罗马、特洛亚

和菲埃索勒的传奇。[21]

那时若出个荒淫无耻

的钱盖拉，或者出个

19　意思是说，当时佛罗伦萨的妇女们生活很安定，连死后葬在哪里的事都很清楚。因为那时还
　　没发生内乱内讧，还没有皇帝党与教皇党之争，还没有相互倾轧之事，因此还没有哪位妇女
　　的丈夫会被迫背井离乡，去法国谋生，把他们的妻子留在佛罗伦萨"独守空房子"。
20　有的妇女。
21　指特洛亚战事后埃涅阿斯来到意大利重建家园、振兴罗马的故事和罗马人摧毁菲埃索勒建立
　　佛罗伦萨的故事（参见《地狱篇》第十五曲注10）。

拉波·萨尔特雷洛，[22]

一定会被传为奇事，

就像如今怎么可能

出现个辛辛纳图斯

或一个科涅利亚。[23]

我母亲大声呼叫

仁慈圣母马利亚，[24]

是她让我出生在

这个如此美丽的、

如此安宁的城市，

如此忠诚的家族；

然后在你们城市

发誓信奉基督教

（在古老洗礼堂里），

---

22 钱盖拉（Cianghella），佛罗伦萨妇女，死于1300年，是个伤风败俗、不守妇道，名声极坏的
女人；拉波·萨尔特雷洛（Lapo Salterello），佛罗伦萨人，律师、诗人，与但丁同庚，但丁
指责他贪赃枉法，政治上是个不光明磊落的人。他们一个是女人不守妇道的典型，一个是男
人不光明磊落的典型，但丁认为这样的人在古代佛罗伦萨是不可能出现的。

23 辛辛纳图斯即古罗马将领昆提乌斯，是古罗马正直的将领与执政官，参见本书第六曲注18。
科涅利亚（Cornelia，活动时期公元前2世纪），古罗马改革家格拉古兄弟的母亲，丈夫去世
后她一直孀居，教育培养了她的两个儿子——古罗马著名改革家。这两位在但丁眼里也是男
人与女人的典范，但与前两位相反，是正直、贤淑的典范。如今的佛罗伦萨已经腐败堕落，
像他们这样的男女也不可能出现。

24 当时的习俗是，产妇分娩疼痛时，应大声呼唤圣母马利亚的名字。

取名叫卡恰圭达;[25]

莫隆托是我兄弟,

他的姓却是埃利塞奥;[26]

我妻子来自波河流域,

她的姓阿尔迪基埃罗

随后成我们家族的姓。

我随康拉德皇帝,

作为他一名卫士

(由于我的功绩

受封成为骑士),

前往我们圣地

讨伐萨拉森人,[27]

他们待在圣地,

由于教皇失职,

---

25 卡恰圭达(Cacciaguida),但丁的高祖,生平事迹不详,1189年的一份资料证明,是年他已经去世。但丁在本书第十六曲中说,他可能在1091年出生于佛罗伦萨的塞斯托·迪·圣彼得门(Sesto di Porta S.Pietro),其家族与该市古老的家族埃利塞奥(Eliseo)有亲属关系。卡恰圭达1139—1152年曾随神圣罗马帝国皇帝康拉德三世(Conrad III,有注释家认为是康拉德二世)参加第二次十字军东征,战死沙场。

26 原著注:关于卡恰圭达的这位兄弟莫隆托(Moronto),没有任何历史资料,有的注释家认为,他与卡恰圭达虽是兄弟,但他姓了埃利塞奥,卡恰圭达的儿子则随其母姓阿尔迪基埃罗(单数Aldighiero,复数Aldighieri,复数用来表示家族),参见前注11。

27 中世纪基督教用语,指信奉伊斯兰教的民族,如阿拉伯人。

侵犯你们的权益。

那里邪恶的仇敌，

亲手将我的灵魂

与虚妄世界分离[28]

（因迷恋虚妄世界，

多少灵魂被玷污），

我成为殉教者，

才来这宁静世界。"[29]

28　即杀死。

29　指天国。

第十六曲

有关我那些祖先
知道这些足矣，
至于他们是谁，
是从哪里来的，
言明莫如不提。

但丁听其高祖说被封为骑士，感到一丝骄傲，但他也同时意识到"血统的高贵 / 其实不算高贵"，家族的每个成员都应该做出贡献，否则"时间那把利剪 / 就会把它剪短"。

但丁怀着敬意，用"您"开始向其高祖卡恰圭达提问。"请您告诉我，/ 我亲爱的祖宗啊，/ 谁是您的祖先？/ 您在什么时候 / 度过您的童年？"同时还问他，那时佛罗伦萨的情况如何，都有哪些尊贵的家族？

卡恰圭达回答但丁说，他出生在1091年，但对于他的祖辈，只说他们居住在佛罗伦萨古老市区的圣彼得门附近，是佛罗伦萨最古老的家族之一，而对那些祖先的功绩，这位高祖却不愿意多讲，只说道："至于他们是谁，/ 是从哪里来的，/ 言明莫如不提。"

但丁借卡恰圭达之口接着说，那时佛罗伦萨的居民"是当今的五分之一"，但都是佛市"纯血"的市民；后来居民数量增加了五倍，但这些新增的居民"祖籍不一"，都来自附近的地区："有的来自毕森齐奥，/ 有的来自切塔尔多，/ 有的来自瓦尔达诺"，就是说佛罗伦萨的居民不仅增加了，而且变得混杂了。人口增加、变得混杂，却不一定是好事："人口混杂向来是 / 城市灾祸的起因，/ 仿佛你们的胃里 / 积食是疾病起因。"卡恰圭达还打比喻说"一头瞎眼公牛 / 比瞎眼的羔羊，/ 更加容易跌倒"，意思是说：一个人口众多的国家或城市，如果没有或缺乏智慧，尽管变得强大，却更容易被敌人击倒或征服，或者说，佛罗伦萨的人口当今虽然扩大了五倍，如果没有智慧，其下场就像那"瞎眼公牛"；"一把宝剑往往 / 比起五把宝剑，/ 更能把人刺伤"，就是说：那时的佛罗伦萨虽小，只要团结一致，比起现在人口增加了五倍，在攻击敌人或进行自卫时能力会显得更加强大。

接着卡恰圭达讲述了他那个时代居住在佛罗伦萨市内的近三十家古老家族的兴衰，有些家族中有的但丁在前面《地狱篇》或《炼狱篇》中已提及过，如切尔齐家族、多纳蒂家族，有的则仅仅在当时史学家如维拉尼的作品中提及过。对现代读者来说，这段文字可能显得乏味，因为对于前者他们可能记忆不清，需不厌其烦地向前翻书查阅，对后者来说，我想，除那些研究者外，绝大部分普通读者可能并不想细究。但是，但丁通过其高祖回忆这些家族的兴衰往事，目的很清楚，就是在本曲结束时说的："我同这几个家族 / 和与他们同期的 / 其他古老的家族，/ 曾经看到佛罗伦萨 / 处于如此安宁状态，/ 任何人也没有理由 / 为它未来感到悲哀：/ 我和这些家族一起，/看见佛罗伦萨人民/那样光荣、那样正直，/从未让百合花旗帜/在战场上倒着拖拉，/也没让洁白的花瓣/因分裂被鲜血尽染。"就是说，但丁在颂扬佛罗伦萨过去宁静而幸福的生活的同时，谴责当时佛罗伦萨两党分裂的状况，"让洁白的花瓣/因分裂被鲜血尽染"。

但丁提问卡恰圭达

啊，血统的高贵，

其实不算高贵，

下界以你为荣，

不会令我惊奇：

人们在下界尘世

欲望受伪善引诱；

但是在这天国里

欲望不会被引诱，

我也会感到光荣。

高贵像一件衣服，

会随着时间抽缩，

我们若不加修补，

时间那把利剪

就会把它剪短。[1]

我与卡恰圭达

重新开始对话，

并用"您"来称呼他

（这种用法在罗马

---

1   意思是：门第的高贵会随着岁月的流逝变为过去，子孙后代要不断以自己业绩加以发扬光大。

曾被广泛采纳，

当今则很罕见）；²

贝阿特丽切此时

站得离我们较远，

以微笑让我注意，

像朗斯洛故事里，

那个侍女见王后

迈出致命一步时，

咳嗽一声提醒她。³

于是我这样开始：

"您是我的高祖，

是您给我勇气

让我直言不讳，

是您把我抬举，

2　"您"的原文是"voi"，意思是"你们"，第二人称代词"你"的复数。中世纪有种较为普遍的用法：把"voi"当作单数替代尊称代词"您"。这种用法始于古罗马，当恺撒凯旋回到罗马时，人们出于对他荣誉的尊敬和对他个人的畏惧，使用"voi"（您）称呼他；其实把"voi"作为敬辞"您"，在意大利各地方言里早有先例，至今还有一些人这样使用。但丁开始和卡恰圭达谈话时，用"你"称呼他（参见本书第十五曲"但丁表示感谢并提出请求"一节），现在改用"您"和他谈话。

3　"朗斯洛故事"即法国骑士传奇小说《湖上的朗斯洛》，见《地狱篇》第五曲注23。朗斯洛与王后幽会时，王后正要向朗斯洛表白（"迈出致命一步"），在场的侍女咳嗽一声提醒王后注意。贝阿特丽切此时站在远处莞尔一笑，也是提醒但丁与卡恰圭达谈话要注意分寸，同意但丁用"您"称呼他。

抬得令我觉得
超出我的功德。
诸多渠道汇集
欢乐于我心里，

值得我庆幸的是，
它并未因此撑破。
那就请您告诉我，
我亲爱的祖宗啊，

谁是您的祖先？
您在什么时候
度过您的童年？
圣约翰的羊圈⁴

当时情况如何？
他的信徒之中，
哪些家族显赫，
配享贵族尊荣。"

4　"圣约翰的羊圈"指佛罗伦萨，因为佛罗伦萨改信基督教后，废除了多神教的保护神马尔斯
（战神），并以施洗者圣约翰为新的保护神。参见《地狱篇》第十三曲注16。

卡恰圭达的回答

我看见那个火团，

在我热情请求下，

顿时变得辉煌灿烂，

如同那燃烧的煤炭，

风一吹就冒火焰；

在我的眼睛里面

它显得更加美丽；

讲话也柔和甜蜜，

却非当代语言。[5]

那火团回答说：

"自从那天使说

'万福'那一天，[6]

到我母亲生下我，

结束妊娠的艰辛

（她如今已成福灵），[7]

火星返回狮子座

---

5 即不是但丁写作时使用的"俗语"——佛罗伦萨方言，而是拉丁语。

6 "万福"即"万福，马利亚"，指3月15日圣母领报日。那天，天使加百利向马利亚报喜，说她将怀孕生耶稣。佛罗伦萨人曾以圣母领报日作为一年的开始，并以那一年为纪元的开始，见后注8。

7 即她现在已在天国享福。

已有五百八十次，[8]

在那天狮的脚边

火光熊熊地燃烧。

我和我那些祖先

诞生的第六地区，

是你们每年赛马

必经的最后区域。[9]

有关我那些祖先

知道这些足矣，

至于他们是谁，

是从哪里来的，

言明莫如不提。

8　意思是：从圣母领报日算起到卡恰圭达出生，火星与狮子座相遇已经有580次。根据阿拉伯
　　天文学家阿尔弗拉加努斯（Alfraganus，其阿拉伯名称为Ahmad ibn Muhammad ibn Kathir）
　　的计算，火星的恒星周为687天，687天乘以580次等于398,460天，再除以365天/年，等于
　　1091.67，即卡恰圭达出生于1091年。参见本书第十五曲注25。至于火星与狮子座有什么关
　　系，但丁的长子彼埃特罗注释说，狮子座的性质"热而干燥"，与火星相似；加上火星的外
　　语名称与战神马尔斯相同，而狮子以骁勇善战闻名，所以但丁就把二者混在一起了。
9　古佛罗伦萨城分为六个区，但丁及其祖先就住在从西边算起的第六区内，即塞斯托·迪·圣
　　彼得门（参见本书第十五曲注25，"sesto"就是"第六"）。每年圣约翰节时，佛罗伦萨当时
　　都要举行赛马，参赛的骑手与马匹从西边开始比赛，最后到达第六区。有关佛罗伦萨赛马的
　　资料最早见于1288年，就是说卡恰圭达活着时可能还没有，所以诗中说"你们每年赛马"。

古老家族的衰落

那时的佛罗伦萨城，

北至圣约翰洗礼堂

南至马尔斯神像，[10]

能够佩刀持剑的人

是当今的五分之一；

当今市民祖籍不一：

有的来自毕森齐奥，

有的来自切塔尔多，

有的来自瓦尔达诺；[11]

但那时候的原居民，

就连最低微的匠人，

都是佛市纯血市民。

假如我在前面

提到的那些人，

---

10 这里说的是佛罗伦萨古城的面积，北边以圣约翰翰洗礼堂为界（位于现在的佛罗伦萨大教堂 Duomo 旁边，参见《地狱篇》第十九曲注2），南边以古桥（Ponte Vecchio）为界，古桥北边桥头上曾有战神马尔斯塑像（参见《地狱篇》第十三曲注17）。古城里的男丁是"现在的五分之一"，根据维拉尼的记载，1300年佛罗伦萨人口为三万（参见维拉尼的《编年史》第八卷），就是说卡恰圭达时期，佛罗伦萨的男丁仅六千人。

11 毕森齐奥即坎皮毕森齐奥小镇（Campi Bisenzio），位于佛罗伦萨城西北；切塔尔多小镇（Certardo），位于佛罗伦萨城南偏西；瓦尔达诺即菲利内瓦尔达诺小镇（Figline Valdarno），位于佛罗伦萨城东南。这些地方的人在卡恰圭达眼里都不是纯粹的佛罗伦萨人。

是你们的邻居，

你们的边界线

仅仅划在加卢佐

和特雷斯皮亚诺，[12]

这比让他们划入城内，

被迫忍受阿古利奥内

和锡尼亚那两位

村野之辈[13]的臭气，

那该有多么好啊！

后者为徇私舞弊

早已睁大眼睛。

假如那些在世上

12　加卢佐（Galluzzo）和特雷斯皮亚诺（Trespiano）是佛罗伦萨南北方向距市中心仅数公里的
　　小市镇，如果佛罗伦萨以此二地为其边界，那么它的范围就缩得很小了，前注11中提到的那
　　些地方，就被排除在佛罗伦萨之外，那些地方的人也就成了佛罗伦萨人的邻居。

13　"阿古利奥内"（Aguglione）指位于佩萨河谷的一座城堡（Castello di Val di Pesa）；锡尼
　　亚（Signa）是阿尔诺河由佛罗伦萨流向比萨途经的一个市镇。"两位村野之辈"，指阿古利
　　奥内的巴尔多（Baldo di Aguglione）和锡尼亚的法齐奥·德伊·穆鲁巴尔迪尼（Fazio dei
　　Murubaldini da Signa），前者与但丁是同时代的人，律师、政治家和诗人，曾任佛罗伦萨司
　　法改革委员会委员，1311年9月2日颁布的"司法改革法"的炮制者。该法案对被放逐者实行
　　大赦，但把但丁排除在外。1299年，他还曾因尼古拉·阿恰伊奥利（Niccola Acciaioli）舞
　　弊案被罚款（参见《炼狱篇》第十二曲注25）。因此但丁非常鄙视他。法齐奥·德伊·穆鲁
　　巴尔迪尼也是但丁同时代的人，担任过佛罗伦萨司法改革委员会委员和最高司法官，在流放
　　但丁问题上起过积极作用。他曾经是佛罗伦萨白党，为捞取好处转入黑党，成为佛罗伦萨黑
　　党头目。1310年，他曾作为佛罗伦萨使者被派往罗马教廷，争取教皇支持，反对亨利七世皇
　　帝。所以但丁在诗中说他"为徇私舞弊 / 早已睁大眼睛"。

行为最堕落的人，[14]

不像后母那样

对待恺撒后裔，

而像亲生母亲

那样体贴入微，

依靠兑换货币

和经营买卖的

那些佛市市民，

也许还会返回

塞米丰特[15]，那里

他们祖先曾经

沿街招揽生意；

蒙泰尔穆尔洛城堡[16]

也许还是伯爵领地；

---

14 指教会的上层人物，即教皇和枢机主教们，但丁指责他们不遵从基督教导，贪图世俗权力。假如他们遵从基督教导，不贪世俗权力，像后娘那样敌视皇帝（恺撒后裔），世风就不会变得如此之坏。

15 塞米丰特（Semifonte），佛罗伦萨郊区一座城堡的名称，这里指市郊的那个地区。"依靠兑换货币／和经营买卖的／那些佛市市民"，即新迁入佛罗伦萨、从事货币兑换和买卖的新市民，新兴的资产阶级，也许还会留在塞米丰特，留在农村或郊区从事他们的商业活动。

16 蒙泰尔穆尔洛城堡（castello Montemurlo），位于皮斯托亚（Pistoia）附近，属圭多伯爵家族。关于这个家族，但丁在《地狱篇》第十六曲中曾讲到它的成员圭多·谷埃拉（Guido Guerra，约1220—1272年），参见《地狱篇》第十六曲注3。因为他们无法抵御皮斯托亚市政府的压力，曾于1219年和1254年把该城堡抵押给佛罗伦萨。

切尔齐家族[17]也许

还在阿科内居住,

庞德尔蒙蒂家族[18]

也许留在格雷维。

人口混杂向来是

城市灾祸的起因,

仿佛你们的胃里

积食是疾病起因。

一头瞎眼公牛

比瞎眼的羔羊,

更加容易跌倒;[19]

一把宝剑往往

比起五把宝剑,

更能把人刺伤。[20]

---

17 切尔齐家族(i Cerchi),佛罗伦萨有钱有势的家族,来自农村的商贩与手工业者(参见《地狱篇》第六曲注5),原来居住在佛罗伦萨东北的阿科内(Acone in Val di Sieve,现名Acone Sant' Eustachio)。

18 关于庞德尔蒙蒂家族(i Buondelmonti),但丁在《地狱篇》第二十八曲注18中曾提到过(请参阅),他们来自佛罗伦萨南部的格雷维河谷(Val di Greve,现名Greve in Chianti)。

19 这里用"公牛"和"羔羊"比喻国家或城市大小,"瞎眼"表示没有或缺乏智慧。但丁的意思是:一个人口众多的国家或城市,如果没有或缺乏智慧,更容易被敌人击倒或征服。佛罗伦萨的人口当今虽然扩大了五倍,如果没有智慧,其下场就像那"瞎眼公牛"。

20 一把宝剑和五把宝剑,借以论佛罗伦萨之古今:古佛罗伦萨的人口是当今佛罗伦萨人口的五分之一(见前注10);如果把那时的佛罗伦萨比作"一把宝剑",后来的佛罗伦萨就是"五把宝剑";"一把宝剑往往/比起五把宝剑/更能把人刺伤",意思是:一个国家或城市人口虽少,只要团结一致,比一个人口众多,甚至是前者五倍的国家或城市,攻击或自卫的能力更加强大。

如果你想一想，

那两个城市怎样

变成一片废墟的，

我是说乌市和卢尼。[21]

再想一想丘西及

西尼加利亚[22]两地

也正在走向灭绝。

既然城市的寿命

也会有长短之别，

你听到佛市这些

望族一步步衰败，

就不会感到奇怪。

你们人间的事情，

好像你们的生命，

都有死亡之时，

但是有些事情，

---

21 乌市即乌尔比萨利亚（Urbisaglia），马尔凯大区古老城市；卢尼（Luni），埃特鲁斯地区的临海古镇（参见《地狱篇》第二十曲注7）。前者曾被西哥特人（Visigoti）摧毁，后者曾多次遭萨拉森人（Saraceni）洗劫。但丁时期这两座古城都已成为废墟。

22 丘西也是古埃特鲁斯的城市，因自然条件恶劣（疟疾盛行），但丁时期正走向毁灭（参见《地狱篇》第二十九曲注6），但是现在它已发展成为一个旅游与疗养胜地；西尼加利亚（Sinigaglia，现名塞尼加利亚，Senigaglia），马尔凯大区沿海城市，在安科纳（Ancona）西北，但丁时期该城也因遭受萨拉森人洗劫和疟疾盛行，正走向毁灭，现在也已发展成一个发达的海滨城市。

可能要过很久，
死亡才会降临；

然而人的生命
相对要短一些，
这就无法看到
它们最终灭绝。

就好像月亮运转
会引起潮起潮落，
时而让海滩显现，
时而将海滩水淹；

时运女神也是如此，
对待佛罗伦萨历史：
下面我将要讲的
佛市的名门望族，

他们的名声已被
无情的时间淹没；
我想你一定不会
视其为新奇事物；

我见过乌吉家族、[23]

卡泰利尼家族及

菲利皮、格雷奇、

奥尔曼尼等家族，

还有阿尔贝里基，

他们曾显赫一世，

如今已趋于式微；

我见过古老高贵

的家族[24]，诸如桑内拉、

阿尔卡、萨尔达尼埃里、

阿尔丁吉和博斯蒂基，

他们的势力如前相似。

古城的圣彼得门，

拉维尼亚尼家族[25]

23　乌吉家族（gli Ughi）、卡泰利尼家族（i Catellini）、菲利皮家族（i Filippi）、格雷奇家族（i Greci）、奥尔曼尼家族（gli Ormanni）和阿尔贝里基家族（gli Alberichi）都曾经是佛罗伦萨古老而又有权势的贵族，在但丁时代已经衰败，像诗中说的"曾经显赫一世，/如今已趋于式微"。参见维拉尼的《编年史》第四卷。

24　桑内拉（Sannella）、阿尔卡（Arca）、萨尔达尼埃里（Saldanieri）、阿尔丁吉（Ardinghi）和博斯蒂基（Bostichi）等家族，也曾是佛罗伦萨名门望族，但丁时代他们尚未衰落，如诗中说的"他们的势力如前相似"。

25　拉维尼亚尼家族（i Ravignani），佛罗伦萨著名贵族，当时的族长是贝林乔内·贝尔蒂，参见本书第十五曲注16。其女瓜尔德拉达嫁给了圭多·谷埃拉（见前注16），另外两个女儿分别嫁到阿迪马里家（gli Adimari）和多纳蒂家，并把她们的姓氏贝林乔内传给了这两个家族。

曾住在城门附近，

其后裔圭多家族，

以及后来那些继承

贝林乔内姓氏的人，

即当今住在那里的人，[26]

都是些不诚实的恶人，

他们的罪恶行为

将导致佛市混乱。[27]

普雷萨家族的人

已经有统治经验，

加利盖家族[28]的人

已获得骑士头衔；

那个在纹章上面

有松鼠毛纹的人，[29]

26　指切尔齐家族，参见前注17。圭多家族后来继承了拉维尼亚尼家族在圣彼得门附近的房产，1280年卖给了切尔齐家族，所以他们也住在圣彼得门附近。切尔齐家族在法国国王腓力四世的弟弟查理·德·瓦洛瓦（Charles de Valois）调停佛罗伦萨黑、白两党斗争中的恶劣行为，加剧了佛罗伦萨的内乱（参见《炼狱篇》第二十四曲注15）。当然，住在那里的人也包括阿迪马里家族和多纳蒂家族（他们都因娶了贝林乔内家的女儿，改姓贝林乔内，见前注25）。

27　指后来佛罗伦萨黑党与白党的斗争。

28　普雷萨家族（i Presa）和加利盖家族（i Galigai）都属于当时的皇帝党。但丁是希望皇帝党战胜教皇党的，对皇帝党抱有希望，所以他这里的意思应该是，当时皇帝党已经具备了治理佛罗伦萨的经验，或者已在与教皇党的斗争中立下战功（已获得骑士头衔）。

29　指居住在圣彼得门附近的皮利家族（i Pigli），他们的红底纹章上垂直刻着一条松鼠毛花纹。

现在也已经强大，

同样变得强大的

家族还有萨凯蒂、

菲凡蒂、巴鲁齐、

焦基、加利[30]，以及

仍然为贩盐量具

感到羞愧的人。[31]

卡尔弗齐家族

借以派生的根基，[32]

也已经非常强势。

西齐和阿里古齐[33]

这两大家族的人

早已经身居要职。

啊，我也亲眼见识

---

30 萨凯蒂（Sacchetti），菲凡蒂（Fifandi），巴鲁齐（Barucci），焦基（Giuochi）和加利
（Galli），都是从卡恰圭达时期起就早已存在的古老而有势力的家族，除萨凯蒂家族外，他们
都属于皇帝党；萨凯蒂家族则属于教皇党，并与但丁家有私仇（参见《地狱篇》第二十九曲
注3）。

31 指基亚拉蒙特西家族（i Chiaramontesi），他们家的成员多纳托曾任佛罗伦萨盐务官，利用职
务之便，在贩盐量具上做文章，谋取暴利。参见《炼狱篇》第十二曲注25。

32 卡尔弗齐家族（i Calfucci），是多纳蒂家族的一个分支，所以"根基"在这里指多纳蒂家族；
多纳蒂家族在但丁时代已经非常强大，曾是佛罗伦萨黑党领袖。但丁对这个家族的重要成员
都有介绍：弗雷塞·多纳蒂（参见《炼狱篇》第二十三曲注9）、科尔索·多纳蒂（参见《炼
狱篇》第二十四曲注15）和皮卡尔达·多纳蒂（参见本书第三曲注7）。

33 西齐（Sizii）和阿里古齐（Arrigucci）家族，也是当时佛罗伦萨颇有势力的家族，属教皇党。

　　　　　　　　　　　　　　　　第十六曲

有些家族，因为

傲慢而一败涂地；[34]

也见过那颗金球

家族[35]的一些人士，

他们曾积极参与

佛罗伦萨的事务。

有一些人的祖先[36]

则这样为它增光：

每当主教出缺时

就趁机中饱私囊。

那狂妄自大的家族，[37]

对待胆怯逃窜的人

---

34 指乌贝尔蒂家族（gli Uberti），属皇帝党，其代表人物是法里纳塔（Farinata degli Uberti），
    他的事迹见《地狱篇》第十曲注6。诗中"一败涂地"指1251年教皇党获胜后将其驱逐出佛
    罗伦萨。

35 "金球"指兰贝尔蒂家族（i Lamberti）纹章上的金球，这里代表该家族，其代表人物是莫斯
    卡·德伊·兰贝尔蒂（Mosca de' Lamberti），参见《地狱篇》第二十八曲注18。"积极参与 /
    佛罗伦萨的事物"是句反话，指他们煽动佛罗伦萨内乱。

36 指维斯多米尼家族（i Visdomini）和托辛基家族（i Tosinghi），这两个家族曾享有管理佛罗
    伦萨主教区行政事务的特权，当该教区主教出缺、枢机会议任命新主教之前，他们"就趁机
    中饱私囊"，捞取好处，并以这种方式为佛罗伦萨"增光"。

37 "那狂妄自大的家族"指阿迪马里家族，是佛罗伦萨新兴贵族之一，出身贫贱，但为人狂妄
    自大。所以乌贝尔蒂诺·多纳蒂（Ubertino Donati）不愿与他们攀亲。前注25说，贝林乔
    内·贝尔蒂把两个女儿一个嫁到阿迪马里家，一个嫁到多纳蒂家，让这两个家族也成了姻
    亲；贝林乔内·贝尔蒂成了乌贝尔蒂诺·多纳蒂的岳父。然而，乌贝尔蒂诺·多纳蒂看不起
    出身贫贱的阿迪马里家族，不欢迎岳父的决定。

就像恶龙[38]一般追逐；

面对龇牙咧嘴的人

或用金钱收买的人，

则又像羔羊般驯服；

这些原来贫贱的人，

现在地位令人羡慕，

但是乌贝尔蒂诺·

多纳蒂很不欢迎，

他岳父贝林乔内

让他们成为姻亲。

卡波萨基家族

已从菲埃索勒

迁入老市[39]居住，

因凡加蒂家族

以及朱迪家族，

已是佛市良民。

38　龙在我们中国是吉祥的象征，但在欧洲却是凶猛的巨兽。为便于中文读者理解，这里在"龙"前加一"恶"字，称为"恶龙"。

39　"菲埃索勒"，佛罗伦萨北边山区小镇；"老市"（Mercato Vecchio），或译为"老市场"，佛罗伦萨市内地名；但丁是说，卡波萨基（Caposacchi）家族已迁入市内；因凡加蒂（Infangati）家族和朱迪（Giudi）家族等，也都成了佛罗伦萨市民。这三个家族都属于皇帝党。

我还要说件事情，

真实且难以置信：

这古老的城区，

有座古老城门，

它以佩拉家族 [40]

姓氏作为名称；

伟人乌戈 [41] 的事迹

圣多马节时纪念，

与其纹章类似的 [42]

都获得骑士特权，

他们之间有一位 [43]

在那纹章的外边

镶上了一道金边，

却站在平民一边。

---

40 佩拉（Pera）家族，在但丁时代已经灭绝（参见维拉尼的《编年史》第四卷），但那座城门
尚在，该家族却已不存在。所以诗中说那件事"真实"，但令但丁"难以置信"。

41 伟人乌戈（Ugo il Grande），即托斯卡纳侯爵乌戈，他曾是神圣罗马皇帝奥托三世（Otto III）
驻托斯卡纳地区代表，1001年12月21日圣多马节（Sanit Thomas）时逝世，为纪念他的功德，
佛罗伦萨人每年的12月21日圣多马节时都会纪念他。他家族的纹章图案是白底上有七条朱红
色条纹。

42 "与其纹章类似的"，即其家族纹章与伟人乌戈的纹章类似，或者说那些纹章上也是有朱红
条纹的家族。原著注：这些家族包括奈尔利（Nerli）、詹多纳蒂（Giandonati）、詹加兰蒂
（Giangalandi）、普尔奇（Pulci）、阿莱普里（Alepri）和德拉·贝拉（Della Bella）等家族。

43 指詹诺·德拉·贝拉（Giano della Bella），他虽出身贵族，1293年却发起"司法改革"运
动，把矛头指向贵族，成为保护平民、反对豪门的代表人物。1295年被驱逐出佛罗伦萨。

瓜尔泰罗蒂以及

因波尔图尼家族[44]

他们居住的地区，

若没有新的邻居，

那里会比较清静；

那个家族[45]的义愤

使你们丧失性命，

你们生活的平静

从此宣告结束；

其实他们家族

以及他们同伙，

均享公民荣誉。

啊，庞德尔蒙特，

你听从他人劝告，

逃避这门婚姻，

结果多么糟糕!

44 瓜尔泰罗蒂（Gualterotti）和因波尔图尼（Importuni）家族，居住在佛罗伦萨古城附近的圣
   使徒镇（Borgo Santi Apostoli）；"若没有新的邻居"，指庞德尔蒙蒂家族（参见前注18）若
   未迁入佛罗伦萨古城成为他们的邻居；"那里会比较清静"，意思是：如果这些人没有迁入市
   内，他们那里会比较清静。正是庞德尔蒙蒂家族与阿米德伊家族因子女婚姻问题，引燃了佛
   罗伦萨教皇党与皇帝党之间长期的斗争，参见《地狱篇》第二十八曲注18。
45 指阿米德伊家族。

假如你在初次

来佛罗伦萨时，

上帝就已把你

赐给埃玛河水⁴⁶，

如今悲伤的人

也许变得欢快。

但是天命如此：

佛罗伦萨应该

在它宁静的

生活结束时，

向守护老桥的

那个残缺神像，

献上一个牺牲品。⁴⁷

我同这几个家族

和与他们同期的

其他古老的家族，

曾经看到佛罗伦萨

处于如此安宁状态，

46　埃玛河（Ema），流入庞德尔蒙蒂家族的故乡格雷维河谷的一条湍急的河流。意思是，如果
　　埃玛河将庞德尔蒙特淹死。

47　"残缺神像"指安置在老桥桥头的战神马尔斯神像，参见《地狱篇》第十三曲注17。1216年
　　复活节时，庞德尔蒙特恰恰在老桥上被杀害，即诗中说的"献上一个牺牲品"。

任何人也没有理由

为它未来感到悲哀：

我和这些家族一起，

看见佛罗伦萨人民

那样光荣、那样正直，

从未让百合花旗帜

在战场上倒着拖拉，

也没让洁白的花瓣

因分裂被鲜血尽染。"[48]

---

48 "百合花旗帜"即佛罗伦萨的城徽；"在战场上倒着拖拉"，即战败。该旗帜的百合花花瓣原
   是白色的，1251年教皇党战胜皇帝党后，将花瓣由白色改为红色。但丁借此讽喻，因内部分
   裂，两派斗争的鲜血染红了百合花原本洁白的花瓣。

第十七曲

希腊的希波吕托斯，
因为受后母诬陷，
不得不离开雅典，
你将和他一般
离开佛罗伦萨。

　　但丁在游历地狱和炼狱过程中，听到法里纳塔、万尼·符齐、库拉多·马拉斯皮纳和奥德里西·达·古比奥等灵魂，对他未来的预言"说得都很严重"，以致但丁觉得他自己虽然"像个正方形晶体，/ 任何打击来袭 / 都会非常平稳"，但是他仍然希望他的高祖卡恰圭达能够告诉他，那些预言是否属实，"正如法厄同曾经 / 要克吕梅涅证实，/ 他听说的事情 / 是否

313

都是事实"，因为他认为，预知未来可让他有心理准备，不至于事到临头，张皇失措。

于是，在贝阿特丽切鼓励下，他要求这位高祖给他解释一下。卡恰圭达回答他说："你未来的遭遇，/从上帝镜子里/传到我的眼前。"他还预言但丁将被驱逐出佛罗伦萨，并告诉但丁说，在罗马"有人图谋此事，/甚至正在实施"，而且"获胜的一方将会把/罪过归咎于失败方"，"你会因此丧失/一切珍爱的东西"。卡恰圭达进一步描述但丁的未来生活："你将领略别人的/面包味道有多咸，/别人家里的楼梯/上下有多艰难。"这还不算，"压在你的肩上/最沉重的负担，/是你那些伙伴：/你虽和他们一起/沦落到如此境地，/他们却邪恶愚蠢，/而且还忘恩负义；/他们将丧心病狂，/而且穷凶极恶地/一心要与你为敌"。他还对但丁不与他们同流合污提出表扬："你自己独树一帜，/彰显你十分明智。"

卡恰圭达接着说："你第一个避难所，/即第一个寄居地，/将是那位伟大的/伦巴第慷慨首领/的宫廷，他们的/族徽上有只雄鹰"，就是说但丁将在维罗纳僭主巴尔托洛梅奥那里找到栖身之处，而且这位僭主对他十分殷勤，不仅有求必应，还会预见并满足他的请求。

事实上，但丁在意大利北方漂泊多年，在维罗纳逗留的时间最久，得到德拉·斯卡拉家族的照顾最多，所以他觉得有责任对这个家族以及1311年之后继任僭主之职的坎格兰德·德拉·斯卡拉多说几句，于是他借卡恰圭达之口说："他在诞生之时，/受这颗星辰的/影响如此强大，/以致他的事迹/值得世人瞩目。/现在他还年幼……/所以他的才干/世人尚未发现。"但是他的美德很快就会显现，他的行为令世人敬佩，令仇敌敬畏。

但丁知道自己未来的命运后，思想十分矛盾："既然我已经失去/我最亲爱的城市，/我不想因为诗句/再失去别的地区。"就是说，他被逐出佛罗伦萨，在维罗纳被斯卡拉家族收留，不能把他在冥界看到的一切如实写出来，因为那会让许多人感到难堪，会令他无处可归。但另一方面他又觉得，"假如我对待真理，/ 胆怯地选择回避，/ 那么我担心未来 / 名声会因此丧失"。但作为诗人，卡恰圭达鼓励他："把你目睹的一切 / 全都和盘说出来，/ 让那些犯罪的人，/ 自己去承担责任。"他还说："这将为你博取 / 更为可观荣誉。"

但丁的困惑

正如法厄同曾经

要克吕梅涅证实，

他听说的事情

是否都是事实；[1]

因此，当今父辈

对于他们的晚辈，

很少有求必应。

我现在的心情

与此十分相似：

贝阿特丽切及

我那高祖说的，

是否也都属实

（后者为了解释，

特意下降至此）。[2]

我那圣女因此

开口对我说道：

1　法厄同是日神阿波罗与克吕梅涅（Clymene）的儿子，听说他的父亲不是阿波罗，便找他母亲克吕梅涅证实。其母要他直接去询问日神阿波罗。法厄同找到阿波罗，要求驾驭日车，以证实他们的父子关系。阿波罗心软，同意他单独驾驭日车，结果日车出轨，几乎烧毁大地。参见《地狱篇》第十七曲注15。受这个神话故事的影响，当今的父辈很少同意子辈们的请求。

2　指卡恰圭达从十字架上降到但丁和贝阿特丽切跟前，参见本书第十五曲注2。

"你就尽情讲讲

你那热切愿望，

让你内心饥渴

淋漓尽致发泄；

并非你的解释会

增加我们的认识，[3]

而是让你练习

如何表达饥渴，

以便他人可以

给你提供饮料。"

"亲爱的高祖啊，

你身居天国里，

观照上帝那面镜子，

偶然事件发生之前，

就会在你眼前呈现，

就像我们能够预知，

一个三角形里面

两个钝角不会存在，

3　意思是：我们通过观照上帝，已经了解（认识）你，不需要你再给我们解释。

因为在那镜子里面

一切时间都是现在；[4]

当我跟随着老师[5]

攀登医治灵魂的

炼狱山时，或者是

下到死人的世界，

听到一些关于

我未来的言语，[6]

他们说得很严重，

致使我心情沉重，

尽管我觉得自己

像个正方形晶体，

任何打击来袭

都会非常平稳。

因此，我若能预见

什么命运将降临，

4　"一切时间都是现在"，意思是：在上帝那面镜子里面，过去和将来发生的事件都如同现在发
生的事件，即从时间的角度来说，那里没有过去、现在和将来的区别。所以前面说，"偶然
事件发生之前，/ 就会在你眼前呈现"。
5　指维吉尔。
6　在《地狱篇》和《炼狱篇》里，谈到但丁未来的人物有：《地狱篇》第十曲的法里纳塔、第
十五曲的布鲁内托和第二十四曲的万尼·符齐；《炼狱篇》第八曲的库拉多·马拉斯皮纳和
第十一曲的奥德里西·达·古比奥。

我的心愿将满足，
因为已知的箭降临

就不会猝不及防。"
我按照圣女希望，
对刚才讲话的火团，
这样阐述我的愿望。

卡恰圭达的预言

那慈父般的高祖
不用基督殉难前
预言未来的神谕，[7]
而用明晰的言语

做出下面的解释
（尽管他讲话之时
仍隐藏在光团中，
偶尔会露出笑容）：

"你们尘世里的
一切偶发事件，

7　"基督殉难前"指多神教时代；"神谕"指那个时代各种神祇预言未来的话，那些预言都很隐晦。

在上帝的眼里

都是现在的事，

但是那些事件

并非都是必然，[8]

犹如我们双眼

看见舟楫疾驶，

并非眼力使然。

你未来的遭遇，

从上帝镜子里

传到我的眼前，

犹如管风琴奏出的

甜美而和谐的乐曲，

传进我的耳中似的：

希腊的希波吕托斯，[9]

因为受后母诬陷，

不得不离开雅典，

8　在上帝眼里，尘世发生的一切事件，不论过去发生或将来要发生的，都是"现在的事"，都
　　是正在发生的，也就是说上帝能够预见未来。但上帝所预见的这些事件，并非因此而变成
　　"必然"事件，就像我们"看见舟楫疾驶"，并不是我们的眼能够让它们"疾驶"。
9　希波吕托斯（Hippolytus），古希腊神话人物，雅典国王忒修斯的儿子。其年轻后母菲德拉
　　（Phaedra）爱上了他，要与他交欢遭拒，便向国王忒修斯诬告说希波吕托斯企图强奸她。忒
　　修斯信以为真，便把希波吕托斯驱逐出雅典。

你将和他一般

离开佛罗伦萨。

在拿基督进行

交易的城市里，

有人图谋此事，

甚至正在实施。[10]

像通常发生的那样，

获胜的一方将会把

罪过归咎于失败方，

但是，公正的惩罚[11]

必将会见证事实。

你将会因此丧失

一切珍爱的东西，

这是逐放那张弓

---

10 "在拿基督进行 / 交易的城市里"指罗马，确切地说是罗马教廷；1300年，教皇卜尼法斯八世正密谋帮助佛罗伦萨黑党战胜白党（但丁属于白党），次年便派遣查理·德·瓦洛瓦赴佛罗伦萨，名义上是调停黑、白两党的纠纷，实际上是帮助黑党战胜白党，取得佛罗伦萨统治权。1301年底，黑党上台后，于1302年初便判处并放逐但丁等一批白党领袖。但丁在《地狱篇》开头就说，他是1300年开始冥界之旅的，所以卡恰圭达这番话是对但丁"未来遭遇"的预言。

11 指上帝对卜尼法斯和科尔索·多纳蒂的惩罚，将证明事实真相：1303年9月8日，法国国王腓力四世（Philippe IV）派兵到卜尼法斯八世的家乡阿纳尼（Anagni，位于罗马东南约50公里），把卜尼法斯教皇逮捕（参见《炼狱篇》第二十曲注21）；科尔索在卜尼法斯帮助下成了佛罗伦萨的实际主宰，他不断施展阴谋，时而讨好民众，时而与皇帝党勾结，引起了许多同党对手的怀疑。最后大家联合起来于1308年10月指控他犯有叛国罪，并以共和国政府的名义判处他死刑并处死（参见《炼狱篇》第二十四曲注15）。

首先射出的箭矢；

你将领略别人的

面包味道有多咸，

别人家里的楼梯

上下有多艰难。

压在你的肩上

最沉重的负担，

是你那些伙伴：[12]

你虽和他们一起

沦落到如此境地，

他们却邪恶愚蠢，

而且还忘恩负义；

他们将丧心病狂，

而且穷凶极恶地

一心要与你为敌；

他们不久，而非你，

---

12 指与但丁一起被放逐的白党人士。他们邪恶愚蠢、忘恩负义，"他们将丧心病狂，/ 而且穷凶
极恶地 / 一心要与你为敌"。关于但丁与这些人士的关系，但丁的老师布鲁内托在《地狱篇》
第十五曲中也曾谈到过，参见《地狱篇》第十五曲注13。

将会血染双鬓。[13]

事实将会证明，

他们有多愚蠢，

同时也可说明，

你自己独树一帜，

彰显你十分明智。

你第一个避难所，

即第一个寄居地，

将是那位伟大的

伦巴第慷慨首领[14]

的宫廷，他们的

族徽上有只雄鹰；

他对你关怀备至，

你请求、他回应，

你们之间的关系

与他人绝不相似：

---

13 1302年初但丁与一批白党领袖被驱逐之后，那些流亡者一直主张武力打回佛罗伦萨。但丁开始也同意这种观点，但1302年和1303年的两次尝试都以失败告终，对1304年的第三次尝试，但丁已持反对态度，没有参与，已与他们分道扬镳。这里就是指第三次尝试，所以诗中说："他们不久，而非你 / 将会血染双鬓"，即再一次遭到失败。

14 指维罗纳僭主巴尔托洛梅奥·德拉·斯卡拉（Bartolomeo della Scala），他曾于1301—1304年任维罗纳僭主。德拉·斯卡拉家族的族徽上画有一只鹰。

别人是请求在先，

他则是回应在前。[15]

你将和他一起

见到那样一位，[16]

他在诞生之时，

受这颗星辰的

影响如此强大，

以至他的事迹

值得世人瞩目。

现在他还年幼

（诸天绕他运转

仅仅转了九圈），[17]

所以他的才干

世人尚未发现。

但是那加斯科涅人

欺骗亨利七世之前，[18]

15　伦巴第的僭主对但丁关怀备至，能够预见他的需求并提前给予满足。所以，一般人是先提出
请求，然后才给予满足（回应），而在"他则是回应在前"，在但丁提出请求之前就给予满足。

16　指巴尔托洛梅奥的小弟弟坎格兰德，1311年后任维罗纳僭主。"这颗星辰"即火星，因火星
与战神的外围名称都是"马尔斯"，所以他受火星的影响就是受战神的影响，即他生下来就
具有对战争的嗜好。

17　指坎格兰德生于1291年，至但丁1300年游历冥界时才九岁。

18　"加斯科涅人"指教皇克雷芒五世，因为他生于法国加斯科涅地区（参见《地狱篇》第十九
曲注13）；"欺骗亨利七世之前"，即1312年之前：此前克雷芒五世奉承神圣罗马皇帝亨利七
世，并邀请他来意大利，然后又唆使教皇党势力起来反对他。正是在1312年，坎格兰德继任
维罗纳僭主。

他的美德就会显现：

重义轻财、奋勇作战；

他的行为令世人敬佩，

令他的仇敌感到敬畏。

你期待于他吧，

期待他的恩惠！

因为他那些作为

人们会改变地位：

权贵和贫贱的人

彼此会交换身份。[19]

我说的这些东西，

你要牢记在心里，

且不要说出去。"

他还说了些

难以置信的事，

即使是那些

亲眼所见的人，[20]

也会感到疑惑。

19　意思是：坎格兰德将实施的措施，会使那些有钱有势的权贵丧失他们的权力与财富，贫穷而
　　地位低下的则会变得富有而受人尊敬。参见《新约·路加福音》第1章第52—53句马利亚赞美
　　上帝的话："他叫有权柄的失位，叫卑贱的升高，叫饥饿的得饱美食，叫富足的空手回去。"

20　即使将来身临其境、亲眼见到的那些人，也不会相信。

然后他补充说：

　"我这是对别人

说的话[21]进行解释，

孩子啊，你牢记，

这就是未来几年

你将面临的隐患。

但是你切莫怨恨

你的那些同胞们：

他们即将受到惩处，

你的生命还会延续。"[22]

诗人但丁的使命

那个神圣的火团

说罢便缄口不言，

说明他已完成

他自己的责任：

21　即别人在地狱和炼狱里对你的未来所说的话，参见前注6。

22　即你那些同胞的奸诈行为很快就会受到上帝的惩处，而你还会活下去，会看到他们的悲惨
　　下场。

假如我提的问题
是织布时的经线，
那他的回答便是
织成布匹的纬线；

他已经把纬线
全部织进经线。
我此时满腹疑团，
渴望能获得明智、

慈善之人的指导，
于是就开口说道：
"啊，我的高祖，
我看得很清楚，

灾难正向我逼近，
会带来沉重打击；
人若无思想准备，
打击会更加严厉，

因此我最好还是
以先见武装自己；
既然我已经失去
我最亲爱的城市，[23]

23　指但丁的故乡佛罗伦萨。

我不想因为诗句

再失去别的地区。²⁴

我从苦难的地狱

登上炼狱的山顶，

圣女眼睛一直

对我关怀备至，

然后她又领我

穿越层层天体，

我所见到的事物，

如果我如实说出，

就会让许多人

感到尖刻难忍。

假如我对待真理，

胆怯地选择回避，

那么我担心未来

名声会因此丧失。"²⁵

我高祖的火团，

刚才笑容满面，

---

24 意思是：但丁担心他写的那些诅咒他人的诗句，会使他再失去收留他的别的地方。

25 但丁担心，如把在地狱和炼狱见到的一切如实写出来，会得罪许多人；如果不如实写出来，
    他的好名声就会在未来的读者中丧失。

此时亮光一闪，
仿佛日光射到

一面金箔上面。
于是他回答说：
"谁如果自己或
亲友，曾经做过

不光彩的事情，
你揭露他罪行，
那他内心一定
会觉得你刻薄；

但是，尽管如此，
你应把谎言抛开，
把你目睹的一切
全都和盘说出来，

让那些犯罪的人，
自己去承担责任。
因为你的声音，
初听有些难忍，

经过消化之后，
好处就会显现。

你声讨的威力
就像狂风一般，

山峰越是高悬，
冲击越是强悍，
这将为你博取
更为可观荣誉。

因此，你在游历
天国、地狱、炼狱时，
你所见到的灵魂
都属于知名人士；

如果你举的事例
是一些出身卑微
且不知名的人士，
那么你那些读者

就可能不予置信；
同样，对于那些
证据不明的事情，
他们也可能不信。"

第十八曲

我看见木星里面
慈爱的光团闪现，
然后在我的眼前
排列成拼音字母，
如同那些水禽，
河边饱餐之后，
展翅飞起欢庆，
排出各种队形……

卡恰圭达讲完之后陷入沉思，但丁也思考着这位高祖对他未来的预言，通盘考虑他未来的艰辛与甘甜。这时贝阿特丽切劝但丁变变思路，想一想她，想想她随时都和悔悟者站在一起。但丁听她劝告，转身朝向她时，看到她充满慈爱，感受之深，无法以语言表述。然而贝阿特丽切却提醒他说："你快转身向他，/ 倾听卡恰圭达，/ 因为天国不仅是 / 反映在我眼睛里"。

但丁再次转身朝着卡恰圭达，并且看出他意犹未尽，还想和但丁交谈。卡恰圭达对但丁说："现在请你注意 / 十字架的双臂，/ 我说到其名的光团，/ 将在那儿光耀闪闪。"接着卡恰圭达提到了一些为信仰而战的灵魂们的名字，如约书亚、马加比、查理大帝、罗兰、威廉公爵、雷诺阿尔德勇士、戈弗雷公爵以及罗伯特等。当卡恰圭达说出这些人的名字时，但丁便看见代表这些人灵魂的火团在十字架上旋转移动。然后卡恰圭达回到这些光团中间，和他们一起唱歌。

但丁再次转向贝阿特丽切，本想看看贝阿特丽切用手势或语言告诉他该做什么，却发现"她的光亮 / 如此灿烂欢畅，/ 她的容貌比以前 / 任何时候都亮眼"，"……当我看见 / 圣女变得更美丽，/ 我就意识到我已 / 上升到另一重天"。但丁又不知不觉地进入了木星天。木星的意大利语名称是Giove（英文名称是Jupiter），与古罗马神话故事中最高的主神同名，所以但丁在木星天里介绍的神鹰就具有这种权威，他批判的也是一些国家的君王，如德国哈布斯堡家族的阿尔贝特一世，法国国王腓力四世和英国国王爱德华一世等（参见本书第十九曲）。

但丁以白皙妇女感到羞愧时面色会短暂变红又复归白色这一日常事例，比拟他从火星天进入土星天时看到的情形：天空由火星的火红变为土星的银白。然后他看见土星天里的灵魂，"如同那些水禽，/ 河边饱餐之后，/ 展翅飞起欢庆，/ 排出各种队形：或圆形，或直线，/ 随时都在变换。/ 这些神圣光团 / 边飞翔、边歌唱，/ 排出的队形酷似 / D、I、L等字母"。他们一共排出了三十五个字母，组成两句话："DILIGITE JUSTITIAM""QUI JUDICATIS TERRAM"。意思是："爱正义吧，你们做世间法官之人"。最后这三十五个字母又都排进最后那个字母"M"中；而"M"字母是意大利文"Monarchia"（帝制）一词的第一个字母。但丁的意思是说：司法公正只能在帝制之下才能实现。

但丁接着说，这时天空中继续有光团下降、"M"的顶端也有许多光团升起，当它们停止不动时，那伸出的部分就像鹰的头和颈，使得那像百合花的"M"图案一步一步变成了"鹰"的图案。百合花是以查理大帝、卡佩为代表的法国国旗，鹰则是罗马帝国的旗帜，由百合花变为鹰，意思是说帝国的权力短暂落入法国人手中后，很快会复归罗马帝国。

最后，但丁点名批判约翰二十二世教皇及贩卖圣职、谋求私利的教士，祈求上帝惩罚他们。

贝阿特丽切对但丁的安慰

那幸福的光团

此时陷入沉思，

我也在进行反思，

用甘甜调和心酸；[1]

引领我奔向

上帝的圣女，

此时开口说道：

"变变你的思路，

想想我随时都与

悔悟者站在一起！"

听见这慈爱话语，

我转身朝向圣女，

在她那圣洁眼里

见到的那种慈爱，

我这里无法交代：

并不是我对自己

1　"那幸福的光团"指卡恰圭达；卡恰圭达说完之后陷入沉思，但丁也开始反思他高祖对他未来的预言；"甘甜"，即他将受到斯卡拉家族的厚待和读者的称赞；"心酸"，即他将忍受痛苦的流放生活及白党同伴们的背叛。此时但丁的思想可谓五味杂陈，正通盘考虑他的未来，"用甘甜调和心酸"。

语言表达能力，

失去应有信心，

而是我的记忆

已经回想不起

当时我的经历，

如果没有神力

助我一臂之力。

关于那一瞬息，

我只能这样奉告：

我望着她的瞬间，

心中其他的欲念

都无法给我干扰，

因为上帝的喜悦

照射贝阿特丽切，

再从她美丽眼里

反射到我的眼里，

她这第二次映象

已使我满足异常。

她又以微笑之貌，

提醒我这样说道：

"你快转身向他，
倾听卡恰圭达，
因为天国不仅是
反映在我眼睛里。"

为信仰而战的灵魂们

犹如我们尘世，
有时人的情感
充满他的心灵，
他的眼睛里面

就会将它显示；
因此，我从那
闪闪发光光团[2]
（我已转身向它），

看出他的心愿：
他仍然想和我
少许交谈交谈。
他这样开口说：

2　指但丁高祖卡恰圭达。

"你看这棵大树,[3]

（有别于尘世树木，

从树顶获得养分），

常年翠翠绿绿，

层层果实丰硕，

树叶永不脱落；

第五层枝杈里面

有幸福灵魂若干，

他们来天国之前，

在下界荣誉满满，

诗人若据之创作，

必能写出好诗篇。

现在请你注意

十字架的双臂，

我说到其名的光团，

将在那儿光耀闪闪，

像闪电一般迅速

划破那昏暗云雾。"

3　但丁这里把天国比作一棵大树，但这棵树与尘世的树木不同，它不是靠树根提供养分，而是靠树顶即上帝提供养分。"第五层枝杈"指天国第五重天——火星天。第五重天中的灵魂都是为信仰而战死的人，他们生前都取得过辉煌的战绩（荣誉满满），所以诗人若以他们为题，以他们的事迹为素材，"必能写出好诗篇"。

于是他一说出

约书亚[4]的名字，

我就见十字架上面

旋转移动着一光团，

在我听见那个名字前，

那光团并未移动旋转。

他一说出马加比，[5]

我就见另一光团

立即移动并旋转，

内心的喜悦酷似

陀螺被鞭子抽打，

欢快地迅速旋转。

同样，一听他说

查理大帝和罗兰，[6]

我的目光就紧盯

这两个光团不放，

4　约书亚（Joshua），摩西的助手，摩西死后任以色列人领袖。在他率领下，以色列人渡过约
　　旦河，攻占迦南人的城市，攻陷耶利哥城，占领基遍，立下累累战功。

5　马加比（Maccabeus Judes），犹太祭司玛他提亚的儿子，本名犹大，别名马加比。为保存犹
　　太人的宗教，避免使犹太希腊化，马加比随父起义，反对塞琉西王朝。父亲死后他继续领导
　　犹太人斗争，收复耶路撒冷，修复圣殿。关于他的事迹，参见《旧约》外经《马加比传》，
　　可惜中文《圣经》并未收入此篇。

6　关于查理大帝和罗兰，参见《地狱篇》第三十一曲注3。

犹如猎人的眼睛

紧盯着猎鹰飞翔。

之后，威廉公爵、

勇士雷诺阿尔德、

戈弗雷公爵

以及罗伯特，[7]

他们这些发光体

便沿着十字架移动，

吸引了我的注意力。

然后那个发光体[8]

（他一直在和我交谈），

回到这些火团之间，

展示他在他们中间

是一位出色的歌手。

7　威廉公爵即奥兰治公爵威廉（William of Orange），生年不详，卒于812年，既是历史人物，
　　又是中世纪法国传奇故事《英雄史诗》中的人物之一。雷诺阿尔德（Renouard）是他的战
　　友，查理大帝的十二勇士之一，他曾于8世纪末、9世纪初与威廉一起在法国南部抵御萨拉
　　森人，立下赫赫战功。戈弗雷公爵（Godfrey，1058—1100年）是第一次十字军东征的领袖，
　　在攻占与保卫耶路撒冷的战斗中功勋卓著。罗伯特即罗伯特·圭斯卡德（Robert Guiscard，
　　1015—1085年），诺曼底公国的骑士，他来到意大利南部，击败了东罗马人，夺取了普利亚
　　（Puglia）和卡拉布里亚（Calabria），并从萨拉森人统治下解放了西西里岛，成为那不勒斯
　　王国和诺曼王朝的开创者。参见《地狱篇》第二十八曲注3。
8　指卡恰圭达。

木星天

此时我转身向右，
望着贝阿特丽切，
看她用言语或手势，
告诉我应该做什么；

我见她的光亮
如此灿烂欢畅，
她的容貌比以前
任何时候都亮眼。

人若能体会到
越行善越快乐，
他就会感觉到
与日俱增美德；

因此，当我看见
圣女变得更美丽，
我就意识到我已
上升到另一重天；⁹

9　指木星天。木星的意大利语名称是 Giove（英文名称是 Jupiter），与古罗马神话故事中最高
的主神同名，所以但丁在木星天里介绍的神鹰就具有这种权威，他批判的也是一些国家的君
王，如德国哈布斯堡（Habsburg）家族的阿尔贝特一世，法国国王腓力四世和英国国王爱德
华一世等（参见本书第十九曲"邪恶的基督教君王"一节）。

白皙妇女有时

突然感到羞愧，

面孔短暂变红，

然后白色复归；

我眼中的情形

与此十分相似：

进入第六重天时，

天色由红变白皙。[10]

鹰

我看见木星里面

慈爱的光团闪现，

然后在我的眼前

排列成拼音字母；

如同那些水禽，[11]

河边饱餐之后，

展翅飞起欢庆，

排出各种队形：

---

10 但丁由火星天进入木星天（第六重天），发现天空的颜色由红变白，因为火星呈火红色（参见本书第十四曲、《炼狱篇》第二曲），木星呈白色。但丁在《飨宴》第二篇中写道："木星是整体上光线柔和的星辰，介于土星的寒冷与火星的炙热之间"，"在所有星辰中，呈现为白色"。

11 "水禽"这里指灰鹤，灰鹤飞翔时排成字母I或Y形，像我们所说的一字形或人字形。

或圆形，或直线，

随时都在变换。

那些神圣光团

边飞翔、边歌唱，

排出的队形酷似

D、I、L等字母。

他们按歌曲节奏

展翅飞翔并画图，

等到队形变成

某个字母之时，

歌声暂时停止。

啊，珀迦索斯，[12]

你使天才诗人

英名流芳百世，

你还帮助他们

再让一些城市、

---

12 珀迦索斯（Pegasus）是一匹飞马，即古希腊神话故事中的英雄珀耳修斯（Perseus）杀死
墨杜萨、割下她头颅时，从墨杜萨血液中跳出来的飞马。据说，它用蹄子踢出了埃利孔
山（Helicon，参见《炼狱篇》第二十九曲注6）的山泉。埃利孔山是缪斯的居住地帕尔
纳索斯山（Parnasus）的延伸部分，缪斯们经常光临，那里有阿加尼佩泉和希波克林泉
（Hippocrene，马泉），后者即为飞马珀迦索斯踢出来的。不过，多数注释家认为，"珀迦索
斯"在这里泛指诗神缪斯。珀迦索斯后来变成了一个星座（飞马座）和宙斯的仆人。现代它
则代表诗歌的灵感，但丁这里使用它，应该是"诗歌灵感"之意。

王国永垂青史。
现在我就请你，
使用你的光辉
给予我以启迪，

让我能把记得的、
他们绘制的图形
清晰地加以叙记，
但愿在几句诗里

显示你的才能！
这时飞鸟排出
三十五个元音
以及辅音字母；

我看清那些字母，
并且一个个记录：
"DILIGITE JUSTITIAM"，
这是图案第一句，

第一个词是动词，
第二个词是名词；
接下来的一句是：
"QUI JUDICATIS TERRAM"，

其末尾是"M"。

然后所有字母

一个挨着一个，

全都排进"M"。[13]

这时候白色的木星，

仿佛在银白色里面，

又添上金黄色斑点；[14]

同时我见其他光团

向"M"图案顶端下降，

并在那里驻留歌唱，

我相信那是上帝

派给它们的位置。

当燃烧着的木炭

被人用木棍击打，

---

13 这三十五个拉丁字母组成两句话："DILIGITE JUSTITIAM"和"QUI JUDICATIS
    TERRAM"。意思是："爱正义吧，你们做世间法官之人。"原著注释说，这是圣经《旧
    约·智慧篇》第1章第1句。可惜我采用的中国基督教协会出版的《圣经》未收录这一篇，查
    看意大利文版圣经 Sacra Bibbia, Il libro della Sapienza（Edizioni Paoline，1968年）第1章第1
    句诗也非这样；可能要查阅拉丁文版的《圣经》吧，但是我没有拉丁文版《圣经》，希望哪
    位读者能提供帮助。不过从这两句拉丁文来看，这样翻译是正确的。第二句最后那个字母是
    "M"，"M"同时又是意大利文"Monarchia"（帝制）的第一个字母。但丁让那三十五个字
    母全都排列在最后那个字母"M"中，就是说司法公正只能在帝制之下才能实现，正如他在
    《帝制论》第一章中说的："最大限度的正义只有在帝制之下才会有，因此，要建立完美的世
    界秩序，帝制或帝国是不可或缺的。"
14 木星呈银白色，而那些光团发出的黄色火焰，像金色斑点那样装点着木星。

会冒出火星点点，
愚人们凭借着它

预卜自己的未来。
"M"图案的顶端
也升起上千光团，
有的上升得较快，

有的上升得较慢，
看上帝如何点燃
它们心中的火焰；
等这些光团全都

到达自己的位置，
并且停止不动时，
我看见在木星里
显得非常突出的

这些发光体，像是
鹰的脑袋和脖子。
在此绘图的人士，[15]
无须人为他引领，

15　指上帝。

他自己在引领自己，

而且大家应该牢记，

鸟儿筑巢的能力

来源于这位人士。

构成百合花图案的

光团，满足、宁静，

此时则稍加位移，

把百合花变成鹰。[16]

祈祷与谴责

啊，温馨的木星，

你在这里展示

如此多的星星，

它们向我证明，

---

16 这一节的意思较难理解，原著注释说应该分三步来理解：1.木星里的灵魂像水禽那样排出三十五个字母，然后这些字母又都排进最后那个字母"M"中，象征帝制、帝国，其图案像法国皇室的百合花（参见下图1），意思是帝国的权力落入法国人手中；2."'M'图案的顶端 / 升起上千光团"等这些光团全都 / 到达自己的位置，/ 并且停止不动"，参见下图2；3.构成图2的光团，感到满足，停止不动，"此时则稍加位移，/ 把百合花变成鹰"，即这时那些停止不动的光团，再稍稍移动，就把"百合花"图案变成了"鹰"的图案（参见下图3）。"鹰"象征罗马帝国，就是说，帝国的权力短暂落入法国人之手后，很快就会复归罗马帝国。

图1　　　　图2　　　　图3

我们尘世的正义，

是你装饰天穹的

群星带来的效应！

因此，我请求你

启动你的智慧，

施展你影响力，

俯视下面那个

冒出浓烟之地 [17]

（那浓烟遮挡

了你的光芒），

并对圣殿里的

买卖圣职勾当，

再次 [18] 进行惩处，

因为那些勾当

让那圣殿变色，

而圣殿的城墙，

是由上帝之子 [19]

和殉道者流血，

---

17 指罗马、罗马教廷。

18 之所以说"再次"，是因为基督耶稣进入耶路撒冷，看见圣殿里有许多做买卖的人，便把他们驱逐出圣殿，参见《马太福音》第21章第12句："耶稣进了神的殿，赶出殿里一切做买卖的人，推倒兑换银钱之人的桌子和卖鸽子之人的凳子。"

19 即基督耶稣。

一点一滴筑起。

啊，战斗的教会，

我仰慕地望着你，
请你为尘世那些
追随邪恶的范例、
误入歧途的人士，

尽情地祈祷吧！
过去进行战争，
使用的是宝剑，
现在进行战争，

不必使用武器，
只需发布禁令，
或者开除教籍，
就能剥夺这里

或那里人面包，[20]
然而人的面包，
都由上帝赏赐，
从来不会吝惜。

20　原著注：但丁这里可能暗示1317年教皇约翰二十二世宣布开除维罗纳僭主坎格兰德（参见本书第十七曲注16）教籍。

但是，你签署

开除教籍命令，

只是为了财物，[21]

因此你应记住，

圣保罗和圣彼得

他们仍然还活着，

虽然他们已经

为教会而丧命。

你可以这样辩解：

"我心属于施洗者，[22]

他习惯住在旷野，

为奖励一个舞女，

被拉去斩首殉道，

所以我既不知道

那个保罗，也不

知道那个渔夫。"[23]

21 "你"指教皇约翰二十二世，指他开除一个人的教籍时仅仅是为了钱财，只要那人奉上财物，
    他就会废除刚刚才签下的命令。

22 "我心属于施洗者"，指教皇约翰二十二世推崇施洗者约翰（参见本书第四曲注6），并以他
    的名字给自己的教皇职位命名。施洗者约翰"习惯住在旷野"，参见《新约·路加福音》第
    1章第80句："那孩子（指约翰）渐渐长大，心灵强健，住在旷野"；"为奖励一个舞女／被拉
    去斩首殉道"，则参见《新约·马太福音》第14章第1—12句。

23 "那个渔夫"指圣彼得，因为彼得曾经是渔夫。

第十九曲

我看见鹰形图案
也似乎昂首振翅，
为赞美上帝恩泽
凝聚在一起唱歌。
那歌曲只有那些
享福者能够懂得。

　　木星天里由众福灵构成的鹰，展开双翅出现在但丁面前，在日光的照射下，它们一个个都像红宝石那样闪闪发光。但这里不像前面那样，由某个光团代表众光团讲话，或者众光团以合唱的形式表明心愿，而是神鹰独自开口，以大家的名义讲话："由于我慈悲公正，/ 在这里备受赞颂，/ 享受到无上荣光，/ 远超出我的愿望；/ 我的业绩在世上 / 记忆如此美好，/ 恶人也得称道。"神鹰发出的统一声音，仿佛是众多燃烧的煤块给人感到的"热"只有一个，众多芳香的花朵让人闻到的"香"只是一个。于是但丁请求"鹰"解除他在人世长期未解决的疑难问题：那些基督诞生前去世的伟人，他们没有过错，甚至还对人类有所贡献，但他们不能进入天国，这难道是上帝的公正吗？"人若生在恒河旁，/ 那里没有人宣讲 / 耶稣基督的教义，/ 也没有人传播 / 这方面的知识；/ 他一生没有过错，/ 从理性方面来说，/ 他的意愿和行为 / 可以说无可挑剔，/ 但是他未行洗礼，/ 也没有信奉上帝，/ 他死后得到的惩罚，/ 是否符合上帝正义？/ 能说他何罪之有？/ 就因为没信上帝?!"

神鹰则"如同那摘下头罩、/ 昂首拍打着双翼、/ 神气十足、打算 / 捕食的猎鹰那般"，对但丁说道："上帝转动圆规 / 画出宇宙界限，/ 然后又在里面 / 安排各种明显 / 和隐秘的事物，/ 不可能把全部 / 思想和盘托出，/ 显示到宇宙里面，/ 这样，他的智慧 / 就会无限地超出 / 宇宙的所有内涵。"就连曾经是上帝大弟子卢齐菲罗，也不能完全体会上帝的意图，何况那些位于其下的芸芸众生呢？"所以，用你们世人 / 获得赏赐的视力，/ 观察永恒的真理，/ 就像放眼看海里，/ 岸边能看清海底，/ 深水处却看不清；/ 海底存在不容置疑，/ 但深邃得目力不及。"接着神鹰得出结论说："上帝的最初意志，/ 发源于上帝自身，/ 自然是充满善意，/ 而且上帝决不会 / 让这个善良意志 / 离开他这个源泉。/ 符合这个意志的 / 都是公正正义的。"

对于但丁的疑问，神鹰还补充说："不信基督的人 / 不能进入天国，/ 而且不加区分：/ 先于基督蒙难，/ 还是后于蒙难。"神鹰还具体地说，最后审判时，上帝将会把所有灵魂分成进天堂的与下地狱的两队人，进天堂者将永远富有，永享天福，入地狱者则永远受罪，一无所有。就是说，信奉基督的人不一定都能进天国，不信奉基督的人对那些信奉基督但犯有罪过的君王，同样可以进行批判。

为证实自己的说法，神鹰列举了天书里记载的一些犯有罪过的基督教君王：德国哈布斯堡家族的阿尔贝特一世、法国国王腓力四世、英国国王爱德华一世、苏格兰国王罗伯特·布鲁斯、西班牙国王费迪南德四世、波希米亚国王瓦茨拉夫二世、安茹家族的查理二世、西西里国王费代里科二世、马霍卡国王贾科莫、葡萄牙国王迪尼斯，以及挪威国王指哈康五世等。最后，它尤其提醒匈牙利和纳瓦拉两国的人民，警惕法国的暴政，并举出塞浦路斯正遭受与法国暴君属于一伙的亨利二世的暴行，让他们借鉴。

鹰

那美丽的形象 [1]
展开一对翅膀，
出现在我面前，
构成它的光团

相互交织在一起，
安享天国的欢乐：
它们中的每一个，
受到阳光的照射，

都像红宝石那样
发射出耀眼光芒，
反射到我眼里时，
仿佛它就是太阳。

我现在转述的情况，
谁都未用语言说过，
也没有用文字写过，
即使是我们的想象

也从来没有涉猎过。
我看见鹰开口述说，

---

1   指本书第十八曲末尾说的"鹰"的形象。

虽然它说的是"我",

或者说的是"我的",

但从概念上来说

意思却是"我们"、

与"我们的"[2]。它说:

"由于我慈悲公正,

在这里备受赞颂,

享受到无上荣光,

远超出我的愿望;

我的业绩在世上

记忆如此美好,

恶人也得称道,

但是他们不会

效法我的事迹。

燃烧的炭块虽多,

感到的热气就一个,

众魂灵组成鹰图,

讲话的声音也一个。

2　鹰的图像是由众多光团构成的,所以它说"我""我的",表示的概念却是"我们""我们的"。

但丁的疑惑

于是我接着说:

"啊,天国的花朵,

你们恒绽喜悦,

永远不会凋谢,

你们那众多芳香,

我感觉只是一个。[3]

请你们散发馨香

解除我巨大饥渴:[4]

在人世我曾长期

忍受这饥渴之苦,

找不到适宜饮食。

但是我确实知悉,[5]

上帝的正义是以

土星天作为镜子,

3　但丁这里以花朵形容土星里发光的光团,以花儿的芳香比喻讲话的声音,所以前面说由众多灵魂(光团)组成的"鹰"的图案用一个声音讲话,这里说"你们那众多芳香 / 我感觉只是一个",即但丁认为那"众多芳香"也用同一个声音(香气)说话。

4　"饥渴"即渴望,表示"求知欲",但丁在《神曲》里经常这样使用。

5　但丁在本书第九曲"库尼扎的预言"一节已经听库尼扎说过,"天上有许多天使, / 你们称作德罗尼, / 他们像一面面明镜 / 把最高审判者上帝 / 的光辉反射给我们",所以但丁在这里说"我确实知悉"。这一节的意思是:德罗尼是掌管土星天的天使(参见本书第二曲注22),能够直接面观上帝,并且像镜子一般,把上帝的光辉一层层反射到土星以下的各层天体里,包括木星天在内。因为木星天是土星天下面的第一重天,所以诗中又说:"你们在这里 / 观看上帝的正义, / 应该是十分清晰。"

反射到你们这一
层木星天的天里，

因此，你们在这里
观看上帝的看正义，
应该是十分清晰。
你们知道，我准备

聚精会神地
听你们解释，
你们同样知道，
我的疑难问题[6]

（我长期渴望寻找
答案却未获解释）。"
如同那摘下头罩、
昂首拍打着双翼、

神气十足、打算
捕食的猎鹰那般，
我看见鹰形图案
也似乎昂首振翅，

6　指那些基督诞生前去世的伟人和夭亡的婴儿，他们没有过错，有的甚至还对人类有贡献，但
　他们不能进入天国，但丁觉得不公。这就是但丁心中长期得不到解决的疑问。

为赞美上帝恩泽
凝聚在一起唱歌。
那歌曲只有那些
享福者能够懂得。

上帝的正义

鹰图这样开始：
"上帝转动圆规
画出宇宙界限，
然后又在里面

安排各种明显
和隐秘的事物，
不可能把全部
思想和盘托出，

显示到宇宙里面；
这样，他的智慧
就会无限地超出
宇宙的所有内涵。

最大狂妄者[7]的
下场，就为此

---

7   指魔王卢齐菲罗（撒旦、狄斯），参见《地狱篇》第三十四曲注3、注4。

做了明显注释，
虽然他曾经是

最高贵的造物，
未等上帝照射，
早早坠落地狱。
因此你可看出，

他之下的造物，
容量十分微弱，
对于至善[8]来说
无法容得太多，

而至善的容量
无穷无尽，自己
只好揣度赐赏。
因此你们视力

受到的上帝照耀，
是上帝赏赐之光。
它的本质决定了
它的力度不太强。

8　即上帝的善。上帝的善如此宏大，卢齐菲罗之下的造物，仿佛都是容量很小的造物，无法容
　　纳上帝的善。上帝只好按照那些造物的容量，自己决定给予多少赐赏。

因此若想看到
你们知识源头，
这种视力强度
显得远远不够。

所以，用你们世人
获得赏赐的视力，
观察永恒的真理，
就像放眼看海里，

岸边能看清海底，
深水处却看不清；
海底存在不容置疑，
但深邃得目力不及。

永无阴霾的晴空[9]
传送过来的光芒，
那才是真理之光；
反之，其他地方

传来的都不是光，
而是愚昧，是肉体
的错觉及其余毒。
这些道理已向你

9　指上帝所在的净火天。

打开了一道缝隙，
让你能看到真理；
你无视这些道理
对上帝产生怀疑，

就像你常常说的：
‘人若生在恒河旁，[10]
那里没有人宣讲
耶稣基督的教义，

也没有人传播
这方面的知识；
他一生没有过错，
从理性方面来说，

他的意愿和行为
可以说无可挑剔，
但是他未行洗礼，
也没有信奉上帝，

他死后得到的惩罚，
是否符合上帝正义？
能说他何罪之有？
就因为没信上帝?!’

10　出生在印度或其他不信奉基督教的地方。

啊，你到底是谁？[11]
竟敢冒充法官，
以短浅的视力
妄断深远的事？

谁若如不用《圣经》
指导自己行径，
和我费尽心思
深入探讨问题，

必然会产生疑问，
并且会感到惊奇。
啊，世俗的凡人，
啊，愚昧的人们，

上帝的最初意志，
发源于上帝自身，
自然是充满善意，
而且上帝决不会

让这个善良意志
离开他这个源泉。

11　鹰图对但丁的言论严加批判，问他："你到底是谁？"参见《新约·罗马书》第9章第20句：
　　"你这个人哪，你是谁，竟敢向神犟嘴呢？"鹰图还指责他"以短浅的视力／妄断深远的事"，
　　意思是：你视力短浅，看不清千里之外的事，你却要妄加议论。

符合这个意志的
都是公正正义的；

不论后人塑造出
什么形式的伪善，
上帝的最初意志
都不会为之改变，

相反，那最初意志
会把自己的光线，
射入这些造物中，
把它们改变成善。"

母鹳喂罢幼鹳，
巢穴上空盘旋，
吃饱后的幼鹳
仰头观看母鹳；

我向上方观看
鹰的神圣图案，
它像母鹳那样，
在我上方飞翔，

边盘旋、边歌唱。
那歌词是这样的：

"如同你听不懂
这歌曲的含义，

你们这些凡人
也不可能理解，
上帝做出的
永恒的判决。"

关于得救

那些光团唱完后，
仍然留在鹰图里
（罗马人受人尊敬，
正因为这面鹰旗），

然后它接着说：
"不信基督的人
不能进入天国，
而且不加区分：

先于基督蒙难，
还是后于蒙难。
不过，请你注意，
那些人正在呼唤

'基督啊，基督'，

到最后审判时，

他们离基督比

根本不知基督

的人，距离更远。[12]

在最后审判时，

灵魂们将分成

富有与贫穷[13]两队，

即使不信基督的

埃塞俄比亚人士，

也可谴责那队

贫穷的基督徒。

波斯人[14]的君主，

罪恶载入天书，

百姓们看到天书，

会对他们说什么？

12　指那些口头上信奉基督的人，也不会进入天国（距离基督更远），参见《新约·马太福音》
第7章第21句："凡称呼我'主啊，主啊'的人，不能都进天国；唯独遵行我天父旨意的人，
才能进去。"

13　即分成进天堂的与下地狱的两队人，进天堂者将永远富有、永享天福，入地狱者则永远受
罪、一无所有。参见《新约·马太福音》第25章第31—46句。

14　"波斯人"也指不信奉基督的民众或人士，他们君王的罪过也记录在天书里，当这些地方的
臣民看到他们君王的罪过时，也会谴责他们。就是说，对于罪过，任何人，包括非基督徒，
都可加以谴责。

邪恶的基督教君王

天书里即将记录

阿尔贝特[15]的劣迹：

他不久将把布拉格

变成无人居住之地。

天书里即将记录

那被野猪撞死的

腓力四世一劣迹：

铸币带来的痛楚。[16]

天书里即将记录

苏格兰与英格兰王，[17]

出于傲慢渴望扩张，

不满足自家疆土。

你那里可以看到

西班牙与波希米亚国王，[18]

15　指德国哈布斯堡家族的阿尔贝特一世（Albert I），参见《炼狱篇》第六曲注23。"劣迹"这里指他1304年吞并波希米亚王国（Bohemia），当时波希米亚国王是其妻侄瓦茨拉夫二世（Wenceslas II）的国土，首都在布拉格。

16　腓力四世（参见《炼狱篇》第七曲注12）为发动战争筹措经费，曾制造低于实际价值的伪币给人民带来"痛楚"。至于他"被野猪撞死"，见维拉尼的《编年史》第九章记载："1314年11月。当时法国国王腓力已在位29年，不幸身亡，因为他正在狩猎时，一头野猪冲着他的马腿中间跑去，把他撞下马，不久去世。"此事可能与事实不符。

17　指英国国王爱德华一世（Edward I）与苏格兰国王罗伯特·布鲁斯（Robert Bruce），出于傲慢或渴望领土扩张，都不甘心留在自家国土内，相互进行战争。

18　西班牙国王指费迪南德四世（Ferdinand IV），波希米亚国王指前注15中提到的瓦茨拉夫二世。

他们生活奢侈行为放荡，

不遵循为君之道。

你那里可以看到

耶路撒冷的跛子，[19]

他做的坏事是M，

做的善事就是I。

你那里可以看到

统治着西西里的

费代里科二世，[20]

卑鄙贪婪无比，

这个岛屿就是

那个安喀塞斯[21]

终结一生之地；

为了让人知道

19　"耶路撒冷的跛子"指安茹家族的查理二世，但丁在《炼狱篇》中多次提到他。1301年，教皇卜尼法斯派他去佛罗伦萨调解黑白两党的争端，他暗中帮助黑党战胜白党，致使但丁和其他一些白党人士被罚款或驱逐出境（参见《炼狱篇》第二十曲注18）。所以但丁对他可以说恨之入骨，在诗中说：他做的好事若是一（罗马数字I），做的坏事就是一千（罗马数字M）。至于为什么称他"耶路撒冷的跛子"，一是因为他跛脚，二是按照萨佩纽的解释：跛子是柏拉图对耶路撒冷国王的称呼。

20　即费代里科二世（Federico II d'Aragona，1296—1237年为西西里国王），参见《炼狱篇》第三曲注14。

21　即埃涅阿斯的父亲安喀塞斯，参见《地狱篇》第一曲注13。

他是多么渺小，

有关他的记录，

采用小字抄录，

减少所占篇幅。

而他的哥哥和叔父，[22]

劣迹已是有目共睹，

不仅玷污他们家族，

而且玷污他们王冠。

而葡萄牙和挪威王，[23]

也在那里为人所知，

还有拉沙王 [24] 曾伪造

威尼斯的金币银币。

啊，幸福的匈牙利，[25]

别让暴政揉拧自己！

22　"他的哥哥"指贾科莫（Giacomo），1285—1295年为西西里国王，1296年继任阿拉贡国王，
　　参见《炼狱篇》第三曲注14；他的"叔父"指马霍卡国王贾科莫（Giacomo di Majorca）。

23　葡萄牙国王指迪尼斯（Dinis，1261—1325年）；挪威国王指哈康五世（Haakon V，1270—
　　1219年）；"也在那里为人所知"，即他们的劣迹也记载在那本书里。

24　拉沙（Rascia）王指斯特凡·乌罗什二世（Stevan Uros II，1275—1321年），拉沙地区当时
　　曾包括塞尔维亚、克罗地亚和达尔马提亚。因乌罗什二世曾伪造威尼斯金币与银币，1305年
　　和1382年，博洛尼亚和威尼斯先后都有文件明令禁止兑换与使用拉沙的硬币。

25　但丁梦游冥界时，匈牙利仍然受法国统治，参见本书第八曲注14和注19。这句话的意思是：
　　如果匈牙利能摆脱法国的暴政，就能获得幸福。但丁鼓励匈牙利尽快摆脱法国统治者。同
　　样，但丁在下一句里鼓励纳瓦拉（Navarre，位于法国与西班牙之间比利牛斯山区的一独立
　　王国），尽快用四周的群山武装自己，捍卫自己的独立。事实上，其女王嫁给法国国王腓力
　　四世后，纳瓦尔就被法国吞并。

啊，幸福的纳瓦拉，

快用群山武装自己！

每个人都应借鉴

过去已有的经验：

残暴的亨利二世[26]

已令人斥责抱怨，

他在尼科西亚以及

法马古斯塔的统治，[27]

与法国及上述暴君

可以说是别无二致。”

---

26 亨利二世（Henry II）指吕济尼昂（Lusignan）家族的亨利二世，1285—1324年任塞浦路斯国王，为人残暴，遭到当地居民的谴责与抱怨。吕济尼昂家族原系法国南部的贵族，与法国王室卡佩家族有千丝万缕的联系（包括婚姻上的和政治上的），所以但丁借他的暴政比拟前面提到的那些暴君，尤其是法国王室的暴政，说它们"别无二致""每个人都应借鉴"。

27 代指塞浦路斯。尼科西亚（Nicosia）是塞浦路斯首都，法马古斯塔（Famagusta）是塞浦路斯的重要港口。

第二十曲

天象的这种变化，
提醒我想起鹰图
（帝国版图的标志），
它虽已沉默不语，
但构成它的光团
比此前更加灿烂……

　　神鹰刚刚结束对基督教邪恶君王的谴责，构成鹰图的众光团便开始歌唱。众光团的合唱结束时，但丁"仿佛听见溪水／潺潺作响的声响，／宛如清澈的山泉／在山石之间流淌"。那是"神鹰的气息／涌出中空的脖颈，／然后转化为声音／并以语言的形式／从鹰喙中吐出"。神鹰又开始讲话了，它对但丁说："你现在把视线／集聚到我身上／这样一个器官，／它是你们凡间／

老鹰观看东西 / 和太阳的器官。"它要求但丁注意观察它的眼睛，因为它的眼睛是由六个地位显赫的光团组成的。木星天的英文名称是 Jupiter，意大利文名字是 Giove，与古罗马神话中最高的天神朱庇特的别名 Giove 同名，所以但丁安排在木星天里的灵魂都是君主或帝王。构成它眼睛的六个光团地位最显赫：第一个便是创作了《旧约·诗篇》的大卫，位于瞳孔位置，"现在他已得知 / 他诗歌的功绩，/ 写歌时的付出 / 已经得到奖励"，亦即他因为创作《诗篇》被奖励进入天国享福。其他五个光团构成睫毛弧线：第一个光团，即离鹰嘴最近的那个光团，是罗马帝国皇帝图拉真，他因为出手为贫穷孤苦的寡妇复仇，在格列高利教皇祈求下，上帝也把他的灵魂从地狱提升到天国，"现在他已得知，/ 如不信奉上帝，/ 代价多么昂贵：/ 因为他在体验 / 天国生活之前，/ 曾经经历过 / 地狱的生活"；第二个光团，位于睫毛弧的顶端，是犹大国王希西家，他临死时祈祷上帝，获得了十五年的延寿，"现在他已得知，/ 上帝那永恒裁判，/ 不会因祈祷改变；/ 虔诚的祈祷只会 / 把今天改为明天"；第三个光团是罗马皇帝君士坦丁大帝，他把罗马赠给教皇，"现在他已经得知，/ 由他善行产生的 / 那些罪恶行径，/ 对他虽无伤害，/ 却让基督世界 / 遭到巨大破坏"；第四个光团是誉为"仁君"的西西里和普利亚国王威廉二世，"现在他已知道，/ 他那光辉外表，/ 证明上帝钟爱 / 君王公正之道"；最后那个光团，令人想象不到，竟然是里佩乌斯，"特洛亚的战士"，维吉尔称他是"最公道，最有正义感"的人，上帝也把他收入天国，因此"有关神恩的事，/ 现在他知道的 / 比世人多得多"。

介绍完这六个光团为什么进入天国享福以及他们现在的想法后，神鹰满意地沉默了，然而但丁却产生了疑问："那都是因为什么？"为什么在这六位进入天国的灵魂中，有两个竟然是未信奉基督的人（即睫毛弧中的第一位图拉真和第五位里佩乌斯）？神鹰立即解释说，"他们脱离肉体时，/ 并非像你想象的，/ 已经不是异教徒，/ 而是坚定的教徒"；图拉真的灵魂"返回自己的肉体，/ 不久以后就皈依 / 能救赎他的上帝"，"第二次死亡时，/ 已配进入天堂"。至于里佩乌斯，他既不是基督徒又不是君王，他怎么会待在木星天里呢？但丁借神鹰之口，一方面解释说，他在世时承受圣恩启迪，把全部的爱献给正义，死后上帝再次施恩，令他张目看到未来救赎，因此他也成为信徒，代表爱、望、信三圣德的仙女，早在洗礼这个礼节形成前一千年，就为里佩乌斯行使了洗礼。就是说，里佩乌斯不仅成了基督徒，而且行了坚信礼。另一方面神鹰说，"神恩的秘密 / 非被造物智力能及"，所以神鹰最后感慨地说："啊，宿命，你的根源 / 离人的视线多么遥远！"它还奉劝但丁等世人，"你们这些凡夫俗子，/ 对事物做出判断时，/ 应该做到谨言慎行"，因为即使他们这些在天国享福的灵魂，"虽然能够观照上帝，/ 也不知道他会选谁。/ 但我们这种局限 / 令我们非常惬意：/ 我们的福就是 / 完善这种局限；/ 把上帝的意志 / 变成我们意志"。于是但丁明白了，"为了让我治疗 / 我的目光短浅，/ 这就是神鹰 / 给我的良药"。

正义的灵魂

普照大地的太阳
从我们半球沉降，
白昼从四面八方
渐渐地完全消逝，

原来靠太阳
照亮的苍天，
现在靠众光团
使它面目再现。

天象的这种变化，
提醒我想起鹰图
（帝国版图的标志），[1]
它虽已沉默不语，

但构成它的光团
比此前更加灿烂；
众光团开始歌唱
歌词却被我遗忘。

啊，温馨的至爱，[2]
你披着微笑外衣，

---

1 即罗马帝国的版图。"鹰旗"是罗马帝国的旗帜，"鹰旗"插在哪里，那里就是罗马帝国的疆域。
2 指上帝的爱。

众光团的合唱里
你显得欢乐无比！

鹰的眼睛

当我看到那些装饰
第六重天的红宝石，
停止歌唱的时候，
我仿佛听见溪水

潺潺作响的声响，
宛如清澈的山泉
在山石之间流淌，
展现充沛的水源；

也像拨弄六弦琴，
琴弦发出的声音，
或者是吹奏风笛，
笛管发出的声音。

同样，神鹰的气息
涌出中空的脖颈，
然后转化为声音
并以语言的形式

从鹰喙中吐出。
这种语言形式
符合我的期待，
我记录在这里。

他这样对我说：
"你现在把视线
集聚到我身上
这样一个器官，

它是你们凡间
老鹰观看东西
和太阳的器官；
请你仔细观看，

因为构成我整个
形象的众多光团，
那些在我眼睛上
闪闪发光的光团，

它们有显赫等级：
在中间瞳孔位置
闪闪发光的那位，
是《诗篇》作者大卫，

他下令把约柜

一地一地搬移

运往耶路撒冷。[3]

现在他已得知

他诗歌的功绩，

写歌时的付出，

已经得到奖励。

那构成睫毛的

五个光团之中，

离喙最近那位，

是罗马皇帝，[4]

他曾经安慰

那个悲伤寡妇，

答应要为她的

儿子进行报复。

现在他已得知，

---

3 大卫当了以色列国王后，命令将约柜从迦巴（Gaba）运到基色（Geth），再由那里运往耶路
撒冷，参见《炼狱篇》第十曲注9；另外，相传《旧约·诗篇》的作者是大卫，因为他的这
一付出，上帝奖励他，让他进入天国。

4 指罗马皇帝图拉真，关于图拉真答应为失去儿子的寡妇复仇，参见《炼狱篇》第十曲"谦卑
的典范"一节：图拉真能听取平民寡妇的申诉，并为其做主，教皇格列高利一世有感他这一
事迹，虔诚地为他祈祷，请求上帝救他，并特许他由地狱进入天国（参见《炼狱篇》第十曲
注13）。所以诗中说："他在体验 / 天国生活之前，/ 曾经经历过 / 地狱的生活。"

如不信奉上帝，

代价多么昂贵：

因为他在体验

天国生活之前，

曾经经历过

地狱的生活。

下面我要说

的那个光团，

位于睫毛弧顶端，

由于他真心忏悔

曾把死亡拖延。

现在他已得知，

上帝那永恒裁判，

不会因祈祷改变；

虔诚的祈祷只会

把今天改为明天。[5]

5　这里指犹大国王希西家（Hezekiah），他获重病将死，因祈告上帝而得延长15年寿命，参见
《旧约·列王纪下》第20章第1—6句。但丁在《炼狱篇》第六曲"祈祷的效用"一节，已就
祈祷能否改变上帝的决定询问过维吉尔，参见《炼狱篇》第六曲注10。这里但丁又说："虔
诚的祈祷只会／把今天改为明天"，即只能改变一下执行的日期，不能改变判决本身。

他之后的那个人，[6]
带着法律和鹰旗
前去做个希腊人，
把故都让给牧师，

尽管他心怀善意，
却带来恶劣后果。
现在他已经得知，
由他善行产生的

那些罪恶行径，
对他虽无伤害，
却让基督世界
遭到巨大破坏。

睫毛弧的倾斜处
你见的那个光团，
是那西西里岛屿
怀念的国王威廉，[7]

6　指罗马皇帝君士坦丁大帝，他把罗马赠给教皇，史称"君士坦丁赠赐"。但丁认为"君士坦丁赠赐"是教皇掌握世俗权力的开始，也是教会腐败的根源。参见《地狱篇》第十九曲注21。

7　威廉国王指威廉二世（Guglielmo II，1166—1189年间任西西里和普利亚国王，有"仁君"的美誉，很受当地人称赞与怀念），他属于本书第十八曲中提到的圭斯卡德家族，来自法国北部的诺曼底公国（参见该曲注7）。查理二世和费代里科二世，则是但丁在本书第十九曲提到的两个暴君，参见该曲注19和注20。

现在那里的百姓，

正在为查理二世

和费代里科二世

二人的暴政哭泣。

现在他已知道，

他那光辉外表，[8]

表明上帝钟爱

君王公正之道。

尘世里经常误判

的芸芸众生中间，

怎么会有人相信，

构成睫毛的光团

第五个竟然是

那位里佩乌斯，[9]

特洛亚的战士？

有关神恩的事，

8 指包裹着他灵魂的那闪闪发光的光团。

9 里佩乌斯（Ripheus）是维吉尔的作品《埃涅阿斯纪》中的人物，特洛亚的一名战士，在抵抗希腊人的战斗中牺牲。维吉尔称他是"最公道，最有正义感"的人。但丁把这样一个普通的异教徒放在天国里，出乎人们预料。但是上帝降福给他，使他比世人更多地了解到上帝的恩泽，然而上帝的所为神秘莫测，被造之物，包括天使在内，都不能彻底了解。"神恩的秘密／非被造物智力能及"这一观点，但丁曾多次提到，例如在本书第十三曲末尾即这样说过，另见本曲最后一节。

现在他知道的

比世人多得多，

然而，神恩的秘密

非被造物智力能及。"

犹如一只云雀

在天空中翱翔，

先是放声高歌，

然后沉默欣赏

那歌曲的余音，

感到满足异常。

此时鹰的形象

给予我的印象，

也像那云雀一般

满足地沉静下来：

因为它前面所言

都符合上帝意愿。

图拉真和里佩乌斯

虽然我的怀疑，

对于神鹰来说，

仿佛罩着玻璃，
应能看得清晰，

但因问题紧迫，
不能等待沉默，
于是我脱口而出：
"那都是因为什么？"

我那怀疑的分量
迫使我这样提问，
而且我见光团们
一个个都很兴奋，

准备回答我提问。
随后，那只神鹰，
为不让我久等，
睁大明亮眼睛，

立即回答我说：
"上面那些因果，
虽然由我说出，
你未亲自目睹，

但你依然相信，
却不知其成因。

你就像那种人，

知道事物名称，

但是事物的本质，

如果别人不告知，

你自己无法弄清。

进入天国靠努力，[10]

靠炽热的爱、

强烈的希望，

只有这二者能够让你

实现征服天国的愿望；

这里所谓‘征服’，

不是你们人世

人征服人的方式，

而是指上帝乐意

被自身意志征服；

因此，‘征服’意味

胜利者变成信徒。

睫毛弧中第一位

---

10 这句来自《新约·马太福音》第11章第12句："从施洗约翰的时候到如今，天国是努力进入的，努力的人就得着了。"但丁进一步解释说，所谓努力包括炙热的爱和强烈的希望，有了这二者就能"实现征服天国的愿望"；而所谓"征服"就是"变成信徒"。

和第五位光团，[11]
令你感到惊异：
他们闪耀天国
如同那里天使；

他们脱离肉体时，
并非像你想象的，
已经不是异教徒，
而是坚定的教徒，

坚信转世的耶稣，
前者在蒙难之前，
后者于蒙难之后；
图拉真已入地狱，

不能靠自己祈求
返回自己的尸骨
（那是对强烈希望
赐予的一种报酬）；[12]

教皇[13]的强烈希望
赋予祈祷以力量，

11　指图拉真和里佩乌斯。图拉真死于117年，即耶稣蒙难之后；里佩乌斯死于特洛亚战争期间，
　　当然是耶稣蒙难之前。"他们脱离肉体时"，即他们的灵魂脱离肉体时，他们死的时候。
12　此句与前面的诗句"靠炽热的爱、/ 强烈的希望"对应。
13　指格列高利一世。

促使上帝同意

他再回到阳世。

我说的这个灵魂[14]

返回自己的肉体，

不久以后就皈依

能救赎他的上帝；

而且他的信仰

把炽热的爱燃起，

第二次死亡[15]之际，

已配进入天堂。

另外那个灵魂，[16]

承受圣恩启迪，

在世时把全部

的爱献给正义，

因此上帝再次

施恩，令他张目

看到未来救赎，

并且成为信徒

14　指图拉真。

15　即灵魂的死亡，参见《地狱篇》第一曲注16。

16　指里佩乌斯。

（救世主的恩惠

是从深泉涌出，

泉底莫测深邃，

造物岂能看出）；¹⁷

自从他皈依之后，

就再也不能忍受

多神教的恶臭，

进而谴责那些

误入歧途的人士。

你在车轮的左边

见过的那三位女仙，¹⁸

千年前已给他施洗。

宿命

啊，宿命，你的根源

离人的视线多么遥远！

万物的首要原因，

人眼不能全看见。

17　"造物"即被造物，人，普通人。

18　指《炼狱篇》第二十九曲讲的凯旋车车轮左边代表信、望、爱三圣德的仙女，参见《炼狱篇》第二十九曲注27。那三位仙女，早在洗礼这个礼节形成前一千年就为里佩乌斯行使了洗礼。就是说，里佩乌斯不仅成了基督，而且行了坚信礼。

你们这些凡夫俗子，

对事物做出判断时，

应该做到谨言慎行；

即使我们[19]这些福灵，

虽然能够观照上帝，

也不知道他会选谁。

但我们这种局限

令我们非常惬意：

我们的福就是

完善这种局限；

把上帝的意志

变成我们意志。"

为了让我治疗

我的目光短浅，

这就是神鹰

给我的良药。

犹如一位好琴师

弹拨琴弦为歌手

---

19 从这里开始神鹰讲话改用"我们"，意思是它此时所指不再是木星天里的众灵魂，而是整个
    天国里的灵魂。

伴奏，让琴弦颤动
伴随那悦耳的歌喉，

使歌声优美动听；
同样，我曾看见，
神鹰讲话的时候，
那两个幸福光团[20]

让他们的火焰，
随同鹰的语言
同时光耀闪闪，
犹如一双眼睛

张合协调一致。

20　指图拉真和里佩乌斯。

第二十一曲

我看见许多光团
沿阶梯向下走来，
让我觉得天上所有的
星辰都在向这里涌来。

　　进入土星天后，但丁专注地望着贝阿特丽切，发现她不像以前那样，在进入新的天体时，面容会变得更加喜悦、发出更加绚丽的光彩，为什么呢？贝阿特丽切解释说：她的喜悦，亦即她的目光，会随着在天国的不断上升，会变得越来越强，"你若未经过锻炼，/对于这强烈光线，/你那种凡人视力，/就像干枯的树枝，/遇雷电会被烧毁"。所以她奉劝但丁："快让你的心灵/跟随你的眼睛，/并让你那双眼睛/像土星这面镜子，/把这里一切

映象 / 全收进你眼帘里。"土星的外文名称叫萨图恩（Saturn），而萨图恩在古罗马神话中是农神，相当于古希腊神话中的克洛诺斯，是朱庇特（古希腊神话里的宙斯）的父亲。但丁在土星天里安排的灵魂，都是生前进行静观的人。就是说，贝阿特丽切要但丁向这些人学习，学习他们的静观精神，并锻炼自己的眼睛。

但丁听从贝阿特丽切的建议，举目观看，发现土星天里"竖着一金色梯子，/ 高得我目力不及；/ 我看见许多光团 / 沿阶梯向下走来"。当那些光团在阶梯上停下来后，便不愿再离开那里。此时有个离他们最近的光团，"发出耀眼光辉"；但丁明白，这是要和他交谈。然而但丁需要等待贝阿特丽切发出指示：什么时候开口，什么时候截止。贝阿特丽切什么都还没有说，但丁也不好马上就向那光团提问。圣女知道他为什么沉默不语，便鼓励他说："倾诉你 / 热切的愿望吧！"

于是但丁提出第一个问题："告诉我，你为啥 / 在离我们这么 / 近的地方停下？/ 并请你告诉我，/ 下面各层天里 / 那优美的合唱，/ 这里为啥沉寂？"那光团回答他说："你的耳朵就像 / 你的眼睛那样，/ 都是凡人器官哪"，不习惯听这里的歌声；然后又解释说：他来到这里是要向但丁表示欢迎，"我来得这样快，/ 不是因为我的爱，/ 比其他光团的爱 / 更多或更加炽热，/ 其实它们的爱和 / 我的爱一样多，/ 也一样的炽热"，"但是上帝的至爱"，让我们"做他的忠实奴仆，/ 完成他赋予我们 / 每一个人的任务"，就是说他是来执行上帝赋予他的任务的。

但丁接着提出第二个问题："你的同伴中间，/ 为什么选定你 / 承担这个任务呢？"然而光团却回答他说：享受天福的人，虽然能够看到上帝光辉的至尊本质，但是但丁提的问题连上品天使也解答不了。因为上帝的安排与规定，不论是人或者天使都不会明白。所以他奉劝但丁："等你回到人世，/ 转述此事之时，/ 切莫让人冒失 / 朝此方向迈步。"意思是：让人们不要探索如此深奥的问题。另外，他还要求但丁"想一想，/ 这里人做不到的事，/ 靠下界凡人的智力 / 又怎么能够做到呢?"于是但丁"只好把疑问搁置，/ 谦卑地问他是谁"。

于是那光团第三次开口讲话，做自我介绍说：他就是圣彼得·达米安，1007年生于拉文纳，曾任过教师，1035年放弃教师职务，进入亚平宁山区丰特·阿韦拉纳隐修院隐修，表现优秀，被选为该隐修院院长，1057年被任命为枢机主教，1072年死于法恩扎，先后支持教皇尼古拉二世和亚历山大二世对教会进行改革。他一生反对教会和世俗政权腐败堕落，提倡教士过清贫生活，留下了不少颇有影响的著作，算得上是圣方济各等宗教改革者们的先驱。最后他谴责当时的那些高级教士包括教皇，生活奢侈糜烂，而且还抱怨上帝为什么会忍受这种现象。

土星天

我的眼睛又望着

圣女贝阿特丽切，

我的心灵也像

我的目光那样，

摆脱了其他一切念想。

圣女并不像以前那样，

脸上会现出微笑，[1]

她这样对我说道：

"假如我显示喜悦，

你就会像塞墨勒

被强光烧成灰烬；[2]

而我脸上的喜悦，

会随我顺着天梯[3]

攀上永恒殿堂的

---

1 微笑在这里表示"喜悦，发光"，前面但丁与贝阿特丽切进入新的天体时，贝阿特丽切的面容会变得更加喜悦，表现为发出更加绚丽的光辉。

2 朱庇特（宙斯）爱上忒拜城主、国王卡德摩斯的女儿塞墨勒，并与她生有一子，引起朱庇特妻子朱诺的愤怒。朱诺为了报复，怂恿塞墨勒要求朱庇特显现真容；朱庇特现出真容时，真容发出雷电将塞墨勒烧死。参见《地狱篇》第三十曲注1。

3 关于"天梯"，参见本书第十曲注19或《旧约·创世记》第28章第12句："梦见一个梯子立在地上，梯子的头顶着天，有神的使者在梯子上，上去下来。""永恒的殿堂"，即上帝所在的净火天。

高度，不断增强，

就像你已看见的。

你若未经过锻炼，

对于这强烈光线，

你那种凡人视力，

就像干枯的树枝，

遇雷电会被烧毁。

我们已经上升到

这第七重土星天里，

与狮子座[4]处在一起；

狮子座的炙热

与土星的寒冷，

二者光芒混合，

朝向下界发射。

快让你的心灵

跟随你的眼睛，

<hr>

4　据近代意大利天文学家安杰利蒂（Angelitti，1856—1931年）计算，1301年时土星与天狮座相连接。狮子座是炙热的，土星是寒冷的（参见《炼狱篇》第十九曲注2和本书第十八曲注10），二者的光芒混合在一起，即以一种柔和的光向下界发射。原著注：但丁在这里隐喻土星的寒冷与狮子座的炙热混合向下界发射温和的光，或者说向下界施加的影响，是让受土星天影响的人，把静观的倾向与热切的期望相互结合起来。

并让你那双眼睛
像土星这面镜子，

把这里一切映象[5]
全收进你眼帘里。"
当我把注意力转移
到另一件事物上时，

我希望人能了解，
观看圣女的颜面
能使我非常喜欢，
现在我虽把双眼

暂从她颜面移开，
以听取她的意见，
而听从她的意见
更能够让我心欢。

金色的天梯

围绕世界运转
的这重土星天，

5　指出现在土星天里的福灵们。

萨图恩[6]是它名字，

在他的国度里面

一切罪恶均灭绝；

我看见这重天里

竖着一金色梯子，[7]

高得我目力不及；

我看见许多光团

沿阶梯向下走来，

让我觉得天上所有的

星辰都在向这里涌来。

它们好像那乌鸦，

在习性的驱使下，

太阳刚刚升起时，

纷纷飞到阳光下，

烘晒冻僵的羽翼；

然后，有的飞离，

6　萨图恩（Saturn），罗马神话中的农神，相当于古希腊神话中的克洛诺斯（Cronus）。传说他主宰世界的时代，是人类历史上的黄金时代，故诗中说"在他的国度里面，/ 一切罪恶均灭绝"。在古罗马神话里萨图恩又是朱庇特（古希腊神话里的宙斯）的父亲。同时，土星的外文名称也叫萨图恩，所以在但丁的天国体系里，土星的地位较高（第七层）。

7　"金色梯子"即前注3中说的"天梯"，请参阅。

有的返回栖息地，

有的在空中盘旋，

不愿意离开那里。

我见这些发光体

一停在某级梯阶，

便不愿离开那里。

圣彼得·达米安[8]

那个停在距离

我们最近的光团，

发出耀眼的光辉，

令我暗自寻思：

"我已非常明白

你显示出的爱。"

但是我要等待

圣女发出指示：

8　圣彼得·达米安（Saint Peter Damian），1007年生于拉文纳（Ravenna），曾任过教师，1035年放弃教师职务，进入亚平宁山区丰特·阿韦拉纳（Fonte Avellana）隐修院隐修，表现优秀，被选为该隐修院院长，1057被任命为枢机主教，1072年死于法恩扎（Faenza），先后支持教皇尼古拉二世和亚历山大二世进行教会改革。他一生反对教会和世俗政权腐败堕落，提倡教士过清贫生活，留下了不少颇有影响的著作，可以说是方济各倡导的宗教改革的先驱。

我该怎么开口

何时应该截止。

圣女尚未表示，

我只好违心地

暂不提出问题。

圣女观照那位

洞察一切的上帝，

明白我沉默起因，

于是说："倾诉你

热切的愿望吧！"

因此我开始讲话：

"啊，幸福的灵魂哪，

你在光团中深藏，

如果按功德行赏，

我不配邀你作答，

请看在圣女面上

（她让我向你问话），

告诉我，你为啥

在离我们这么

近的地方停下？

并请你告诉我，
下面各层天里
那优美的合唱，
这里为啥沉寂？"

"你的耳朵就像，"
那灵魂这样回答，
"你的眼睛那样，
都是凡人器官哪，

这里没人歌唱，
与贝阿特丽切
没有表示喜悦，
原因都是一样。

我顺着神圣阶梯
一级一级地下降，
只是为了用语言
和包裹我的光芒，

向你表示欢迎；
我来得这样快，
不是因为我的爱，
比其他光团的爱

更多或更加炽热，

其实它们的爱和

我的爱一样多，

也一样的炽热，

如同它们的光芒

向你显示的那样。

但是上帝的至爱，

让我们执行主宰

世界的上帝命令，

做他的忠实奴仆，

完成他赋予我们

每一个人的任务，

就像你从我的情况

可以看出来的那样。"

于是我回答他说：

"啊，神圣的光芒，

我看得很清楚，

在你们天国里，

自发的爱[9]已足以

让你们遵从神意；

---

9 指天国里享天福的灵魂对上帝自发产生的爱，非上帝注入的爱，也会让他们自发地遵从上帝
   的意志。

但是令我难解的
是这样一个问题：
你的同伴中间，
为什么选定你

承担这个任务呢?"
我的话还没说完，
就看见那个光团
以它自己为轴心，

快速地开始旋转，
酷似旋转的磨盘；
接着，藏在光团
里的灵魂回答说：

"上帝的恩泽之光
穿透我外边光团，
直接对我照射，
和我视力结合，

把我能力提高，
让我能够看到
那恩泽之光借以
产生的至高本质。[10]

10　指上帝。

那使我闪闪发光的

喜悦，就来自这里，

因为我目光的亮度

与那至高本质一致。

但是，天上最明亮的

灵魂，离上帝最近的

撒拉弗或称上品天使，[11]

也不能解答你的问题，

因为你所要求的答案，

深藏永恒法律[12]的深渊，

一切造物的目力

都不能看到那里。

等你回到人世，

转述此事之时，

切莫让人冒失

朝此方向迈步。[13]

心灵在这里受到

上帝的恩泽照耀，

---

11 撒拉弗或上品天使，在天使中等级最高，管理着水晶天（参见本书第二曲注22），离上帝所在的净火天最近，因此他们更能观照上帝，更了解上帝的意图。

12 "永恒法律"即上帝的安排与规定；"一切造物"这里指人与天使。

13 即奉劝人们不要探索如此深奥的问题。

在尘世里却受到，

各种罪孽的干扰，

因此，请你想一想，

这里人做不到的事，

靠下界凡人的智力

又怎么能够做到呢?"

他的话约束

我的求知欲，

只好把疑问搁置，

谦卑地问他是谁。

他便这样对我

第三次开口[14]说：

"意大利两海岸间，

离你的故乡不远，

那里巍峨群山，

山巅直插云间。

---

14 达米安第一次开口说话，是回答但丁的第一次提问：为什么你降落得离但丁和贝阿特丽切那
么近？为什么土星天里听不到其他各层天里的合唱？第二次开口说话，是回答但丁的第二次
提问：众多光团中为什么你达米安被选定来回答问题？这是达米安第三次开口讲话，回答但
丁的问题：你是谁？

其中有座高山

名叫卡特里亚，[15]

它的西北山麓

有隐修院[16]一个，

名叫圣克罗切，

专门祭祀耶稣。

我在那里隐修，

苦度寒冬酷暑，

仅以面包及

橄榄油充饥，

满足于沉思冥想，

以坚定我的信仰。

正是那座隐修院，

供给天国的出产，

曾经是那样丰富，[17]

此刻却变得寒酸，

---

15 卡特里亚峰（Catria），亚平宁山脉中的一座山峰，海拔1700米，位于翁布里亚大区的古比奥
    与马尔凯大区的佩戈拉（Pergola）之间，在但丁的故乡佛罗伦萨东边偏南一点，距佛罗伦萨
    不太远，所以诗中说"离你的故乡不远"。

16 即丰特·阿韦拉纳的圣十字隐修院（il convento di Santa Croce）。译文将圣十字音译为圣克
    罗切。

17 指那座隐修院曾经出了不少高僧，死后灵魂进入天国诸天。

过不了多长时间，

出产会变得全无。

在这座隐修院里，

我叫达米安，彼得，

在滨海圣母院里，

我则是罪人彼得，[18]

我戴上那顶帽子[19]时，

尘世生活即将结束，

戴那帽子的后人，

行为越来越可恶。

谴责高级教士

圣彼得和圣保罗

活着时赤足、消瘦，

---

18 关于这两个称呼，注释家们众说纷纭，有说是两个人，有说是同一个人。从上下文来看，后
者比较合理：从但丁描述的经历看，这里一直在讲圣彼得·达米安；因为达米安在自己的著
作中常常署名罪人彼得，另外，"滨海圣母院"（Monastero di S.Maria in Porto），位于亚得里
亚海边，建于1096年，即达米安死后，达米安的尸体就葬在那里，碑文对他的称呼就是"罪
人彼得"，所以我倾向这两种称呼指的是同一个人。

19 "那顶帽子"指枢机主教，戴上那顶帽子即担任枢机主教职务。这种称谓是教皇英诺森四世
（Innocent IV，1243—1254在位）时期产生的，1057年达米安被任命为枢机主教时，尚无
这种称谓，所以注释家们认为，这是但丁的失误。同样，诗中接下来说"尘世生活即将结
束"，也不准确，因为达米安死于1072年，就是说他自那以后又活了15年，而非"尘世生活
即将结束"。"戴那帽子的后人，/ 行为越来越可恶"，指后来担任枢机主教的人，贪腐成性，
与他主张的"清贫"不符。

任何人授以食物

他们都乐于接受；

现在的这些牧师，

却处处让人帮助：

两边要有人搀扶，

前边要有人领路；

他们的法袍拖地，

后面还要人抬起；

他们骑马出行时，

用长袍盖着坐骑，

结果是两头牲畜

披着一张皮走路。[20]

啊，上帝的耐心哪，

这你也能忍受住！”

听到他这番语言，

我看见许多光团

一级一级走下来，

边下移、边旋转，

20　指高级教士包括教皇骑在马上时，用长袍的前襟盖住马的脖子，用后襟盖住马的臀部，这样
　　他们及其坐骑都被长袍覆盖。达米安接着戏谑地说，他们仿佛“两头牲畜／披着一张皮走路”。
　　但丁对当时高级教士的描述，与圣彼得、圣保罗当初的“赤足”“消瘦”，形成鲜明对照。

他们每旋转一圈，
就变得亮丽一点，
最后都聚集到
这个光团周边，

然后发出一声吼；
那吼声洪亮无比，
我这里无法模拟：
没听懂它的意思，

却被它完全镇住。

第二十二曲

我就是把救世主
（他给我们带来真理
并让我们获得拯救）
的名字带上去的人……

　　但丁被达米安谴责高级教士的言辞和土星天里的灵魂们的怒吼震得发呆，转身向贝阿特丽切求助。贝阿特丽切安慰他说："你难道不知道，/ 现在是在天上？"并且说，那吼声是祈祷上帝给那些败类以惩罚，暗示教皇卜尼法斯八世必将受到惩罚，还说："你结束生命之前 / 会看到这些惩罚。"事实上，但丁梦游冥界在1300年，卜尼法斯八世1303年就被法国国王逮捕了。

然后贝阿特丽切劝但丁转身看其他那些灵魂，他们都是活着时赫赫有名的隐修士，诸如意大利修士圣本笃、埃及修士马卡里乌斯和创建了卡马尔多里隐修会的罗穆埃尔德。

　　但丁面对他们欲言又止，正"抑制欲望刺激；/担心贸然提问/让人觉得过分"时，圣本笃走上前来鼓励他说："你若像我这般，/知道包裹我们的/那一层火焰中间/正在燃烧的爱，/你就该把你的/想法表达出来。"但是，圣本笃并未等但丁说出自己的问题，接着说："但是为了让你/不至于因为等待，/耽误你那崇高的/觐见上帝的行程，/我现在就回答你，/尽管你还在犹豫，/尚未把问题提出。"

　　圣本笃于480年生于翁布里亚大区诺恰镇，十五岁时在拉齐奥的苏比亚科附近一个山洞中出家隐修；后来创建了本笃会，并制定了严格的基督教隐修制度。6世纪他在卡西诺传教时，那里有座供奉多神教阿波罗神的庙宇，那些尚未信奉基督教的愚昧的群众，常常去那里朝拜祈福；然而通过他的努力，那里民众终于改信基督教，并在那里修建了著名的蒙特卡西诺修道院。

　　但丁对圣本笃感激万分，希望能瞻仰一下他的真容。圣本笃却回答他说："兄弟，你崇高的/愿望，将会在最后/那重天上如愿以偿"，即在净火天里会得到满足。他接着说："我们的这个阶梯/就一直通向那里，/你那凡人的眼睛/看不到梯子的顶，/但族长雅各曾梦见/那梯子直通净火天。"接着他感慨地说：现在的教士不思修行，修道院那"供人祈祷之所/现在已经变成/盗贼们的贼窝，/僧袍也都变成/掩盖罪行的外衣"。想当初圣彼得开始传教、方济各建立修会，都清贫如洗，可现在的教士却贪图钱财，不仅放高利贷，还攫取不应该属于他们的教会的财富，使教会和修会都走向了反面。上帝当初能使约旦河向后倒退，能使红海海水向两边躲避，现在就不能挽救蜕化变质的修会吗？肯定会的。圣本笃说完这番话后，便和其他灵魂一起沿着天梯返回净火天。

但丁跟随贝阿特丽切也飞速登上那金色的梯子，进入恒星天，其速度超过尘世按自然规律上升或下降等运动时的速度，所用时间之短，比把手指伸进火里并抽回这个短暂行动所需的瞬间还要短。恒星天当时与但丁的星辰双子座在一起，所以但丁吁请双子座赐予他更多德行，以迎接上帝在净火天里对他的考验。但是贝阿特丽切却告诉他"觐见上帝前，/ 你需要先回视下面，/ 看看我已领你越过 / 多么大的宇宙空间"。

但丁应贝阿特丽切要求，回看已经游历的诸天，它们自下而上的顺序是：月亮天、水星天、金星天、太阳天等，谈了自己的各种感受，其中最重要的一点是：地球小得可怜，人们为了争夺控制权，"长期残酷战斗"。

最后，但丁又转过身来望着贝阿特丽切那双美丽的眼睛，表明他已完全摆脱尘世的烦恼，准备好去迎接上帝的最后检验。

福灵们的吼声

我被惊得发呆，
转身朝向圣女，
像个受惊的孩子
向信赖的人求助；

圣女仿佛是慈母，
用她惯用的言语
安慰面色苍白的、
气喘吁吁的儿子，

她鼓励我说道：
"你难道不知道，
现在是在天上？
你难道不知道，

在神圣的天国里，
一切行为都应是
一心向善的努力？
既然他们的吼声

让你惊吓不已，
你就应该知道，

为啥土星无歌，

为啥我没微笑；[1]

假如你能够听懂

他们的吼声，知道

他们为什么祷告，

你现在就已知道

上帝会如何处罚，

你结束生命之前

会看到这些惩罚。[2]

上帝把宝剑砍下，

不会早也不会迟，

那只是受罚者的

感觉：担心它的

会觉得来得太早；

期盼它的则会

觉得来得过迟。

1　指本书第二十一曲但丁进入土星天后，发现贝阿特丽切脸上没有微笑，土星天里也没有前面
　　那些天体里众魂灵的合唱（参见该曲开头"土星天"一节）。意思是：既然他们的吼声已让
　　你惊吓不已，如果我再笑，加上众福灵们再合唱，你不就更害怕了。

2　如果你听懂了他们的吼声表达的意思，你就会知道上帝会怎么处罚那些罪人。原著注：在这
　　里，但丁暗示1303年法国国王腓力四世派兵到卜尼法斯八世的家乡阿纳尼逮捕卜尼法斯八世
　　之事（参见《炼狱篇》第二十曲注21）。

现在请你转身

朝向其他的人！

你若按我说的

转动你的眼睛，

便会看到一些

名声显赫魂灵。"

我按照她的心意，

转身把目光转移，

看见有上百个发光体，

相互辉映，十分美丽。

圣本笃

我一直站在那里，

仿佛那么一个人：

抑制欲望刺激；

担心贸然提问

让人觉得过分。

那些光团中间，

最大最亮光团，

走到我的面前，

来满足我尚未
讲出来的心愿。
随后我便听见，
那个光团里面

有个声音说道：
"你若像我这般，
知道包裹我们的
那一层火焰中间

正在燃烧的爱，
你就该把你的
想法表达出来。
但是为了让你

不至于因为等待，
耽误你那崇高的
觐见上帝的行程，
我现在就回答你，

尽管你还在犹豫，
尚未把问题提出。
卡西诺小镇坐落
在卡伊罗山山麓，

山顶上有座庙宇[3]，

愚昧之人常光顾；

我[4]就是把救世主

（他给我们带来真理

并让我们获得拯救）

的名字带上去的人；

在上帝恩泽感召下，

我终于使那些愚人

抛弃骗人的邪教。

这里其他的花朵[5]

生前过冥想生活，

至爱在心中燃烧，

结出圣洁的花果。

这是马卡里乌斯，[6]

3　卡伊罗山（monte Cairo）位于拉齐奥和坎帕尼亚大区之间，山脚下有座小镇叫卡西诺（Cassino）。6世纪时，那座山的山顶上有座供奉多神教阿波罗神的庙宇。当时那些未信奉基督教的愚昧的群众，常常去那里朝拜祈福。

4　圣本笃（Saint Benedict），480年生于翁布里亚大区诺恰镇（Norcia），15岁时在拉齐奥的苏比亚科（Subiaco，位于罗马东边）附近一个山洞中出家隐修。随着追随者的增多，他便建了12所隐修院，制定了严格的基督教隐修制度，将追随者分散在这12所隐修院中。后来他在坎帕尼亚的卡西诺小镇传教，教化那里民众，推倒那座多神教庙宇，建起一座修道院，即著名的蒙特卡西诺修道院（Convento di Montecassino，至今仍是著名的旅游景点），于约547年逝世。

5　指其他那些与圣本笃一起到来的灵魂，他们生前都是伟大的隐修士（过冥想生活），心中燃烧着神圣的爱（至爱），因此他们的言和行（花与果）都是圣洁的。

6　马卡里乌斯（Macarius，约300—390年），著名埃及隐修士。

这是罗穆埃尔德，[7]

那些是我的兄弟，

他们一心一意

待在隐修院里。"[8]

于是我对他说：

"你和我讲话时

流露出的感情，

以及你们容颜

显示出的热情，

令我信心增添，

就像灿烂阳光

使玫瑰花怒放。

因此我向你请求

啊，慈父般的本笃，

请你让我知道，

我是否能得到

那样大的恩宠，

让我能够看到

7　罗穆埃尔德（Romuald，约950—1027年），意大利隐修士，长期在卡马尔多利隐修院隐修；由于他主张独修，便在圣本笃隐修会的基础上创建了卡马尔多利隐修会。关于该隐修院，参见《炼狱篇》第五曲注15。

8　即那些遵守圣本笃修会会规的隐修士，他们摆脱了浮华世事，足不出隐修院，一心一意在修道院里潜修。

你那不被光团

遮掩的形象呢?"

于是他回答说:

"兄弟,你崇高的

愿望,将会在最后

那重天上 [9] 如愿以偿,

在那里我和其他兄弟

也将满足我们的愿望;

只有在净火天里,

每个灵魂的愿望

才会变成完美的、

成熟而且完整的;

只有在净火天里,

每一个组成部分

都是静止不动的,

停留在各自位置, [10]

9　指净火天。

10　这两个诗段读起来比较难懂,需要说明一下但丁的理念:转动的东西之所以转动,是因为它
　　还缺少某种为其自身存在而必不可少的某种东西;净火天之所以永恒不动,因为它的各个组
　　成部分如此完美,不再需要为达到完美而转动了。另外,但丁在《飨宴》第三篇写道:"基
　　督教教徒认为,净火天是不动的,因为它的每个部分都有它需要的东西。"就是说它已经很
　　完美了,一切愿望都已经得到满足,即诗中所说:"在那里我和其他兄弟／也将满足我们的愿
　　望。"关于"愿望",他还说:愿望"与天福是不能共存的,因为天福是尽善尽美的东西,而
　　愿望则是有缺陷的东西"。

因为它不在空间里，

也没有南极和北极；[11]

我们的这个阶梯[12]

就一直通向那里，

你那凡人的眼睛

看不到梯子的顶，

但族长雅各曾梦见

那梯子直通净火天，

他看见梯子之时，

上面有许多天使，

但是如今已无人

再愿意攀登此梯，[13]

因此我的会规，

若再传抄下去，

就是糟蹋纸笔；

那些围墙封闭

11　这两句诗是对净火天的进一步解释："空间"是亚里士多德的哲学概念，它包裹着物体，物体就是在它（空间）里面运动，而净火天仅存在于上帝的意识里，"不在空间里"是静止不动的"。"也没有南极和北极"，指净火天以下的九重天都有两极，而且是以两极为轴不停旋转。

12　参见本书第二十一曲注3。

13　圣本笃谴责那时本笃会的修士，说他们不愿在进行艰苦的隐修，所以下面诗句又说：再把他的会规传抄下去，"就是糟蹋纸笔"。

供人祈祷之所，[14]
现在已经变成
盗贼们的贼窝，
僧袍也都变成

掩盖罪行的外衣。
虽然，高利盘剥
违背上帝的旨意，
也不如这种风气：

攫取教会的收益。
这会让教士心迷，
因为教会保管的
财物，不属于教士，

不属于他们的亲戚，
不属于其他任何人，
仅仅属于信奉上帝
的、贫苦的穷人们。

芸芸众生肉体，
意志如此脆弱，
即使做件善事，
持续不会超过

---

14 指隐修院。

橡实发芽、长成

大树、结出果实，

整个这一过程

所需要的时日。

彼得开始传教，

没有金银财宝，

我建立隐修会时，

就靠清贫和祈祷；

方济各也是如此，

建立了他的修会。

倘若你再看一看

每个修会的开端，

然后再考察一下，

它们发生的变化，

你就会看出为啥

它们走向了反面。[15]

当然，按上帝心意，

约旦河向后倒退，

红海向两边躲避，

这比挽救蜕化的

---

15 指圣彼得开创教会、担任第一任教皇时没有金银，现在的教皇却富可敌国；圣本笃和圣方济
各创建修会靠祈祷和清贫，现今那些修士却追求享乐，都走向了反面。

团体更令你惊异。"[16]

说毕，他就返回。

他的伙伴聚集一起，

像旋风般飞上天去。

进入恒星天

那位温柔圣女，

仅用眼色示意，

让我跟随着她

登上金色梯子，

她那德行的能量，

战胜我肉体重量；[17]

在尘世按自然规律，

不论上升还是下降，

都没有像我现在

飞升得如此之快，

---

16 "约旦河向后倒退"和"红海向两边躲避"是著名的《圣经》故事，前者见《旧约·约书亚书》第3章第14—17句，后者见《旧约·出埃及记》第14章第21—29句。另外，《旧约·诗篇》第114首《逾越节之歌》第3句写道："沧海看见就奔逃，约旦河也倒流。"这些奇迹会"更令你惊异"，意思是：上帝这样的奇迹都能做到，何况挽救蜕化变质的修会呢？劝告但丁要有信心与耐心。

17 指贝阿特丽切的德行具有超自然的力量，超越但丁的体重；圣女仅仅用了个眼色，就能让但丁跟随她飞速登上那金色的梯子，其速度超过尘世按自然规律上升或下降等运动的速度，所用时间之短，比把手指伸进火里并抽回这个短暂行动所需瞬间还要短。

比把手指伸进火中

再缩回，还要来得快，

转瞬间已进入水晶天，

看见我已在双子座[18]里

（读者啊，但愿有朝一日，

我能够再次回到这里，

重观这些魂灵

向水晶天凯旋，[19]

为此我经常啼哭、

捶胸，悔过罪愆）。

吁请双子星座

啊，辉煌的星座，

啊，大能的明灯，

我承认我的才能

都来自你的厚赠

（且不论我的才能

是什么样的才能）。

18　但丁出生于1265年5月21日至6月21日之间，这期间太阳位于双子星座。据占卜家们的说法，
　　受双子星座影响的人，天生就有文学天才。参见《地狱篇》第十五曲注8、第二十六曲注1和
　　《炼狱篇》第三十曲注19。这里是说，但丁进入恒星天时，时间是5月21日至6月21日之间。

19　因为他们是从净火天下来的，对但丁表示欢迎，完成任务后再次返回净火天。

当我嗅觉初次闻到
托斯卡纳空气味道，

太阳作为生命之父，
也与你们升降一起。
现在我因上帝特许，
进入旋转的天国里，

然后又被差遣
来到你们地盘。
因此我的灵魂
请求你们应允，

赋予我更多德行，
以度过强烈吸引
我的那最后关口。"[20]
贝阿特丽切开口：

"现在你离上帝
已经非常接近，
因此你的视力
应该明亮敏锐；

---

[20] 即进入净火天，接受上帝的检验。

但是，觐见上帝前，

你需要先回视下面，

看看我已领你越过

多么大的宇宙空间，

为的是让你心里

尽可能充满欢喜，

去追随那群灵魂，

他们正返回那里。"[21]

回顾已走过的路

我转过脸来回看

已经历的七重天，

地球如此之小，

不禁觉得好笑；

现在我完全称赞

鄙视地球的意见，

21　追随那些正返回净火天的灵魂，见前注19。

心向他处的人

才是英明的人。²²

我看见那月亮

闪闪烁烁发光，

没像我以前

想象的那样：

它上面的斑点，

源于那里密度

浓密或者稀疏。²³

现在我能观看，

啊，许配里昂啊，

你儿子的光线；²⁴

---

22 要理解这段诗，需要了解一下古罗马政治家兼作家西塞罗（Cicero，公元前106—前43年）的著作《西庇阿言论集》（*Somnium Scipionis*），关于西庇阿，参见《炼狱篇》第二十九曲注25。该书第三章记载了西庇阿下面这段话："我觉得地球本身竟是如此微小，至今令我们帝国感到耻辱。"当时有种看法，认为地球很小，因此看不起地球。该书第六章还有这样一段话："既然在你看来，世人所处之所确实很小，那么你就应该幡然醒悟，永远默思这些天国的东西，而轻视尘世的东西。"但丁这里所谓"心向他处的人"，即"默思这些天国东西"的人，他们才是"英明的人"。意思是，但丁号召人们过冥想生活，出家隐修，做圣本笃那样的人。

23 但丁曾怀疑月亮上的斑点是因为月球的质量有的地方浓密、有的地方稀疏，参见本书第二曲"月球上的斑点"一节。现在但丁已进入恒星天，应贝阿特丽切要求，回看已经经历的诸天，它们自下而上的顺序是：月亮天、水星天、金星天、太阳天等。但丁发现月亮天不像他从前看见的那样，上面有许多斑点；因为现在他是从上面看月亮，看见的是月亮的背面，而月亮的背面闪闪发光，没有斑点。

24 许配里昂（Hyperion），太阳神的父亲，参见奥维德《变形记》第四章。"你儿子的光线"指太阳的光线，意思是说，但丁现在已经受到锻炼，目力大增，可以面对太阳那强烈的光线，因此也能看见水星和金星在太阳附近旋转，因为这两个星体比起其他星体距离太阳最近。

看见水星、金星

在它附近旋转。

最后我还看见

木星位于火星

与土星的中间；

火星热如火焰，

土星冷如冰雪，

木星居其中间

调和爷孙冷热。[25]

我也能够看见

它们变换位置。[26]

所有七个天体

都已向我展示，

它们体积大小，

它们速度快慢，

它们相互之间

25 "火星热如火焰"，参见《炼狱篇》第二曲注3、本书第十八曲注10；"土星冷如冰雪"，参见
《炼狱篇》第十九曲注2和本书第十八曲注10。另外，土星的外文名称是Saturn，在古希腊和
古罗马神话故事中他是宙斯的父亲；火星的外文名字是Mars，与战神马尔斯同名。在神话里
战神马尔斯是宙斯的儿子，所以诗中又称他们二者为"爷孙"。"调和爷孙冷热"，即木星光
线柔和，温度适中，是调和了土星的冷与火星的热。但丁在《飨宴》第二篇中写道："木星
是整体上光线柔和的星辰，介于土星的寒冷与火星的炙热之间。"
26 即它们在宇宙中相对恒星天发生的位置变化，参见古代天文学家提出的"本轮运动"。

距离有多么远。

我随着双子座

围着地球旋转，[27]

发现地球上面

有人居住面积，

在广袤宇宙间

仅是小小一点

（尽管它的上面

有一座座山丘

和一条条河流），

人们为了握有

控制它的权力，

长期残酷战斗。

然后我把双眸，

再次转向圣女

那双美丽眼睛。[28]

27　按亚里士多德的地心说，宇宙中的天体都围着地球旋转。

28　希望从圣女的眼里看到将要发生什么事情。

第二十三曲

你看那花园里面，
基督的光辉已使
千百种花朵盛开；
其中有那支玫瑰，
圣子在她身躯里
转化成肉身耶稣……

　　当但丁回望贝阿特丽切时（见本书第二十二曲结尾），看见圣女仿佛小鸟，夜间在鸟巢边守护幼鸟，天快亮时飞到树梢，准备外出觅食。圣女"伫立而且关注 / 天穹最高之处——/ 南方那片天际"，正等候观看基督与圣母回归净火天那一幕。

接着，但丁歌颂基督耶稣，歌颂基督转世创造的业绩。贝阿特丽切对但丁说："快看那支凯旋队伍！/他们是基督蒙难得救，/同时也是各重天的/影响所获得的果实。"但丁向那些获救的灵魂望去，看见他和圣女头顶上，亦即在那些福灵上方，也有个太阳即耶稣基督，把那些光团点亮，"如同尘世太阳/把群星统统点亮"。但是耶稣这个太阳显得那么明亮，照射到但丁眼睛时，让但丁无法承受。贝阿特丽切解释说："让你致盲的光照，/世上万物都无法抵挡，/它里面的智慧与力量，/曾开辟一条通道，/把天与地连接上"，即圣子转世变成耶稣，为拯救人类以身殉道，让人类死后灵魂才又有可能进入天国。

但丁在天国已经待了一段时间，原来不能看圣女微笑的眼睛，现在视力已经增强，所以贝阿特丽切呼吁他："睁开你的眼睛/看我现在神情：/你能看见这些，/说明你的眼睛/视力已经增大，/现在你能观照/我的微笑容貌。"然而但丁此时非常激动，觉得自己的灵魂"已非此前魂灵"，它脱离了但丁的肉身，做了哪些事情，但丁已记忆不清。另外，他也觉得描述圣女此时的容貌，这一任务十分重大，他作为一个凡人，即使九位缪斯哺育的所有诗人都来帮助他，他也无法胜任。

这时圣女又对但丁说："你为什么不转脸/去看那美丽花园？/是因为我的容颜/让你如此地迷恋？/你看那花园里面，/基督的光辉已使/千百种花朵盛开。"这里所谓"美丽花园"和盛开的花朵，就是指前面说的那支凯旋队伍，在基督光辉的照耀下闪闪发光（盛开）。贝阿特丽切非常强调那朵代表圣母的玫瑰和代表那些圣徒们的百合花。然而基督的光辉过于耀眼，但丁只好请求基督，"请你进入净火天，/给我留一锥之地，/让我柔弱的双眼/能观看这些光团"，观看这些盛开的花朵。

接下来但丁歌颂圣母：马利亚是那些光团中最大、最亮的光团，因为她的贡献最大，超越一切圣徒与世人。当但丁刚看清这颗明星时，"从

上面天空里面 / 便降下一个光环, / 类似于一顶王冠, / 在她头顶盘旋, / 像是给她加冕"。加百利天使带着一顶后冠来给马利亚加冕，还一边唱着歌"歌曲刚一结束, / 所有其他光团 / 便同时欢呼 / 马利亚圣母。"

　　但丁欲观察圣母从他们所在的恒星天，穿过第九重天即水晶天，进入上帝所在的净火天这一过程，但"第九重天好似 / 一件巨大皇袍, / 笼罩着下面天体"，就是说它像个凹状物，体积巨大且深厚，内沿在但丁他们头顶上面，离但丁他们所在的地方非常遥远，远得无法看见。但丁的眼睛无法追随圣母进入净火天这一过程，但是他却看见圣彼得率领着《旧约》《新约》的 / 所有圣徒一起, / 向净火天回归"。

贝阿特丽切的期待

犹如一只小鸟，
枝杈之间筑巢，
夜色鸟巢笼罩，
巢边守护幼鸟，

盼望太阳升起，
外出为雏觅食；
不管多苦多累，
晨曦来临之时，

提前飞上树顶，
怀着期盼心情，
眼睛凝视东方，
等候天空放亮。

我的那位圣女，
此时也是如此，
伫立而且关注
天穹最高之处——

南方那片天际，[1]
太阳在那里时，

1　指贝阿特丽切望着南方，等候天亮。后文所说"太阳在那里时／运动最为缓慢"是人的一
　种错觉：中午时太阳运转的速度，比早上或晚上太阳升起或降落时的速度缓慢。

运动最为缓慢。

见她专注如此，

我的心情就像

那样一种人士：

愿望虽未实现，

憧憬令他欢喜。

歌颂基督

但是我等待的时间，

与看到天亮的时间，

中间相距非常短暂。

此时贝阿特丽切说：

"快看那支凯旋队伍！[2]

他们是基督蒙难得救，

同时也是各重天的

影响所获得的果实。"

我见圣女此时

容光焕发面容、

2　指上一曲说的从净火天下来向但丁表示欢迎后返回净火天（凯旋）的灵魂们，他们因为基督蒙难获得拯救，也是受各重天的影响最终修成正果，进入天国的人士，即诗中说的"各重天的／影响所收获的果实"。

喜气洋溢秋水，
令我感到词穷，

只好暂且省略。
圣女像那月夜，
群星布满霄汉，
月兔展露笑脸；

也如同尘世太阳
把群星统统点亮。
我见我们的头顶上，
也有这么一个太阳[3]

把这些光团点亮；
它显得那么明亮，
照射到我眼睛时
我无法承受其光。

哦，贝阿特丽切，
和蔼可亲的向导！
此时她对我说道：
"让你致盲的光照，

3　指耶稣基督。

世上万物都无法抵挡，

它里面的智慧与力量，

曾开辟一条通道，

把天与地连接上。[4]

世人对这条道路

已经期盼了很久。"

闪电本是湿热空气，[5]

膨胀到达一定程度，

云层容纳不下时，

便闪开一个口子，

让雷电经它出来；

但雷电一反常态，

不是奔上火焰带，

反而奔向地表面。[6]

4　指亚当和夏娃偷吃禁果被驱逐出天国之后，人死后灵魂不能进入天国，人类便长期祈求上帝解除这条禁令。为满足人类这一愿望，上帝决定派遣自己的儿子——圣子耶稣降临人世，替人类赎罪。基督耶稣蒙难之后，人的灵魂才又有可能进入天国（参见《炼狱篇》第十曲注6）。所以诗中说耶稣基督"曾开辟一条通道／把天与地连接上"。

5　根据亚里士多德的物理学，地球上出现的种种自然现象，都与地下的气体有关，闪电就是云层中的湿热空气不断膨胀，最后冲出云层而形成的。参见《炼狱篇》第二十一曲注10。

6　但丁在《飨宴》第四篇中写道："每一事物……都有其特殊的爱。正如简单的物体本身具有天生对自己的地区的爱一样，……火具有对上方那个围着月亮天的圆圈（指火焰界、火焰带）的爱，因此它总是向上升。"参见《炼狱篇》第十八曲注6。雷电也属于火焰，可它不向上奔上火焰带，却向下朝地面冲击。

我的灵魂亦然：
因为饱食珍馐，

变得强大起来，
已非此前魂灵，[7]
做了哪些事情，
我已记忆不清。

"睁开你的眼睛
看我现在神情：
你能看见这些，
说明你的眼睛

视力已经增大，
现在你能观照
我的微笑容貌。"[8]
圣女的这番话

令我感激不尽，
决定将其写进
记录往事的书里，
令其长存于人世；

7　"珍馐"指精神食粮。但丁的灵魂因食用精神食粮，已脱离自身，变得与以前不一样了。

8　但丁进入土星天后，发现贝阿特丽切脸上没有了微笑；贝阿特丽切解释说，那是因为但丁的目力那时还不能承受她的微笑，参见本书第二十一曲开头"土星天"一节。进入恒星天以后，但丁"因为饱食珍馐／变得强大起来"，视力也随之大增，已经能够承受贝阿特丽切的笑容了。

那时我的情形，

就像那样的人：

刚从梦中苏醒，

回忆梦中情景，

但是枉费心机，

什么也想不起。

波林里亚及其

姐妹[9]，用她们那

最甘美的乳汁，

哺育众多诗人

（他们著作颇多），

即使这些诗人

都来给予我帮助，

我也不能歌颂出

圣女美丽笑容及

与其相应神态的，

哪怕是千分之一；

因此，这神圣诗篇

在描写天国之时，

不得不跳过这点，

9　波林里亚（Polymnia），九缪斯之一，主管颂歌；"姐妹"即其余的八位缪斯。

犹如一个人已发现
他前面的道路已断。
但是，谁若设想一下，
这个主题如此重大，

承担任务的人士，
仅有副凡人肩背，
已经被压得颤巍，
绝不会对他责备：

这是段险恶航路，
不适合狭小舟楫，
吝惜力气的船夫
也不会贸然进入，

只有勇猛的航船，
才可能由此穿过。
这时圣女对我说：
"你为什么不转脸

去看那美丽花园？
是因为我的容颜
让你如此地迷恋？
你看那花园里面，

基督的光辉已使

千百种花朵盛开；[10]

其中有那支玫瑰，[11]

圣子在她身躯里

转化成肉身耶稣；

那里还有百合花

他们用芳香开路。"[12]

我对圣女这番话，

绝对是言听计从，

于是我转过脸面，

让我柔弱的眼睛

接受这光芒考验；[13]

犹如有时在人世，

太阳透过云层的

缝隙照射着草地，

看阴影下的小花。

---

10 "花园"这里指天国，"千百种花朵"指在天国里享天福的福灵，他们在上帝的光辉照耀下盛
   开，就像花儿在日光照射下盛开那样。

11 指圣母马利亚。

12 "百合花"指耶稣的十二门徒和圣本笃、多明我、方济各等圣徒；"芳香"指布道、传教与行
   善。圣徒们都是通过布道与行善为传教开路。

13 但丁听了贝阿特丽切的话，便转身朝向"花园"，接受那些圣徒的光辉对他视力的考验，看
   看他原来柔弱的视力，是否能够面对这些发光的圣徒。

这样我便看见
那一群群光团，
被上面光线照射，
一个个光耀闪闪，

但是我却看不见
上面光线的来源。[14]
啊，仁慈的基督，
你照射这些光团，

请你进入净火天，
给我留一锥之地，
让我柔弱的双眼
能观看这些光团。

歌颂马利亚

那朵玫瑰的名字，[15]
我一早一晚呼唤，
它让我聚精会神
观察那最大光团。[16]

---

14 指基督耶稣。
15 即马利亚，见前注11。
16 指包裹着圣母马利亚灵魂的光团。

当我刚刚看清

那颗灿烂星星，

如何巨大、明亮

（在这里压倒众星，

在尘世压倒众生），[17]

从上面天空里面

便降下一个光环，[18]

类似于一顶王冠，

在她头顶盘旋，

像是给她加冕。

世上任何旋律，

不论多么婉转、

动人而且甜蜜，

假如和这里的

竖琴演奏相比，

那简直是电闪

雷鸣让人惊魂：

为给圣母加冕，

17　"在这里压倒众星"，即马利亚是众星辰里面最大的星辰，不论在亮度或体积方面都超过别的
　　星星（光团）；"在尘世压倒众生"，在德行方面她超过所有的人。

18　指曾经向马利亚通报她将怀孕生耶稣的加百利天使。这时加百利从净火天下来，手持一个类
　　似王冠的光环。

天使正在这里
拨动竖琴琴弦：[19]

"我是至爱使者，
围绕着你旋转，
你那子宫至德
曾是耶稣旅舍；

啊，天国的圣母，
我将旋转不止，
直至你随儿子
进入净火天里，

让那重天变得
更加辉煌灿烂。"
天使一边旋转，
一边这样唱歌；

歌曲刚一结束，
所有其他光团
便同时欢呼
马利亚圣母，

---

19 弹琴、歌唱。

让这个神圣名字

在空中回荡不息。

第九重天好似

一件巨大皇袍，

笼罩着下面天体，

直接接受上帝的

意志和规则的激励，

因此它旋转的速度，

比其他天体都快；

这重天如此浩瀚，[20]

内沿在我们上面，

离我们所在地点

远得无法看见，

因此我的双眼

没有能力跟随，

圣母与其儿子

升入净火天里面。

如同婴儿吃奶后，

20　第九重天"好似／一件巨大皇袍，／笼罩着下面天体"，就是说它像个凹状物，但它的体积巨
　　大且深厚，内沿在但丁他们头顶上面，外沿离丁他们所在的地方非常遥远。因此，但丁的
　　眼睛无法追随圣母与其子耶稣基督飞进净火天这一过程。

向母亲表示感激，

举着自己的双手；

这些火团²¹也如此，

把火舌向上伸出，

这是在向我显示

他们多么爱圣母。

然后他们停留于

我能看见的区域，

唱起了"天后"之歌。²²

那歌声如此悦耳

让我感到的欢喜

至今留在记忆里。

啊，巨大的箱子

能盛装巨大财富！

这些福灵在人世

都是优秀播种的；²³

---

21 火团、光团，指待在恒星天里享天福的灵魂们。

22 复活节期间信徒们在教堂里唱的歌颂圣母的歌曲，开头二字就是"Regina celi (coeli)"，天后的意思。

23 但丁在这里把那些享天福的福灵比作巨大的箱子，然后模仿《新约·加拉太书》第6章第8句的说法"顺着圣灵播种的，必从圣灵收永生"，说这些福灵在人世时都是"优秀播种的"，在天国里必将收获巨大的财富。

他们生活在这里
享受着巨大财富，

那是他们放逐
在巴比伦[24]之时，
含着眼泪撇下的。
在这里那位手持

天国钥匙的人士，[25]
在圣父和圣子的
共同指引之下
与《旧约》《新约》的

所有圣徒一起，
向净火天回归。

---

24 "巴比伦"原是犹太人被流放的地方，这里比喻尘世。"巨大财富"指这些享天福的灵魂在尘世时忍饥挨饿修行传道、鄙视财富和享乐，从而撇下的财富。

25 即圣彼得；关于"天国钥匙"《地狱篇》第二十七曲注18，或《新约·马太福音》第16章第19句，耶稣对彼得说："我要把天国的钥匙给你。"

第二十四曲

你是个伟大英雄，
基督曾把他带的、
开启天国之门的
两把钥匙交给你……

　　本曲一开始，贝阿特丽切请求参加盛宴的使徒们让但丁也尝到他们桌上的"残渣剩饭"，让但丁也从他们获得智慧的圣泉水中获得智慧。圣徒们都非常高兴，围成圈子舞蹈起来；这时他们中那个最亮的光团（圣彼得）"走出来，围着 / 贝阿特丽切 / 旋转了三圈，/ 同时还唱着 / 一首神圣歌曲"。圣彼得唱罢歌，对贝阿特丽切说："你那虔诚的请求，/ 饱含着炽热的爱，/ 它把我召唤过来"。圣女对圣彼得具体说明她的请求是："请你就信仰

问题 / 考察考察这个人，/ 题目是大是小，/ 全凭你的喜好"，看看"信、望、爱三种圣德 / 他是否无一欠缺"。

贝阿特丽切与圣彼得讲话时，但丁像应试的学生"静候老师考察"那样，在心里"把论据梳理，/ 准备回答主考"。接下来但丁详细记述了那次考察的过程。

圣彼得提的第一个问题是："你的信仰是什么？"但丁用圣保罗的话回答说："信仰是所望之事的实底，/ 信仰是未见之事的确据。"圣彼得对但丁的回答很满意，感慨地说："假如下界通过 / 学习教义之所得，/ 都能够这样理解，/ 诡辩术在尘世 / 就无立足之地。"圣彼得追问："但是，你是否也知道，/ 为什么先说它是实底，/ 然后才说它是确据呢？"但丁解释说：那些神秘事物（奇迹）在天上能看到它们的"真容"，"在下界这种真容 / 凡人是看不到的，/ 仅存于人的信仰；/ 人们在信仰之上 / 建立崇高的希望，/ 所以我们把信仰 / 看成希望的基础。/ 既然没有可见物 / 可作推论的凭据，/ 只能从信仰出发 / 进行我们的推理，/ 所以信仰又作为 / 我们推理的依据"。

接着圣彼得问但丁，他的这种信仰是从哪里获得的呢？但丁回答说，是通过学习《圣经》获得的："圣灵甘霖普降 / 新旧羊皮纸上，/ 那里面的推理 / 非常锐利有力，/ 帮我验证信仰。"圣彼得又问："让你得出结论的 / 新依据和旧依据（即《新约》和《旧约》上的那些推理与依据），/ 你为什么会认为 / 那就是神的话语？"但丁答道："给我揭示真理 / 的凭据，就是随之 / 而来的种种奇迹。"这种解释看似合理，但事实上它却有陷入"恶性循环"的危险，即以本身有待证明的东西作为凭据，去证明自己的结论。所以圣彼得接着说："谁能向你保证 / 曾发生过奇迹？……是那些自身也 / 有待证明的经文。"但丁并未直接回答这个问题，反而引证基督教早期的神学家奥古斯丁的话说："假如人们不需要 / 奇迹就改信基督教，/ 这就是最大的奇迹。"他又援引圣彼得传教的事例：圣彼得开始传教时一无所有，忍着饥饿和贫穷，最后获得巨大成功，让罗马人改信基督教，这也是奇迹。

但丁用这些"奇迹"破解了"恶性循环"说。

最后，但丁重申自己的信仰是三位一体的上帝，而且强调他的这个信仰，既有《圣经》上的依据，也有哲学上的依据。但丁的回答令圣彼得十分满意，围着但丁旋转了三次，并唱着歌曲向但丁表示祝贺。

贝阿特丽切的请求

"啊，应基督邀请

参加盛宴的人士，[1]

他会以丰盛美食

让你们称心如意。

此人[2]已承蒙圣恩，

在大限到来之前，

倘若能够尝到你们

餐桌上的残渣剩饭，

对他那无限渴求

就已是琼浆玉露；

你们常饮的泉水，[3]

也是他现在所思。"

贝阿特丽切如此

对那些福灵求助；

他们则很欢喜地

围成一个个圈子，

1　《圣经》在多处说到"盛宴"，如《新约·路加福音》第14章第16句："有一人摆设大筵席，请了许多客人"；又如《新约·马太福音》第22章第2句："天国好比一个王为他儿子摆设娶亲的筵席"。这里但丁是说基督设宴，被邀请的人士众多，包括耶稣的十二门徒和享天福的灵魂们。

2　指但丁。

3　谕旨上帝智慧之泉的泉水，圣徒们从那里获得智慧，但丁现在也想从那里求取智慧。

绕着固定中心，
开始不停旋转，
放射强烈光线，
仿佛彗星一般；

也如钟表中的
齿轮，以不同的
速度不停转动，
在外人的眼中，

这个停止不动，
那个飞速转动；[4]
那一圈圈舞动的
灵魂们也是如此：

他们舞动的节奏
有的慢，有的快，
这就让我能够
判断他们享受

到的幸福程度。
我见一个光团
（是它们中间
最美的光团）

4　即有的齿轮转得块，有的齿轮转得慢，好像根本就不转。

走出来，围着

贝阿特丽切

旋转了三圈，

同时还唱着

一首神圣歌曲，

那歌曲的词曲

如此优美，甚至

凭我的想象力

也无法将它重现，

所以我只好搁笔，

暂对它略而不记：

我们的想象能力，

包括我们的语言，

对它那微妙之处

都显得色彩过艳。[5]

"啊，圣洁的圣女，

你那虔诚的请求，

饱含着炽热的爱，

5　但丁这里借用绘画术语即明暗对照法：画衣服上的皱褶时，表现皱褶需用较暗的色彩。那歌
　　曲的"微妙之处"仿佛衣服上的皱褶，要用我们的想象力和语言去描绘那些"微妙之处"，
　　好比用艳丽的色彩去画"皱褶"，是不可能的，即"都显得色彩过艳"。

它把我召唤过来，
暂时离开舞蹈圈。"[6]

那歌舞刚一结束，
享受永福的光团[7]
就向神圣的圣女，
讲出这样的话语。

圣女则回答他说：
"你散发永恒光辉，
你是个伟大英雄，
基督曾把他带的、

开启天国之门的
两把钥匙交给你，
请你就信仰问题
考察考察这个人，

题目是大是小，
全凭你的喜好；
你正是凭借信仰，
才敢行走于海上。[8]

6   即前面说的，福灵们"围成一个个圈子 / 绕着固定中心 / 开始不停旋转"。
7   指圣彼得。
8   这个典故出自《新约·马太福音》第14章第28—29句："彼得说：'主，如果是你，请叫我从水面上走到你那里去。'耶稣说：'你来吧！'彼得就从船上下去，在水面上行走，要到耶稣那里去。"

信、望、爱三种圣德
他是否无一欠缺，
都无法隐瞒于你：
因为从上帝眼里

你能够看到一切；
既然天国要选择
真有信仰的人
作为自己公民，

那你就和他一起
谈一谈信仰问题，
颂扬信仰一番，
也许比较适宜。"

考察但丁的信仰

学士潜心准备，
静候老师考察，
老师提问之前，
一直都不讲话；

老师此时提问，
是要让他答辩，

而不是要给他
做出最后评判。

我也这样备考：
圣女讲话之时，
我把论据梳理，
准备回答主考[9]

有关信仰的提问。
“善良的信徒，说吧，
你的信仰是什么？
说说你自己想法。”

于是我把头抬起，
望望那讲话人士；
然后又转向圣女，
她立即向我示意，

让我尽情说出
我的全部论据。
“上帝开恩让我，”
于是我开始说，

9　指圣彼得。

"向百夫长¹⁰陈述

对信仰的看法，

啊，圣彼得神父，

我要用你的伴侣、

亲爱的保罗兄弟

（他曾经与你一起

让罗马走上正道），"¹¹

我接着向他解释，

"用他那忠实之笔

写下的话回答你：

信仰是所望之事的实底，

信仰是未见之事的确据。¹²

我认为，这就是

信仰问题的实质。"

这时我听见说：

"你的看法不错，

10　"百夫长"是古罗马军队以一百人为一队的作战单位，队长称百夫长，这里指圣彼得，指他
　　是耶稣十二门徒的队长。

11　即让罗马人改信基督教。圣保罗曾与圣彼得曾一起在罗马传教，圣彼得称他"亲爱的兄弟"，
　　参见《新约·彼得后书》第3章第14—15句："亲爱的兄弟啊，你们既盼望这些事，就当殷
　　勤，使自己没有玷污，无可指责，安然见主。并且要以我主长久忍耐为得救的因由，就如我
　　们所亲爱的兄弟保罗，照着所赐给他的智慧写了信给你们。"

12　这两句话来自《新约·希伯来书》第11章第1句："信就是所望之事的实底，是未见之事的确
　　据。"这里所谓"实底"就是实质、基础，所谓"确据"就是依据、凭据。但丁时代许多人，
　　包括许多神学家，都认为这是圣保罗说的。这是但丁对信仰问题的第一个回答。

但是，你是否也知道，
为什么先说它是实底，
然后才说它是确据呢?"[13]
紧接着我回答说道：

"我在天上看见的
事物，虽深奥、神秘，
却给我展现真容，
在下界这种真容

凡人是看不到的，
仅存于人的信仰；
人们在信仰之上
建立崇高的希望，

所以我们把信仰
看成希望的基础。
既然没有可见物
可作推论的凭据，

只能从信仰出发
进行我们的推理，
所以信仰又作为
我们推理的依据。"

13　这是圣彼得对但丁提的第二个问题，以下是但丁的回答。

于是我又听说：

"假如下界通过

学习教义之所得，

都能够这样理解，

诡辩术在尘世

就无立足之地。"

那光团如是说，

然后又补充说：

"这种钱币的合金

和重量检验合规，

告诉我，你钱袋里

有没有这种钱币？"[14]

我立即回答："有啊，

这钱币亮而生辉，

对它在铸造方面，

我没有任何怀疑。"

然后，那光团里的

声音继续问我说：

14　这是圣彼得对但丁的第二个回答的进一步提问，即第三个问题，他借用"钱币合格"必须具
　　备的两个条件——钱币的重量和合金的质量——来追问但丁的信仰是否合格。但丁的回答是
　　肯定的。

"这颗珍贵的宝石[15]

是一切美德的基石,

你是哪里得到的?"[16]

于是我对他解释:

"圣灵甘霖普降

新旧羊皮纸上,[17]

那里面的推理

非常锐利有力,

帮我验证信仰;

所有其他推理,

与这些论据相比,

都显得迟钝无力。"

随后那声音又问:

"让你得出结论的

新依据和旧依据,[18]

你为什么会认为

---

15 指信仰。

16 这是圣彼得提的第四个问题。

17 "新旧羊皮纸"指书写《新约》与《旧约》的羊皮纸;但丁是说,他的信仰来自阅读《新约》与《旧约》。

18 即《新约》和《旧约》上的那些推理与依据。后文是圣彼得提的第五个问题,即那些推理与依据是否真是上帝的话。其后是但丁的回答。

那就是神的话语？"

我："给我揭示真理

的凭据，就是随之

而来的种种奇迹；

那些奇迹的发生

不是靠自然之力：

自然未加热铁料

也未用铁锤敲打。"

他接着对我说道：

"请你再说明一下，

谁能向你保证

曾发生过奇迹？[19]

向你提供保证

的，不是别的，

而是那些自身也

有待证明的经文。"

于是我回答说道：

"假如人们不需要

19　这是圣彼得提的第六个问题，而且还说那些经文自身还有待证明。

奇迹就改信基督教，

这就是最大的奇迹，[20]

所有其他的奇迹

不及其百分之一；

你走进田园播种，

忍受饥饿、贫穷，

种下的优良植物，

它本来是葡萄树，

如今则变成荆棘。"[21]

我的话刚一完毕，

神圣天国里的

福灵们便唱起

"上帝，我们赞美你"，[22]

那歌声如此动听，

人世无以比拟。

那位宫廷里的

20　但丁为了证明自己的观点，就援引了圣奥古斯丁（Augustine，基督教早期著名神学家，354—430年）的话。奥古斯丁在其著作《论上帝之城》第二十二卷第五章说："全天下无须任何奇迹就信仰基督，在我们看来，这就是一大奇迹。"

21　但丁又以圣彼得在罗马传教为例，说明他当初忍饥挨饿、一贫如洗，却靠宣讲教义、清贫、谦卑等，最终获得成功，让罗马人改信基督教，这也是令人信服的奇迹。但是圣彼得播下的良种，原来是丰产的葡萄，如今由于教会的腐败，变成了荆棘。

22　"上帝，我们赞美你"（Te Deum laudamus），是基督教教徒庄严时刻在教堂中唱的赞美上帝的颂歌。参见《旧约·诗篇》第9章第1句："我要一心称谢耶和华，我要传扬你一切奇妙的作为。"

重臣 [23] 对我考察时，

就这样一个问题

接着一个问题地

把这场考察引导

到最后的关口。[24]

于是他又开口：

"天恩宠爱你心智，

使你到目前为止

知道该如何作答，

因此我非常赞赏

你说的每一句话。

但是，现在你别忘

表明你的信仰，

并且说明你是

从哪里得到的。" [25]

我的答辩词是：

23　指圣彼得。但丁在《神曲》里常常把天国比作宫廷，把上帝比作皇帝，把重要的圣徒比作男
　　爵或伯爵，即"重臣"。

24　即下结论的时刻。

25　这是圣彼得提的第七个问题。前六个问题问的都与什么是信仰有关，这个问题问的则是但丁
　　的信仰是怎么获得的。

"啊，神圣的神父，[26]

你那样相信我主，

进入主的坟墓时，

超越年轻者脚步；[27]

你要我简要说明

我那信仰的实质，

而且要我澄清

我信仰的起因。

现在我这样回答你：

我相信神只有一个，

唯一、永恒的上帝，

他静止不动，却以

自己的爱和意志

让天体运转不息。

对我的这一信仰，

不仅有物理学及

26　指圣彼得。

27　即率先进入耶稣的坟墓。但丁这里引用了一段《圣经》故事：抹大拉的马利亚告诉彼得和约翰，耶稣的墓是空的。二人迅速向墓地奔去，约翰年轻，腿脚快，率先来到墓地，但他不敢入内；彼得随后赶到，却率先进入坟墓。（参见《新约·约翰福音》第20章第1—9句）

形而上学的证据，[28]

而且还有从这里

降下来的真理。

它是通过《摩西》

《先知》《诗篇》《福音书》，[29]

以及你们的著述[30]

（你们受圣灵启迪

成为传教的圣徒），

传达到我这里来的。

我相信永恒的三位，

相信这三位是一体，

因此它的谓语动词，

可以用复数SONO，

也可用单数EST。[31]

上帝这一神秘

而神圣的本质，

28　指亚里士多德的《物理学》与《形而上学》有关上帝是"原动者"的观点，即但丁认为他的
　　信仰一部分来自古代哲学。

29　《摩西》指《旧约》的前五篇即《法律书》，据说是摩西所著，故亦称摩西五书；《先知》指
　　《历史书》和《先知书》两个部分中由以色列先知所写的篇章；《诗篇》指《旧约·诗歌·智
　　慧书》；《福音书》即《新约》中的四《福音书》。

30　"你们的著述"指耶稣的门徒圣彼得等的著述，参见《新约》中教会历史、书信和启示录三
　　个部分。

31　"sono"与"est"是意大利语动词"essere（是）"的复数第三人称和单数第三人称，不过
　　"est"是古托斯卡纳方言，13世纪时还在使用，现代意大利语"是"的单数第三人称已变成"è"。

《福音书》已多次
印在我脑海里。
我的信仰就是
从这里产生的，

开始是星火一点，
然后成熊熊火焰，
它在我心中点燃，
像星辰为我指路。

圣彼得的赞许

仆人传递的消息
令主人感到欢喜，
仆人报告一完毕，
主人就会把仆人

紧紧搂在怀里，
庆贺那条消息。
我的情况也如此，
刚刚应使徒 [32] 要求

32　指圣彼得。

答完他的问题，
他便唱着歌曲
向我表示祝福，
并且一连三次

围绕着我旋转，
因为我说的话
令他感到喜欢。

世人正是因为他
才朝拜加利西亚

　　这一曲开始但丁便表示自己的愿望：希望他努力创作的这部《神曲》完成之后，能够消除他被逐出故乡的那一仇恨，胜利回到佛罗伦萨，回到他施洗的洗礼堂内"戴上诗人桂冠"，成为"月桂花环的诗人"，不管那时他会变得如何衰老。因为他觉得，"正是那次洗礼／让我获得信仰，／也正因为如此，／我们灵魂的名字／才得到上帝欢喜"，在上一曲结束时，"彼得

也为此信仰 / 围着我环绕三次"。

这时由使徒们组成的圈子里又走出一个光团，即圣雅各。圣雅各是耶稣宠爱的使徒之一，在许多场合"都是望德化身"，所以贝阿特丽切请求圣雅各对但丁的"望德"进行考察。于是圣雅各也对但丁提出了三个问题："希望究竟是什么？ / 你是怎么获得的？ / 它结出什么花果？"贝阿特丽切抢先替但丁回答了第三个问题，赞扬但丁道："我们战斗的教会，/ 绝没有一个儿子，/ 能够比他怀有 / 更多更大希望。"至于另外那两个问题，贝阿特丽切让但丁自己回答，"因为那两个问题 / 不会是什么难题，/ 也不会成为使他 / 炫耀自夸的机会"。

于是但丁回答说："希望是 / 对未来光荣的、/ 满怀信心的期待，/ 产生这一期待的 / 是上帝的恩泽 / 和先前的功德。"接着但丁解释说："虽然我的希望 / 源自众星光芒"，源自《圣经》那些显赫的作者（先知和耶稣的门徒），"但是首先将它 / 植入我心房者，/ 是歌颂至尊的 / 最伟大的作者"，即《旧约·诗篇》的作者以色列王大卫。他在《诗篇》中说："认识你名的人，/ 要寄希望于你。"即上帝他们都会寄希望于上帝，"信仰同我的人，/ 谁不知这一佳句？"。除大卫之外，后来就是圣雅各"又在书信中 / 将希望植入我心中"。最后，但丁下结论说："因此我充满希望，/ 也能把你们希望 / 之甘露倾注到 / 其他人的身上。"

圣雅各并不满足，进一步要求但丁："你若给我讲讲，/ 希望许诺给你的 / 究竟是什么奖赏，/ 我将不胜喜悦。"但丁回答他说："《新约》以及《旧约》/ 提出一个目标（即进入天国，享受永福），/ 上帝选中的灵魂 / 应该达到的目标，/ 望德给的奖赏，/ 就是这一目标。"

以色列人的先知以赛亚说："人人在自己家乡 / 都穿双重衣裳；/ 家乡就是天国。"就是说进入天国的灵魂要穿"双重衣裳"，即获得拯救之衣（获得拯救进入天国）和观照公义之衣（在天国观照上帝的"公义"，即真理、正义），然后才能进入天国的最高境界——净火天。但丁尚未穿上这

"双重衣裳"，他看到的仅有两人——耶稣和圣母马利亚，穿上了"双重衣裳"，从水晶天进入净火天。

接着，但丁描述圣约翰从那光圈中来到他和贝阿特丽切面前的场面。贝阿特丽切介绍他说："他是躺在耶稣 / 胸上的那一位，/ 是主在十字架上 / 选定他承担伟大 / 任务的那一位。"但丁凝望着他，因为他光芒四射，什么也看不清。圣约翰也暂未多说，仅仅辟谣说他的尸体仍然留在世上，要等到最后审判后才能与自己的灵魂结合，升入净火天。他的话截止后，但丁又转身回望贝阿特丽切，却看不清她，心灵感到慌乱。这是因为此时贝阿特丽切与圣彼得、圣雅各和圣约翰待在一起共同放射的强光所致；也因为但丁还需要接受圣约翰的考察，目力还未提高到可以直视他们的程度。

但丁的希望

这部神圣诗篇
要写天地诸事，[1]
我为这部圣诗
付出多年努力，

变得如此消瘦；
但愿这部诗著
能够战胜驱逐
我的那一冤仇：

我曾在那羊圈里[2]
像羔羊一样熟睡，
被争战不休的
恶狼视为仇敌；

届时我将作为
诗人返回故里，
也许我的头发
变得稀少无几，

---

1 指地狱的酷刑、炼狱的磨难和天国的神秘。
2 指佛罗伦萨。把好人比作羔羊，把恶人比作豺狼，是《圣经》中的惯用手法。

我的声音也已

变得微弱衰老，

我会在我施洗

的那洗礼堂里，

戴上诗人桂冠；[3]

正是那次洗礼

让我获得信仰，

也正因为如此，

我们灵魂的名字

才得到上帝欢喜，

彼得也为此信仰

围着我环绕三次。

圣雅各

随后另一光团，[4]

从那个圈子里

朝着我们走来，

彼得刚才也是

---

3 但丁希望完成《神曲》之后，哪怕已经年老体衰、头发几乎掉光，也要回到佛罗伦萨，"戴
   上诗人桂冠"，像他在本书第一曲希望的那样，成为"月桂花环的诗人"，参见本书第一曲
   第一节"序诗"及该曲注4。

4 指圣雅各，耶稣的十二门徒之一。

从那里走出来的

（耶稣的代理人中

彼得应排列第一）；

圣女满怀欢喜地

这样对我说道：

"你瞧，仔细地瞧，

世人正是因为他

才朝拜加利西亚。"[5]

正如一只鸽子

落在同伴身边，

一边互绕转圈，

一边吐诉情感；

我看到的情况

也和鸽子相似，

一位显赫亲王[6]

迎接另一亲王，

共同赞美天上

供给美味食物；

---

5 加利西亚（Galicia），西班牙西北部的自治省。圣雅各死后埋葬在那里，中世纪时埋葬他的
　　圣堂，曾经成为继罗马之后最大的朝圣地。

6 "亲王"这里指耶稣的门徒圣彼得与圣雅各，上一曲里但丁曾用"重臣"称呼圣彼得，参见
　　本书第二十四曲注23。

相互致意之后，

个个沉默不语，

待在我的面前

一言不发互看，

他们发射的光线

让我低垂下头来。

这时贝阿特丽切

微笑着对我说道：

"啊，光荣的灵魂，

你在书信中写道

天庭慷慨大方，[7]

请你也使希望

在这天国唱响；[8]

你很熟悉望德，

因为耶稣对你们

三位表示宠爱时，

7　"光荣的灵魂"指圣雅各；"书信"指《新约·雅各书》；"天庭慷慨大方"，参见《雅各书》
　　第1章第5句："你们中间若有缺少智慧的，应当求那厚赐予众人、也不斥责人的神，主就必
　　赐给他。"

8　贝阿特丽切求情圣雅各就信、望、爱三圣德中的望德对但丁进行考察。耶稣曾在许多场合
　　都带着彼得、雅各和约翰，所以但丁和《圣经》注释家们认为耶稣对他们三人特别宠爱，并
　　认为圣彼得代表信德、圣雅各代表望德、圣约翰代表爱德，因此上一曲让圣彼得考察但丁的
　　"信"，这一曲让圣雅各考察但丁的"望"，下一曲则让圣约翰考察但丁的"爱"。

你都是望德化身。"
下面对我的鼓励

"抬起你的头来，
鼓起你的勇气！
凡人来到这里，
必先锻炼视力，

适应我们的光辉"，
这是新光团话语。
于是我仰面观看
令我垂头的圣徒。

考察但丁的望德

"既然天国皇帝开恩，
在你大限来到之前，
特许你来神秘天庭
与他的重臣们见面，

让你能够亲眼看到
天国里的真实情况，
以便你和他人在尘世
建立的希望得以增强；

那么，你就说一说，

希望究竟是什么？

你是怎么获得的？

它结出什么花果？"[9]

那第二个光团

继续这样说道。

我那慈悲向导

（她领我飞升到

天国如此高度），

抢先代我回复：

"我们战斗的教会，[10]

绝没有一个儿子，

能够比他怀有

更多更大希望，

如普照我们的太阳

心灵里记载的那样，[11]

9　这是圣雅各为考察但丁的望德提出的三个问题，与圣彼得考察但丁的信德提的几个问题类似。

10　指所有活着的基督教教徒，因为他们要在尘世与魔鬼及邪念斗争，称为"战斗的教会"，而享受天福的灵魂们称为"凯旋的教会"，因为他们已胜利结束战斗，回归天国。

11　"太阳"这里代表上帝，而上帝像一面镜子，尘世和天国里的一切都显示在镜子里面，福灵们可以通过观照上帝这面镜子了解一切情况。就是说，圣雅各可以通过观照上帝，了解但丁是所有信徒中怀有更多更大希望的人。实际上这是圣雅各提的第三个问题，即希望怎么开花结果、怎么在到达心中后变得越来越强烈。贝阿特丽切在这里替但丁回答了第三个问题。

因此他获得许可，

战斗生活结束前，

就从埃及来到

耶路撒冷看看。[12]

另外那两个问题

（你不是为你自己，

而是为他提出的：[13]

让他回到尘世后

可以向世人解释，

望德令你多欢喜），

我让他自己回答，

因为那两点对他

不会是什么难题，

也不会成为使他

炫耀自夸[14]的机会；

但愿上帝的恩泽

---

12 "战斗生活结束前"，即死亡之前、大限到来之前，参见前注10；"埃及"指灵魂流放人世受苦的地方，如以色列人在埃及受苦役；"耶路撒冷"象征灵魂回到天国享受天福的地方，即天国。

13 圣雅各提的另外两个问题，即"希望究竟是什么""你是怎么获得的"，圣雅各也已通过观照上帝得到圆满答案，所以诗中说"你不是为你自己，/而是为他提出的"。

14 但丁在炼狱里承认自己犯有骄傲罪，贝阿特丽切相信他经过炼狱的修炼，骄傲罪已洗涤干净，不会在这里重犯，把回答有关自己的望德的问题，变成炫耀自夸的机会。

帮助他做出回答。"

学生在应试之时，

总会敏捷地回答

老师提出且自己

熟悉的问题，以

展示自己的能力；

我犹如那个学生，

就这样有选择地

回答说："希望是

对未来光荣的、

满怀信心的期待，

产生这一期待的

是上帝的恩泽

和先前的功德。[15]

虽然我的希望

源自众星光芒，[16]

15　但丁引用典故，回答圣雅各的第一个问题，也像回答圣彼得的第一个问题那样。这次但丁援引的是彼埃特罗·隆巴尔多（参见本书第十曲注27）在其著作《箴言录》里说的话："希望是对未来光荣的满怀信心的期待，产生这一期待的是上帝的恩泽和先前的功德。"参见彼埃特罗·隆巴尔多的《箴言录》第三卷第二十六章。

16　但丁的望德"源自众星光芒"，即源自《圣经》经文的众多作者和注释家们对《圣经》的注释。

但是首先将它

植入我心房者，

是歌颂至尊的

最伟大的作者。[17]

他在《诗篇》中说：

'认识你名的人，

要寄希望于你。'[18]

信仰同我的人，

谁不知这一佳句？

除了大卫的植入，

后来你又在书信中

将希望植入我心中，[19]

因此我充满希望，

也能把你们希望

之甘露倾注到

其他人的身上。"

17 "歌颂至尊的最伟大的作者"指以色列王大卫，相传《旧约·诗篇》是大卫所著。

18 这是《诗篇》第9章第10句，中文《圣经》译为"认识你名的人要倚靠你"。由于外文版本用的都是"希望"一词（意大利文 sperino in te；拉丁文 sperent in te），而且从上下文来看，我觉得这里译为"希望"更贴切。

19 "你又在书信中"指雅各的书信《新约·雅各书》。《雅各书》中虽无对望德的专门论述，但在许多地方让人对上帝抱有希望，例如第1章第12句、第2章第5句、第4章第7—10句等。我们看第1章第12句："忍受试探的人是有福的，因为他经过试验以后，必得生命的冠冕，这是主应许给那些爱他之人的。"字里行间都要人对上帝抱有希望。

我说这话之时，

那光团内部的

火焰，像闪电一般

闪动，迅速且频繁。

然后它又发声说：

"我心中燃烧的爱

至今仍伴随着我

（它曾经伴随着我

受尽尘世痛苦，

直至战斗结束），[20]

它要求我同你，

爱望德的人士，

再来谈论一下；

你若给我讲讲，

希望许诺给你的

究竟是什么奖赏，

我将不胜喜悦。"

我回答他说道：

---

20 指雅各的灵魂流放人世的时候，望德（希望）一直伴随着他受苦受难，直至死亡（战斗结束）。

"《新约》以及《旧约》

提出一个目标，[21]

上帝选中的灵魂

应该达到的目标，

望德给的奖赏，

就是这一目标。

以赛亚这样说过，

人人在自己家乡

都穿双重衣裳；[22]

家乡就是天国。

你的弟弟在讲到

那些白衣灵魂时，

对于这一启示

说得更加清晰。"[23]

---

21 即进入天国，享受永福。

22 以赛亚的原话是："我因耶和华大大欢喜，我的心靠神快乐。因为他以拯救为衣给我穿上，
   以公义为袍给我披上，好像新郎戴上华冠，又像新妇佩戴妆饰。"（参见《旧约·以赛亚书》
   第61章第10句）既然"家乡就是天国"，进入天国的灵魂们"都穿双重衣裳"，即"拯救"
   之衣（获得拯救进入天国）和"公义"之衣（在天国观照上帝的"公义"，即真理、正义）。

23 "你的弟弟"指圣约翰，"在讲到"指在《新约·启示录》中讲到；相传《启示录》的作者是
   圣约翰，所以诗中说"你的弟弟在讲到"。《启示录》从第4章起记述在天上朝拜的情形，讲
   到"那些白衣灵魂时"，即在第7章第9—10句中说的："此后，我观看，见有许多的人，没有
   人能数过来，从各国、各族、各民、各方来的，站在宝座和羔羊面前，身穿白衣，手拿棕树
   枝，大声呼喊说：'愿救恩归于坐在宝座上我们的神，也归于羔羊。'"圣约翰在这里对天
   国的情形讲得比圣雅各在前面讲得更加清晰。

这番话我刚刚说完，

就听见我们头顶上

响起"要寄希望于你",[24]

众光团也应声合唱。

圣约翰

然后，那些光团中间

有一个变得那样灿烂,[25]

假如巨蟹座中间

有这样一颗明星，

冬季将会有一个月

都没有黑暗的夜晚。[26]

犹如少女站起来，

欣然加入舞蹈圈，

不抱任何杂念，

只是为给新娘

---

24 参见前注18。
25 指代表圣约翰的光团，在那些光团中间变得异常灿烂。
26 在黄道带上，巨蟹座与摩羯座遥遥相对，相差180度；如果太阳在其中一个星座中升起，就会在另一个星座降落。冬季太阳在摩羯座的时间为12月21日至1月21日，因此这四句诗的意思是：假如巨蟹座中有这样一颗闪亮的星星，此期间当太阳下落时，那颗明星就会升起照亮大地，它下落的时候，太阳又会升起，因此在这期间都没有黑暗的夜晚。当然，这是但丁根据当时的天文学假设的情况，从科学的角度说，这种推论荒诞无稽。

增添一份荣光；

我见那个光团，

最亮的那个光团，[27]

恰如那少女一般，

加入到两位中间[28]

（他们正合着歌曲

节奏旋转跳舞；

他们心中的爱，

在那歌曲当中

全都表现出来），

与他们一起

边唱边跳舞；

我的那位圣女

不动也不言语，

专心望着他们，

恰如新娘一位。

　"他是躺在耶稣

胸上的那一位，

27　即圣约翰。

28　指圣彼得和圣雅各。

是主在十字架上

选定他承担伟大

任务的那一位。"[29]

这是圣女的话。

圣女讲完话以后，

如同她讲话之前，

从未从他们身上

移开自己的视线。

但丁感到炫目

犹如人们定睛，

欲把日食观看，

结果自己眼睛

什么也看不见；

当我也凝目注视

后来的那光团时，

29　关于"躺在耶稣／胸上"，参见《新约·约翰福音》第13章第23—25句："有一个门徒，是耶稣所爱的，侧身挨近耶稣的怀里。西门彼得点头对他说：'你告诉我们，主是指着谁说的。'那门徒便就势靠着耶稣的胸膛，问他说：'主啊，是谁呢？'"关于"选定他承担伟大／任务"，参见《新约·约翰福音》第19章第26—27句："耶稣见母亲和他所爱的那门徒站在旁边，就对他母亲说：'母亲，看，你的儿子！'又对那门徒说：'看，你的母亲！'从此那门徒就接她到自己家里去了。"意思是：耶稣委托约翰照顾马利亚，即诗中说的"选定他承担伟大／任务"。

我的情况也如此，

什么都无法看清，

直至他开口讲话：

"你为什么非要看

这里没有的东西？[30]

结果让你变得昏花。

我的肉体在尘世

已经变成了尘土，

将和其他肉体

一直留在那里，[31]

直到我们的数目，

与那永恒的意图

完全相同时为止。[32]

穿着双重的衣服、

30　"这里没有的东西"，指圣约翰的肉体并没有随其灵魂一起升天，但丁在那里是看不到的。中世纪有个讹传：圣约翰的灵魂与其肉体一起升天。这句话来自《新约·约翰福音》，参见《约翰福音》第21章第21—23句耶稣与圣彼得的对话："彼得看见他，就问耶稣说：'主啊，这人将来如何？'耶稣对他说：'我若要他等到我来的时候，与你何干？你跟从我吧！'于是这话传在兄弟间，说那门徒不死，其实耶稣不是说他不死……"

31　即留在坟墓里等候最后审判，因为在最后审判之后，被上帝选中升天的人的肉体才会与他们的灵魂复合，一起进入天国。

32　"我们的数目"指升入天国者的人数；"永恒的意图"指上帝的意图、上帝规定的数目。但丁在《飨宴》第二篇中写道：享天福者的数目将相当于被逐出天国的叛逆天使的数目，并取代那些天使在天使合唱团里的位置。

上升到天国里的，
只有刚才飞升的
那两个发光光团。[33]
你要把这个消息

带回到你们人间。"
他的话刚一截止，
他们三人的舞蹈
以及合唱也截止，

犹如渔夫划船，
为了避免危险
或让船舶靠岸，
一听哨声响起，

便立即停止划船。
啊，我是多么慌乱！
当我转过身去，
欲把圣女观看，

却怎么也看不见，
尽管此时我就在
贝阿特丽切的身边，
在幸福的天国里面。

---

33 即只有耶稣和圣母马利亚的灵魂与肉体穿着双重衣服飞升进入了净火天。

第二十六曲

让我们现在开始!
你说，你的魂灵
想达到什么目标……

　　但丁在上一曲结尾心里感到慌乱，因为他转身去看贝阿特丽切却看不见。圣约翰安慰他说"你只是暂看不清，/绝不是永远失明"，然后就开始考察但丁的"爱德"。但丁回答爱德的问题，也是引经据典，他参照《新约·启示录》的话说："那个使福灵感到 / 心满意足的至善，/ 是一切爱的起点，/ 也是它们的终点。"然而圣约翰对他的回答却不满意，要求但丁使用更细的筛子，把自己的思想筛一筛，然后再详细说明他对上帝的爱是怎么产生的。但丁解释说："凭借哲学的论据，/ 以及这里向下界 / 传递的权威论据，/ 大爱已在我凡躯 / 刻下深刻印记：/ 因为，善一旦 / 被人理解是善，/

对它的爱就会 / 在人心中萌生; / 善的内涵越丰, / 爱的程度越深, / 因此每一个人, / 如果能看到这一 / 论断依据的真理, / 他爱至善一定会 / 胜过爱其他事物: / 因为至善之外的 / 一切善, 不过是 / 至善光辉的反射。"但丁还进一步解释, 这就是那位哲学家 (亚里士多德) 告诉他的, 也是圣约翰在《启示录》里告诉他的。

圣约翰接着对但丁说:"你爱的对象中 / 最崇高的对象, / 就是我们上帝; / 那么请你讲讲, / 是否有其他力量 / 也把你引向上帝, / 以便让你能说明, / 多少绳索捆着你。"但丁很清楚, 圣约翰这是要他讲讲, 是否还有其他因素激起但丁对上帝的爱。但丁先是笼统地回答说:"所有那些绳索, / 只要能束缚人心 / 并将其引向上帝, / 对我都产生作用, / 促使我去爱上帝。"然后, 他详细列举那些因素:"诸如宇宙的存在 / 及我本人的存在, / 圣父派遣他儿子 / 为拯救我们而死, / 让我们获得永生; / 每一个忠实信徒, / 都像我希望那样, / 盼望能享受永福。所有这些理由, / 加上前面讲的 / 那一深刻认识, / 把我从错爱的 / 大海中捞出来 / 并且把我放在 / 真爱之海岸边。"最后但丁申明:"上帝有个花园, / 园里绿茵覆盖, / 全是我的所爱, / 爱的程度则取决于 / 它们获至善的程度", 即他对上帝之爱也是一种博爱, 不仅热爱上帝, 而且热爱一切从上帝那里获得爱的万物。

但丁的回答令圣约翰和其他圣徒感到满意, 于是空中响起"圣哉, 圣哉, 圣哉"的歌声, 那既是对上帝的赞颂, 也是对但丁回答的肯定与赞扬。贝阿特丽切的眼具有治疗能力, 这时治好了但丁的"失明症", 但丁恢复了视觉功能, 能够看清圣女和圣徒们了。然而但丁此时发现, 除那三位圣徒外, 又出现了一个光团, 即第四个光团, 包裹着人类始祖亚当灵魂的光团。于是但丁对他提了四个问题: 1.上帝从什么时候起把亚当放在炼狱山顶的伊甸园里? 2.亚当在伊甸园里待了多久? 3.亚当因为什么让上帝震怒, 被驱逐出伊甸园? 4.亚当创造和使用的语言是什么?

亚当一一做了回答, 不过他回答问题的顺序并非但丁提问的顺序。

考察但丁的爱德

当我因失去视力
感到慌乱不已时，
那个闪亮的光团 [1]
（我因他失去视力），

发出的声音引起
我的注意，他说：
"你是因为观看我
而失去你的视力，

在视力恢复之前，
你就用智力推理
来弥补这一缺陷；
让我们现在开始！

你说，你的魂灵
想达到什么目标，
而且你应该知道，
你只是暂看不清，

绝不是永远失明：
因为那位引导你

---

1 指圣约翰。

游历天国的圣女，

她的眼睛有能力

治愈你的失明症，

像亚拿尼亚的手

治愈保罗失明症。"[2]

"让她治我失明症"，

我立即回答他说，

"是尽早还是稍迟，

全由她来决定；

这双眼曾经是

让她进入我心灵、

点起爱火的途径，

那爱的火焰至今

仍然燃烧个不停。[3]

那个使福灵感到

心满意足的至善，

2　这个典故来自《新约·使徒行传》第9章第17—19句："亚拿尼亚就去了，进入那家，把手按
　　在扫罗（保罗的希伯来语名字——译者注）身上说：'兄弟扫罗，在你来的路上向你显现的
　　主，就是耶稣，打发我来，叫你能看见，又被圣灵充满。'扫罗的眼睛上好像有鳞立刻掉下
　　来，他就能看见，于是起来受了洗，吃过饭就健壮了。"
3　指贝阿特丽切切入但丁的心灵，点燃起但丁对她的爱，直到此时还在熊熊燃烧。把眼睛当作
　　爱进入心灵的途径，是温柔新诗体诗派的诗人常用的比喻。

是一切爱的起点，

也是它们的终点，

不论那爱是小是大

也不论它是浅是深。"⁴

那个要我不必害怕

暂时失明的声音，它

又鼓励我说道：

"然而你却应该

使用更细的筛子，

把你思想筛一筛：

你必须说得清楚些，

谁让你把爱之箭矢

朝着这个鹄的发射。"⁵

于是我进一步解释：

"凭借哲学的论据，

以及这里向下界

4　"至善"这里指上帝，意思是：上帝是"一切爱的起点"（原文用第一个希腊字母阿尔法
　　α），即一切爱，不论其大小、深浅，都由上帝而来；"也是它们的终点"（原文用最后一个
　　希腊字母欧米茄Ω），即一切爱，不论其大小、深浅，都是爱上帝。参见《新约·启示录》
　　第1章第8句："神说：我是阿拉法，我是俄梅戛，是昔在、今在、以后永在的全能者。"
5　圣约翰觉得但丁的回答比较笼统，让他再仔细想想，再详细说明是谁让他追求至爱的，或者
　　说他的爱德是如何产生的。

传递的权威论据，

大爱已在我凡躯

刻下深刻印记：

因为，善一旦

被人理解是善，

对它的爱就会

在人心中萌生；

善的内涵越丰，

爱的程度越深，

因此每一个人，

如果能理解这一

论断依据的真理，

他爱至善一定会

胜过爱其他事物：

因为至善之外的

一切善，不过是

至善光辉的反射。

说明这一真理者，

就是那位哲学家；[6]

---

6 指亚里士多德；"一切永恒的物质"指天使和人的灵魂；"献给他"即献给上帝。亚里士多德
在其著作《形而上学》中写道："上帝是爱的第一个对象。"

他曾经向我揭示，

一切永恒的物质

都把己爱献给他。

上帝就是真理，

谈到他自己时，

曾对摩西这样说：

‘我要将一切恩慈

显示在你面前。’[7]

你也在你书里

一开始就宣布这点；[8]

你这一崇高的宣言，

比其他任何公告，

都更多地揭示了

上面提到的真理。”

我又听见它[9]说道：

7　参见《旧约·出埃及记》第33章第19句。原话是："我要显我一切的恩慈，在你面前经过，
　　宣告我的名。"

8　指《新约·启示录》，因为相传《启示录》的作者是圣约翰；"一开始就宣布这点"和"上面
　　提到的真理"，即《启示录》第1章第8句，参见前注4。也有注释家认为，这是指《新约·约
　　翰福音》，因为圣约翰在那里开头（第1章第1—16句）就写道："太初有道，道与神同在，道
　　就是神。这道太初与神同在。万物是借着他造的；凡被造的，没有一样不是借着他的。生命
　　在他里头，这生命就是人的光……那光是真光，照亮一切生在世上的人。他在世界，世界也
　　是借着他造的，世界却不认识他……这等人不是从血气生的，乃是从神生的。道成了肉身，
　　住在我们中间充充满满地有恩典，有真理……从他那丰满的恩典里，我们都领受了，而且恩
　　上加恩。"

9　那个声音。

"根据人的心智，

根据与人心智

相互完全一致

的经文的权威，

你爱的对象中

最崇高的对象，

就是我们上帝；

那么请你讲讲，

是否有其他力量

也把你引向上帝，

以便让你能说明，

多少绳索捆着你。"[10]

这只基督之鹰[11]

说此话的意图，

并不那么隐晦；

相反，我很清楚，

他想把我的陈述

引到什么地方去。

10　这里的"其他力量"与"绳索"，都是指激起但丁爱上帝的其他理由。

11　指圣约翰或《新约·约翰福音》，参见《炼狱篇》第二十九曲注19。

于是我开口说：

　　"所有那些绳索，

只要能束缚人心
并将其引向上帝，
对我都产生作用，
促使我去爱上帝：

诸如宇宙的存在
及我本人的存在，
圣父派遣他儿子 [12]
为拯救我们而死，

让我们获得永生；
每一个忠实信徒，
都像我希望那样，
盼望能享受永福。

所有这些理由，
加上前面讲的
那一深刻认识，[13]
把我从错爱的

<hr />

12　指基督耶稣。
13　即前面讲的"爱的对象中／最崇高的对象，／就是我们上帝"。

大海中捞出来

并且把我放在

真爱之海岸边。

上帝有个花园，

园里绿茵覆盖，[14]

全是我的所爱，

爱的程度则取决于

它们获至善的程度。"

但丁恢复视觉

我的话刚一完毕，

天上的歌声响起，

我那圣女和别的

圣徒们一起说道：

"圣哉，圣哉，圣哉！"[15]

仿佛熟睡人士，

受到强光刺激，

就会立即醒来：

---

14 "花园"指大地，"绿茵"指上帝的一切造物。意思是：但丁爱上帝创造的万物，但是爱的程度
却不相同，取决于它们从上帝（至善）那里获得的善有多少。

15 这是对上帝的赞颂，来自《旧约·以赛亚书》第6章第3句："圣哉、圣哉、圣哉！万军之耶和
华，他的荣光充满全地！"这里也是对但丁回答的肯定与赞扬。

因为视觉神经，
与那射穿眼球
的强烈光线相迎，
就会使睡者惊醒；

那突然惊醒的人，
看不清所见事物，
仍然会觉得恍惚，
直到那认知功能

来给他提供帮助。
圣女眼睛的视力
能看到千里之外，
发射出炯炯光辉，

将我的白翳消除，
让我能够看清楚：
我看见我们中间
出现第四个光团，

让我感到很惊讶，
因此我就针对他
提出我的问题，
欲知他的来历。

亚当

我那位圣女解释：
 "那光团包裹着的，
是被上帝创造的
第一个人的灵魂，[16]

他心里满怀爱慕，
正观照那造物主。"
犹如风吹树木，
树枝向下弯曲，

随后凭借弹力，
重新变得挺直；
我也像那树枝，
圣女讲话之时，

我先感到惊讶，
把头低垂下来，
后来我想讲话，
重新抬起头来；

要讲话的勇气
在我心中燃烧，

16　即亚当。

于是我开口说道：

"啊，你这粒果实，

生来就已成熟，[17]
啊，我们的始祖，
你的女性后裔，
不是你的儿媳，

就是你的爱女。
我极其虔诚地
对你提出请求
请你给我解释；

你知道我想问啥，
为立即听你讲话，
我就不必说出它。"[18]
有时候一只动物

装在布袋里面，
它那急躁情感，
只能靠它在布袋
中的动作来判断；

---

17 亚当是上帝创造的，是"非胎生的人"（见本书第七曲注5），他不像人的婴儿那样，有个生
长发育的过程，所以诗中说他"啊，你这粒果实／生来就已成熟"。
18 "我就不必说出它"，即没有必要说出"我想问啥"。

亚当在光团里面
做出的动作显示，
他是多么愿意
出来和我交谈。

于是他这样说：
"你虽没有向我
说出你心所求，
但是我很清楚，

而且我了解的程度，
超过你确信对任何
事物所了解的程度：
因为我已经在那个

反映真实的镜子里，
观察到了你的希望；[19]
那面镜子能真实地
映出其他事物形象，

其他事物却不能
反映出它的全貌。

19　这里"镜子"指上帝，福灵们通过观照上帝（那面镜子）了解一切。亚当已经从那面镜子里
　　了解到但丁的"希望"，即但丁想提出的问题。

上帝从什么时候起

（你想从我这儿知道），

让我待在伊甸园里 [20]

（你那位圣女引领你

从那里攀登这天梯）？

我观赏人间天堂的

美景，一共有多久？ [21]

上帝为什么会震怒？ [22]

我所缔造和使用的

又是什么样的言语？ [23]

啊，我亲爱的孩子，

我被逐出那园子，

不是贪食那果子，

而是因我未遵守

上帝对人的约束。 [24]

你那圣女到地狱

20　这是但丁想知道的第一个问题：上帝从什么时候起把亚当放在炼狱山顶的伊甸园里？

21　这是但丁想知道的第二个问题：亚当在伊甸园里待了多久？

22　第三个问题：亚当因为什么令上帝震怒，被驱逐出伊甸园？

23　第四个问题：亚当创造和使用的语言是什么？

24　亚当并未按上述问题的顺序回答但丁，而是按问题的重要性来回答。这是对第三个问题的答复：上帝不是因为他吃了禁果把他逐出伊甸园的，真正的原因是他没有"遵守上帝对人的约束"，即人类应该谦卑、顺从上帝，而他那种行为却是傲慢，是对上帝的叛逆。

敦促维吉尔帮你，

到那个时刻为止，

我盼望这次聚会²⁵

已等待很长时间，

在那段时间里，

太阳一共运转

四千三百零二次；²⁶

此前我在人世时，

看见太阳走过

黄道上诸星座，

共计九百三十遍；²⁷

我所使用的语言，

在宁录率领众人

想建巴别塔之前，²⁸

---

25 即盼望回到天国，盼望和圣徒们一起与但丁在这里相见。

26 即亚当在地狱林勃层已经待了4302年。

27 "太阳走过／黄道上诸星座"，即太阳运转一年的时间；"共计九百三十遍"，即930年，就是
说亚当在人世生活了930年，参见《旧约·创世记》第5章第5句："亚当共活了九百三十岁就
死了。"贝阿特丽切到地狱敦促维吉尔帮助但丁是在1300年，即但丁开始梦游冥界那年，耶
稣被钉死在十字架上是公元34年，34年至1300年其间过了1266年。亚当活了930年 + 亚当在
林勃层待了4302年 + 从耶稣之死至但丁与亚当相见其间的1266年 = 6498年，即上帝把亚当
放在炼狱山顶的伊甸园里至但丁与他相见、向他提问，其间经过了6498年，或者说亚当被上
帝放在伊甸园的时间是——6498 – 1300 = 5198——即公元前5198年。这个数字就是对但丁第
一个问题的答案。

28 宁录要建一座通天的高塔，即巴别塔，用来聚集世人，以免他们分散到各地去，上帝担心人
类因此会变得像神一样无所不能，就弄乱了世人的语言，让世人无法沟通，致使高塔无法建
成（参见《地狱篇》第三十一章注10）。这里是说，亚当使用和创造的语言，在此之前就灭
绝了。这是亚当对但丁第四个问题的答复。

就已经完全灭绝：

任何理性的产物，

不可能永远不变，

因为人类的好恶

会随天体的影响，

不断地发生变化。[29]

人类需要讲话，

是种自然现象，

使用哪种语言，

你们自己决定。

我去地狱之前，

世人称呼至善，

用的是数字I[30]

（正是它的光辉

笼罩我的喜悦），

后来则改称EI。[31]

这种变化很自然，

因为语言的习惯，

---

29 但丁在本书第五曲曾指出，人类本性"多变"，即容易接受外来的影响，指各天体的影响，
    好恶也会随之变化（参见本书第五曲注15）。在《论俗语》第一卷第九章中他也写道："由于
    人类是最反复、最易变的动物，人的语言就不能恒久不变；语言和人类的其他事物一样，比
    如风俗习惯和时尚，都必然会改变。"
30 I是罗马数字一，表示唯一。
31 EI是希伯来语对上帝的称呼。

宛如树叶一般，

这片树叶脱落，

那片树叶长出来。

我逐出前居住在

高山上的伊甸园，

在那里待的时间

一共是六个小时，

那时太阳刚走完

四分之一个圆圈。"[32]

32　亚当在伊甸园待了六个小时，从早晨6点到中午12点，恰好是太阳日周的四分之一。这是亚当对但丁第二个问题"在伊甸园里待了多久"的回答。

第二十七曲

"光荣归于圣父，
归于圣子、圣灵！"
整个天国唱起
这首颂扬歌曲，
歌声优美甜蜜，
令我如痴如醉。

亚当讲完话后，聚集在恒星天里的福灵们共同唱起赞美上帝的《荣耀颂》，歌声优美甜蜜，让但丁"如痴如醉"，不禁欢呼："啊，喜悦！啊，欢乐！/ 不可言状的欢乐！/ 啊，由爱与宁静 / 构成的天国生活！/ 啊，天国的财富，/ 人们在这里享受，/ 再也没有世俗 / 那种贪婪渴求。"

然而在这种普遍欢乐的气氛中，圣彼得开始谴责腐败的教皇，首先就是卜尼法斯八世:"那个篡夺我 / 尘世宝座者…… / 已把我的墓地, / 变成散发臭气、/ 沾满鲜血之地; / 所以那个从天国 / 坠落下去的恶魔(指魔王卢齐菲罗),/ 待在地狱里面 / 为此幸灾乐祸。"圣彼得继续说,他和几位最初的教皇用自己的血培植抚养的教会,"不是用来获取财富,/ 而是用来获得永福"。还说,他们最初的意图不是要把信众一分为二,让一部分人去摧残另一部分人; "也不是让基督赐予 / 我的两把钥匙,/ 成为军旗标志,/ 引领教皇军队 / 与受洗者战斗"; "更不是要让他们 / 把我刻在印玺上,/ 盖到出卖特权或者 / 买卖圣职的文件上"。

接着圣彼得提醒人们注意那些假牧师,那些"牧人打扮的、/ 豺狼凶恶且贪婪",诸如约翰二十二世和克雷芒五世,并且不无感慨地说:"圣教会啊! / 你那良好的开端 / 会落个什么下场!"意思是:由我和几位教皇开创的教会,在他们率领下,下场会多么悲惨。但是他对上帝并未失去信心,相信"上帝的救助…… / 必然会降临人世",并叮嘱但丁说:"啊,孩子,你的肉体 / 还要回到尘世里去,/ 届时你要把我说的 / 向众信徒如实告知。"

这时但丁看见,与他一起待在恒星天里的福灵,"仿佛团团雪花,/ 纷纷向上飘洒",飞向水晶天。但丁目视着他们,直至看不见他们时为止。圣女发现他不再向上看时,对他说:"垂下你的脸面,/ 看一看你自己 / 已飞升多么远。"但丁这才发现,这期间他已跨越宇宙空间90度,即从耶路撒冷上空来到西班牙的加的斯上空,从那里向西可看到直布罗陀海峡(尤利西斯疯狂冒险的地点),向东可看到克里特岛。本来他还可以看到更多的东西,可惜太阳已经西移,天色变黑。于是他把目光转向圣女,这才明白"圣女目光的能力 / 帮我离开双子座,/ 一直把我引导到 / 旋转最快的天体",即水晶天,但丁也进入了水晶天。

接着但丁描述水晶天:"包裹各天体的 / 水晶天,不在别处,/ 只在上帝意识里,/ 上帝在这里点燃爱,/ 让它旋转,且有能力 / 向下面各个天体 / 施加自己影响力"; "水晶天的运动,/ 不靠另一天体 / 的运动来测定,/ 而其他

天体的 / 运动，则要靠 / 它的运动测定"，即水晶天是围绕地球的各个天体运动的原动力，所以又称原动天。水晶天的外边是上帝待的净火天（圆形物），那么净火天是什么？但丁这里的回答很简单："只有上帝知悉"，他会在后面几曲全面介绍。

最后但丁借贝阿特丽切之口，哀叹人世已腐败不堪，"只有那幼小孩子 / 保留着童真与信念"，"还能禁食守斋"，等他们成人之后，童真与信仰这两种美德就会消失，变得贪婪起来。究其原因："如今人类世界，/ 无人进行管理，/ 人类这一整体 / 走上犯罪之路。"就是说，因为当时帝位虚悬，教皇的位置被卜尼法斯八世之徒篡夺，没有皇帝管理世俗世界，没有称职的教皇管理宗教世界，人类才误入歧途。然而但丁借圣彼得之口表示："影响我们的诸天体 / 会施加它们影响力，/ 促使时运女神 / 前来救助我们：/ 调转船头船尾，/ 让人类的船队 / 航行方向正确无误。"

颂扬上帝

"光荣归于圣父，

归于圣子、圣灵！"[1]

整个天国唱起

这首颂扬歌曲，

歌声优美甜蜜，

令我如痴如醉。

我所看到的景况，

仿佛宇宙的四方

全都充满喜悦，

因为我的沉醉

不仅来自听觉，

而且来自视觉。

啊，喜悦！啊，欢乐！

不可言状的欢乐！

啊，由爱与宁静

构成的天国生活！

啊，天国的财富，

人们在这里享受，

1　这是基督教赞美上帝的歌曲《荣耀颂》的第一句。

再也没有世俗

那种贪婪渴求。

圣彼得谴责腐败的教皇

四个燃烧光团

站在我的面前，

最早来的那个[2]

变得更加灿烂，

他面貌的颜色

与木星天相似，[3]

倘若他与火星

只是飞鸟两只，

现在他们也许

应该交换毛羽。[4]

分配任务并监督

任务执行的天意，[5]

2　最早来的那个光团指圣彼得；其他三个是圣雅各、圣约翰和亚当。

3　木星呈银白色，参见本书第十八曲注10，就是说这时圣彼得的脸色呈银白色。

4　火星呈红色，参见本书第十四曲注11。意思是：现在圣彼得开始谴责那些腐败的教皇，由于愤怒，脸色要由银白变成火红了。

5　指上帝。

命令福灵们停止

唱歌并保持沉寂。

这时有个声音

传到我耳朵里：

"假如我改变颜色，[6]

你不必感到惊异，

因为我讲话之际，

他们[7]都改变颜色。

那个篡夺我

尘世宝座者[8]

（我的那个宝座

其实仍然空着；[9]

圣子认为如此），

已把我的墓地，

变成散发臭气、

沾满鲜血之地；

所以那个从天国

坠落下去的恶魔，[10]

---

6 发怒。
7 指那里的所有福灵，包括圣雅各、圣约翰、亚当、贝阿特丽切等。
8 指腐败的教皇卜尼法斯八世。
9 意思是：卜尼法斯虽然当选成为教皇，但他的所作所为不配当教皇，所以诗中说"其实仍然空着；/圣子认为如此"。
10 指魔王卢齐菲罗。

待在地狱里面

为此幸灾乐祸。"

那时我看见满天

都染成那种颜色，

如同早晚的阳光

染红天际的颜色。

贝阿特丽切此刻

面容也变了颜色，

宛如自信的妇女，

深信自己的纯洁，

听说别人不贞时，

同样会感到羞怯。

我相信基督蒙难时

天空也改变了颜色。[11]

他继续往下说去，

但他的声音变得

和此前大有区别，

而他面孔的颜色

11　耶稣被钉死在十字架上时，天空也变黑了。参见《新约·马可福音》第15章第33句"从午正到申初，遍地都黑暗了"，或《新约·路加福音》第23章第44—45句："那时约有正午，遍地都黑暗了，直到申初，日头变黑了……"

却变得更加严厉：

"基督的那位新娘，

是用我、里努斯以及

克莱图斯¹²的血抚养，

不是用来获取财富，

而是用来获得永福；¹³

西克斯图斯、庇护、

卡利斯图斯、乌尔班，¹⁴

为传教磨难受尽，

也献出自己性命？

我们的初始意图，

不是让部分信徒

坐在后继者的右边，

让另外一部分信徒

---

12 "基督的那位新娘"指教会；利努斯（Linus）是继圣彼得之后的第二任罗马教皇，67—76年在位；克莱图斯即阿纳克莱图斯（Anacletus），是第三任罗马教皇，76—88年在位。他们先后遭迫害而死，因为他们任教皇时，基督教还在受迫害。

13 意思是：教会不是用来谋取私利的，而是要引导信徒进入天国，享受永福。

14 西克斯图斯即西克斯图斯一世（Sixtus I）教皇，115—125年在位；庇护即庇护一世（Pius I）教皇，140—155年在位；卡利斯图斯即卡利斯图斯一世（Callistus I）教皇，217—220年在位；乌尔班即乌尔班一世（Urban I）教皇，220—230年在位。这四位教皇也处于基督教受迫害时期，受尽了磨难，最后都殉教而死。

坐在后继者的左边；[15]

也不是让基督赐予

我的两把钥匙，

成为军旗标志，

引领教皇军队

与受洗者战斗；[16]

更不是要让他们

把我刻在印玺上，[17]

盖到出卖特权或者

买卖圣职的文件上。

这些事使我经常

感到羞耻与愤懑。

---

15 指圣彼得和上述其他殉教的几位教皇，并不想把教民分成两派，受上帝恩宠者站在教皇（后继者）右边，被抛弃者站在教皇左边。这个典故来自《新约·马太福音》第25章第32—46句："万民都要聚集在他面前。他要把他们分别出来，好像牧羊的分别绵羊、山羊一般；把绵羊安置在右边，山羊在左边。于是，王要向那右边的说：'你们这蒙我父赐福的，可来承受那创世以来为你们预备的国……王又要向那左边的说：'你们这些被诅咒的人，离开我吧，进入那为魔鬼和他的使者所预备的永火里去！'"但丁这里所谓的两派，是指当时的教皇党与皇帝党。

16 耶稣把天国的两把钥匙交圣彼得保管（参见《地狱篇》第十九曲注15），不是为了让教皇党将其变成自己的旗帜（指教皇的旗帜上绘着彼得的钥匙），与教民（受洗者）作战。当时教皇党就是打着教皇的旗帜与皇帝党作战。但丁在《地狱篇》第二十七曲就指责卜尼法斯八世说："新法利赛人的头领 / 点战火于罗马附近， / 敌人不是犹太人， / 也不是萨拉森人， / 而是全体基督徒。"参见《地狱篇》第二十七曲"圭多的罪与罚"一节及该曲注13、注14。

17 指当时教皇的印玺上刻有圣彼得的头像。

从这里可以看见，

在尘世的牧场上，

都有牧人打扮的、

豺狼[18]凶恶且贪婪，

啊，上帝的救援，

你为啥还在沉睡？[19]

那个卡奥尔人

和加斯科涅人，[20]

正准备吸我们

血；圣教会啊！

你那良好的开端

会落个什么下场！[21]

但是上帝的救助，

会像我想象那样，

---

18 指那些通过买卖圣职而成为牧师的人，他们是披着牧师外衣的假牧师。把假牧师比作豺狼是圣经里常用手法，参见《新约·马太福音》第7章第15句："你们要防备假先知，他们到你们这里来，外面披着羊皮，里面却是残暴的狼。"

19 圣彼得呼吁上帝快来救助，此句来自《旧约·诗篇》第44章第23句："主啊，求你睡醒，为何尽睡呢？求你兴起，不要永远丢弃我们。"

20 卡奥尔（Cahor），法国南部城市，约翰二十二世的故乡。那个卡奥尔人就是指他。关于他买卖圣职，但丁在本书第十八曲已有揭露，参见本书第十八曲注20、注21。"加斯科涅人"指克雷芒五世，参见《地狱篇》第十九曲注13，也是臭名昭著的买卖圣职者。他们二人都是法国人，而且都是教廷在法国阿维尼翁时担任教皇的。

21 "你的良好开端"指由圣彼得和前面提到的几位教皇开创的教会，在约翰二十二世和克雷芒五世这种买卖圣职的教皇率领下，结局（下场）会非常悲惨。

必然会降临人世，

就像他曾经差遣

西庇阿[22]，在各地

捍卫罗马的光辉。

啊，孩子，你的肉体

还要回到尘世里去，

届时你要把我说的

向众信徒如实告知。"

但丁登上水晶天

天上的摩羯星座

被太阳照射[23]之时，

大气层中的水汽

便凝成雪花飘落。

我看见天国这里

情景也几乎相似：

那些和我们一起

待在这里的福灵，

22　西庇阿，古罗马统帅，曾率领罗马军队击败迦太基将领汉尼拔，保卫了罗马在地中海的统治
　　地位。参见本书第六曲注20或《炼狱篇》第二十九曲注25。

23　太阳运行到摩羯座是12月21日，在那里待到1月21日，就是说这时是冬季。冬季大气层中的
　　水气凝结成雪花，向下飘落。

仿佛团团雪花，
纷纷向上飘洒。[24]
我的眼睛紧跟
这些光团飞升，

我们间的距离
变得越来越远，
直到我再也看
不见他们为止。

我那圣女发现
我不再向上看，
这样对我说道：
"垂下你的脸面，

看一看你自己
已飞升多么远。"
这时我才发现，
从我最初向下看

的那一瞬间起，
到这一刻为止，
我穿过的空间，
等于第一带的

24　福灵们的光团运动的方向，与雪花飘落的方向相反，他们是"向上飘洒"，向净火天飞升。

中间至西部终点。[25]

因此我能从这里，

向西看尤利西斯

疯狂冒险的地点，[26]

向东看那片海滩，

欧罗巴就在那里

变成美丽的负担。[27]

下面那尘寰里面

陆地的大花园里，

也许有更多美景

向我一一展示，

可惜太阳早已

在我脚下向西移，

移动的距离超过

25 "从我最初向下看 / 的那一瞬间起"，指但丁在第二十二曲从双子星座看地球，参见本书第
二十二曲 "回顾已走过的路" 一节。从那时算起到此时，但丁发现，他穿过的空间，"等于
第一带的 / 中间至西部终点"。所谓 "第一带"，是古代地理学家曾把地球上有人居住的地
区，按纬度从赤道依次向北划起，共分为七个气候带，第一带由印度恒河到西班牙的加的斯
（Cadiz），共180度。"第一带的中间" 即耶路撒冷，"西部终点" 即加的斯，也就是说，但丁
在这期间穿过的空间是宇宙空间的90度，用时6个小时。

26 指尤利西斯率领他的团队，冒险穿越直布罗陀海峡而丧生，参见《地狱篇》第二十六曲末尾
"尤利西斯的最后旅程" 一节。意思是：但丁从那里向西可以看到直布罗陀海峡。

27 这个典故来自古希腊神话：欧罗巴（Europa）是腓尼基国王的女儿，宙斯爱上了她，化成一
头公牛，把她掳到克里特岛，与其交媾，生了三个儿子，参见奥维德的《变形记》第二章。
"那片海滩" 指克里特岛。"美丽的负担"，虽然是负担，但令人欢喜，即变成了宙斯的情人。
这句的意思是：但丁从那里向东可以看到克里特岛。

一个多星座。²⁸
那时我心里

充满炽热渴望，
便把眼睛一双
转向我那圣女：
若美体与艺术，²⁹

能吸引人的眼睛，
能捕获人的心灵，
这一切加在一起，
也比不上圣女的

笑容向我传递的
那天仙般的美丽。
圣女目光的能力
帮我离开双子座，

一直把我引导到
旋转最快的天体。³⁰
这重天接近上帝，
比其他天体都高；

28 意思是：尽管那里还有许多美丽的地方值得我看，但是太阳已经向西移动了30多度（一个多星座），天色已晚，我无法看见了。
29 "美体"指人的健壮而美丽躯体；"艺术"指人体的雕塑或画像。
30 意思是：但丁在贝阿特丽切帮助下，离开双子星座进入水晶天（旋转最快的天体）。

它的各个部分

如此均匀一致，

圣女选哪部分

作为落脚之地，

我则无法知道。

她看出我尚存疑，

满怀喜悦说道

（她那喜庆的容貌

表示上帝欢喜）：

"宇宙的本质是，

它的中心静止，

它周围的天体

围绕着它旋转；[31]

这里是运动的

起点也是终点。[32]

包裹各天体的

31　按照托勒密的"地心说"，地球处于宇宙的中心，静止不动，其他星体，诸如月亮、太阳、水星、金星等，都围着地球转动。哥白尼提出"日心说"之前，"地心说"是人们（包括但丁）一致的看法。

32　"这里"指水晶天，或曰原动天，水晶天是各天体运动的起点与终点。有注释家解释说，水晶天对其下面的天体运动来说是起点；对其上的净火天来说，又是各天体运动的终点。

水晶天，不在别处，
只在上帝意识里，
上帝在这里点燃爱，
让它旋转，且有能力

向下面各个天体
施加自己影响力。
光和爱构成圆形物，[33]
从外面把它[34]包围住，

正如它把各天体
包在自己圈子里。
这圆形物是什么，
只有上帝才知悉。

水晶天的运动，
不靠另一天体
的运动来测定，
而其他天体的

运动，则要靠
它的运动测定，

33　即净火天；净火天里只有光和爱。
34　这里"它"指水晶天。

犹如数目字十

由五和二确定。[35]

你现在应已开化,

时辰就像是盆花,

根茎在花盆里面,

枝叶在花盆外边。[36]

圣女的抱怨与预言

啊,可恶的贪婪!

你把世人沉浸

在你波澜里面,

任何人的眼睛

都无法抬起来

观看美妙天国;[37]

人心自然向善,

还会开花结果,

---

35 即5×2 = 10。

36 测定星体运动的手段是时辰,即什么时辰什么星体应该运行到什么位置。但丁这里把时辰喻为盆花,花的根茎在花盆里面(运动的本源在水晶天里),不可见,而它的枝叶在花盆外面(各天体的运动在水晶天外边),可以看见。

37 贪婪是人的通病,世人因贪享凡间虚妄的"幸福",已无法抬起眼睛观看这里描述的美妙天国。但丁在《炼狱篇》第十四曲结尾,就批判世人贪图世俗"幸福",不愿抬起眼睛看天国美景:"上天围着你们旋转,/ 并向你们发出召唤,/ 展示它那永恒之美,/ 你们却紧盯着地面。"(参见《炼狱篇》第十四曲"对嫉妒罪犯的惩罚"一节)。

但因为阴雨连绵，

李树甜蜜的果实

也会被虫蛀变酸。[38]

只有那幼小孩子

保留着童真与信念，

面颊长满胡须之前

两种美德就逃窜；

有些学语的孩子

还能禁食守斋，

随着他的舌头

变得流畅无碍，[39]

只图口舌之快，

不看月亮形态；[40]

另有一些孩子，

牙牙学语之时，

热爱顺从母亲，

38　人心向善是自然规律；但阴雨连绵（教皇追求财富，买卖圣职），人们向善的心（李树甜蜜
　　果实）也会变坏（被虫蛀变酸）。

39　即长大成人；意思是长大成人之后就不再守斋，只图口舌之快。

40　"月亮形态"即月相，共四种：朔、上弦、望、下弦，是据以确定四旬斋的标志，因为复活
　　节前的那个星期五（venerdí santo），亦即耶稣受难日，月相应该是望（满月），而复活节前
　　四十天为四旬斋的斋戒期。

学会讲话之后，

就会时时盼望

他的母亲死亡。

人的皮肤，同样，

经太阳之女的

光线[41]对之照射，

也会由白变黑。[42]

为了使你对此

不会感到惊奇，

请你设身处地

想想这一事实：

如今人类世界，

无人进行管理，[43]

人类这一整体

走上犯罪之路。

由于计算有误，

---

41 "太阳之女的光线"指日光。

42 人类的皮肤生下来的时候是白嫩的，经过日光（太阳之女的光线）照射也会由白变黑、变暗。

43 指当时帝位虚悬，而教皇的位置被卜尼法斯八世之徒篡夺。由于没有皇帝管理世俗世界，没有称职的教皇管理宗教世界，人类就走上了歧途（犯罪之路）。

忽略微小差别，

致使整个元月

都超出了冬天；[44]

谬误更正之前，

影响我们的诸天体

会施加它们影响力，

促使时运女神

前来救助我们：

调转船头船尾，

让人类的船队

航行方向正确无误，

并且使那株李子树

结出甜蜜的果实。"

公元前45年恺撒采用天文学家索西琴尼（Sosigenes）编制的日历，以恺撒的名字儒略命名，
  称儒略历，一年365天零6小时，4年有一闰日，比回归年（太阳年）长11分40秒，即每年长
  了11分40秒。这样，到但丁生活的年代，儒略历标注的季节与实际情况不相吻合，所以诗中
  说"整个元月都超出了冬天"。儒略历一直沿用到16世纪，直到教皇格列高利十三世于1582年
  命人修订，成为现在通用的公历。但丁借圣女之口表示，希望在此之前时运女神能降临人
  世，让人类改变航向，走上正路，"使那株李子树 / 结出甜蜜的果实"。

第二十八曲

那些火环散发的
火星，与烧红的
铁块被铁锤打时，
迸发的火星无异……

　　但丁从这一曲开始描述净火天的情况：他首先发现净火天的中央有一个光点，即上帝，看似很小，像空中的一颗星星，但是，"假如把一颗星星 / 并排放在它旁边，/ 它就大如月亮"；这个光点外面"有个火环围着它 / 飞速地在旋转，/ 旋转速度之疾 / 超过了水晶天体，/ 九重天中最快的"；而且在"这个火环外面 / 围着另一火环，/ 第二个火环外面，/ 围着第三个火环"，就这样一环套一环，外面共有九个火环。但是，它们旋转的速度，"随着

序号的增加 / 旋转速度会变慢"，就是说第一个火环转得最快，第九个火环转得最慢；它们发光的亮度也是如此，随着序号的增加，亮度越来越弱。

为什么会这样，贝阿特丽切对但丁说：第一环"为啥旋转最快，/ 那是它被至爱 / 的火焰燃烧"。但丁觉得不解，说道："假如宇宙的运转 / 犹如这里的火环，/ 我的问题也许 / 已经得到满足；/ 但是在感性世界里，/ 人们看到的情形是，/ 离宇宙中心最远的 / 天体，旋转速度最快。"就是说，假如在精神世界，像圣女说的，离中心点最近的旋转最快，但是在物质世界，人们看到的却是，离中心点最远的旋转速度最快。

贝阿特丽切解释说："人能看到的天体，/ 德能与面积各异，/ 它若把自己德能 / 平分到各个部分，/ 大德产生大爱，/ 需要较大面积 / 把那份爱承载。"由于水晶天与第一个天使环相对应，而第一环天使因为离上帝最近，获得的爱和智慧最多，所以圣女建议但丁："如果你考察问题时 / 以爱和智慧为标准，/ 而不是以你看到的 / 离地球的距离，/ 作为考察标准，/ 这样得出的结论，/ 就不会相互矛盾：/ 形体较大的天体，/ 会与德能较大的 / 天使层相互对应，/ 形体较小的天体，/ 则与德能较小的 / 天使层相互对应。"

圣女的回答使但丁茅塞顿开，但他仍希望更多了解那九个天使环的情况。贝阿特丽切告诉但丁，天使共有三个品级，每个品级由三批天使组成。第一品级的三批天使依次是：撒拉弗、琤璐珀和德罗尼；第二品级的三批天使依次是：德权、德能和威力；第三品级的三批天使依次是：王国、大天使和天使。但丁借贝阿特丽切之口说，天使的这种分类与排序，源于雅典主教丢尼修，与后来的教皇格列高利一世不一样；但后者的排序不符合天国的实际情况，正如但丁在诗中说的，当格列高利进入天国，看到那里的实际情况之后，"就对自己谬误，/ 便一笑而置之"。丢尼修作为一个凡人，"能够揭示天国真理"，毫不奇怪，因为他的施洗者圣保罗到过天国，"见过这里的情况，/ 告诉他天国秘密，/ 以及这些火环的 / 许多其他的真理"。

值得一提的是但丁对幸福的解释:"幸福是建立在 / 观照行为上面, / 而不是建立在 / 爱的行为上面, 观照行为第一, / 爱的行为次之; / 观照行为的深浅, / 源于功德的深浅, / 功德的深浅来自 / 上帝恩惠和善意。"就是说,在天国里所谓幸福, 就是对上帝的观照, 而观照 (幸福) 的深浅, 取决于天国的福灵本身的功德, 而功德的深浅则取决于上帝的恩惠和福灵们自己的善意。

一个光点与九个火环

圣女领我进入天国，
揭露世人可悲生活，
并展示天国实况，
于是我转身回望：

犹如站在镜子前面，
没看见那镜子里面，
有一个分岔的烛台，[1]
在一个人身后点燃：

上面蜡烛的火光，
从身后把他照亮；
他真想转过身去，
看看那火焰映象

是否与实物一样；
发现映象与实物，
果然是完全一致，
如同歌曲与旋律。

我的记忆也如此：
当我凝视圣女时，

---

1 可以插两支蜡烛的烛台。

爱神就把她那美目
变成绳索把我捆住；

当我转身后看时，
那天体中的情形
便映入我的眼睛，
当我再仔细看时，

便看见一个光点 [2]
发出强烈的光线，
我不得不把脸面
垂下，避开强光。

从地面看那光点，
大小就像颗星星；
假如把一颗星星
并排放在它旁边，

它就大如月亮。
距离那个光点
不太远的地方，
相当雾气弥漫

2　指上帝、上帝之光。

产生晕圈³之时，
晕圈与其遮掩的
天体之间的距离，
有个火环围着它

飞速地在旋转，
旋转速度之疾
超过了水晶天体，
九重天中最快的。

这个火环外面
围着另一火环，
第二个火环外面，
围着第三个火环，

第三个火环外
有第四个火环，
第四个火环外
有第五个火环，

第五个火环外
有第六个火环，
第六个火环外
是第七个火环。

3　指日晕或月晕。

这第七个火环

变得如此宽阔，

假如彩虹呈圆形，

也不能把它囊括。[4]

外边还有第八

和第九个火环；

随着序号的增加

旋转速度会变慢，[5]

离那光点最近的，[6]

发出的火焰最亮，

那是因为，我想，

它获得更多真理。

贝阿特丽切的解释

我的那位圣女

见我困惑依然，

这样对我解释：

"天和整个自然

4　第七层火环非常宽阔，假如彩虹变成圆形（彩虹呈半圆形），也不能包裹第七层火环。

5　从第一个火环算起，序号越大旋转速度越慢。就是说第一个火环转得最快，第九个火环转得最慢。

6　即第一个火环。

都依赖这一点。[7]

你快看距离它

最近的那个火环，

你应该知道，它

为啥旋转最快，

那是它被至爱

的火焰燃烧。"

我对她说道：

"假如宇宙的运转

犹如这里的火环，[8]

我的问题也许

已经得到满足；

但是在感性世界里，

人们看到的情形是，

离宇宙中心最远的

天体，旋转速度最快。[9]

7　但丁这里借圣女之口援引亚里士多德的话："天和整个自然都依靠这一原则。"（参见亚里士多德的《形而上学》第12章第7句）不过但丁把"这一原则"改为"这一（光）点"。

8　指这里的九层火环，离中心点越近，旋转的速度越快。

9　但丁相信地心说，即地球是宇宙中心，各个天体（月亮、水星、金星等）围着地球旋转，离地球越远，旋转的速度越快。

在这座天使的圣殿[10]

（它由爱与光构成，

位于水晶天外边），

我的愿望若要实现，

还需要请你解释，

何为原型与摹本，[11]

因为单靠我的智力

无法弄清这个问题。"

"仅仅靠你的手指

无法把此结解开，

你不必感到奇怪，

因为到目前为止，

尚无人试图

去打开此结，

所以它变得

越来越紧凑！"[12]

---

10 "天使的圣殿"指净火天，把净火天比作圣殿是《圣经》常用的手法。上一节讲的一个光点
（上帝）和九个火环（围绕其外的九层天使环），就是净火天。净火天由爱和光组成，包裹着
水晶天，参见本书第二十七曲注33。

11 "原型"指天使世界，即上面说的天使的圣殿；"摹本"指感性世界，即人们看到的宇宙。但
丁看到在天使世界，离上帝最近的天使环旋转最快，而在感性世界，离地球最远的天体旋转
最快，所以但丁感到不解，希望贝阿特丽切能给他解释。

12 即但丁的问题（那个结），由于迄今为止尚无人试图去解决它，它变得越来越难解了（越来
越紧凑）。

圣女这样解释，
然后她又继续：
"假如你的求知欲
想完全得到满足，

那你就仔细听取
下面我要说的话，
并且揣摩那些话，
竭尽全力理解它。

人能看到的天体，[13]
德能与面积各异，
它若把自己德能
平分到各个部分，

大德产生大爱，
需要较大面积
把那份爱承载。
带动各个天体

转动的水晶天，
与第一个火环
对应，这环天使
最靠近那个光点，[14]

13　指但丁构思的天国里的九重天。
14　第一个天使环的天使最靠近上帝（那个光点）。

获得爱与智慧最多；

如果你考察问题时

以爱和智慧为标准，

而不是以你看到的

离地球的距离，

作为考察标准，

这样得出的结论，

就不会相互矛盾：[15]

形体较大的天体，[16]

会与德能较大的

天使层相互对应，

形体较小的天体，

则与德能较小的

天使层相互对应。"

当北风吹来时，

云雾消散开始，

---

15 第一环天使最靠近上帝，从上帝那里获得的爱与智慧最多，因此第一个火环旋转最快；而
   与其对应的水晶天，离地球最远，但因为这一环的天使管理着水晶天，所以它转动的速度也
   最快。就是说，如果但丁以爱和智慧作为衡量的标准，就不会得出相互矛盾的结论（参见前
   注8和注9）。
16 在但丁构思的天国里天体的形体大小与其离地球的距离成正比。

天空逐渐晴朗，

处处展现笑意；

此时我的面庞，

也像天空一样，

因为那位圣女

解答十分清晰，

仿佛一颗明星，

为我照亮真理。

天使的等级

圣女结束讲话时，

那些火环散发的

火星，与烧红的

铁块被铁锤打时，

迸发的火星无异；

每粒火星都跟随

它那个火环旋转，

与火环形成一体；

它们为数极多，

总数大大超过

两个棋盘格数

乘以千倍之数。[17]

我听见那些天使

朝着那个固定点，

都在歌唱"和散那"，[18]

一队队彼伏此起；

正是那个固定点，

让这些天使永远

待在自己轨迹中。

贝阿特丽切看见

我心中还有疑团，

便接着对我解释：

"前面的两个光环

展示撒拉弗天使

和瑾璐珀天使[19]

他们旋转最快

17　"它们为数极多"，指天使的数目极多，参见《新约·启示录》第5章第11句："我又看见且听见宝座与活物并长老的四周有许多天使的声音，他们的数目有千千万万……"但丁这里又引用一个古代传说来具体说明天使的数目：波斯国王问六十四格棋的发明人想要什么报酬，那人回答说要下列数字的小麦粒：在棋盘的第一格放一粒小麦，第二格放两粒小麦，第三格放三粒小麦，以此类推，直至最后的第六十四格，然后再乘以二。实际上这是二的六十四次方，计算下来是个天文数字。

18　"固定点"即位于天使层中心的上帝；"和散那"是希伯来语，是求救的呼声，意思是"拯救我们"，参见《炼狱篇》第二十九曲注11。

19　第一层天使叫撒拉弗或上品天使，第二层天使叫瑾璐珀或二品天使，参见本书第二曲注22。

靠的是上帝之爱，

因为这些天使，在

最大可能的限度内，

力求与发光点相似：

他们离发光点最近，

具有卓越瞻仰能力。

围着他们转的

其他那些天使，

是德罗尼[20]天使，

护卫上帝宝座；

天使的三个品级

全都由三批组成，[21]

第一品级的三批，

他们是最后一批。[22]

我还应该告诉你，

他们的幸福程度，

与他们观照上帝

的深浅成正比例；

---

20 围着一品天使和二品天使旋转的是德罗尼天使，原文是宝座的意思。基督教神学认为，上帝
  选择这些天使护卫自己的宝座，故曰上座天使或音译为德罗尼。参见本书第二曲注22。
21 天使共有三个品级，每个品级由三批天使组成。
22 即德罗尼天使是第一品级天使中的第三批（最后一批）。

这里每个天使

获得真理之后，

心灵才会平息。

由此可以得知，

幸福是建立在

观照行为上面，

而不是建立在

爱的行为上面，

观照行为第一，

爱的行为次之；

观照行为深浅，

源于功德深浅，

功德的深浅来自

上帝恩惠和善意；

整个过程就如此

一步一步地演绎。

第二个天使品级，

在这永恒春天里 [23]

---

23 "永恒的春天"指天国的春天，它与人间的春天不一样：在人间树木春天发芽、开花，秋天
　时才结果；而天国的春天是永恒的，就是说那里只有春天，所以诗中说"在这永恒的春天 /
　萌芽、开花、结果"。

萌芽、开花、结果，

白羊座无法掠夺，[24]

他们用三种旋律，

在各自的批次里，

不断唱着"和散那"，

三个批次依次是：

德权、德能、威力。[25]

在倒数第二的

两个火环里面

旋转的天使是，

王国以及大天使，

最后那个火环里

都是欢乐的天使。[26]

所有品级的天使

都向上观照上帝，

向下施加影响力，

以吸引较低等级；

因此，全部天使，

24　春天的时候，太阳与白羊座在一起，同起同落；秋天树木结果的时候，太阳运行到与白羊座
　　对面的天秤座，就是说，白天看不到白羊座，"白羊座无法掠夺"天国里的果实。

25　指德权、德能、威力等天使，参见本书第二曲注22。

26　"王国""大天使""欢乐的天使"，即不加任何修饰的普通"天使"，参见本书第二曲注22。

都被吸引朝向上帝，

同时也在吸引别的。

满怀渴望丢尼修，[27]

考察天使的等级，

给他们起好名字，

对他们加以区分；

他起的那些名称，

与我的说法无异，

但是，格列高利[28]

与他意见有分歧。

当他来到这里，

看到天国实情，

就对自己谬误

便一笑而置之。

一个凡人能够

揭示天国真理，

27 丢尼修，古希腊雅典大法官，他的著作《论天国等级》一书，分析了天使的性质、等级和职
    责，参见本书第十曲注29。"满怀渴望"即抱着探求真理的愿望。
28 即教皇格列高利一世。他曾请求上帝拯救罗马帝国皇帝图拉真的灵魂，特许他进入天国，参
    见《炼狱篇》第十曲注13。格列高利对天使的分类与丢尼修有些不同。他也把天使分为三个
    品级：第一品为撒拉弗、琅璐珀和威力；第二品为王国、德能和德权；第三品为宝座、大天
    使和天使。可见这种分类与贝阿特丽切（亦即但丁）在本曲对天使的分类不同。

我希望你不必

为此感到惊奇，

因为有那么一位 [29]

曾经来到过这里，

见过这里的情况，

告诉他天国秘密，

以及那些火环的

许多其他的真理。"

29　指圣保罗。圣保罗活着的时候曾到过天国，参见《地狱篇》第二曲注4。另外，圣保罗曾为
　　丢尼修施洗，所以后文诗中又说"告诉他天国秘密"，因此丢尼修的分类符合天国实际情况，
　　准确无误。

第二十九曲

圣女笑容满面地
默默望着那发光点，
而我因它强烈光线
不得不垂下双眼。

这一曲贝阿特丽切继续解释有关天使的问题：天使的创造、天使的职责、天使的数量，等等。

本曲开始，贝阿特丽切短暂地观照上帝，了解但丁的心愿后说道："我不需要问你，/ 就知你的问题，/ 因为我已经从 / 那个发光点里……/ 看到了你的心意。"接着她解释上帝为何要创造天使："上帝创造了天使，/ 不是为让自己 / 获得更多的善 /（这是无稽之谈，/ 他已经是至善），/ 而是要让天

使 / 反射他的光辉。"那么天使是什么时候创造的呢?"上帝创造天使以前,/ 并没有懒散地躺着,/ 相对他行走在水面(即创造天地),/ 不能说是在此之前,/ 也不是在此之后。"在何处创造的呢?在净火天。她还说,与天使一起创造的是宇宙结构和秩序:天使"位于宇宙最高处",即净火天,地球在最下边,中间是各重天体。接着,她批判了这种观点:创造天使要比创造可看见的宇宙早好几个世纪。她不仅列举了圣经和圣徒们的观点,而且从常人推理的角度说明那是不可能的。

天使被创造出来后,很快就分成三部分:反叛上帝的、保持中立的和忠于上帝的;以卢齐菲罗为首那部分出于傲慢反叛上帝的天使,以及那部分虽未反叛却持中立态度的天使,被上帝打入地狱;忠于上帝的那部分天使留在了天国,这部分天使"个个都很谦卑,/ 承认他们都是 / 出自上帝仁慈;/ 正是因为如此,/ 他们才能迅速 / 领会上帝心意。/ 他们获得圣恩,/ 临近观照上帝,/ 加上他们功绩,/ 这就使得他们 / 拥有坚定而 / 完美的意志"。

贝阿特丽切继续对但丁说:"如果你已经领悟 / 我讲的这些道理,/ 现在你无须帮助,/ 自己就能够领会 / 这些天使的奥秘。/ 但是你们学校里(即那些神学家),/ 讲授天使本性时,/ 说天使犹如人类,/ 有心智、记忆和意志。"为了让但丁不至于受这种错误观点影响,圣女解释说:"上帝的这些天使,/ 由于观照上帝 / 变得欢乐起来,/ 从造出来时开始,/ 他们的眼睛从来 / 没有离开过上帝",因为他们在上帝的眼里能够看到一切,他们的注意力也就不会被别的事物打断,"所以他们不会求助 / 记忆,来接续他们 / 那已被打断的思路"。就是说,称天使有记忆力那是睁着眼睛说瞎话(睁眼梦呓)。说这种话的人也有两种情况:有的"相信自己所言为真,/ 也有的却自知非真,/ 两种人比较起来 / 后者的罪孽最甚"。

圣女继续批判那些神学家,说他们"喜欢炫耀自己,/ 或者标新立异;/ 对于此种行径,/ 上天尚能容忍,/ 如果藐视《圣经》、竭尽曲解之能,/ 那就不能再容忍"。就是说,如果仅仅是为了"炫耀自己"或"标新立异",

那还没什么，但是"有些布道者采纳／他们的这些说法，／对《福音》只字不提"，那就另当别论了。贝阿特丽切还非常形象地描述传道现场说："如今人们传道，／利用打诨卖俏，／引发哄堂大笑"；讲道者如此，听众也有责任："世人出于愚昧，／盲目相信他们；／这种愚蠢行为，／因此才与日俱增"。

这时贝阿特丽切发现，他们的谈话偏离正题太远，便把话锋转到天使的数量上："要说出他们数目，／不是凡人的言语／和凡人的想象力，／能够完全胜任的"，但她并未给出个具体数目。最后她有感上帝的伟大，说道："他已经把他自己／转化成众多镜子，／以反射他的光辉，／而他本身却依然／如同先前那般，／浑然成为一体。"

创造天使

当勒托的两个孩子，[1]
一个在白羊座下方，
一个在天秤座下方，
同时现身地平线上，

他们在天顶两侧
保持着相对平衡，
但是，当他们二者
离开那条地平线，

进入各自的半球，
这种平衡就失去。[2]
在这短暂时间里，
圣女笑容满面地

默默望着那发光点，
而我因它强烈光线
不得不垂下双眼。
然后圣女开口说：

1　"勒托的两个孩子"即太阳神阿波罗和月亮神狄安娜，参见《炼狱篇》第二十曲注35。
2　春分时太阳位于白羊座，月亮位于天秤座。太阳从东方升起时，月亮在西方下沉，这个时候它们都在地平线上，相对天顶的距离相等（像天平的指针指在刻度中间那样，保持着相对平衡）；但很快，一个上升，一个下降，进入各自的半球，这种平衡就打破（失去）了。据计算，这个时间很短，约一分多钟。

"我不需要问你，
就知你的问题，
因为我已经从
那个发光点里

（那个汇集一切空间、
一切时间的镜子里），
看到了你的心意。
上帝创造了天使，

不是为让自己
获得更多的善
（这是无稽之谈，
他已经是至善），

而是要让天使
反射他的光辉，
而且要使天使
有自我存在感，

存在于永恒时间
与永恒空间里面；[3]
上帝按自己意愿
创造了这些天使。

3　既然是永恒时间，那就没有之前与之后的区别。

上帝创造天使以前，

并没有懒散地躺着，

相对他行走在水面，[4]

不能说是在此之前，

也不是在此之后。

智慧和单纯物质，

单独或相互结合，

以三种毫无瑕疵

的完美形式存在，

它们像三支箭矢，

从一个有三弦的

弓[5]上同时射出来。

犹如光线照射

琥珀、水晶、镜子，

并且穿透它们，

与其形成一体，

其间毫无时间间歇；

同样，上帝造物的

4　即上帝开始创造世界时，参见《旧约·创世记》第1章第1—2句："起初神创造天地。地是空
　　虚混沌，渊面黑暗；神的灵运行在水面上。"

5　"三弦的／弓"是但丁虚幻的弓，也许是暗示三位一体的上帝。意思是：智慧（指天使）、单
　　纯物质（指构成各种创造物的要素）、智慧与单纯物质相互结合的生成物（指各天体），都
　　是从上帝心灵里直接而同时产生的。

三种效果，同一时间

产生，也无先后差异。[6]

与它们一起创造的

是宇宙结构和秩序：

天使按他们排序

位于宇宙最高处，[7]

他们的行动能力

在他们体内产生；

物质在宇宙底层[8]

中间的部分则是

各重天体，那里

要素与能力紧密

相连，不会分开。

圣哲罗姆[9]书信里

曾经这样写道：

创造天使要比

---

6 指天使、要素和诸天（见前注5）也是同时创造的，不分先后。

7 即净火天。

8 "物质"即借以创造各种事物的单纯物质，见前注5；"宇宙底层"指地球。

9 圣哲罗姆（Saint Jerome，347—419年），古罗马教父，曾将希伯来文《旧约》和希腊文《新约》译成拉丁文，合辑为拉丁文《圣经》。他留下的许多书信，对史学家、圣经学者和神学家都有重要参考价值。

创造感性世界，[10]

早好几个世纪。

但是我讲的真理，

见于受圣灵影响

创作的许多篇章，[11]

假如你认真仔细，

就会看到此真理；

甚至人们的理性

也认定这一真理，

因为按常理演绎，

世人不可能承认，

推动天体的天使

这么长的时间里，

因为没有诸天体，

无法行使使命。[12]

现在你已知道

10　"感性世界"即可看见的（可感知的）世界、宇宙。

11　包括《圣经》和圣哲们的著作，如托马斯·阿奎那的《神学大全》（参见本书第十曲注25）、
彼埃特罗·隆巴尔多的《箴言录》（参见本书第十曲注27）等。《旧约·德训篇》第18章第1
句说："谁永久活着，同时创造了一切事物。"（可惜中文《圣经》未收录此篇）《旧约·创世
记》第1章第1句是："起初神创造天地。"其中"起初"一词也说明，在此以前上帝并未创造
别的东西（包括天使在内）。

12　按照常理推论，既然天使的使命是推动天体运行，上帝尚未创造诸天体，怎么会提前几个世
纪就创造出天使呢。

上帝何处创造，

何时、为何创造

那些天使的。[13]

你愿望中的

这三朵火焰，

就已经平息。

没有过多少时间，

若以数数来计算，

从一还没有数到

九这样短的时间，

便有一部分天使

从天上坠落下来，

使最下面的那个

要素[14]动荡起来；

另一部分留在天国，

开始履行他们职责，

---

13 何处、何时及为何，是但丁仍想知道的三个问题，至此已得到解答："何处"，在净火天里；"何时"，与上帝创造天地同时；"为何"，按照上帝的意愿与喜好。所以诗中说："你愿望中的 / 这三朵火焰，/ 就已经平息。"

14 "最下面的那个要素"指"土"，按亚里士多德的说法，气、火、水、土是物质世界的四大要素，土排在最后（最下面）。这里"土"指地球、人世，指部分叛逆天使坠落到人世，扰乱了人世的秩序（动荡起来）。

正如你看到的那样，

欢乐旋转、永不止歇。

卢齐菲罗坠落地狱，

也如你已经看到的，

被整个地球牢牢压住，

原因就是他目无上帝。[15]

你这里看到的

这一部分天使，

个个都很谦卑，

承认他们都是

出自上帝仁慈；

正是因为如此，

他们才能迅速

领会上帝心意。

他们获得圣恩，

临近观照上帝，

加上他们功绩，[16]

这就使得他们

拥有坚定而
完美的意志。
我不希望你对此
有一丝一毫怀疑，

而且你应深信不疑：
获得恩泽也是功德；
天使们自己的功德
等于其获得的恩泽。

天使的职能

如果你已经领悟
我讲的这些道理，
现在你无须帮助，
自己就能够领会

这些天使的奥秘。
但是你们学校里，
讲授天使本性时，
说天使犹如人类，

有心智、记忆和意志，
因此我还得多说一些，

以便你能够看清，
由于你阅读这些

混淆真理的言论，
弄得模糊不清的、
纯纯正正的真理。
上帝的这些天使，

由于观照上帝
变得欢乐起来，
从造出来时开始，
他们的眼睛从来

没有离开过上帝；
在上帝的眼睛里
他们能够看到一切。
因此他们的注意力，

不会因新事物[17]中断，
所以他们不会求助
记忆，来接续他们
那已被打断的思路。

---

17 "新事物"指其他事物、新出现的事物。天使观照上帝时，如前所述，眼睛从来不会离开上帝，即使出现新情况（新事物），他们也不会停止观照上帝。

所以下界那些人
说天使有记忆力，
这真是睁眼梦呓；
他们中间有的人

相信自己所言为真，
也有的却自知非真，
两种人比较起来
后者的罪孽最甚。

你们探讨真理，
不循唯一途径，[18]
喜欢炫耀自己，
或者标新立异；

对于此种行径，
上天尚能容忍，
如果藐视《圣经》、
竭尽曲解之能，

那就不能再容忍。
世人都应该想想，
为了在这世界上
传播《圣经》的思想，

---

18 "不循唯一途径"，即不遵循寻求真理的唯一正确的途径。

付出了血的代价,[19]

谦卑地遵循教义,

多么令上帝欢喜。

有的人标新立异,

为的是炫耀自己,

有些布道者采纳

他们的这些说法,

对《福音》只字不提。

有人说,基督蒙难,

月亮曾向后倒退,

挡在地球的前面,

让阳光不达地面;

简直是一派胡言:

因为太阳的光线

是自己收起来的,

是因为日食出现,

西班牙人、印度人,

都像犹太人那样

19　指基督耶稣、诸圣徒传教和早期的教皇,为传教而牺牲。

看见了这一现象。[20]

各地的布道台上，

每年都有人宣讲

这样的荒谬神话，

他们的人数之多，

超过了佛罗伦萨

名字叫作拉波

与宾铎[21]的总数。

听罢传道归来的

那些无辜的信徒，

受这些谎言毒害，

却不知害在何处，

无知地犯下过错，

也不会得到宽恕。

使徒们初次聚会，

基督并未说这话：

20　基督耶稣蒙难时天空变黑，《马太福音》《马可福音》和《路加福音》都提到过。但对这一现象的解释却有两种：1.月亮在黄道带上倒退了六个星座，挡在地球前面，让太阳的光线照不到地面；2.当时发生了日食，因为是日食，东边的印度人和西边的西班牙人，都像耶路撒冷的犹太人一样，先后都能看见。但丁倾向于第二种说法，认为第一种说法不对。

21　在但丁时代，拉波和宾铎是佛罗伦萨通用的名字，叫的人很多。

‘你们到世界各地
去向世人说空话。’

而是向他们提供
传教的真正基础。[22]
使徒们后来开口
只宣讲这一基础；

他们为点燃信仰
并且为之奋斗时，
《福音》既是进攻的、
又是防守的利器。

如今人们传道，
利用打诨卖俏，
引起哄堂大笑；
讲道者的风帽

扬扬得意鼓起，
然而广大听众
也不要求别的。
但是风帽兜里

22　"传教的真正基础"即福音，参见《新约·马可福音》第16章第15句："你们往普天下去，传
　　福音给万民听。"

已有恶鸟²³筑巢，

如果翻开风帽，

人们就会知晓，

那里哪有他们

所许诺的宽恕；

世人出于愚昧，

盲目相信他们；

这种愚蠢行为，

因此才与日俱增：

对于他们的许诺，

不论有无佐证，

都会跑去求索。

安东尼及其同伙

便利用人们轻信，

用赝币蒙骗百姓，

养肥肮脏的猪猡。²⁴

---

23 "恶鸟"指魔鬼，一般以黑色的鸟的形象出现，参见《地狱篇》第二十二曲插图中鬼吏的形象。

24 安东尼即圣安东尼（Saint Antonius，约251—356年），生于埃及中部，曾在利比亚和尼罗河畔隐修，是古代隐修制度的创始人。传说，安东尼隐修时，有一魔鬼化成猪猡前来引诱他，被他战胜。所以他的画像脚下踏着一头猪。中世纪安东尼教派的修士名声极坏，被称为贪得无厌、肆无忌惮的募捐者。他们以募集来的钱财在隐修院附近养猪，而且把猪视为圣物。这里"养肥肮脏的猪猡"，不仅指他们养的猪，还指他们自己。当然，但丁谴责圣安东尼派修士，也是对上面讲的那些教士欺诈行骗进行批判。

天使的数目

由于我们已经
远远离开正题，
现在你把眼睛
重新投向正题，

这样探讨问题，
时间可以缩短。
留下来的天使
分布九个环里，

要说出他们数目，
不是凡人的言语
和凡人的想象力，
能够完全胜任的。

如果你想一想，
但以理所说的
千千万万[25]的意思，
就知道确切数字。

25　参见《旧约·但以理书》第7章第10句："伺奉他的有千千，在他面前侍立的有万万。"

上帝的崇高与伟大

上帝发出的光辉
照耀着这些天使，
他们以不同方式
接受上帝的光辉，

接受方式的数目
与照耀方式相等，
既然天使的爱是由
他们观照行为产生，

观照上帝程度
深浅各自有别，
获得上帝的爱
也会炽热、微热。

现在你已经见识
上帝的崇高伟大：
他已经把他自己
转化成众多镜子，

以反射他的光辉，
而他本身却依然
如同先前那般，
浑然成为一体。"

第三十曲

所有从尘世返回
天国的那些福灵，
分布在光焰四周的
成千上万级台阶上……

太阳升起之前，天上的星星开始变暗，然后一个一个地消逝，直至那
最亮的启明星也变暗消失。如此相似，但丁发现，那些围着上帝旋转的天
使和福灵们也在他眼里变暗消失。但丁转身看贝阿特丽切，发现她那么美
丽，不禁感慨地说："我所看到的这种美，/ 已经超过下界世人 / 能理解的
最大限度，/ 只有那创造它的人（指上帝），/ 我想，才能欣赏 / 圣女的这种
美丽。/ 我应该承认自己 / 关键时无能为力，/ 感到难堪无比；/ 任何喜剧诗

人，/ 或者悲剧诗人，/ 被题材难住时，/ 也未觉得自己 / 如此地难为情。"因此但丁觉得："现在我应当 / 停止对她的歌唱，/ 就像每个艺术家 / 登峰造极时那样，/ 我把对她的绝唱，/ 留给比我的小号 / 更大的号角吹响。"因为他和贝阿特丽切即将进入净火天，但丁梦游冥界的航程即将结束。

接着但丁开始借贝阿特丽切之口描述净火天："我们已经走出了 / 最大的那重天（即水晶天），/ 进入这仅由光 / 构成的那重天（即净火天）：/ 光是心智之光，/ 洋溢着大爱；/ 爱是真善之爱，/ 充满了欢快，/ 超越美食之快。"其实这些观点，但丁在前面的诗篇中不同程度地都说过，这里将其综合在一起。圣女还告诉但丁："这里你将看见 / 两支战斗部队（即由天使构成的一支和由圣徒及福灵们构成的另一支）/ 其中一支（指后者）的成员，/ 将现身最后审判。"

这时一道强光射来，但丁什么也看不见，贝阿特丽切解释说："静止的净火天，/ 就是以这种方式，/ 接纳它的新成员，/ 培养他们的视力 / 适应上帝的光焰。"圣女这寥寥数语，让但丁立即觉得："我身上的能力 / 已经有所增强；/ 我失去的视力 / 不仅失而复得，/ 而且强劲锐利。"但丁觉得他现在已经能够观看上帝的强光了，进而描述他在那里看到的景象："我见一道光焰，/ 仿佛一条河流，/ 奇异光彩闪闪，/ 在繁花似锦的 / 两岸之间蜿蜒；/ 从那河水里面 / 飞出火星灿灿，/ 落入河的两岸 / 鲜艳花丛中间，/ 宛如红色宝石 / 镶在金戒指里面；/ 然后被芳香陶醉，/ 重新跳回河里：/ 这个跳进河里，/ 那个又跳上河岸。"

贝阿特丽切又对但丁说："你看到这些景况，/ 心中就迫切希望 / 了解它们的情况"；不过，要了解它们，"你必须先喝 / 这河里的河水"，因为它们只是一些先兆。但丁俯身喝那河水，提高自己视力的穿透能力，以便透过现象看到本质。于是但丁俯身喝那河水，目光顿时变亮，看到"那条河的形状 / 由长变成了圆。/ 犹如戴着面具的人 / 摘下面具露出真相，/ 前后形象就不一样，/ 在我的眼里也同样，/ 这里的火星与鲜花 / 露出了他们的真相，/ 让我看到两支队伍 / 变得更加喜悦欢畅"。于是但丁吁请上帝："请你赐予我力量，/ 让我能够说出 / 我看到的景况。"

贝阿特丽切继续向但丁介绍净火天，一会儿把它比作一朵玫瑰，说那花瓣一层层绽放，奇大无比；一会儿又把它比作圆形的露天剧场，说福灵们坐在台阶上。但丁随着她的指点观看，发现福灵们的座席上有个空座，上面放着一顶王冠，感到奇怪。圣女告诉他说："那里坐的将是 / 亨利七世皇帝灵魂。"但丁认为亨利七世是最好的皇帝，因此把他安排在天堂里，同时也对意大利当时的政局表示了失望。

圣女之美

大约在六千里之外，[1]
第六时在那里沸腾；[2]
地球的阴影已投射在
我们这里的地平线上，[3]

我们头上的空间
也开始发生演变：
一些星星逐渐
从这空间消逝；

当太阳最美丽的
侍女[4]缓缓到来时，
天空中每颗星星
都将会逐一消逝，

直至那最亮的星星[5]
也消逝得不见踪影。

1　但丁在其著作《飨宴》中估计，地球的圆周为20 400里（即miglia，古罗马长度单位，合一千步）；诗中说"大约在六千里之外"，即距离意大利大约是地球圆周的四分之一的地方。
2　"第六时"即中午，因为一昼夜分为十二时，早晨为第一时，第六时即中午。"在那里沸腾"，即那里已是炎热的中午，也就是说，意大利此时是早晨。
3　即太阳照射地球形成的阴影，这时差不多快接近"我们这里的地平线"了，即我们这里是黎明，离太阳升起还有一个小时。
4　指晨曦。
5　指金星，启明星。

那些欢乐的福灵[6]

看上去似乎围着

那（使我睁不开眼

的）发光点在旋转，

事实上那发光点，

把全部九层天使，

以及全部九重天，

都裹在自己里面。[7]

和这些星星一般，

也渐渐从我眼前

一环环地消失。

由于我的双眼

什么也看不见，

加上我的爱恋，

我便转过脸来回看

贝阿特丽切的容颜；

我到目前为止

对她说的敬辞，

6　指环绕上帝旋转的天使和福灵。

7　"发光点"在这里既指上帝，又指净火天。但丁在本书第二十七曲中说过："光和爱构成圆形
物（净火天），／从外面把它（水晶天）包围住"，参见该曲"但丁登上水晶天"一节及该曲
注33、注34。

倘若归成一句

赞美她的言辞，

那也不能表达

她现在的靓丽。

我所看到的这种美，

已经超过下界世人

能理解的最大限度，

只有那创造它的人，[8]

我想，才能欣赏

圣女的这种美丽。

我应该承认自己

关键时无能为力，[9]

感到难堪无比；

任何喜剧诗人，

或者悲剧诗人，[10]

被题材难住时，

---

8 指上帝。

9 无法描述圣女之美。

10 但丁对喜剧与悲剧的定义，与我们的理解不同：首先，这里不是指喜剧，而是指诗、诗篇；其次，但丁按其创作时使用的语言及创作风格，把用意大利文写的、风格朴素的诗篇称为"喜剧"，把用拉丁文写的、风格高雅的诗篇称为"悲剧"。总之，但丁因无法描述贝阿特丽切那时的美，感到非常内疚。

也未觉得自己
如此地难为情；
因为我若想起
圣女面容靓丽，

我的心智就会
激烈颤抖不止，
犹如强烈的阳光
照在弱视动物上。[11]

从我今生第一次
看见她的面容起，
直至此处看到她，
我都不停歌颂她；

但是现在我应当
停止对她的歌唱，
就像每个艺术家
登峰造极时那样。

---

11 但丁是说，他一想起贝阿特丽切的美丽面貌，心就会激烈跳动不止，心智就会失去思维功能。至于"弱视动物"，指的是像蝙蝠一样的动物。他在《飨宴》中曾援引亚里士多德的话，说明心智遇到强光时的情形："我们的心智遇到光线强烈的东西，做出的反应就像蝙蝠的眼睛遇上强光。"

净火天

我把对她的绝唱，
留给比我的小号
更大的号角吹响，
因为航船要进港。[12]

这时贝阿特丽切
像个殷勤的向导
温柔地开始说道：
"我们已经走出了

最大的那重天，[13]
进入这仅由光
构成的那重天：[14]
光是心智之光，

洋溢着大爱；
爱是真善之爱，
充满了欢快，
超越美食之快。

12　但丁和贝阿特丽切即将进入净火天，但丁梦游冥界的航程即将结束。
13　指水晶天。
14　即净火天。

这里你将看见

两支战斗部队，¹⁵

其中一支的成员，

将现身最后审判。"¹⁶

突如其来的闪电

能剥夺人的视力，

最清晰的东西

暂时也看不见；

这时一道强光

照到我的身上，

仿佛一层光幕

把我四周罩住，

致使我的双眼

什么也看不见。

"依靠爱维持的、

静止的净火天，

就是以这种方式，

接纳它的新成员，

15　即由忠诚的天使们构成的一支军队（他们要在天上与反叛的天使战斗）和由圣徒及享天福者构成的另一支军队（他们要在地上与自己的罪孽和教会的敌人进行战斗）。

16　"其中一支"指由圣徒和享天福者构成的那支军队。这些人的灵魂将在最后审判时与自己肉体结合，等待上帝判决。

培养他们的视力

适应上帝的光焰。"

光之河

圣女寥寥数语

进入我的心里,

立即让我觉得,

我身上的能力

已经有所增强;

我失去的视力

不仅失而复得,

而且强劲锐利,

任何刺目光焰,

我都无须闭目;

我见一道光焰,

仿佛一条河流,[17]

奇异光彩闪闪,

在繁花似锦的

---

17 "仿佛一条河流"这个比喻来自《新约·启示录》第22章第1句:"……一道生命水的河,明亮如水晶,从神和羔羊的宝座流出来。"

两岸之间蜿蜒；
从那河水里面

飞出火星灿灿，
落入河的两岸
鲜艳花丛中间，
宛如红色宝石

镶在金戒指里面；
然后被芳香陶醉，
重新跳回河里；
这个跳进河里，

那个又跳上河岸。
"你看到这些景况，"
贝阿特丽切说道，
"心中就迫切希望

了解它们的情况；
你的希望越强烈
越令我感到喜悦；
但是你必须先喝

这河里的河水，
才能解你饥渴。"

圣女又解释说：

"这条蜿蜒的河、

跳进跳出的宝石，
以及花草的微笑，
都是它们隐含的
那些真理的先兆。

不是这些事物
尚未完全成熟，
而是你的视力
尚无透视能力。"

天国的玫瑰

如果吃奶孩子
醒来时间较迟，
他会急切把头
扑向母亲奶头；

我也急忙俯身
看那波澜情景，[18]

18　即前面说的，从那河流里面飞出的灿烂火星，向波涛翻滚那样，有的跃出，有的跳进。意思是，但丁应圣女的请求，俯身去喝那河中的水。

好让我那眼睛

变得明亮如镜；

当我的眼睫毛

刚刚触到水面，

那条河的形状

由长变成了圆。

犹如戴着面具的人

摘下面具露出真相，

前后形象就不一样，

在我的眼里也同样，

这里的火星与鲜花

露出了他们的真相，

让我看到两支队伍[19]

变得更加喜悦欢畅。

啊，上帝啊，光芒!

你使我得以观看

他们向天国凯旋，

请你赐予我力量，

19　即天使的队伍和圣徒们的队伍，见前注15。

让我能够说出

我看到的景况。

那光芒高悬天上，

照在造物的身上，

让造物得见圣颜，

只有靠观照圣颜

才能使愿望圆满。

那光芒渐渐变圆，

圆周是那样宽广，

即使视它为太阳

的腰带，围绕太阳，

也显得过宽过长。

净火天的外观

就是一道光焰，

被水晶天反射，

位于它的顶端；

水晶天的生命

及其全部能力，

都来自这重天。

犹如山麓湖水，

山坡绿茵倒映，

仿佛湖泊里面

长出鲜花嫩草；

同样我也看见，

所有从尘世返回

天国的那些福灵，

分布在光焰四周的

成千上万级台阶上，

倒映在圆形光芒中间。

如果最低的那排席位

都能围住这么大的光，

那最高最远那排席位[20]

（玫瑰花朵外边的花瓣），

圆周应该有多长多宽！

面对这高大广阔景象，

我的视力并没有迷茫，

而是恰恰相反，

能把他们欢乐

20　但丁把天国形象地比作一圆形剧场，剧场中间是象征上帝的光焰，四周是一排排座席，最下
　　边的一排座席都能围住那广袤的光焰，最上边的那排座位，圆周该有多大呢？同时他又把天
　　国比作一朵玫瑰，把最上边的那排座位比作那朵玫瑰最外边的花瓣。

的本质与规模，
全都收入眼帘。

净火天不是空间，
无论是近还是远，
都不会影响视力
把物体看得清晰，

因为在这上帝
直接管理之地，
自然界的规律
毫无勇武之地。

亨利七世的座位

那朵天国的玫瑰，
花瓣一层层绽放，
露出那黄色花蕊，
散发着颂赞芳香[21]

（那芳香来自上帝，
来自不落的太阳）；

---

21 即天使、圣徒和享天福者诵唱赞美上帝的歌曲而产生的芳香。

那时我欲言又止，
贝阿特丽切于是

把我拉到花蕊里，
又这样对我说道：
"你快看那队人士，
身着白色的长袍，[22]

人数数不胜数！
你看我们城市[23]
范围多么宽广，
你看我们座席

排排都已坐满，
很少还需福灵
前来将其补填。
你的那双眼睛

盯着的那个座椅，
上面放一顶皇冠，
你来这里之前，
那里坐的将是

22　这里指享天福的人，"身着白色的长袍"和"人数数不胜数"，参见《新约·启示录》第7章
　　第9—10句："此后，我观看，见有许多的人，没有人能数过来，是从各国、各族、各民、各
　　方来的，站在宝座和羔羊面前，身穿白衣，手拿棕树枝。"
23　即天国的圣城耶路撒冷，参见《新约·启示录》第21章第10句："我被圣灵感动，天使就带
　　我到一座高大的山，将那由神那里从天而降的圣城耶路撒冷指示我。"

亨利七世 [24] 皇帝灵魂。

他将是意大利皇帝，

意大利做好准备前，

就前来整顿意大利。

正是那盲目贪婪

让你们受害匪浅，

你们像那孩童一般，

赶走乳母、饥渴致死。[25]

届时神圣的教会

将另有其人 [26] 把持，

他将掣肘亨利七世，

或者公开或者隐蔽。

但是上帝不会

让他久留其职，

---

24 亨利七世（Heinrich VII），1308年当选神圣罗马帝国皇帝，参见《炼狱篇》第六曲注25。1311年他南下意大利加冕，声称要伸张正义，消除各城市、各党派的纷争，重新建立帝国和教会之间的良好关系，实现持久和平。但丁对他满怀希望，以为能借机返回佛罗伦萨，然而佛罗伦萨教皇党的势力及其武装反对亨利七世，但丁为此写了《致穷凶极恶的佛罗伦萨人的信》，声讨他们的罪行，并上书亨利七世皇帝敦促他从速进军讨伐。不过亨利七世并未立即进军佛罗伦萨，而是直接去了罗马加冕。加冕之后便试图进攻以佛罗伦萨为首的教皇党联军，不幸于1313年8月暴死于锡耶纳附近的布翁孔文托（Buonconvento），有人说是他遭人毒害。因此，但丁返回佛罗伦萨、实行帝制的希望彻底破灭。但丁写此曲时，亨利七世还在人世，所以诗中说"那里坐的将是"他。

25 这几句诗表明，但丁承认自己的抱负，由于时机尚未成熟而遭受失败，并讥讽佛罗伦萨人像无知的孩子，不知好歹，赶走乳母后，因饥渴致死。

26 指教皇克雷芒五世，参见《地狱篇》第十九曲注13。但丁预言他将继卜尼法斯八世之后被打入地狱。

他所剩的时间

已经所剩无几，

因为他必然会

打入西门术士[27]

罪有应得的洞穴，

把来自阿纳尼的

罪人[28]压到那洞穴

更深的底层里去。”

27　"西门术士"即买卖圣职的人，他们应该压在地狱第八层第三囊的洞穴里服刑，参见《地狱篇》第十九曲"买卖圣职者"一节及该曲注1。

28　指卜尼法斯八世，参见《地狱篇》第十九曲"教皇尼古拉三世"一节及该曲注6；阿纳尼是他的故乡，参见《炼狱篇》第二十曲注21。

我以为能够看见
圣女贝阿特丽切,
来的却是位长者,
身穿白色的长衫,
他的眼睛和脸上
露出祥和与喜悦,
他的仪态慈祥,
像位慈父模样。

由身穿白袍的福灵们构成的军队，组成一朵巨大的玫瑰，而那支由天使构成的军队则在玫瑰花上方飞翔，像蜜蜂在蜂巢与花丛间奔忙采蜜那样，时而向下飞向福灵们，时而向上飞向上帝，把上帝的恩慈传递给福灵。但丁按照《圣经》和民间的传说，这样描述那些天使："他们的脸，红如火炭，/他们的翅膀呈金黄，/身躯的其他地方/洁白得像雪一样。"尽管众多天使在上帝与福灵们之间往返奔忙，这种景象既不影响福灵们观照上帝，也不影响上帝对他们的照射，"因为神光的穿透力，/会按照宇宙的需要，/照射到宇宙的各地，/任何东西无法阻止"。

但丁从尘世来到净火天，自己的处境发生了根本变化；接着，他从这两个方面描述这一变化："从需要随时计时/进入永恒的空间"；"从邪恶佛罗伦萨，/来到这正直健全/的天国居民中间"。处境的变化令但丁内心感到非常惊讶，宛如那些来自北方的野蛮人初次来到罗马、见到罗马宏伟的建筑时感到的惊讶。

这种惊喜交加的心情，令但丁感到陶然，"犹如信徒朝圣，/来到圣殿里面，/四处仔细观看，/一边消除疲劳，/一边心中思考，/回到自己家乡/转述哪些情况"。但丁"借着这里强光，/举目环顾现场/一排一排座席，/时而仰面上看，/时而俯视下面，/我看见他们颜面/个个洋溢着慈善"。

但丁转身朝向贝阿特丽切，想就一些悬而未决的问题请教她。然而圣女已经离开，回到自己在天国里的座位上了。此时在他身边的是应贝阿特丽切请求来充当他天国之旅最后阶段向导的伯尔纳，他身着白色长衫，面容慈善。但丁问他圣女在哪里，他回答说："如果你向上看去，/你就会看到圣女/坐在上面第三级。"但丁举目上看，发现贝阿特丽切离他非常远，就像一个人从海底看电闪雷鸣的高空那样遥远。尽管如此，但丁仍能清楚地看到圣女的形象；他感谢圣女曾亲临地狱邀请维吉尔帮助他走出彷徨，并引导他游历地狱与炼狱。然后他感激并告别贝阿特丽切说："你对我的恩惠/驻留我的心里，/这样我的心灵/（因你变得纯净），/脱离我的肉体时/

能让你感到欣喜。"

　　圣伯尔纳是圣母崇拜的鼓吹者，素有"圣母的爱徒"之称。但丁安排他充当天国之旅最后阶段向导的意思是：最后观照上帝，单凭以贝阿特丽切为代表的神学是不够的，还需要静观的热情和圣母的帮助。所以伯尔纳告诉但丁："抬起你的双眼 / 环视这个花园：/ 因为看这个花园 / 能锻炼你的视力，/ 使你能够直接 / 观照神的光辉。"他还说："你应该把眼睛 / 一排排向上看，/ 直到最上面那层；/ 你会看到宝座上 / 坐着天国的女王"，即圣母马利亚。但丁抬头，不仅看见了圣母，而且看见成千个天使围着圣母飞翔，圣母面带微笑和喜悦。但丁无比激动地望着圣母，正感叹自己没有能力用语言描述圣母之美时，圣伯尔纳转身朝着圣母，深情地望着她。但丁感到：伯尔纳那"深情毕露的目光 / 令我激情更高涨"。

洁白的玫瑰

穿着白袍的军队

构成一朵白玫瑰，[1]

基督曾在血泊中

娶她为自己妻子；[2]

但是另一支军队[3]，

边飞翔、边瞻仰，

且歌唱上帝荣光

（正是上帝的荣光

使他们化为至善）；

他们像蜜蜂那样，

在花丛与蜂巢间

飞来飞去采蜜忙：

他们飞到巨大的

白色玫瑰花瓣上，

然后再从那里

1　"穿着白袍的军队"即由享天福者构成的那支军队，参见本书第三十曲注22；"白色玫瑰"指
教会，即由那些忠诚的教士构成的圣教会。

2　"妻子"指圣教会。《新约·使徒行传》第20章第28句中把"教会"说成是耶稣"用自己的血
买来的"。据此，但丁在本书第十一曲"赞扬圣方济各"一节这样写道："为了让他的新娘 / 走
向他这位新郎，/ 新郎曾经把鲜血 / 洒落在十字架上，/ 大声向新娘表明 / 愿与她结为夫妻。"

3　指由天使构成的军队，参见本书第三十曲注15。

飞回永久驻地。[4]

他们的脸，红如火炭，[5]
他们的翅膀呈金黄，
身躯的其他地方
洁白得像雪一样，

落在那花瓣上时，
他们便扇动羽翼，
一级级地给福灵
送去仁爱与安宁。

在上帝与花瓣间
那么多天使往返，
既不影响福灵观看，
也不影响上帝照射，

因为神光的穿透力，
会按照宇宙的需要，
照射到宇宙的各地，
任何东西无法阻止。

4　即围绕上帝的那九个天使环，参见本书第二十八曲开头"一个光点与九个火环"一节。天使
　　就像蜜蜂那样，在天使环与那巨大的玫瑰花之间奔忙，传播上帝的至爱。
5　但丁对天使形象的描述，有《圣经》上的依据，但更主要的依据是中世纪民间对天使的描
　　述。参见《旧约·以西结书》第1章第13句："至于四活物的形象，就如烧着火炭的形状，又
　　如火把的形状。"《旧约·但以理书》第10章第5句："（我）举目观看，见有一人身穿细麻衣，
　　腰束乌法精金带。"《新约·马太福音》第28章第3句："他的相貌如同闪电，衣服洁白如雪。"

但丁为何惊讶

在这个安宁与
欢乐的王国里，
坐满了来自《旧约》
与《新约》中的人士，

他们都把爱和视力
集中于那唯一鹄的，
啊，三位一体的神，
你是唯一的星辰

在他们眼里闪烁，
令他们心愿满足；
请你向下界注目，
看看我们的灾祸！

若那些野蛮人士
（他们来自赫丽丝
及其儿子照射的
那一片北方地区），[6]

6　赫丽丝（Helice）是古希腊神话中的贞洁女子，后被宙斯引诱，与其生有一子，见《炼狱篇》
　　第二十五曲注26；宙斯的妻子朱诺要报复他们，宙斯便将他们分别变成大熊星座和小熊星
　　座，参见奥维德的《变形记》第二章。大熊星座和小熊星座都位于北部天空，所以但丁这里
　　指的是那些来自北方的野蛮人。

来到罗马看见

宏伟建筑群时

（那时拉特兰宫[7]

曾经称雄人世），

必定会无比惊奇；

而我则是从人世

来到这神灵仙境，

从需要随时计时

进入永恒的空间，[8]

从邪恶佛罗伦萨，

来到这正直健全

的天国居民中间，

我当时的心情

该是多么惊异！

惊喜交加的心情，

致使我陶然忘形，

仿佛是聋哑人。

犹如信徒朝圣，

7　拉特兰宫，罗马著名建筑，曾是罗马皇帝的住所；君士坦丁大帝把罗马赠予教会后（参见
　　《地狱篇》第十九曲注21），拉特兰宫就成了教皇的住所。
8　即在进入天国（神灵仙境）后，时间是永恒的，不像在人世那样随时都需要计算时间。

第三十一曲

来到圣殿里面，
四处仔细观看，

一边消除疲劳，
一边心中思考，
回到自己家乡
转述哪些情况；

我和他们一样，
借着这里强光，
举目环顾现场
一排一排座席，

时而仰面上看，
时而俯视下面，
我看见他们颜面
个个洋溢着慈善，

因为他们脸面
反射上帝光焰、
笑容以及形态，
反映上帝尊严。

圣伯尔纳

我虽把天国全貌
尽收我的眼帘里，
但对各个部分
还未定睛注视；

现在我的欲望重燃，
转身朝向我的圣女，
就一些悬而未决
的问题请教圣女。

然而我想象的
是向一人提问，
后来回答我的
却是另外一人：

我以为能够看见
圣女贝阿特丽切，
来的却是位长者，
身穿白色的长衫，[9]

9　此人即圣伯尔纳，亦称明谷的伯尔纳（Bernard of Clairvaux，1090—1153年）。法兰西人，
西多会修士，神秘主义者，在世期间曾是罗马教廷的重要人物。他先后担任过五位教皇的顾
问，多次在宗教和世俗会议上担任仲裁人。他为建立圣母马利亚崇拜贡献极大，有"圣母的
爱徒"之称。所以但丁这里让他替代贝阿特丽切，担任天国之旅最后阶段的向导。

他的眼睛和脸上
露出祥和与喜悦，
他的仪态慈祥，
像位慈父模样。

"圣女此刻在哪里?"
我立即向他问道。
长者则回答我道：
"为满足你的心意，

贝阿特丽切促使
我离席来到这里；
如果你向上看去，
你就会看到圣女

坐在上面第三级，
那个座位是对她
功德的应有奖励。"
我举目向上看她，

并未先回答老者，
但见贝阿特丽切
头顶上有道光环，
永恒之光的反射。

谁若深潜海底，

仰望电闪雷鸣，

他离高空的距离，

也不如我的眼睛

离圣女那么遥远；

但是，这不会影响

圣女形象，那从天上

射入我眼帘的形象。

感谢圣女

"啊，圣女，我的希望

多亏你我获得力量，

你为救我于彷徨，

不惜去地狱一趟，[10]

我能看到这些事，

我承认，都因为

你的力量和善意，

给我恩惠与能力。

10　指贝阿特丽切到地狱林勃层邀请维吉尔帮助但丁，参见《地狱篇》第二曲"维吉尔的劝说和
　　贝阿特丽切的帮助"一节。

你帮我摆脱罪孽，
达到这自由境界，
为此你千方百计
尽了你力所能及。

你对我的恩惠
驻留我的心里，
这样我的心灵
（因你变得纯净），

脱离我的肉体时，
能让你感到欣喜。"
我这样祈祷圣女。
她留在那看上去

十分遥远的地方，
望着我莞尔一笑，
然后她又把目光
转向永恒的光芒。

圣母凯旋

那位神圣长老
于是这样说道：

"圣女对我祈告，

求我前来助你，

帮你圆满完成

你的最后旅程；

抬起你的双眼

环视这个花园：[11]

因为看这个花园

能锻炼你的视力，

使你能够直接

观照神的光辉。

那位天国的王后

（我对她爱戴无比），

将赐我一切恩惠：

因为我是圣母的

最忠实的伯尔纳呀。"

犹如人从克罗地亚

来到罗马，瞻仰

我们那韦罗尼卡，[12]

11　即那朵绽放的白色玫瑰，但丁比喻它像花园，也说它像花坛。

12　"克罗地亚"泛指遥远的地方；"韦罗尼卡"代表基督耶稣的真容。相传，耶稣赴刑场时，有
　　位女子（有版本说那女子叫韦罗尼卡）递给耶稣一方布巾擦汗，于是那汗巾上便留下了耶稣
　　的真容。现在这方汗巾保存在罗马圣彼得大教堂里，复活节和新年时会拿出来向公众展示。

由于他仰慕已久，

总觉得没有看够，

站在图像前面

心中一直惊呼：

"啊，耶稣基督啊，

我真正的主啊，

难道您的长相

真是这般模样？"

看着伯尔纳面相，

我心里也这样想：

他在这个世界上

通过隐修与默想，

天国安宁已饱尝？

圣伯尔纳则说道：

"蒙受天恩的孩子呀，

天国安宁你不会知道，

如果你把眼睛

只盯在这下面；[13]

你应该把眼睛

一排排向上看，

13　即玫瑰花瓣下面的那些层次。

直到最上面那层；
你会看到宝座上
坐着天国的女王，
整个天国都至诚

臣服的那位女王。"
于是我抬起脸面
（比起黄昏的地平线，
临晨时的地平线上

光线显得更明亮），
从下面往上看时，
看见最高的地方
有一道最亮的光，

胜过其他的光焰。
当太阳欲出东方，
露头的那个地方
天空会越来越亮，

离那里距离越远
天空便越显昏暗。
同样，花园中央
圣母的红色光芒，

在她四周阶梯上
也一层层地衰减。
成千天使，我看见，
围着她欢快飞翔，

他们的职责不同，
光的亮度也不同。
我看见那位圣母，
面对天使的歌舞，

露出喜悦与微笑，
那正是众圣徒们
眼睛中反射出的
她的喜悦与微笑。

假如我的表达能力，
丰富得如同想象力，
我也不敢提笔
描述圣母靓丽。

圣伯尔纳看见我
凝眸注视着圣母
（他所仰慕的圣母），
便转身望着圣母，

深情毕露的目光
令我激情更高涨。

第三十二曲

现在你应仰望
上方圣母面相，
她与耶稣基督
长得最为相像……

    上一曲结尾伯尔纳见但丁凝视着圣母，也转身望着圣母，获得很高热情，愿意担任但丁的向导，于是开始向但丁介绍福灵们在那朵象征天国的玫瑰花中的具体位置："最美女性夏娃，/ 坐在圣母之下（即第二级）/ 人类原罪就始于她。"随后是"拉结坐在下面的 / 第三极，与圣女 / 贝阿特丽切一起"。然后是撒拉、利百加、犹滴和路得，她们依次坐在第四至第七级；"从第七级向下数，/ 直至最后那一级，/ 连续不断坐的是 / 希伯来那些妇女"。这些人都是《旧约》中的妇女，或者说她们都出生在基督耶稣降临之前；"她们组成分界线，/ 把玫瑰花的花瓣 / 从中间分成两半；/ 那同时是一扇墙，/ 按如何对待信仰 / 把座席分置两旁"：一边是信仰未来基督的，即上面说那些女性；一边信仰已来的基督，即基督诞生以后的那些福灵。后者则以施洗约翰为首，包括他下面坐的方济各、本笃、奥古斯丁，以及他们下面直至最后一级坐的那些福灵。不过，信仰未来基督的福灵那边，座席已经坐满；信仰已来基督的福灵这边，有些座席还空着，但是但丁相信，这边的空位将会在最后审判时，被上帝挑选的灵魂填满，而且两边的人数会一般多。

另外，伯尔纳还告诉但丁："另有一横向中线，/ 把那两条分界线 / 拦腰分成了两段；/ 从那里向下算起，/ 坐的都是些孩子。"但丁感到奇怪，为什么这些孩子会坐在那里呢？伯尔纳解释说："在广袤的天国里，/ 任何偶然的事物，/ 都像饥渴与悲戚，/ 没有存在的余地：/ 你能够看到的一切 / 是上帝预先设定的，/ 因此它们完全契合，/ 犹如手指佩戴戒指。"他们之所以能坐在那里，"并不是他们自己 / 有什么特殊功绩，/ 而是因某种情况 / 并依靠别人功绩，/ 才坐上那些座席"。这里"某种情况"，指他们还是孩子，"具有选择能力之前 / 就已与肉体脱离"。至于"别人功绩"，一是指他们父母的功绩，一是指他们出生于亚伯拉罕与基督降临之前这段时期，他们只要行了割礼，就可进入天国，而基督降临之后的无辜孩子的灵魂则要留在地狱林勃层。

然后伯尔纳要求但丁："现在请你以目光 / 紧随我下面讲的，/ 注意这王国里的 / 正义、仁慈的族长。"接着他特意介绍了几位伟大圣徒的灵魂在玫瑰花中的位置：一位是亚当，他坐在圣母的左边；一位是圣彼得，他坐在圣母的右边；亚当的旁边坐着摩西；圣彼得的旁边坐的是圣约翰。另外他又列举了两位：圣母马利亚的母亲安娜，坐在圣彼得对面；圣卢齐亚则坐在摩西的对面。

伯尔纳还要求但丁注视圣母马利亚。但丁发现圣母的面容十分美丽，"与此面容相比，/ 此前我见到的 / 一切美丽东西，/ 都未像它那样 / 令我如此惊异，/ 也没像它那样 / 与上帝如此相似"。

由于但丁梦游冥界的时间剩的不多了，伯尔纳决定就此打住，不再列举玫瑰花中别的福灵了。他此前建议但丁："现在你应仰望 / 上方圣母面相，/ 她与耶稣基督 / 长得最为相像，/ 她那辉煌的形象 / 能锻炼你的视力，/ 让你能观照上帝。"但是为了更好、更近地观照上帝，伯尔纳认为但丁："你首先要通过 / 祈祷求得恩惠，/ 能赐你恩惠的 / 就是这位女王。/ 你应该发自心里，/ 不是留在嘴唇上，/ 跟随我进行祈祷。"

于是伯尔纳开始祷告，见下一曲。

福灵在玫瑰中的位置

正是那位默想者[1]

瞻仰圣母热情高，

甘愿做我向导，

这样开始说道：

"最美女性夏娃

坐在圣母之下，

人类罪孽就始于她，

圣母后来生下耶稣，

才治愈人类原罪。

拉结[2]坐在下面的

第三级，与圣女

贝阿特丽切一起，

正如你所看到的。

撒拉、利百加、犹滴[3]

1　指伯尔纳。

2　拉结是拉班次女，与其姐姐利亚同嫁雅各。因为她代表"冥想生活"，但丁也把她安排在这里。参见《地狱篇》第二曲注10。

3　撒拉（Sarah），亚伯拉罕（Abraham）的妻子，以撒（Isaac）的母亲，参见《旧约·创世记》第17章第15—19句；利百加（Rebekah），以撒的妻子，参见《旧约·创世记》第24章第67句；犹滴（Yudit），犹太妇女，曾协助犹太军队杀死亚述将领奥洛费尔内（Oloferne），参见《炼狱篇》第十二曲注15。

及那一位妇女，[4]

大卫的尊祖母，

（大卫[5]悔恨自己罪过，

求上帝说："怜悯我"），

她们按一定顺序

一级一级地落座；

正如你所看到的，

我按照座席高低，

说出她们的名字。

从第七级向下数，

直至最后那一级，

连续不断坐的是

希伯来那些妇女，

全都是《旧约》中的

4　"那一位妇女"指大卫的尊祖母路得（Ruth）。路得嫁给波阿斯（Boaz），生俄备得（Obed），俄备得生耶西（Jesse），耶西生大卫（参见《旧约·路得记》第4章第21—22句），所以说路得是大卫的尊祖母。

5　大卫因与乌利亚的妻子拔示巴私通，并将乌利亚谋杀，后来后悔了（参见《旧约·撒母耳记下》第11—12章），并作诗表示忏悔。诗句原文"miserere"，是"怜悯我"的意思，参见《炼狱篇》第五曲注2。

妇女，和前面的

人物[6]完全相似；

她们组成分界线，

把玫瑰花的花瓣

从中间分成两半；

那同时是一扇墙，

按如何对待信仰

把座席分置两旁：

这边花儿已成熟，[7]

信仰未来的基督，

那边花儿未成熟，[8]

有些座位还空着，

信仰已来的基督。

女王这边的座席，

及其下面的座席，

构成了一扇墙壁；

6　从第七级直至最后一级，座席上坐的都是希伯来那些妇女，她们和上面各级座位上坐着的圣
　　母马利亚、夏娃、拉结，直至路得等《旧约》中的人物一样，也是《旧约》中的人物。
7　即花瓣全部绽开，上面坐满了基督降生以前死去的人物，即《旧约》中的人物，所以他们信
　　仰尚未降生的（未来的）基督。
8　指那些花瓣上尚未坐满人。这些人生于基督降生之后，或者说是《新约》中的人物，所以他
　　们信仰已来的基督。

那边情况也如此：

那位伟大的约翰[9]

他受过荒野之苦，

遭受过传教磨难，

死后还在地狱里

滞留了大约两年，

在他的座席下面

是方济各的座席，

接下来是本笃及

奥古斯丁[10]的座席，

还有其他圣者

自上而下坐着，

他们在圣母对面

另成一道分界线。

现在请你观看

神的最高安排：

9 这里指施洗约翰（John baptist）。他是祭司，撒迦利亚和以利沙伯晚年所生之子，长大后住在旷野，后在犹太旷野传道。他是耶稣的先驱，曾为耶稣施洗；耶稣称他"凡妇人所生的，没有一个大过约翰的"（参见《新约·路加福音》第7章第28句），所以诗中称他"伟大的约翰"。他在旷野传道时，靠吃野蜜和蝗虫维持生命，参见《炼狱篇》第二十二曲注46。他反对犹太王希律·安提帕娶其弟媳为妻，得罪了国王，被国王收监，后被杀害。据说他死后也在地狱林勃层待了近两年，后被基督救上天国。

10 即圣奥古斯丁，基督教早期最伟大的神学家。

信仰未来的基督，

或者已来的基督，

花园两部分座席

都将会坐满信徒，

两边人数无异。[11]

我还要告诉你，

另有一横向中线，

把那两条分界线

拦腰分成了两段；[12]

从那里向下算起，

坐的都是些孩子，

并不是他们自己

有什么特殊功绩，

而是因某种情况

并依靠别人功绩，

才坐上那些座席：

11　原著注：这句话表明，但丁相信那时流行的说法——世界已临近末日，信仰已来基督这边的
　　那些空位，将由上帝新选的福灵补充齐，最后使两边的人数一般多。
12　即在圆形玫瑰的中间有一条横向中线。如果说前面那两条分界线纵向把玫瑰分割成两部分：
　　一边是基督降临前的灵魂，即《旧约》中的人物；一边是基督降临后的灵魂，即《新约》中
　　的人物。这条横向中线则把玫瑰横向分成两半，上面那部分坐着成人的灵魂，下边这部分则
　　坐着婴幼儿的灵魂。

因为他们还是孩子，
具有选择能力之前
就已与肉体脱离。
假如你仔细查看

他们那幼稚颜面，
并且仔细地聆听
他们那婴儿声音，
你就会明白这点。

无辜儿童的命运

现在你重重疑虑，
却不愿将其说出，
让我现在替你
解除那些怀疑。

在广袤的天国里，
任何偶然的事物，
就像饥渴与悲戚，
没有存在的余地：

你能够看到的一切
是上帝预先设定的，

因此它们完全契合，

犹如手指佩戴戒指。

因此，那些孩子早逝，

未成人就来到这里，

他们得到的座席，

有的高，有的低，

并非没有道理。

多谢上帝恩泽，

天国享有如此

多的爱与喜悦，

任何人都不会

再有别的祈求：

上帝创造他们时，

脸上都带着欢喜，

并按照自己心意

把喜悦赋予他们；

别怀疑这一真理，

看结果便已足矣。[13]

---

13 前面但丁多处谈到，上帝的安排，或者说天命，人是不可能知道的，不必深究，也不能怀
    疑。参见本书第二十曲"宿命"一节。

这一点在《圣经》里

已讲得非常明确：

一对儿孪生兄弟，

还在母亲肚子里，

就开始争执不已，[14]

因此，光环应该

授予那获得恩赐

的头发颜色佩戴。[15]

所以他们的座席

安排在不同等级，

并非按他们功绩，

而是因他们生来

就有不同观照力。

在《创世记》以后的

14　指利百加（见前注3）怀孪生兄弟以扫和雅各，参见《旧约·创世记》第25章第22句："孩子们在她腹中彼此相争。"

15　"获得恩赐／的头发颜色"，这里以头发代替人，即获得上帝恩赐的、长着那种颜色头发的人。参见《旧约·创世记》第25章第24—26句："生产的日子到了，腹中果然是双子。先产的身体发红，浑身有毛，如同皮衣，他们就给他起名叫以扫（'以扫'就是'有毛'的意思）。随后又生了以扫的兄弟，手抓住以扫的脚跟，因此给他取名叫雅各（'雅各'就是'抓住'的意思）。"就是说，以扫是红头发，雅各是黑头发。另外，《新约·罗马书》第9章第11—13句又说："双子还没有生下来，善恶还没有做出来，只因要显明神拣选人的旨意，不在乎人行为，乃在乎召人的主。神就对利百加说：'将来大的要服侍小的。'正如经上所记'雅各是我爱的，以扫是我恶的'。"就是说，上帝喜欢雅各，不喜欢以扫，并不是他们的行为那时已经善恶分明，而是取决于上帝（召人的主）的旨意。

　第三十二曲

最初几个世纪里，

只要他们没犯罪，

依靠其父母信仰，

就能够获得救赎；

最初时代已过去，

所有男孩子必须

在纯洁的翅膀上

实行割礼¹⁶，以便让

他们获得向天国

飞升的那种力量。

但是到基督时代，

未受洗礼的小孩，

即使是无邪纯真，

也要待在林勃层。

歌颂圣母马利亚

现在你应仰望

上方圣母面相，

---

16 "割礼"是犹太教的一种礼仪，即用刀把男性生殖器的包皮割开一点；"在纯洁的翅膀上"，
即尽早，犹太教的男婴降生八天后就要行割礼，相传这是上帝与亚伯拉罕订立的条约。

她与耶稣基督
长得最为相像，

她那辉煌的形象
能锻炼你的视力，
让你能观照上帝。"
我看见她的脸上

落下诸多欢乐，
那是那些天使，
作为上帝使者，
带给圣母她的；

与此面容相比，
此前我见到的
一切美丽东西，
都未像它那样

令我如此惊异，
也没像它那样
与上帝如此相似；
最早降到那里的

是加百利天使，
他向圣母说道：

"蒙大恩的女子，

主和你同在了！"[17]

然后在圣母面前

展开他那双翅膀。

那至福的大花坛，

立即从四面八方

应和他的诵唱；

众福灵的脸上

焕发更大容光。

我请问伯尔纳：

"啊，圣洁的神父，

你为了我的缘故，

不惜离开上帝

安排你的座席，

下到这里见我；

你看那位天使

盯着我们天后，

眼中充满欢喜，

17　指大天使加百利降到童贞女马利亚面前，预告她将怀孕生基督耶稣；加百利向马利亚问候，
　　参见《新约·路加福音》第1章第28句："天使进去，对她说：'蒙大恩的女子，我问你安，主
　　和你同在了！'"

他对圣母的依恋

炽热得如同火焰，

他究竟是谁呀？"

伯尔纳的双眼

因圣母变得璀璨，

犹如启明星清早

从旭日借来光线；

于是他对我说道：

"凡是天使或者福灵

具备的自信与欢喜，

他身上全都具备；

我们大家都如此。

当圣子甘愿承担

我们肉体重负[18]时，

是他给马利亚

带去棕榈树枝。[19]

18　指圣子转化成肉身。

19　《圣母领报》上加百利手中都画有棕榈树枝或鲜花。

最伟大的圣徒

现在请你以目光
紧随我下面讲的，
注意这王国里的
正义、仁慈的族长。

最高处的那两位，
因为离王后最近，
表现得非常荣幸，
他们是玫瑰根茎：

坐在圣母左边的，[20]
那是人类的始祖，
由于他偷食禁果，
令人类受尽痛苦；

坐在圣母右边的，[21]
那是位年迈神父，
基督曾把这朵花[22]的
钥匙授予这位神父。

---

20 指亚当。
21 指圣彼得。
22 指天国。

坐在他旁边的

是另一位使徒[23]

他死前已预知

新娘[24]要经历的

各个困难时期，

而要获得新娘，

基督曾受枪伤，

被钉十字架上。[25]

坐在亚当旁边的

是另外一位首领，[26]

率领族人出埃及，

靠天降吗哪[27]充饥，

那群人反复无常、

忘恩负义且倔强。

你看哪，面对彼得的

是那位安娜[28]的座席，

23　指耶稣的使徒约翰，《新约·约翰福音》和《新约·启示录》的作者，与前面说的施洗约翰（见前注9）有别。

24　"新娘"指教会。

25　"枪伤"指耶稣被钉上十字架时，有个罗马士兵用长矛刺伤了耶稣的肋部，见《新约·约翰福音》第19章第34句："唯有一个兵拿枪扎他的肋旁，随即有血和水流出来。"

26　即摩西。

27　"吗哪"即天降的粮食，见《新约·约翰福音》第6章第31句："我们的祖先在旷野吃过吗哪，如经上写着说：'他从天上赐下粮来给他们吃。'"

28　指圣母马利亚的母亲安娜，面对着圣彼得。

她望着自己爱女，

心里感到很满足，

以至唱"和散那"[29]时，

都不愿移开双目；

面对人类始祖的

是卢齐亚[30]的座席，

当你犹豫不决时，

她敦促圣女施救。

但是你梦游的

时间所剩无几，

我们要就此停止，[31]

就像一位好裁缝

按照手中布料，

剪裁所做衣服；

现在我们将要

把我们的双目，

29　"和散那"，希伯来语音译，意思是"拯救我们"，赞美上帝时的呼语（参见本书第八曲注
　　10）。这里是说，安娜即使在祈祷上帝时，也不愿把眼睛从自己女儿身上移开。

30　但丁在密林深处犹豫不决，想退回去时，圣卢齐亚敦促贝阿特丽切去地狱找维吉尔帮助但丁
　　（见《地狱篇》第二曲"维吉尔的劝说和贝阿特丽切的帮助"一节）；另外，她还帮助但丁和
　　维吉尔找到炼狱入口（见《炼狱篇》第九曲）。圣卢齐亚坐在亚当的对面。

31　即不再往下列举那些伟大的圣徒们了。

转向至尊上帝，

你在观照他时，

尽你目力所及，

透过他的光辉

看到上帝的本质。

当你飞向上帝时，

说真的，若不想

发生这样的事：

以为自己在前进

实际上是在后退，[32]

你首先要通过

祈祷求得恩惠，

能赐你恩惠的

就是这位女王。

你应该发自心里，

不是留在嘴唇上，[33]

跟随我进行祈祷。"

于是他开始祷告。

32　但丁在《炼狱篇》第十一曲开头"犯骄傲罪者的《主祷词》"一节，曾提到这种事："越是急于向前，/ 越会向后倒退。"

33　"你应该发自心里，/ 不是留在嘴唇上"，即真心地、虔诚地祷告。参见《旧约·以赛亚书》第29章第13句："主说：'因为这里百姓亲近我，用嘴唇尊敬我，心却远离我。'"

第三十三曲

假如我能够想起
我在这里看到的
哪怕是微小部分，
并在我诗篇里
对其加以颂扬，
人们将更多地
理解你的胜利。

　　本曲的开头部分是伯尔纳对圣母的祈祷。他首先赞扬圣母具有特殊的
品质，所以上帝才选定了她怀孕生基督，让上帝与人之间的爱重新建立起
来，因此才有耶稣的门徒和其他福灵进入天国，让这朵象征天国的玫瑰焕
发出如此生机。他还赞扬圣母说："天国里你像火炬，/ 燃起我们的仁爱，/

并令它烧得犹如 / 中午阳光般温暖；/ 在下界凡人中间 / 你则是我们希望 / 永不枯竭的源泉"；"你心里充满宽恕，/ 你心里充满怜悯，/ 你心里充满同情，/ 你身上具备一切 / 造物应有的美德"。因此他吁请圣母："啊，我的圣母啊，/ 你是那样伟大，/ 又有巨大影响力，/ 谁若不求助于你，/ 想得到上帝恩惠，/ 他的愿望就等于 / 想飞翔而无羽翼。你的仁慈不仅是 / 帮助那些祈求者，/ 而且你多次帮助 / 那些尚未求助者。"

他对圣母的请求落实到但丁身上："你面前的这个人 / 从宇宙的深坑里，/ 一直来到净火天里，/ 见过众魂灵的经历，/ 现在他求你施恩，/ 赐予他足够力量，/ 让他能仰望高处，/ 实现他终极愿望。"他还说："此前我也曾盼望 / 自己能观照上帝，/ 但我现在更期望 / 此人能观照上帝，/ 因此我在这里 / 奉上一切祷告，/ 但愿这些祷告 / 已足够感动你，/ 希望你也以祈求 / 驱散他尘世迷误，/ 让上帝欢快面目 / 显示在他的眼前。/ 啊，无所不能的王后，/ 我还要向你提出请求，/ 帮助他觐见上帝以后，/ 保持圣洁的情感长久。"于是圣母应伯尔纳的请求转身祈祷上帝。

然后伯尔纳提示但丁向上观照上帝。但丁未等他提醒，早已举目观照，而且觉得自己的视力已经能够切入上帝的光辉。但丁觉得，他后来看到的一切，超出了他的语言表达能力，也超出了他的记忆能力，"犹如梦见什么事物，/ 待从梦中醒来以后，/ 梦中的惊喜尚留，/ 梦见的事物却无；/ 我的情况正如此，/ 因为我所见到的 / 几乎已完全消逝，/ 但我的甜蜜感受，/ 却依旧在我心里"。于是但丁祈求上帝："啊，至高无上的光，/ 你远离凡人想象，/ 请你把我看到的景象 / 在我脑海里再现一下，/ 并赐予我的语言 / 强大的表达能力，/ 能够把你荣光的 / 哪怕是火星一粒，/ 留传给未来世人。"

但丁相信，"在那光焰的深处，/ 我见宇宙的一切"，看见"各实体和偶然性，/ 以及它们的关系"，被上帝的爱融合在一起，就像把零散的文章结集出版，装订成一卷那样。所以但丁"全神贯注，/ 目不转睛、一动 / 不动地凝目观照"，而且觉得"越是观照，/ 就越想继续观照"。就是说，但丁通过观照上帝，看到了上帝缔造的井然有序的宇宙。但是但丁觉得难以复述看到的东西，不仅记忆不全，而且语言乏力："即使现在仅记述 / 我还记得的东西，/ 我的语言还不如 / 一个还在用嘴 / 舐奶头的孩子。"

但丁还记得他看到了什么吗？他记得在那深邃的光焰中，他看到了三个大小不同、颜色相同的光环：独自存在的光环，即圣父；反射圣父之光而产生的光环，即圣子；受圣父、圣子照射的光环，即圣灵。可怎么描述他们呢？但丁感慨："啊，我的表达能力 / 与思维能力相比，/ 可说是软弱无力，/ 而我的思维能力 / 与我的所见相比，/ 说其是微不足道 / 那远不符合实际。"更令他不解的是，他看见第二个光环里面出现一个人像，即基督的像。人的图像怎么能待在那圆形的光环里面呢？他不禁想起古时有个几何学家，曾试图计算与圆的面积相等的四方形面积，或曰"以圆求方"，始终不能如愿以偿。正当但丁犯难时，但丁脑海里突然闪现一道神光，帮但丁完成了完整地观照上帝的愿望。于是但丁的心境趋于平静，像大爱驱动太阳与群星平静地运转那样。

《天国篇》到此结束，全部《神曲》到此结束。

伯尔纳祈求圣母

"啊，童贞女兼母亲，

你儿子也是你父亲，

你比众生都谦卑，

又比众生都高贵，

因此永恒天意

早就选定了你：

让一位造物主

成为你的造物。[1]

正是在你的身体里，

神与人的爱再燃起，

由于此爱的热气，

玫瑰才在天国里

焕发出如此生机。[2]

天国里你像火炬，

燃起我们的仁爱，

并令它烧得犹如

1　这里用三个相互对立的词组修饰圣母马利亚的特殊品质：童贞女与母亲；儿子与父亲；谦卑与高贵。正是由于马利亚的这种特殊品质，上帝才选择了她，让一位造物主，即圣子，成为她的"造物"，即儿子。

2　亚当违背天意、偷食禁果之后，上帝把他逐出伊甸园，不再爱人类；后来因马利亚怀孕生基督耶稣，上帝与人之间的爱才再度建立起来。正因为如此，才有耶稣的门徒和其他福灵进入天国，让这朵象征天国的玫瑰焕发出如此生机。

中午阳光般温暖；
在下界凡人中间
你则是我们希望
永不枯竭的源泉。

啊，我的圣母啊，
你是那样伟大，
又有巨大影响力，
谁若不求助于你，

想得到上帝恩惠，
他的愿望就等于
想飞翔而无羽翼。
你的仁慈不仅是

帮助那些祈求者，
而且你多次帮助
那些尚未求助者。
你心里充满宽恕，

你心里充满怜悯，
你心里充满同情，
你身上具备一切
造物应有的美德。

你面前的这个人

从宇宙的深坑 [3] 里，

一直来到净火天里，

见过众魂灵的经历，

现在他求你施恩，

赐予他足够力量，

让他能仰望高处，

实现他终极愿望。[4]

此前我也曾盼望

自己能观照上帝，

但我现在更期望

此人能观照上帝，

因此我在这里

奉上一切祷告，

但愿这些祷告

已足够感动你，

希望你也以祈求

驱散他尘世迷雾，

让上帝欢快面目

显示在他的眼前。

3　指地狱。

4　即观照上帝。

啊，无所不能的王后，

我还要向你提出请求，

帮助他觐见上帝以后，

保持圣洁的情感长久。

但愿你对他的保佑

战胜尘世一切引诱。

你看那位圣女

与诸圣徒一起，

也为我的祷告

胸前双手合十!"[5]

那双为上帝所爱

且为上帝尊敬的

眼睛[6]，望着祈祷者，

流露出无限喜悦，

他们虔诚的祈祷

令圣母感到喜悦；

随后圣母就转身

观照那永恒光辉。[7]

5　贝阿特丽切和圣徒们一起为伯尔纳的祷告祈求圣母（双手合十）。

6　指圣母马利亚的眼睛。

7　指上帝。

我想，圣母看得最清晰，
任何造物无法与她相比。

觐见上帝

现在我正在接近
一切心愿的终点，
我的渴望也应该
已经达到最高点。

伯尔纳以微笑
示意我向上瞧，
但我未等他指出
就已经向上举目；

因此时我的视力
变得越来越纯净，
已经能切入上帝
独自存在[8]的光辉。

此后，凡我看见的
超出语言表达能力
（语言已经不及视力），
也超出我们记忆力：

8　即不依靠别的光源而独自存在。

犹如梦见什么事物，

待从梦中醒来以后，

梦中的惊喜尚留，

梦见的事物却无；

我的情况正如此，

因为我所见到的

几乎已完全消逝，

但我的甜蜜感受，

却依旧在我心里

一点一滴地滴着；

雪在日光下化成水，

其情况也与此相似；

西比尔曾把神谕

写在单薄树叶上，

后被狂风吹散，

情况也是这样。[9]

啊，至高无上的光，

你远离凡人的想象，

<hr />

9　西比尔（Sibyl），又译西卜拉，古希腊传说中的女巫，能够预言未来。公元前5世纪，这个
　　名字是单数，就是说那曾是她的名字；公元前5世纪后，叫西比尔的女巫越来越多，西比尔
　　就变成了一个头衔。这里的西比尔是维吉尔作品《埃涅阿斯纪》中的人物，居住在那不勒斯
　　附近的古城库马（Cuma）那里的山洞里，她把神谕写在树叶上，大风吹进山洞，树叶随风
　　飘散。参见维吉尔《埃涅阿斯纪》卷三。

请你把我看到的景象
在我脑海里再现一下，

并赐予我的语言
强大的表达能力，
能够把你荣光的
哪怕是火星一粒，

留传给未来世人。
假如我能够想起
我在这里看到的
哪怕是微小部分，

并在我诗篇里
对其加以颂扬，
人们将更多地
理解你的胜利。

那光辉 [10] 如此明亮，
假如我移开目光，
像凡人躲避日光，
我相信，我的眼前

10　指上帝的光辉。

一定是一片黑暗。

正因为这个缘故，

我记得那个时候

勇敢地观照下去，

直至我得以看见

那无穷尽的至善。[11]

啊，浩瀚的恩典，[12]

由于对你的信任，

我才抬起脸面

观照永恒光焰，

直到我的视力

全都消耗于此![13]

在那光焰的深处，

我见宇宙的一切

结集收录在一起，

被爱装订成一册；[14]

11　原著注：但丁这几句诗的意思是，上帝的光辉与日光不同，人的眼睛受日光刺激，就会移开眼睛；眼睛移开后，眼前是一片黑暗；而神光不同，越看它视力越强，只要坚持看下去，就能看到神光的本质（"无穷尽的至善"——上帝）。

12　上帝的恩典，圣母的恩典。

13　全都消耗在观照上帝上。

14　宇宙万物是分散的、相互独立的，如同一篇篇文章。上帝用爱把它们收集到一起，并装订成册。

各实体和偶然性，[15]

以及它们的关系，

相互融合在一起；

我在这里讲到的

只是天国的一瞥。

我深信我已看见

把宇宙万物连接

在一起的那个结，[16]

因为我讲这话时

感到更大的欢喜。[17]

我仿佛患上嗜睡，

一瞬间难以想起

我见到的这一切，

就像让我去回忆

二十五个世纪前，

波塞冬感到惊异，

当他首次看见

阿尔戈号大船，

---

15 "实体"和"偶然性"是亚里士多德哲学的术语："实体"指独立存在的物质；"偶然性"指依附实体而存在的物质或方式。

16 指上帝，上帝的爱。

17 但丁深信看见了上帝，但记忆却未跟上，留下来的仅仅是那种甜蜜感受，所以讲到上帝的时候，能感到那种甜蜜（欢喜）。

飞速行驶于海面。[18]

因此我全神贯注，

目不转睛、一动

不动地凝目观照，

我觉得越是观照，

就越想继续观照。

受这光焰影响，

人就不会再想

把目光移向他方

（这是绝不可能的）：

因为善作为愿望

追求的唯一对象，

都集中在那光里；

位于那光里面的

都是完美的东西，

位于那光外面的

则是残缺的东西。

即使现在仅记述

18　伊阿宋乘坐阿尔戈号大船去黑海东岸的科尔喀斯盗取金羊毛的故事，见《地狱篇》第十八曲
　　注11。海神波塞冬（Poseidon，相当于古罗马神话故事中的涅普图努斯，Neptunus）首次看
　　见阿尔戈船出现在海面上时，感到很惊异，参见奥维德的《变形记》第七章。据中世纪的文献
　　记载，此事发生在公元前1223年，就是说离但丁游历天国的公元1300年，大约过了25个世纪。

我还记得的东西，
我的语言还不如
一个还在用嘴
舔奶头的孩子。

三位一体的上帝与圣子转化肉身

并非因我观照
那强烈的光芒，
看到太多形象，
而是那个形象

始终与以前一样；
但是，我的目光
随观照不断增强，
由于我自身变化，

那个不变的形象
也现出不同模样。
在那崇高的光芒

深邃而明亮实质中，
我看到了三个光环，[19]

19　即三位一体的上帝。

它们大小相同，
颜色却不一般；

其中一个似乎是
由另一个反射的，[20]
如同彩虹中的一弧
由另一弧反射来的；

第三个光环[21]火红，
同时受左边的及
右边的光焰照射。
啊，我的表达能力

与思维能力相比，
可说是软弱无力，
而我的思维能力
与我的所见相比，

说其是微不足道，
那远不符合实际。
啊，永恒之光啊，
容纳你的只有你

20　即代表圣子的那个光环，是由代表圣父的那个光环反射而形成的。
21　第三个光环代表圣灵，它的光同时来自圣父与圣子（左边的及右边的光焰）。

自己，了解你的
也只有你自己；²²
你了解你自己，
并为自身了解，²³

你爱戴你自己，
并且笑容满面！²⁴
那个因反射你
而产生的光环，²⁵

在你的光圈里面，
我对它凝视良久，
看见那光环里面
似乎有人像出现，

那人像与那光环
色彩上完全一样，
因此我的视线完全
集中在那人像上面。

22 "容纳你的只有你 / 自己，了解你的 / 也只有你自己"，指圣父。
23 "你了解你自己"指圣父，"并为自身了解"指圣子。
24 "你爱戴你自己，/ 并且笑容满面"，指圣灵。
25 指第二个光环，即圣子。

但丁努力使愿望得到满足

几何学家曾努力
测定圆形的面积，
以求找到与圆形
面积相等的方形，[26]

但他们没有找到
他们需要的原理；
我看到那人像时
情况也如此相似：

我想知道那人像
如何置于圆环中，
并适应光环情况；
但是我那双翅膀

却没有那种力量，[27]
幸亏我的思想中
突然闪现一道光
帮我实现了愿望。[28]

---

26 即本书第十三曲提到的布里松，他是古希腊哲学家和数学家，曾试图计算与圆的面积相等的
     四方形面积，或曰"以圆求方"，参见本书第十三曲注28。
27 即但丁仅靠自己的智力无法弄清这个问题。
28 即一道神光（上帝的启迪）出现，帮助但丁实现了愿望，完整地看清了上帝。

这时我的想象力

突然间失去动力，[29]

但是我的欲望

以及我的意志，

已受惠于至爱，

匀速旋转起来，

就像那四处受力、

均匀旋转的轮子。[30]

这爱推动着太阳，

推动着满天繁星。[31]

---

29 即观照上帝的行为已经完成，不再需要驱动想象力去回忆与描述那一切。

30 即但丁渴望完整地观照上帝这个欲望与意志，已经受到至爱的惠顾，心境平静下来，恢复常态，就像一个匀速旋转的轮子。

31 《天国篇》与《地狱篇》和《炼狱篇》一样，都是以"满天繁星"结束。

中文名称	外文名称及说明
阿德里安一世	Adiano I（意），Adrian I（英） 罗马教皇。 《天》VI，注37。
阿佛洛狄忒	Afrodite（意），Aphrodite（英） 古希腊神话中的爱神。 《天》VIII，注3。
阿伽门农	Agamennone（意），Agamemnon（英） 攻打特洛亚时希腊联军统帅。 《天》V，注10。
阿加佩图斯一世	Agapito I（意），Agapetus I（英） 罗马教皇。 《天》VI，注8。
阿里乌	Arrio（意），Arius（英） 基督教眼中散布异端者。 《天》XIII，注29。
阿纳克莱图斯	Anacleto（意），Anacletus（英） 第三任罗马教皇。 《天》XXVII，注12。
阿斯卡尼俄斯	Ascanio（意），Ascanius（英） 迦太基女王狄多之子。 《天》VIII，注4。
埃特鲁斯人	Etruschi（意），Etruscans（英） 古代意大利西北部埃特鲁斯的居民。 《天》IV，注19。
埃万德尔	Evandro（意），Evander（英） 拉蒂努斯国王。 《天》VI，注14。
安瑟姆	Anselmo（意），Anselm（英） 英国卓越的神学家。 《天》XII，注39。

中文名称	外文名称及说明
安坦德罗斯	Antandro（意），Antandros（英） 特洛亚附近的港口。 《天》VI，注27。
奥古斯丁	Agostino（意），Augustine（英） 基督教早期神学家。 《天》XXIV，注20。
巴门尼德	Parmenide（意），Parmenides（英） 古希腊哲学家。 《天》XIII，注28。
贝利萨留	Belisario（意），Belisarius（英） 罗马帝国著名将领。 《天》VI，注11。
本笃	Benedetto（意），Benedict（英） 本笃会的创始人。 《天》XXII，注4。
比德	Bede 盎格鲁－撒克逊神学家。 《天》X，注36。
庇护一世	Pio I（意），Pius I（英） 早期罗马教皇。 《天》XXVII，注14。
波林里亚	Polimnia（意），Polymnia（英） 九缪斯之一，主管颂歌。 《天》XXIII，注9。
波希米亚王国	Boemia（意），Bohemia（英） 捷克西部一历史地区。 《天》XIX，注15。
伯尔纳	Bernardo（意），Bernard（英） 法兰西人，西多会修士。 《天》XXXI，注9。
布里松	Brisso（意），Bryson（英） 古希腊哲学家和数学家。 《天》XIII，注28。
布伦努斯	Brenno（意），Brennus（英） 古代高卢人的酋长。 《天》VI，注17。

中文名称	外文名称及说明
查理·马泰尔	Charles Martello（意），Charles Martel（英） 查理二世之子。 《天》VIII，注14。
达芙涅	Dafne（意），Daphne（英） 河神之女。 《天》I，注4。
大阿尔伯图斯	Alberto Magno（意），Albertus Magnus（英） 多明我会修士。 《天》X，注24。
但以理	Daniele（意），Daniel（英） 以色列先知。 《天》IV，注1。
德摩封特	Demofoonte（意），Demophonte（英） 忒修斯之子。 《天》IX，注28。
德西乌斯家族	i Deci（意），Decius（拉） 英雄家族，出过多名民族英雄。 《天》VI，注18。
狄奥涅	Dione 爱神阿佛洛狄忒的母亲。 《天》VIII，注3。
狄俄尼索斯	Dioniso（意），Dionysus（英） 古希腊神话中的酒神。 《天》XIII，注6。
迪尼斯	Dionisio（意），Dinis（英） 葡萄牙国王。 《天》XIX，注23。
丢尼修	Dionigi（意），Dionysius（英） 古希腊雅典大法官。 《天》X，注29。
多明我	Domenico（意），Dominic（英） 西班牙神父，多明我会创始人。 《天》X，注22。
多纳图斯	Donato（意），Donatus（英） 著名拉丁语语法学家。 《天》XII，注40。

中文名称	外文名称及说明
法比乌斯家族	i Fabi（意），Fabius（拉） 英雄家族，出过两名民族英雄。 《天》VI，注18。
法萨卢斯	Farsalia（意），Pharsalus（英） 色萨利城市。 《天》VI，注26。
方济各（阿西西的）	Francesco d'Assisi（意），Francis of Assisi（英） 意大利神父，方济各会创始人。 《天》XI，注10。
菲德拉	Fedra（意），Phaedra（英） 雅典国王忒修斯的妻子。 《天》XVII，注9。
菲丽丝	Fillide（意），Phillis（英） 色雷斯国王之女。 《天》IX，注28。
费迪南德四世	Ferdinando IV（意），Ferdinand IV（英） 西班牙国王。 《天》XIX，注18。
福尔盖	Forchetto（意），Folquet（法） 普罗旺斯著名行吟诗人。 《天》IX，注26。
戈弗雷公爵	Gottifredi（意），Godfrey（英） 第一次十字军东征的领袖。 《天》XVIII，注7。
格劳科斯	Glauco（意），Glaucus（英） 脱俗成仙的渔夫。 《天》I，注17。
哈康五世	Acone V（意），Haakon V（英） 挪威国王。 《天》XIX，注23。
汉尼拔	Annibale（意），Hannibal（拉） 迦太基军队的统帅。 《天》VI，注19。
赫拉班	Rabano（意），Rabanus（英） 中世纪德国基督教神学家。 《天》XII，注41。

中文名称	外文名称及说明
亨利二世	Arrigo II（意），Henry II（英） 塞浦路斯国王。 《天》XIX，注26。
洪诺留三世	Onorio III（意），Honorius III（英） 罗马教皇。 《天》XI，注10。
金星	Venere（意），Venus（英） 但丁设计的天国中的金星天。 《天》VIII，注2。
卡利斯图斯一世	Calisto I（意），Callistus I（英） 早期罗马教皇。 《天》XXVII，注14。
康拉德三世	Currado III（意），Conrad III（英） 神圣罗马帝国皇帝。 《天》XV，注25。
康斯坦丝	Costanza（意），Constanz（德） 神圣罗马帝国皇帝亨利六世之妻。 《天》III，注16。
科涅利亚	Coniglia（意），Cornelia（英） 古罗马改革家格拉古兄弟的母亲。 《天》XV，注23。
克拉雷	Chiara（意），Clare（英） 圣方济各的同乡和女信徒。 《天》III，注14。
克莱门扎	Clemenza（意），Clemence（法） 查理·马泰尔的妻子。 《天》IX，注1。
克雷乌萨	Creusa 埃涅阿斯的前妻。 《天》IX，注27。
克里索斯托	Crisostom（意），Chrysostom（英） 古代基督教希腊教父。 《天》XII，注38。
克吕梅涅	Climenè（意），Clymene（英） 阿波罗之妻，法厄同之母。 《天》XVII，注1。

中文名称	外文名称及说明
昆提乌斯	Quinzio（意），Quintius（拉） 古罗马共和时期的将领，曾做过执政官。 《天》VI，注18。
拉斐尔	Raffaele（意），Raphael（英） 大天使。 《天》IV，注10。
喇合	Raab（意），Rahab（英） 《圣经》人物，耶利哥城的妓女。 《天》IX，注30。
莱茵河	Reno（意），Rhine（英） 欧洲西部第一大河，流经德国、法国、荷兰。 《天》VI，注24。
劳伦斯	Lorenzo（意），Lawrence（英） 早期罗马教会副主祭。 《天》IV，注18。
雷诺阿尔德	Rinoardo（意），Renouard（英） 法国传奇故事《英雄史诗》中的人物。 《天》XVIII，注7。
里佩乌斯	Ripeo（意），Ripheus（英） 特洛亚的一名战士。 《天》XX，注9。
理查德	Riccardo（意），Richard（英） 不列颠神学家。 《天》X，注37。
利百加	Rebecca（意），Rebekah（英） 亚伯拉罕的儿媳。 《天》XXXII，注3。
利努斯	Lino（意），Linus（英） 第二任罗马教皇。 《天》XXVII，注12。
卢瓦尔河	Loira（意），Loire（英） 法国第一大河流。 《天》VI，注24。
路得	Rut（意），Ruth（英） 以色列国王大卫的尊祖母。 《天》XXXII，注4。

中文名称	外文名称及说明
罗伯特·布鲁斯	Roberto Bruce（意），Robert Bruce（英） 苏格兰国王。 《天》XIX，注17。
罗穆埃尔德	Romoardo（意），Romuald（英） 著名意大利隐修士。 《天》XXII，注7。
罗穆洛斯	Romulo（意），Romulus（英） 古罗马王政时期第一代国王。 《天》VI，注16。
罗讷河	Rodano（意），Rhône（法） 流经瑞士和法国的大河。 《天》VI，注24。
马加比	Maccabeo（意），Maccabeus（英） 犹太人的英雄。 《天》XVIII，注5。
马卡里乌斯	Maccario（意），Macarius（英） 著名埃及隐修士。 《天》XXII，注6。
玛息阿	Marsia（意），Marsyas（英） 半人半羊的森林之神。 《天》I，注7。
麦基洗德	Melchisedeh（意），Melchizedek（英） 《圣经》人物，祭司。 《天》VIII，注34。
墨利索斯	Melisso（意），Melissus（英） 古希腊哲学家。 《天》XIII，注28。
拿单	Natan（意），Nathan（英） 希伯来人先知。 《天》XII，注37。
拿撒勒	Nazarette（意），Nazareth（英） 巴勒斯坦北部的历史名城。 《天》IX，注37。
尼布甲尼撒	Nabuccodonosor（意），Nebuchadrezzar（英） 巴比伦国王。 《天》IV，注1。

中文名称	外文名称及说明
尼萨峰	Nisa 帕尔纳索斯山的山峰之一。 《天》I，注5。
欧罗巴	Europa 腓尼基国的公主，宙斯的情人。 《天》XXVII，注27。
帕兰特	Pallante 拉蒂努斯王国王子。 《天》VI，注14。
佩内奥斯	Peneo（意），Peneus（英） 古希腊神话传说中的河神。 《天》I，注4。
皮鲁斯	Pirro（意），Pyrrhus（英） 希腊北部伊庇鲁斯王国国王。 《天》VI，注17。
珀尔修斯	Perseo（意），Perseus（英） 杀死墨杜萨的英雄。 《天》XVIII，注12。
珀迦索斯	Pegasea（意），Pegasus（英） 古希腊神话中的飞马。 《天》XVIII，注12。
契拉峰	Cirra 帕尔纳索斯山的山峰之一。 《天》I，注5。
撒伯里乌斯	Sabellio（意），Sabellius（英） 基督教眼中散布异端者。 《天》XIII，注29。
撒拉	Sara（意），Sarah（英） 亚伯拉罕的妻子。 《天》XXXII，注3。
撒母耳	Samuel 以色列人先知。 《天》IV，注6。
萨宾尼	Sabini 居住在台伯河东部的古代民族。 《天》VI，注16。

中文名称	外文名称及说明
萨丹纳帕路斯	Sardanapalo（意），Sardanapallus（英） 传说中的亚述国王。 《天》XV，注14。
塞纳河	Senna（意），Seine（法） 法国北部重要河流，流经巴黎。 《天》VI，注24。
圣雅各	San Giacomo（意），Saint Jacob（英） 耶稣的十二门徒之一。 《天》XXV，注4。
士瓦本	Svevia（意），Schwaben（德） 中世纪德国西南部的一个公国。 《天》III，注17。
斯蒂芬五世	Stefano V（意），Stephen V（英） 匈牙利国王。 《天》VIII，注14。
斯凯沃拉	Scevola（意），Scaevola（英） 古罗马传说中的英雄。 《天》IV，注19。
梭伦	Solone（意），Solon（英） 古希腊政治家、诗人。 《天》VIII，注33。
所罗门	Solomone（意），Solomon（英） 大卫之子，以色列国王。 《天》X，注28。
提比略	Tiberio（意），Tiberius（英） 罗马帝国第二任皇帝。 《天》VI，注33。
提图斯	Tito（意），Titus（英） 罗马帝国皇帝。 《天》VI，注36。
托尔夸图斯	Torquato（意），Torquatus（拉） 古罗马共和时期的将领。 《天》VI，注18。
托勒密十二世	Tolomeo XII（意），Ptolemaeus XII（英） 埃及国王。 《天》VI，注26。

中文名称	外文名称及说明
瓦茨拉夫二世	Venceslao II（意），Wenceslas II（英） 波希米亚国王。 《天》XIX，注15。
瓦尔河	Varo（意），Var（法） 法国南部的一条小河流。 《天》VI，注24。
威廉公爵	Guglielmo（意），William（英） 法国传奇故事《英雄史诗》中的人物。 《天》XVIII，注7。
乌尔班一世	Urbano I（意），Urban I（英） 早期罗马教皇。 《天》XXVII，注14。
乌罗什二世	Urosio II（意），Uros II（英） 塞尔维亚国王。 《天》XIX，注24。
西比尔	Sibilla（意），Sibyl（英） 古希腊传说中的女巫。 《天》XXXIII，注9。
西格尔	Sigieri（意），Siger（英） 巴黎大学哲学教授。 《天》X，注38。
西克斯图斯一世	Sisto I（意），Sixtus I（英） 早期罗马教皇。 《天》XXVII，注14。
希波吕托斯	Ippolito（意），Hippolytus（英） 雅典国王忒修斯的儿子。 《天》XVII，注9。
希西家	Ezechia（意），Hezekiah（英） 《圣经》人物，犹大国王。 《天》XX，注5。
许配里昂	Iperione（意），Hyperion（英） 太阳神的父亲。 《天》XXII，注24。
叙凯欧斯	Sicheo（意），Sichaeus（英） 狄多的丈夫。 《天》IX，注27。

中文名称	外文名称及说明
雅努斯	Giano（意），Janus（英） 罗马神祇中的门神。 《天》VI，注32。
亚扪人	Ammoniti（意），Ammonites（英） 古代居住在盐海东部的部落。 《天》V，注9。
亚拿尼亚	Anania（意），Ananias（英） 《圣经》人物，曾为圣保罗治眼疾。 《天》XXVI，注2。
耶弗他	Ieptè（意），Jephthah（英） 以色列人的士师。 《天》V，注9。
伊奥勒	Iole 色萨利公主。 《天》IX，注29。
伊庇鲁斯	Epiro（意），Epirus（英） 位于古希腊北部地区的王国。 《天》VI，注17。
伊菲革涅亚	Efigenia（意），Iphigenia（英） 希腊联军统帅阿伽门农的女儿。 《天》V，注10。
伊西多尔	Isidore 西班牙基督教神学家。 《天》X，注35。
伊泽尔河	Isara（意），Isere（英） 法国西南部河流。 《天》VI，注24。
以赛亚	Isaia（意），Isaiah（英） 《圣经》人物，以色列人的先知。 《天》XXV，注22。
以扫	Esau 《圣经》人物。 《天》VIII，注37。
英诺森三世	Innocenzo III（意），Innocent III（英） 罗马教皇。 《天》XI，注10。

中文名称	外文名称及说明
尤巴	Giuba（意），Iuba（英） 毛里塔尼亚国王。 《天》VI，注28。
于格	Ugo（意），Hugh（英） 法兰西经院神学家。 《天》XII，注34。
约翰二十二世	Giovanni XXII（意），John XXII（英） 教皇。 《天》XVIII，注21。
约书亚	Giosuè（意），Joshua（英） 《圣经》人物，以色列人的领袖。 《天》XVIII，注4。
哲罗姆	Girolamo（意），Jerome（英） 古罗马教父。 《天》XXIX，注9。

译后记

翻译但丁的《神曲》是我二十年前的梦想，早在20世纪90年代，我已有了这个想法，在我的《翻译理论与实践》教材中就有这方面的表述。2007年，在我编辑的《意大利文学大花园》（湖北教育出版社）中，我就这样写道：

> 写到这里，我倒想把钱稻孙先生用骚体翻译的这一段和我自己用五言古诗翻译的这一段也呈现给读者。不难看出，这样翻译能较好地体现但丁《神曲》的韵味，确实是件难事，但我相信今后一定会有人去尝试并实现读者的这个愿望。

（参见该书第30页）

等了这么多年，未见有人尝试。2013年年底，当我已完全退休下来，也不再去别的地方做兼职时，我终于下了决心：自己来完成借用古诗体翻译《神曲》的愿望。

一、但丁《神曲》的格律

但丁《神曲》共三部，一万四千余诗句，通篇采用十一音节三韵律的形式。什么是十一音节三韵律？具体地说，它包括两方面的内容：

1.每个诗句必须有十一个音节。按照但丁同时期的诗人彼特拉克的看法，重音还要落在第四、第十个音节上，或落在第四、第八、第十个音节上，亦可落在第四、第七、第十个音节上。其实，音节的数目和重音的位置，就是诗歌的节奏。看来，但丁并不太认同彼特拉克的意见，他的实际做法是：第十个音节必须重读（这也是该诗句的韵），其他音节是否重读则灵活加以掌握。请看下表：

我们以但丁《神曲·地狱篇》第一曲第一、第二两个诗节为例，看看每个诗句的音节数目及其尾韵（表里的第一行是我添加的，表示该音节的序号，第十、第十一音节用黑斜体表示该句的尾韵）：

1	2	3	4	5	6	7	8	9	10	11
nel	mez	zo	del	cam	min	di	no	stra	v*i*	*ta*
mi	ri	tro	vai	per	una	sel	va	o	sc*u*	*ra*
che	la	dir	ri	ta	vi	a e	ra	smar	ri	*ta*
ahi	quan	to a	dir	qual	e	raè	co	sa	d*u*	*ra*
e	sta	sel	va	sel	vag	gia	e a	sprae	f*or*	*te*
che	nel	pen	sier	ri	no	va	la	pa	*u*	*ra*

很清楚，每个诗句都有十一个音节。当然这里分音节的方法与通常方法不同，两个元音重合时被当作一个音节，或者使用省文撇（apostrofo）将其中一个元音省略。

2.每三个诗句构成一个诗节。如果我们用A-B-A表示第一节的三个尾韵，那么第二节的第一、第三个诗句要重复第一节第二句的尾韵（即B），第二个诗句则要换个尾韵，比如用C，就是说第二个诗节的三个诗句的尾韵连起来则呈B-C-B的形式；第三个诗节的尾韵以此类推，成了C-D-C，第四个诗节的尾韵则是D-E-D，循环演绎不止。以上表为例，第一个诗节的第一句和第三句的尾韵是一样的，即-*ita*，即我们所说的A，第二句的尾韵是-*ura*，即我们所说的B，三个诗句的尾韵连起来就是A-B-A；第二个诗节的第一和第三句的尾韵是-*ura*，与第一个诗节第二句的尾韵相同，即我们所说的B，第二个诗节中间那句话的尾韵换成了 *-orte*；假如把它称作C，那么这个诗节三句话的尾韵就是B-C-B。第三个诗节以及以后的诗节，都必须按这种规律循环下去。但丁的《神曲》共有一万四千多个诗句，都是以这种方式循环押韵的。

这就是但丁《神曲》的韵律。翻译《神曲》的先决问题，正如田德望先生所说，是译成诗还是译成散文。纵观外国译本，有译成诗的，也有译成散文的；即使是译成诗的，也有译成自由诗的，还有译成律诗的；有模仿但丁的三韵律采取三句一节的，也有自行其是改为四句一节的。以我国现有的三个从意大利语直接翻译的《神曲》版本来说，田德望教授的版本采用散文体，黄文捷先生的版本采用自由诗体，而黄国彬先生的版本采用律诗体，并模仿了但丁的三韵律。

下面我想以但丁《神曲·地狱篇》前三个诗节即九个诗句为例，请读者看看他们对这九个诗句是如何翻译的：

原文是：

Nel mezzo del cammin di nostra v*ita*

mi ritrovai per una selva osc*ura*

che la diritta via era smarr*ita*.

Ahi quanto a dir qual era è cosa d*ura*

esta selva selvaggia e aspra e f*orte*

che nel pensier rinova la p*aura!*

Tant' è amara che poco piú m*orte;*

ma per trattar del ben ch'i vi tr*ovai,*

dirò de l'altre cose ch'i v'ho sc*orte.*

田德望教授将其译为散文：

在人生的中途，我发现我已经迷失了正路，走进了一座幽暗的森林，啊！要说明这座森林多么荒野、艰险、难行，是一件多么困难的事啊！只要一想起它，我就又觉得害怕。它的苦和死相差无几。但是为了述说我在那里遇到的福星，我要讲一下我在那里看见的其他的事物。"

（但丁《神曲·地狱篇》，田德望译，

人民文学出版社，1999年，第1页）

黄文捷先生将其译为自由诗：

> 我走过我们人生的一半路**程**，
>
> 却又步入一片幽暗的森**林**，
>
> 这是因为我迷失了正确的路**径**。
>
> 啊，这森林多么原始，多么险恶，多么举步维**艰**！
>
> 道出这景象又是多么困**难**！
>
> 现在想起来仍会毛骨悚**然**，
>
> 尽管这痛苦的煎熬不如送命那么悲**惨**；
>
> 但是要谈到我在那里如何逢凶化吉而脱**险**，
>
> 我还要说一说我在那里对其他事物的亲眼所**见**。

（但丁《神曲·地狱篇》，黄文捷译，

花城出版社，2000年，第1页）

黄国彬先生译文是：

> 我在人生旅程的半途醒**转**，
>
> 发觉置身于一个黑林里**面**，
>
> 林中正确的道路消失中**断**。

啊，那黑林，真是描述维**艰**！

那黑林，荒凉、芜秽，而又浓**密**，

回想起来也会震栗色**变**。

和黑林相比，死亡也不会更悲**凄**；

为了复述黑林赐我的洪**福**，

其余的景物我也会一一叙**记**。

（但丁《神曲·地狱篇》，黄国彬译注，
外语教学与研究出版社，2009年，第1页）

对照原文，从意思上来讲，我觉得田教授译得非常准确：他完整而准确地译出了《神曲》每句话的内容，例如第五句"ma per trattar del ben ch'i vi trovai"中的"ben"，原文注释说，是指上帝给予但丁的帮助，给他派来了古罗马诗人维吉尔。田译将其译为"福星"，确切！黄文捷先生译为"如何逢凶化吉而脱险"，意译，可以接受，而黄国彬先生译为"黑林赐我的洪福"，意译，或者说他按字面意义把"ben"译为"幸福、洪福"，也可以接受，离但丁的原意稍远了点。田译译文确切，可它却是个散文译本。我个人的看法是：从阅读效果来看，散文恐怕还是不如诗歌好吧。

黄文捷与黄国彬的译文，似乎都注意了诗句的尾韵，即前后诗句要押韵：黄文捷译文第一节的尾韵"程""林""径"，近似押韵；黄国彬先生译文第一节的尾韵分别是："转"、"面"、"断"。嗯，不错。但从但丁原诗那三韵律来说，黄文捷的译文中似乎不见了踪影，而黄国彬在译文中却做了宝贵的尝试（恭喜他！）。总之，从押韵这个角度看，黄文捷先生的译文比起黄国彬先生的译文似是略逊，但黄国彬先生由于生长在、工作在香港，受香港文化和方言的影响或许深了一些，不仅发音与我们大陆的人有差异，而且用词也有些不同，从《神曲》整篇译文来看，他的译文离大陆读者的用词习惯还是远了一些。

译后记

总之，从译文表达原文意思的角度来说，两位黄先生的译文似都不如田先生，也许是受了要押韵的影响吧。两位黄先生都主张以诗歌的形式翻译《神曲》，但从诗歌格律上来说，黄文捷先生的译诗更像自由诗，黄国彬先生的译诗却比较接近律诗。

二、中、意诗歌的格律

为什么我得出这个结论呢？让我们先说得远一点。只要是诗歌，就得有节奏和韵律。现在有种说法称，诗歌源于古代人的劳动号子，而劳动号子是有鲜明节奏的，在文字上反映为诗歌的各种格式。但丁时代前后，意大利流行的诗歌格式有五音节、六音节、七音节、八音节、九音节、十音节、十一音节等格式。但丁采用了十一音节的格式，因为这种格式便于叙事，但三韵律却是但丁的独创。但丁之后的阿里奥斯托（Ludovico Ariosto，1474—1533年）创作的长篇叙事诗《疯狂的罗兰》，以及塔索（Torquato Tasso，1544—1599年）创作的长篇叙事诗《被解放的耶路撒冷》，都采用了十一音节的格式，八句一节，前六句隔句押韵，后二句单独押韵。可见，十一音节的格式当时相当盛行，但他们都未采用但丁的三韵律。但丁的十一音节三韵律，真可谓阳春白雪，和者甚寡。现代意大利诗歌也继承了这些格式，如我们熟悉的咏叹调《女人善变》，每句有五个、六个或七个音节：

> La / don / na è / mo / bi / le
>
> qual / piu / ma / al / ven / to,
>
> mu / ta / d'ac / cen / to
>
> e / di / pen / sie / ro.
>
> Sem / pre / un / a / ma / bi / le
>
> leg / gia / dro / vi / so,

in / pian / to o / in / ri / so,

è / men / zog / ne / ro...

而那不勒斯民歌《桑塔露琪亚》，每句十个或十一个音节：

Sul / ma / re / lu / ci / ca / l'a / stro / d'ar / gen / to,

pla / ci / da è / l'on / da, / pro / spe / ro è / il / ven / to.

Con / que / sto / zef / fi /ro, / co / sì / so / a / ve

O! / Co / m'è / bel / lo / star / su / la / na / ve!

Ve / ni / te / al / l'a / gi / le / bar / chet / ta / mia...

San / ta / Lu / ci / a! / San / ta / Lu / ci / a! ...

可见，这些格式的诗歌直至今天在意大利也还很流行。

我们祖国的文化，也给我们留下了三字、四字、五字、六字、七字等格式。三字格式如《三字经》，"人之初，性本善，性相近，习相远"，不用押韵，依靠字（词）的数目，就能使之朗朗上口，节奏鲜明。四言格式的，例如2014年12月13日，南京大屠杀死难者国家公祭仪式上，77名中学生齐声诵读的《和平宣言》："一九三七，祸从天降，一二一三，古城沦丧。侵华倭寇，掳掠烧杀，横尸遍野，血染长江。三十余万，生灵涂炭……"这里没有句句押韵，也是靠字数调节节奏。五言格式的如汉朝的《木兰诗》："唧唧复唧唧，木兰当户织。不闻机杼声，唯闻女叹息。问女何所思，问女何所忆。女亦无所思，女亦无所忆……"这里有比较严格的韵律，读起来朗朗上口。可见，这些诗歌格式从古至今都影响着我们，可以说是我们创作与欣赏诗歌的一贯标准，是我们华夏儿女思维习惯的重要组成部分。现代诗人郭沫若、臧克家、艾青等人的诗，都深受这些传统格式的影响。

在歌词方面，这一点表现得更加明显，例如《歌唱祖国》的歌词："五星红旗 / 迎风飘扬，胜利歌声 / 多么响亮，歌唱我们 / 亲爱的祖国，从今走

向 / 繁荣富强……"乍看起来它每句有八个字，像八言，实际上它却是四言：每四个字一顿。但这四个字却是两个双音词（如五星—红旗）组成的，每个诗句有两个这样的四言。第三句中"亲爱的"虽为三字，但可视为两个字：按词性来说，它是形容词，"的"仅表示其词性，是个虚词，可以不计。或者说，汉语发展到现在，多字词越来越多，应该把我们诗歌格式中的"言"（字）也理解成"词"（单字词或多字词），这样在创作诗歌时，我们在每个诗句的字数上就会有更大的自由。就我个人而言，我觉得还是依字为单位计算好，文字上看得更清楚些，不过也不能太机械。

我国诗歌的这种传统不仅大陆如此，港台也是如此。请看苏芮演唱、李子恒作词作曲的《牵手》：

因为 / 爱着 / 你的 / 爱
因为 / 梦着 / 你的 / 梦
所以 / 悲伤着 / 你的 / 悲伤
幸福着 / 你的 / 幸福……

这首歌词看起来是七言，若以词来划分，也可以说是四言。再说东北地区流行的二人转、西北地区流行的信天游、京津冀地区的快板书、江浙一带的评弹，都可以划入这些格式之中。它们的节律多么鲜明啊。总之，这些格式都是我们祖国诗歌的传统，我们应该继承它、发扬它。

三、采用什么格式翻译但丁《神曲》

讨论这个问题前，我们先拿这些格式来对照一下前面引用的黄文捷版和黄国彬版的译诗。

先看黄文捷的译文：

我 / 走过 / 我们 / 人生的 / 一半 / 路**程**，

却又 / 步入 / 一片 / 幽暗的 / 森**林**，

这是 / 因为 / 我 / 迷失了 / 正确的 / 路**径**。

啊，/ 这森林 / 多么 / 原始，/ 多么 / 险恶，/ 多么 / 举步 / 维**艰**！

道出 / 这景象 / 又是 / 多么 / 困**难**！

现在 / 想起来 / 仍会 / 毛骨 / 悚**然**，

尽管 / 这痛苦的 / 煎熬 / 不如 / 送命 / 那么 / 悲**惨**；

但是 / 要谈到 / 我 / 在 / 那里 / 如何 / 逢凶 / 化吉 / 而 / 脱**险**，

我 / 还要 / 说一说 / 我 / 在 / 那里 / 对其他 / 事物的 / 亲眼 / 所**见**。

以上每个诗句词的数目相差悬殊，朗读起来实在难以上口，权且算它
是自由诗吧。

至于黄国彬先生的译诗，他在其《神曲·译本前言》中对自己的译诗
有这样的表述：

至于音步形式，除了某些诗行由于专有名词太多，音节难以化繁
为简外，我的汉译每行有五个音步（也就是五顿），每个音步有一至
四个音节不等。譬如《天堂篇》第一章一至六行，展示的就是这样的
音步形式：

万物 / 推动者 / 其 / 荣耀的 / 光**亮**

照彻 / 宇宙，/ 不过 / 在 / 某一**区**

会 / 比较弱，/ 在 / 另一区 / 比较**强**。

此刻 / 我置身 / 神光 / 最亮的 / 区**域**，

目睹了 / 那里的 / 景象，/ 再降回 / 凡**间**，

就不能 / ——也 / 不懂得 / 把经验 / 重**叙**。

（但丁《神曲・地狱篇》，黄国彬译注，

外语教学与研究出版社，2009年，第34页）

黄国彬先生所谓的音步形式，他在说这段话时专门做了注，援引如下：

新诗的音步概念，源出于西方诗律学的 foot，经卞之琳等诗人的实验，过去几十年已有长足进展。可惜许多诗人误解了自由诗的"自由"，写起诗来，再也不注意节奏、韵律，一切皆任意为之，把一切交给"偶然"，颇像香港的六合彩搅珠。

（但丁《神曲・地狱篇》，黄国彬译注，

外语教学与研究出版社，2009年，第34页）

可见黄国彬先生是想按照我国五言诗的格式来翻译《神曲》的。让我们也来分析一下他的地狱篇第一曲开头的那九句话吧。

我 / 在人生 / 旅程的 / 半途 / 醒**转**，

发觉 / 置身于 / 一个 / 黑林 / 里**面**，

林中 / 正确的 / 道路 / 消失 / 中**断**。

啊，/ 那黑林，/ 真是 / 描述 / 维**艰**！

那黑林，/ 荒凉、/ 芜秽，/ 而又 / 浓**密**，

回想 / 起来 / 也会 / 震栗 / 色**变**。

和黑林 / 相比，/ 死亡 / 也不会 / 更悲**凄**；

为了 / 复述 / 黑林 / 赐我的 / 洪**福**，

其余的 / 景物 / 我也会 / —— / 叙**记**。

我们拿五言诗的格律套用黄国彬先生的这九句话，也证实了他自己的说法。为什么黄国彬先生能做到的，黄文捷先生却做不到？这就要看译者开始译诗之前选择以什么方式来进行翻译。你选择了以律诗翻译律诗，你脑子里就有格律那根弦，不符合你选定格律的诗句，就不会从你的笔下流出。不过，我还是想援引黄国彬先生在其《译本前言》中写的另一段话：

> 对于处理《神曲》格律的意见，大致可分为两派：第一派主张以自由诗译格律，第二派主张以格律译格律。我个人属于第二派。因为我觉得，译格律诗而放弃格律，等于未打仗就自动放弃大幅疆土；而放弃了大幅疆土后，所余的疆土未必会因这样的"自动放弃""自动退守"而保得更稳。某些译者放弃（有时是逃避）格律时，所持的理由往往是"格律会扭曲诗意"。其实，这一说法并不准确。所谓"诗意"，至少包括两种：语义（semantic）层次的诗意和语音（phonological）层次的诗意；两者的比例究竟是多少，往往因人而异……在格律诗中，格律是诗意的重要部分；放弃格律，差不多等于在语音层次的诗意上拿零蛋。
>
> （但丁《神曲·地狱篇》，黄国彬译注，
> 外语教学与研究出版社，2009年，第32页）

黄国彬先生的这段话有点刻薄，但非常中肯。我倒想再补充一句：如果在翻译实践中二者不能兼顾，那宁可牺牲语音层次的诗意，也不能损伤语义层次的诗意。可惜大陆的一些译者和许多出版社的编辑，似乎都支持第一派，即认为：译诗就像翻译散文，只要把原文诗逐字逐句地翻译出来，并设法在每个诗句句尾押个韵，就算"齐活"，就算"好诗"。我觉得黄文捷先生基本就是这样认为并这样做的，但这种看法显然有失偏颇。当然究竟以什么形式翻译格律诗，仁者见仁，智者见智，各持所见，难以统一。

译后记

具体到各个译本来说，恐怕也无必要统一，百花齐放、百家争鸣嘛，还是让市场和读者去评判吧。

　　综上所述，我们现有的三个从意大利语直接翻译过来的但丁《神曲》全译本，田德望教授的散文本译文意思最准确，黄文捷先生的译本算是自由诗体，而黄国彬先生的译本应该说是律诗体。从格律的角度来说，后二者优于前者，但从"语义层次"上来说，它们比起田译本都有些欠缺，是理解有误，还是为了押韵不得已而为之，选择了不太恰当的词语呢？我就不好为之作答了。从这两个层面来说，黄文捷的译本都应该修订了，那些超长的诗句确实需要改一改；黄国彬译本的问题，我觉得有二：首先，"语义层次"上还有用词不当的情况，例如前面援引的《地狱篇》第一曲前九句中第一句的"醒转"和第六句中的"震栗色变"，都不是中国大陆居民常用的词语；而第八句中的"黑林赐给我的洪福"和第九句中的"其余的景物"，都存在一定的理解问题：原文对这两处的注释说ben（幸福）是指上帝派古罗马诗人维吉尔来帮助但丁，帮他逃出困境，译成"洪福"不当；altre cose（其他东西，其他事情）指但丁遇到了三只猛兽，译成"其余的景物"亦不当。其次，黄国彬先生引以为豪的译文三韵律格式，我却认为那正是他的弱项。为什么？各民族诗歌都有自己的传统，像上面所说，意大利有五、六、七、八、九、十、十一等音节的格式，三韵律是但丁的独创；我国则有三言、四言、五言、六言、七言等格式。这些传统格式已经深入人心，已经成为各国人民的思维习惯，作者写诗或读者读诗的时候，都会拿这些格式去进行比照。既然三韵律是但丁的独创，至今意大利还和者甚寡，难道我们还要费尽心血把它复制下来呈给我国广大读者？硬这么做了，效果不一定会好。黄国彬的译本或比黄文捷的译本要好些，为什么前者在读者中的接受度似不及后者呢？我觉得这与他的语言有关，与他采用的格式也有关。读者阅读律诗的过程，实际上是拿自己头脑里的格式与所读律诗比对的过程，对上号了，发生共鸣了，就理解了，获得了快乐，反之就会感到失望，不愿继续读下去。既然三韵律在意大利都和者甚寡，在我国读者中还能比在意大利有更多的读者爱好它？所以我不准备采用这种格式。我决定模仿我国传统的五言、六言或七言的格式，并采用四句一节的形式。这里还有一层考虑：十一音节三韵句，一节有三个诗句，共三十三个音节；五言四句一节，共有二十个字，六言四句一节就是二十四个字，七言字数则更多。用二十至二十八个汉字应付三十三个意大利语音节，只要不都是专有名词，应该是绰绰有余的，或者说，我会有更大的回旋余地。

当然，我这里还应补充一点：上述三个版本，它们在各自的出版时期，都起到了它们的作用，对我们读者阅读、了解《神曲》都做出了自己的贡献。我现在要重译《神曲》，应该学习与借鉴它们的经验教训，努力使自己的版本做得更好一些。

四、模仿五言、六言等传统格式翻译《神曲》的几点体会

现在我已完成《神曲》三卷的翻译，通篇基本上都采用了五、六或七言，四句一节的格式，我个人的主观感觉还不错，当然还要看广大读者的反馈。总结我这四年的实践，体会如下：

1.关于字数：综合利用五言、六言、七言的传统格式。我的体会是，单一地采用传统的五言、六言或七言，困难重重，那样做只能是画地为牢，自己束缚自己的手脚。因为汉语经过几千年的演变，词语到现在已经发生了重大变化，从先秦时期的以单音词为主，发展到现在以双音词为主，三音词、四音词也很常见。以我们传统的五言为例，如大家熟知的李白《静夜思》，"床前明月光／疑是地上霜／举头望明月／低头思故乡"，就是以单音词为主。当然，也可按现代汉语的理解，将其解释为双音词"床前""明月""地上"和单音词"光""疑""是""霜"。唐朝时期汉语中的单音词还

很多，而现代汉语，单音词越来越少，双音词越来越多，甚至三音词和四音词都有双音化的趋势，如"机关枪/机枪""潜水艇/潜艇""初级中学/初中""对外贸易/外贸"，等等。要死守传统的五言，的确困难重重。事实上，我也没有这个能力。在翻译过程中，我经历了这样一种思想转变：开始时我打算模仿传统的五言来翻译，如《地狱篇》第一曲以五言为主，后来发现困难较多，不如改为以六言为主，或综合利用五言、六言、七言等传统格式，从第二曲之后我就逐渐这么做了。

字数是格律诗的灵魂，必须坚持，当然也不能墨守成规，应该把字、词综合起来，灵活考虑，像前面说的把"歌唱我们 / **亲爱的**祖国"中的三音词"亲爱的"就可视为一个双音词。另外，从一个诗句五个字、六个字或七个字的结构来看，拿五言为例，它有各种可能的排列：○○ ○○ ○（床前 明月 光）、○○○ ○○（抬头 望 明月）、○○ ○○○、○○○ ○○、○○○ ○○、○○○○ ○等等，但常见的是前两种。我在翻译实践中，尽量遵守这种排列。如果一节四句不能都做到每句排列都相同，也要争取相邻的两句排列相同，这样阅读或朗读起来就有节奏感。例如《地狱篇》第一曲的开头："人生半征程, / 迷路陷密林。/ 歧路已远离, / 正道难寻觅"，四句都采取了"○○ ○ ○○"的排列格式。当然，我没能做到全书都这样，常常迫不得已混杂采用其他格式，例如这一曲稍后一点有这样一节："山路渐陡峭, / 卧伏一花豹; / 灵便且轻巧, / 斑斑花皮毛"，这四句的排列，尤其是第四句，就难说都是"○○ ○ ○○"排列了。

2.关于押韵。上面所引李白《静夜思》是五言绝句，第一、二、四句押韵，第三句不押韵。这也成了我国律诗押韵最常用的格式，但也不是唯一的格式。还有两种常用的格式是：第二、四句押韵，第一、三句不押韵，如《木兰诗》中的"昨夜见军帖, / 可汗大点兵（bīng）, / 军书十二卷, / 卷卷有爷名（míng）"；四句全押一个韵，如"问女何所思（sī）, / 问女何所忆（yì）。/ 女亦无所思（sī）, / 女亦无所忆（yì）"。翻译实践中我尽可能多地采用这些传统格式，如果实在难以采用这些格式，我参照这两种组合派生出以下几种押韵格式：①模仿第一、二、四句押韵的格式，改为第一、三、四句押韵，第二句不押韵，如"另有雄狮一头（tóu），/昂首迎面走来；/饿狮若一声吼（hǒu），空气也会抖（dǒu）"（《地狱篇》第一曲）；②参考第二、四句押韵，第一、三句不押韵的格式，改为第一、三句押韵，第二、四句不押韵，如"我亦是如此（cǐ），/怀着爱与敬，/反复读你诗（shī），/研习你诗韵"（《地狱篇》第一曲）；③参照句句押韵的格式，改为相邻两句押韵，即第一、二句和第三、四句分别押韵，如"战战穿谷走（zǒu），/小丘拦去路（lù），/仰面向上看（kàn），/阳光满山巅（diān）"（《地狱篇》第一曲）；④第一、四句押韵，第二、三句不押韵，如"你若去游天堂（táng），/我需把你交给/她，贝阿特丽切，/她更配把向导当（dāng）"（《地狱篇》第一曲）；⑤第一、四句与第二、三句分别押韵，如"然后他开口说（shuō）：/'你希望我重叙（xù）/我那悲伤过去（qù），/还没开口述说（shuō）……'"（《地狱篇》第三十三曲）。总之，在押韵的方式上，也不能墨守成规，其实现在许多人都认为（我也这样认为），应该把后面这五种押韵方式也看成可以使用的格式，否则要翻译《神曲》这种长篇诗歌，而且要符合我们的韵律，恐怕就更难完成了。

关于韵脚我还想说明一点：极个别时候我的译文中韵脚只做到了类似，并未做到完全对应，例如《地狱篇》第一曲中接近末尾处有这么一节："有的在受火刑（xíng），/表情好似安心（xīn），/甘愿受那惩罚，/争取能进天庭（tíng）。"当然，这节可以理解为第一、二、四句押韵的格式，即第二句近似押韵；也可以理解为第一、四句押韵，第二、三句不押韵的格式。事实上，我并未完全做到全书一万四千多句都按照上述方法去押韵，也有不押韵的时候。例如《地狱篇》最后一曲有这么相邻的三节："仍感心惊胆战（zhàn）。/那里阴魂身躯（qū）/全被寒冰盖住（zhù），/透过冰层可见（jiàn）：/有人平躺着（zhe），/有人竖立着（zhe）；/要么头朝上（shàng），

/ 要么头朝下（xià）；// 还有些人 / 背弓膝屈（qū），/ 头朝向足（zú）/ 像张弓弩（nǔ）。"第一节可视为第一、四句押韵，第二、三句不押韵，或第一、四句与第二、三句分别押韵；第二节是四言，可以不押韵，或者说是失韵，但从这段上下文来看，这几句是排列、列举句，节奏鲜明，弥补了失韵的缺陷。

3. 坚持四句一节的做法。诗歌与散文的区别，除了要押韵以外，还有种形式美。诗歌的形式美有二：①诗句的字数要一致。关于这一点我们上面说了，不过也不能过于拘谨；随着汉语的发展变化，有时不得不突破一下；②分节。我国古诗中多为抒情短诗，分不分节无所谓，但长诗如前面提到的《木兰诗》，还是分节好，让诗歌的形式美能够得到更好的体现。然而我国古文常常连标点符号都不用，即连句子都不分，古诗就更谈不上分节了。我们前面提到的《木兰诗》，可以这样理解：它基本上是四句一节，但有时也有六句一节的。古诗中可明显分成四句一节的要算屈原的《离骚》。总之，分节的好处是使诗歌的形式美变得一目了然，像我国现代诗人郭沫若、艾青等人写的一些诗歌就采用四句一节的形式。但是，我借用四句一节这个形式时，发现一个问题：我们的传统诗句都是一行一句话，四句一节每节都有一个较为完整的概念；而但丁的三韵律或曰三句一节，它所包含的三个诗句有时并不都是三个完整的句子，三句话连缀成一节时，有时也不是一个完整的概念。请看《神曲·地狱篇》原文第一曲第13—18句这两个诗节：

句子的序号	原文
13	Ma poi ch'i' fui al piè d'un colle giunto
14	là dove terminava quella valle
15	che m'aveva di paura il cor compunto,
16	guardai in alto, e vidi le sue spalle
17	vestite gia de' raggi del pianeta
18	che mena dritto altrui per ogni calle.

这六个诗句构成但丁诗歌的两个诗节，但从语法上来讲，它们却是一个复合句，是一句话。或者说，但丁把一个包含若干分句的复合句分成六个诗句（有时一个诗句也并非一个完整的简单句子），构成两个诗节，翻译时该怎么办？我的基本做法是：坚持四句一节，尽可能让每个诗句都有个完整的意思，但遇到原文这种长句子时，在具体做法上也会参考现代诗歌，即为了押韵的需要，偶尔也可能在词与词之间断开移行，就是说，为了押韵的需要，一个诗行不一定非要成为一个有完整意义的诗句；一个诗节也不一定要成为一个有完整意义的诗节。在古诗里，这是无法理解的，但在现代诗歌中已有这种做法；但丁原文尚且如此，译文有时照葫芦画瓢一下，也未尝不可吧。现在翻译外国诗歌常有人这么做，如黄国彬先生翻译这两个诗节就是这么做的：

不知不觉走完了使我发抖
心惊的幽谷而到达一座小山。
面对山脚，置身于幽谷尽头

仰望，发觉这时候山肩已灿然
披上了光辉。光源是一颗行星，
一直带领众人依正道往返。

上面的第一句、第三句与第四句都被拦腰断开，必须与后面的句子连起来才构成完整的句子。我为了押韵需要，有时也会采取这种手法。

这里我还想交代一个问题：是否使用标点符号。很长一段时间我都倾向模仿古诗，不使用标点符号，为此还征求过一部分人的意见。大家的意见也众说不一，有赞成用的，也有不赞成用的。后来在翻译实践中，尤其是坚持四句一节这个格式后，我发现使用标点符号倒可以缓解一下一个诗节没有一个相对完整的意思这一矛盾；同时还能帮助读者更好地理解译文。例如《地狱篇》第一曲有这么三节诗："黑暗已远离，/ 恐惧稍平息，/ 回首看密林，/ 犹如落海人：// 登岸望波涛，/ 喘息伴余悸。我心亦如此，/ 恐惧仍难避，// 不禁想提问：/ 恶林啊幽谷，/ 有无活灵魂 / 你可曾放过？"这里加了标点符号，尤其是那两个冒号，使其前后句子的关系变得非常明确而紧凑。而在翻译《神曲》的实践中，我发现括号在处理主从复合句这类长句子中的从句时，作用非常大。例如《天国篇》第三十一曲"但丁为何惊讶"一节原文第31—36句：

> Se i barbari, venendo da tal plaga
>
> che ciascun giorno d'Elice si cuopra,
>
> rotante col suo figlio ond'ella è vaga,
>
> veggendo Roma e l'ardua sua opra,
>
> superfacíensi, quando Laterano
>
> alle cose mortali andò di sopra;

这是一个主从复合句（长句子），其中有一个定语从句和一个时间从句（下划线部分），如果不是用括号来处理它们，译文会变得累赘，会失去诗歌的节奏。请看下面我的译文：

> 若那些野蛮人士
>
> （他们来自赫丽丝
>
> 及其儿子照射的
>
> 那一片北方地区），
>
> 来到罗马看见

宏伟建筑群时

（那时拉特兰宫

曾经称雄尘世），

必定会无比惊奇……

　　我用括号把这两个从句都括起来了，主句变得非常突出，读者读到这里时就不会再受从句的影响而丧失他的阅读节奏。

　　4.从大文本的角度出发，参照功能翻译法，综合应用各种翻译手法。

　　首先看看各种翻译手法。清末以来，我国翻译界经过一百多年的努力，总结出了许多行之有效的翻译手法，诸如移位法、替代法、加词与减词法，等等。我在这次翻译《神曲》的过程中，如同以前翻译其他作品一样，都自觉地加以应用。比如移位法，最明显的例子就是，以"××说"引导的直接引语句，你可以将其放在引语前面，也可以插在引语的中间，或者干脆放在引语的后面（如果直接引语不长的话），就是说采用移位法处理它的具体位置。《地狱篇》第十九曲（原文第31—36句）有两段直接引语，原文如下：

　　"Chi è colui, maestro, che si cruccia

guizzando piú che li altri suoi consorti"

diss'io, "e cui piú roggia fiamma succia?"

Ed elli a me: "Se tu vuo' ch'i ..."

　　其中有两个表示"说"的短句（黑体部分），我把这两个表示"说"的句子都做了移位处理，让这两节的译文不仅符合汉语语法，而且符合汉语诗歌的韵律：

"老师，他是谁？

他比其他伙伴（bàn）

抖动更加厉害，

显得痛苦不堪（kān），

烧他的火更烈。"

我问老师说（shuō）。

"如果你愿意，"

老师回答我说（shuō）……

替代法也很重要，为适应押韵需要，或减少诗句的字数，我也经常应用。例如《地狱篇》第三十三曲原文第58句："ambo le man per lo dolor mi morsi"（伤心咬住双手），翻译时我用"手指"替代了"双手"（以局部代替整体——其实只要想一下，嘴巴怎么能咬住双手呢，要咬也只能咬住双手的手指呀），这一节就变成了：

伤心咬住手指（zhǐ）。

这让他们以为，

我已饥饿至极（jí），

想要吃些东西（xi）。

这样第一、三、四句就押韵了。另外，将《地狱篇》第一曲原文第74句中的"figliuol'Anchise"（安喀塞斯的儿子）直接替换成埃涅阿（用明喻替代隐喻），因为原诗这里有个注称"安喀塞斯的儿子就是埃涅阿"。这样做既减少了诗句的字数，也省略了原文的注释，达到减少注释数量的目的。

加词与减词法在翻译诗歌中特别重要，因为诗歌要考虑字数、节律与押韵。其实原诗作者也需要考虑这些问题，例如但丁在称呼维吉尔时，时而称他"诗人"，时而称他"向导""老师"，而且有时还会在这些称呼前面加上"亲爱的""伟大的""善良的""聪明的""谨慎的"等形容词，翻译时就可按照诗句的节奏与押韵需要，考虑相互替换或增减那些形容词。最明显的加词例证，要算我对《地狱篇》第一曲第一个诗节（"人生半征程，/ 迷路陷密林。/ 歧路已远离，/ 正道难寻觅"）的处理，其中的第三句就是我按照"四句一节"这个原则添加的。从意义上来说，这也不是空穴来风，而是对原诗"che la diritta via era smarrita"的"正反"两种说法。这里顺便说一句，第一个诗节中我选用了"征程"，而未简单地按照原文"cammin di nostra vita"翻译成"我们人生的道路"，这是因为在但丁这样虔诚的基督徒眼里，人的一生就是"战斗的一生"（参见本书第二十五曲注10）。《地狱篇》第一曲与《天国篇》第二十五曲中间相差九十曲，我却选择了后者，这个选择就是从大文本的角度考虑而做出的，下面我就来说说文本问题。

现代语法已经不是局限于研究"词"与"句子"的传统语法，而是把自己的研究对象扩大到"文本"（text），或者说主要是研究文本（当然文本可小可大，小到一句话，大到一段、一章直至一整本书），在文本的框架下去研究"字""词"与"句子"。所以我们今天讲翻译标准，不能只考虑词的对等、句子的对等，而且更需要考虑文本的对等，要让你的译文文本起到原文文本同样的作用，这就是当今时兴的功能翻译法。

关于功能翻译法，我这里也想多说几句。过去我翻译过不少东西，翻译时更多考虑的是词句的对等，对文本与功能对等考虑较少。这次要用诗歌体翻译《神曲》，情况就不同了。因为用诗歌翻译诗歌，这本身就是文本与功能对等的一部分。由于诗歌要受节律与韵律的限制，翻译时受到的限制可以说增加了一倍。那么难度是否也倍增了呢？这我说不好，但在翻译实践中我确实感到比以前更难了，至少翻译的过程延长了一倍，因为你理解了原文后，还需要考虑节律与韵律，用带韵的译文把它表达出来。怎么解决呢？能不能让你的选择也能多一些呢？我觉得这个救命稻草就是文本与功能翻译法：从文本的角度去理解原文，用功能翻译法开拓我们的眼界，拓展供我们选择的余地。

这里我要把话题扯得稍远一些。不同语言的差别有三个方面：字词、句子与韵律，所以传统语法包括词法、句法与韵律三个方面。关于韵律，我前面说过了，这里不再重复，主要说说字词与句子的问题。

字词的差异很明显，同样一件事物，同样一个概念，不同的语言有不同的表达方式，比如诗歌，中文叫诗，意大利文叫poesia，英文叫poetry。不同语言表达同一个概念的字或者说词，它们的内涵与外延却不一定相同。我们仍以"维吉尔"为例，他在《神曲》中有多个头衔：诗人、老师、导师、向导；在《地狱篇》第七曲第三句中，但丁称他"quel savio gentil"（那个高尚的哲人），原文注说，这是指维吉尔；在《地狱篇》第八曲第七句中则称他"mare di tutto 'l senno"（智慧之海），原文注又说，这是指维吉尔。如果我们追求的仅仅是字词层面上的对等，那就应该把这两种称谓译成括号里的汉语（事实上田德望教授和两位黄先生都是这样处理的，然后加注说明那是指维吉尔），如果我们考虑的是文本的对等与功能的对等，那么在需要的时候就可以考虑把这两种称谓译成"维吉尔"或"老师"，因为它们实际上指的同一个事物（人）。实际上我就把前者译成了"维吉尔"，把后者译成了"老师"。可见，从文本的角度考虑字词的内涵与外延，考虑文本的功能，我们在翻译实践中就增加了许多选择。

不同语言在句子层面上的差异也很明显。虽然乔姆斯基指出，人类语言的基层结构是有限的，差别不大，但表层结构数量很多，而且差异很大，正是这些表层结构影响着不同民族之间的交流。那么作为翻译，就是要在这些不同的表层结构之间寻找相同之处，并结合上面说的字词层面的考虑，综合加以处理，翻译出与原文句子内容对等、最好是作用也对等的译文。从具体的翻译手法来说，也不外乎过去我们做翻译时常用的那些手法，如前面提到的处理单词层面时的那些手法：替换、位移等，唯一与其有别的是把长句子分解成短句子，再按照汉语的语法习惯组织成通顺易懂的译语。让我们以《地狱篇》第十九曲原文第115—117句为例，一起来探讨一下：

Ahi, Costantin, di quanto mal fu matre,

non la tua conversion, ma qella dote

che da te prese il primo ricco patre!

这句话结构比较简单，是个感叹句；中文也有感叹句，我就套用中文感叹句，不需要改变原文的句型。但在翻译这句话时我却做了两处变更：①第一句中的"matre"（母亲），这里不是指生物学意义上的"母亲"，而是指事物的"根源""起源"，所以把"matre"译为"起源"，就是说我从词的层面上改变了一下；②第三个诗句"che da te prese il primo ricco patre"（第一个富裕神父从你那里拿到的），这是个定语从句，修饰第二句最后那个词"dote"（赠送、礼物）。如果我按照原文句型把它译成定语，译文就无法与前面的诗句押韵。其实这个定语从句也表示了前后两句的因果关系，我便把这个定语从句变成原因从句，再用冒号显示它们之间的因果关系，并采取反过来说的方法，译成"你的馈赠造成了／第一个富裕教父"。

这句原文经这番综合处理（字词层面与句子层面上的），最后成了："啊，君士坦丁，／这一罪过的起源／不是你皈依基督，／而是你的捐献：／／你的馈赠造成了／第一个富裕教父！"

从具体手法上来说，这算是替换法吧，用原因从句替换定语从句，达到译语与原语的功能对等。再举个时间从句的例子，《天国篇》第二十三曲原文第49—54句：

Io era come quei che si risente

di visione oblita e che s'ingegna

indarno di ridurlasi a la mente,

<u>quand'io udi' questa profeta, degna</u>

<u>di tanto grato, che mai non si stingue</u>

<u>del libro che 'l preterito rassegna.</u>

原文是个主从复合句，前三句是主句，后三句是时间从句（下划线部分）。按汉语句法习惯，时间从句最好前置（详见下面译文），否则汉语译文就有点洋泾浜的味道。田译和我都把时间从句提前了，而两位黄先生，则机械地按照原文各诗句的顺序翻译下来，不仅译文不太通顺，而且有理解错误之嫌。请看下面译文：

圣女的这番话

令我感激不尽，
决定将其写进
记录往事的书里，
令其长存于人世；

那时我的情形，
就像那样的人：
刚从梦中苏醒，
回忆梦中情景，

但是枉费心机，
什么也想不起。

从具体的翻译手法上来说，这就是位移法，把原文的时间从句从主句之后移到主句之前，使其符合汉语的语言习惯。下面再举个长句子改成短句子的例子，《天国篇》第二十一曲原文第19—24句：

Qual sapesse <u>qual era la pastura</u>

<u>del viso mio ne l'aspetto beato</u>

quand'io mi trasmutai ad altra cura,

conoscerebbe <u>quanto m'era a gtato</u>

<u>ubbidire a la mia celeste scorta,</u>

contrapesando l'un con l'altro lato.

原文这六个诗句，构成一个长句子，结构非常复杂。可分为三个层次：第一个层次，即第三句、第一句和第四句中的黑体部分，是个主从复合句。第三句是这个复合句的时间从句，即 *quand'io mi trasmutai ad altra cura*（当我把注意力转移到另一种关切上时）；主句是第一句和第四句中的黑体部分，即 **Qual sapesse**（如果谁知道）和 **conoscerebbe**（他一定能理解），本身又是个条件复合句：第一句中的 **Qual sapesse** 是条件从句，它又带个直接宾语从句，即第一和第二句中的下划线部分 qual era la pastura del viso mio ne l'aspetto beato（看到那有福的面孔时，我是多么高兴），这是第二个层次；而第四句中的 **conoscerebbe** 是这个条件复合句的主句，结构也很复杂：首先它也带个直接宾语从句，见第四句和第五句下划线部分 quanto m'era a gtato ubbidire a la mia celeste scorta（我是多么喜欢听从我天国的向导），这也属于第二个层次；但是这第二层次的直接宾语从句又是个复合句，它还有个不明确人称的方式从句，即第六句 contrapesando l'un con l'altro lato（把这件事与那件事加以衡量），这是第三层次。

田德望教授把这个复杂的长句子分解、化简并进行必要的处理后，翻译为："当我把注意力转移到另一对象上时，任何一个知道我的眼睛多么爱注视她那有福的容颜的人，只要衡量一下这一方面和另一方面，就会知道我是多么乐意听从我的天上的向导。"然后在句尾加注："但丁乐意服从贝阿特丽切的向导的程度，超过喜悦注视她的美丽的面容。"（参见但丁《神曲·天国篇》，田德望译，人民文学出版社，1999年，第151页）

田教授的译文已经从汉语句法的角度对原文句法做了必要的替换与位移，我认为田教授的译文很准确，我们能够看懂，只是句子太长了，读起来有点吃力。另外，其中的"这一方面和另一方面"，如不另外加注，读者很难理解它们的具体含义。其实"这一方面"指但丁喜欢观看贝阿特丽切的美丽面容，而"另一方面"指但丁更乐意听从贝阿特丽切的引导（向导）。这也是原文注的部分内容。

我则经过类似于田教授那样的综合考虑，并把长句子转化成较短的句子，再把原文注的部分内容揉进译文中，让读者免去查看注释的麻烦，最终将这一段诗翻译成下面的样子：

> 当我把注意力转移
> 到另一件事物上时，
>
> 我希望人能了解，
> 观看圣女的颜面
> 能使我非常喜欢，
> 现在我虽把双眼
>
> 暂从她颜面移开，
> 以听取她的意见，
> 而听从她的意见
> 更能够让我心欢。

我觉得这样处理之后，译文句子简化了，关系捋顺了，读者读起来就顺畅得多。像这样的例子，《神曲》中可以说是比比皆是，没有必要再多举了；仅从上面几个例证来看，由于我在翻译过程中把注意力从仅考虑词意与句子，扩大到文本和文本功能，我的选择就增加了很多，帮助我实现了用诗体翻译《神曲》的愿望。

　　5.专有名词的翻译。专有名词包括人名与地名，具体来说可分为两部分：意大利的人名与地名和非意大利的人名和地名。

　　意大利的人名，参照商务印书馆出版的《意大利姓名译名手册》翻译，如第五曲中的Francesca和Paolo译为弗兰切斯卡和保罗，但有些名人如Dante（但丁）、维吉尔（Virgilio），则沿用约定俗成的译法；至于意大利的地名则采用《中国地图出版社》出版的意大利地图标注的名称，如Bologna（博洛尼亚）、Ravenna（拉文纳）、Rimini（里米尼）、Forlí（弗利）等等。非意大利的人名，包括古希腊和古罗马文化中的名人名字及其著作名称、古希腊、古罗马神话故事中的人名，以及《圣经》和基督教圣徒和教皇的名称等，我都采用我国习惯的译法，如荷马及其《奥德修纪》、亚里士多德及其《伦理学》、维吉尔及其《埃涅阿斯纪》、奥维德及其《变形记》、圣母马利亚、耶稣、圣彼得、尼古拉三世、卜尼法斯八世，等等；英法等国家的人名则参照该国文字或《简明不列颠百科全书》翻译，如英国的亚瑟（Arthur）、法国的维桑（Wissant）、比利时的布鲁日（Bruge）等。为什么选择英文并参考《简明不列颠百科全书》呢？因为英文在我国影响大，传入我国的时间较早，许多外国人名、地名都是由英文翻译过来的，而且在我国已被普遍采用，如那不勒斯（Naples），佛罗伦萨（Florence）等。而《简明不列颠百科全书》在我国出版较早，不仅我手头有，很多喜好外国文学的人士家里都有这本词典，一般图书馆里肯定都有，读者如需要查阅很容易找到。当然，将来如有机会修订我这套《神曲》，我会设法按照《中国大百科全书》再审订这些专有名词。

另外，《神曲》中常常援引《圣经》典故与经文，我都依照中国基督教三自爱国运动委员会和中国基督教协会联合出版的《圣经》进行摘录。读者如需查证，请看这个版本。《圣经》的中文版本很多，各种版本之间多少会有些差异，例如我采用的这个版本就声明"本《圣经》采用'神'版，凡是称呼'神'的地方，也可以称'上帝'"，特此提请读者注意。

　　6.本书插图几乎全都采用法国画家托雷（Gustave Doré，1832—1883年）的插画。没有托雷的插图时，则通过其他办法获取与该曲内容契合的公版插图。如读者有更合适的插图，欢迎赐赠。

　　我从2014年年底正式开始翻译《神曲·地狱篇》，计划用三至四年的时间完成全部《神曲》的翻译。这几年冬天在海口，其他时间在北京，周末和节假日也不休息，每天除了花在散步和游泳等体育锻炼，及看报、看电视等休闲上的时间外，其他时间都花在翻译《神曲》上，坐在计算机旁的工作时间每天超过五小时。现在总算完成全书定稿，交商务印书馆出版。交付出版之际，我仍觉得译事匆忙，水平有限，问题不少，诚恳希望读者批评，不吝赐教。

　　献丑了。

肖天佑

2017 年 8 月于北京

图书在版编目（CIP）数据

神曲 : 全三卷 / （意）但丁著 ; 肖天佑译. — 北京：
商务印书馆，2020（2021.06）
ISBN 978 - 7 - 100 - 18749 - 7

Ⅰ.①神…　Ⅱ.①但…②肖…　Ⅲ.①诗歌 — 意大
利 — 中世纪　Ⅳ.①I546.23

中国版本图书馆 CIP 数据核字（2020）第120380号

神曲

（全三卷）

〔意〕但丁　著

肖天佑　译

商 务 印 书 馆 出 版
（北京王府井大街36号　邮政编码 100710）
商 务 印 书 馆 发 行
山 东 临 沂 新 华 印 刷 物 流
集 团 有 限 责 任 公 司 印 刷
ISBN　978 - 7 - 100 - 18749 - 7

2021年3月第1版　　　　开本 720×1020　1/16
2021年6月第2次印刷　　　印张 118½

定价：298.00元